PAOLA BARBATO

Die Pathologin

Buch

Mailand in Angst und Schrecken: Ein Serienmörder treibt sein Unwesen, der bisher drei Opfer getötet hat und nicht ohne Grund »Der Schlächter« genannt wird – alle drei Leichen wurden grausam verstümmelt. Die Mailänder Kriminalpolizei tappt im Dunkeln, denn der »Schlächter« arbeitet penibel und hinterlässt keine Spuren. Wie schon oft bei scheinbar unlösbaren Fällen, wendet sich die Polizei an die Pathologin und Profilerin Giuditta Licari, die für ihre Abgebrühtheit und Professionalität bekannt ist; sie bleibt auch dann souverän, wenn gestandenen Kommissaren übel wird.

Als kurz darauf ein viertes Opfer des »Schlächters« aufgefunden wird, begeht die Staatsanwältin den Fehler, Giuditta bei einer Pressekonferenz als zentrale Figur bei der Aufklärung der Serienmorde vorzustellen. Nun weiß auch der Killer, mit wem er es zu tun hat, und prompt hinterlässt er Giuditta beim fünften Mord, bei dem er ein wahres Blutbad anrichtet, ein Zeichen: Fünf Tage nach dem Vorfall findet die Profilerin einen blutgetränkten Handschuh in ihrer Manteltasche – mit dem Blut von Opfer Nummer fünf …

Autorin

Paola Barbato, wurde 1971 in Mailand geboren. Als sie noch ein kleines Mädchen war, beschloss ihr Vater mit der Familie an den Gardasee zu ziehen, damit sie in einer »heilen Welt« aufwachse. Für eine »heile Welt« scheint sich Frau Barbato jedoch wenig zu interessieren, wie sie mit ihrem ersten Roman »Die Pathologin« beweist.

Ein neuer Roman mit der Pathologin Giuditta Licari ist bei Goldmann bereits in Vorbereitung.

Paola Barbato

Die Pathologin

Roman

Aus dem Italienischen
von Katharina Schmidt

GOLDMANN

Die Originalausgabe erschien 2006
unter dem Titel »Bilico«
bei Rizzoli, Mailand.

FSC
Mix
Produktgruppe aus vorbildlich
bewirtschafteten Wäldern und
anderen kontrollierten Herkünften

Zert.-Nr. SGS-COC-1940
www.fsc.org

Verlagsgruppe Random House FSC-DEU-0100
Das FSC-zertifizierte Papier *München Super* für Taschenbücher
aus dem Goldmann Verlag liefert Mochenwangen Papier

1. Auflage
Deutsche Erstveröffentlichung November 2007

Umschlaggestaltung: Design Team München
Umschlagfoto: Plainpicture/whatapicture
BH · Herstellung: str
Redaktion: Sigrun Zühlke
Satz: Buch-Werkstatt GmbH, Bad Aibling
Druck und Bindung: GGP Media GmbH, Pößneck
Printed in Germany
ISBN 978-3-442-46506-4

www.goldmann-verlag.de

Miglio und Alessandro:
für ein wirkliches Leben

1. Kapitel

Der erste Backenzahn war direkt über dem Knochen abgebrochen. Als die Zange zuschnappte, hatte der vordere Backenzahn daneben dem Druck nachgegeben und war mit der ganzen Wurzel aus dem Kiefer gerissen worden. Jetzt hing er nach außen und lag auf der Lippe. Die Schneidezähne waren ein Kinderspiel gewesen, sie waren einfach halb durchgebrochen und standen jetzt als mitleiderregende Stummel im Kiefer. Giuditta fotografierte. Eigentlich gehörte das nicht zu ihren Aufgaben, nachher würde sie sich Dutzende von Bildern ansehen müssen, doch sie war überzeugt davon, über einen analytischen Blick zu verfügen, eine andere Sicht, die es ihr erlaubte, die Details anstelle des Objekts wahrzunehmen. Mit Latexhandschuhen, die zu groß für ihre pummeligen Kinderhändchen waren, tastete sie den Mund des Mannes sorgfältig unter der Zunge ab. Wieder einmal fiel ihr spontan auf, wie sehr geronnenes Blut und Menstruationsblut einander ähnelten. »Todesursache ist ein Myokardinfarkt. Der Mörder hat den Mund mit einem Wundhaken aufgehalten. Beweisstück Nummer …« Sie schaute in die Akte: »Nummer sieben. Er hat das Opfer bewegungsunfähig gemacht, indem er es an einen Stuhl gefesselt hat, und dann hat er ihm alle gesunden Zähne oberhalb des Kiefers abgetrennt, insgesamt« – wieder ein Blick in die Akten – »fünfzehn. Vier Schneidezähne, einen Eckzahn, zwei kleine und zwei große Backenzähne. Oben zwei Backenzähne, zwei Schneidezähne und zwei Eckzähne. Er hat sich die Mühe gemacht, die Brücken und einen kleinen Apparat herauszunehmen, bevor er anfing.« Pause. Na gut, jetzt noch das ganz Offensichtliche. »Das Opfer ist an den Schmerzen gestorben. Das Herz hat dem nicht standgehalten. Andere Todesursachen sind nicht bekannt.« Sie schaltete das Diktiergerät aus. Ehrfürchtige Stille. Wie immer. Die Kriminologinnen, die amerikanischen Profilerinnen, die Gerichtsmedizinerinnen in den Fernsehserien sind immer groß, schön und schauen traurig. Alle Männer sehen sie ehrfürchtig an und fürchten sich, ihnen zu nahe zu kommen, als umgebe diese Frauenfiguren eine Aura, die dem Kontakt mit dem Tod entspringt. Sie hingegen war klein und stämmig, weder hübsch noch hässlich, von allem ein wenig, und mit diesen Fernsehfiguren hatte sie nur eines gemeinsam: Sie versetzte Männer in Angst und Schrecken. Das war nicht immer so gewesen. Vielleicht lag es daran, dass sie nie wegschaute. Wie groß das Blutbad auch war, egal ob Männer, Frauen oder Kinder oder deren Teile, Giuditta Licari schaute nicht weg. Sie rümpfte beim Gestank von Blut, Urin, Kot und Verwesung, der jeden Tatort verpestete, nicht die Nase (und die Fenster werden meist erst geöffnet, wenn die Leichen abtransportiert sind), und sie empfand bei all diesem Leid keinen Funken Mitgefühl. Sie verband das Gesehene nicht mit seiner direkten Ursache: Schreie, Schmerz und Angst. Irrsinn. Grausamkeit. Für sie waren das rein abstrakte Begriffe. Es galt Fakten aufzunehmen. Man hatte hinter einem Schreibtisch ein einzelnes Bein gefunden? Das war ein Beweisstück, dessen Umrisse man mit Kreide skizzierte, eine Blutprobe, die man mit sterilen Handschuhen entnehmen und in einem

Zellophanbeutel schützen musste. Das war alles. Nein, sie war nicht erst so, »seit ...«, wie viele ihrer Kollegen behaupteten, die versuchten, eine menschliche Erklärung für ihre absolute Distanziertheit zu finden. Sie war schon immer so gewesen. Giuditta Licari war schon immer so gewesen.

Die Kommentare ihrer Mitschüler waren allmählich verloschen – wie Flämmchen ohne den lebensnotwendigen Sauerstoff. Keiner tuschelte mehr im Flur, wenn sie vorüberging, und so war es gewesen, seit sie ein kleines Mädchen war. Die Klassenbeste, Höchstnoten mit der Selbstverständlichkeit eines Menschen, der einfach nur lernt. Mit ihrer immer fettig glänzenden Haut, den Haaren, die auch im Winter an ihrer Stirn klebten, hätte sie ein leichtes Angriffsziel geboten. Während der Pubertät war ihr stämmiger Körper nicht »erblüht«, sondern hatte sich darauf beschränkt, einen kräftigen Busen und breite Hüften zu entwickeln. Aber schon damals hatte Giuditta sich angewöhnt, jede hämische Bemerkung, jeden Kommentar oder Spott mit einem Blick und einem vagen Lächeln zu erwidern. Als wäre sie nicht das Opfer, sondern nur eine unbeteiligte Zuschauerin. Sehr schnell, viel schneller als zu erwarten, hatte das grausame Interesse der Kinder an jemandem, der anders war als sie, nachgelassen. Giuditta absolvierte den Realschulabschluss mit Bestnoten, mit einer guten Arbeit über den Maler Hieronymus Bosch. Sie bestand das Abitur am naturwissenschaftlichen Gymnasium bestens, danach studierte sie Medizin, legte eine Prüfung nach der anderen mit oder ohne *cum laude* ab. Fragte sie jemand, wie sie so ruhig auf ihre Prüfung warten konnte, ohne alles noch einmal durchzugehen, sah sie ihn mit ihrem üblichen ausdruckslosen Lächeln an und erklärte, sie wüsste doch alles, sie hätte gelernt, es gäbe keinen Grund, sich zu fürchten. Als sie zum ersten Mal einem Frosch den Bauch aufgeschnitten hatte, hatte sie nicht einmal mit der Wimper gezuckt oder eine Gänsehaut bekommen. Mit der gleichen, kühlen Distanz sezierte sie ihre erste Leiche, während die Studentin, die die Übung mit ihr zusammen durchführen sollte, sich die Seele aus dem Leib kotzte. Ihr Name landete auf einer Liste, die weitergereicht wurde, und irgendwann war ihr klar geworden, dass ihr Gefühl, beobachtet zu werden, nicht unbegründet war. Giuditta beendete ihr Studium makellos in der Regelstudienzeit mit *cum laude* und einer Arbeit über »Forensische Toxikologie im Strafprozess. Rückblickende Untersuchung über eine Kasuistik von Todesfällen aufgrund von Vergiftungen durch Schwermetalle«. Dafür hatte sie Leichenschauhäuser in ganz Italien besucht und sogar die Genehmigung für eine Exhumierung erhalten. Sie spezialisierte sich in pathologischer Anatomie. Danach in Psychiatrie. Gleichzeitig begann sie, jetzt offiziell, für die Polizei zu arbeiten, mit der sie natürlich schon seit ein paar Jahren vertraulich und halboffiziell zusammengearbeitet hatte. Über sie wusste man alles, was man wissen musste. Es gab weder dunkle Punkte noch Geheimnisse, kein Kindheitstrauma, keine zerstörte Familie, nur stolze Eltern, die beide aus bescheidenen Verhältnissen stammten. Der Vater wurde zwar manchmal laut, aber nie gewalttätig, die Mutter sah in ihrer angebeteten Tochter eine schöne Frau, die diese nicht war und auch nie sein würde. Ein Leben, das erst dem Studium und dann der Arbeit geweiht war, ab und zu eine Beziehung, später eine Eigentumswohnung und ein Auto, einundvierzig Jahre. Trotzdem hätten viele ihrer

Kollegen geschworen, dass Giuditta noch keinen Tag in ihrem Leben wirklich gelebt hatte.

Natürlich hatten sie Unrecht. Giuditta Licari hatte eine ganze Welt für sich. Nur dass alle am falschen Ort danach suchten, nämlich nicht in ihr selbst. Seltsamerweise hatte die Distanziertheit ihrer Umgebung gegenüber ihren Ursprung in einer angeborenen, quälenden Neugier, die unterschiedslos alles betraf, Leben und Tod. Die Wahl einer bestimmten BH-Farbe, das Studium der wichtigsten Weltsysteme, der Beginn der Leichenstarre, alles stellte für sie die Frage aller Fragen dar. Und jede dieser Fragen, jedes dringende Bedürfnis nach Klärung und Wissen musste sofort ohne Zeitverlust und Halbheiten zu hundert Prozent befriedigt werden. Das Wissen um ihre Fähigkeit, zu erkennen und zu unterscheiden, hatte ihrem Dasein den für sie einzig möglichen Sinn gegeben. Langeweile, Passivität, Willensschwäche waren ihr die Hölle. Einige Jahre war sie ziellos umhergeirrt, hatte sich ins Studium des siebzehnten Jahrhunderts vertieft, in die Rätsel der Fotosynthese, die unveränderlichen Gesetze der Arithmetik, der Trigonometrie, der Logarithmen und immer, wenn sie etwas abgeschlossen hatte, fühlte sie sich irgendwie leer. Sie hätte noch weiter ins Detail gehen, jede mögliche Übung absolvieren können, doch all das war nur schmerzlindernd. Was sie eigentlich wissen wollte, hielt sie bereits in ihrer kleinen, schweißnassen Faust. Ein extrem banaler Zufall hatte sie darauf gebracht: Sie hatte gehört, wie sich ihre Mitschülerinnen darüber unterhielten, welchen Lippenstift sie zu einem bestimmten Lidschatten tragen konnten. Und das ging immer so weiter: Vom Lidschatten zum Mascara, vom Make-up zur Frisur und von der Frisur zum Kleid und dann zu der Gelegenheit, bei der sie es tragen würden und dann zum verborgenen Sinn des Ganzen: Man wollte gut aussehen, sich zeigen und damit einen gewissen Gianluigi endgültig beeindrucken, der noch zögerte, aber hinter seiner Ray-Ban vielleicht Gefühle verbarg, die er endlich zeigen würde, wenn er einen mit diesem Kleid, der Frisur und dem Make-up, dem Mascara, dem Lidschatten und diesem Lippenstift sah. Die menschliche Natur traf Giuditta wie ein Schlag ins Gesicht. Mein Gott, aber dennoch war sie immer da gewesen, ein riesiges Reservoir zu ihrer Verfügung, eine endlose Reihe einzigartiger Prototypen, die man eventuell noch in Gruppen und Untergruppen zusammenfassen konnte, ein unerschöpflicher Quell der Erkenntnis, wenn es galt, ihre Neugier zu befriedigen. Warum glättete sich Linda die Haare, wenn sie mit ihren Naturlocken viel besser aussah? Warum verließ ihr Lehrer, Signor Andreasi, jedes Mal sein Pult, wenn er etwas erklären musste? Warum schloss die Hausmeisterin aus dem zweiten Stock immer nach der Pause die Toilette ab? Nur damit alle zu ihr gehen mussten, wenn ihre körperlichen Bedürfnisse sie dazu zwangen, damit sie aufschloss? Gab ihr das ein Gefühl von Macht? Konnte ein Toilettenschlüssel dem Leben einer Frau wirklich einen Sinn geben? Da begriff Giuditta, die im nächsten März fünfzehn wurde, womit sie sich den Rest ihres Lebens beschäftigen würde: Mit den anderen.

2. Kapitel

»Gut«, meinte Lamberti. Und wenn Lamberti das Gespräch mit »gut« anfing, bedeutete das, dass überhaupt nichts gut lief. Dann wurden alle nervös, mit Ausnahme von Giuditta natürlich, die für diesen Zwerg mit dem gelichteten Haar und dem Gesicht einer geprügelten Bulldogge allenfalls leichten Ekel empfand. In vergangenen, finstereren Zeiten hätte man Lamberti als Defätisten erschossen. Jedes Verbrechen, egal ob Handtaschendiebstahl, Vergewaltigung, Mord oder Entführung, war in seinen Augen dazu bestimmt, ungelöst zu bleiben. Da half es nichts, dass sich seine Theorien im Lauf der Jahre häufig nicht bestätigt hatten. Jeden Erfolg seiner Abteilung erlebte Lamberti als Vorstufe einer nahenden Katastrophe und jede Anerkennung als eine Last mehr, die er angesichts der Schande tragen musste, die eines Tages auf ihn fallen würde. Das größte Lob, das ein Inspektor von ihm erwarten konnte war ein »Gut, diesmal ist es gerade noch gut gegangen.« Alessandro hatte das rasend gemacht. Aber dies war kein guter Zeitpunkt, um an Alessandro zu denken, deshalb konzentrierte sich Giuditta lieber auf die Fotos. Sie waren gut, wirklich gut, besonders die vom Mund des alten Mannes. Miglio hatte viel Kontrast verwendet, er wurde immer besser. Sie schaute ihn über die Akte an. Miglio, eigentlich der Polizeibeamte Michelangelo Giglio, hörte Chefinspektor Lamberti so gelassen zu, als säße er bei einer Sonntagspredigt in der Kirche. Giuditta lächelte so ausdruckslos wie immer. Miglio. Achtundzwanzig Jahre, aber man merkte sie ihm nicht an. Von diesen achtundzwanzig Jahren hatte er einen guten Teil bei der Polizei verbracht und hielt die Welt trotzdem noch für einen schönen Ort. Man hatte ihn nicht befördert, sondern nach der Ausbildung in Windeseile zum Erkennungsdienst versetzt. Er war ein guter Beobachter, verfügte über viel Fantasie und hatte den richtigen Blick, ein ausgezeichneter Fotograf, der sich mit schlafwandlerischer Sicherheit am Tatort bewegte, ohne Spuren zu zerstören. Aber man durfte ihm um Gottes willen keine Pistole in die Hand drücken oder ihn dazu zwingen, eine Entscheidung zu treffen oder an einem Polizeieinsatz teilzunehmen. Michelangelo Giglio, alle nannten ihn schon immer Miglio, kam vom Land. Als ihn seine Vorgesetzten zum ersten Mal fragten, warum er angesichts eines Verbrechens oder sogar eines Blutbades überhaupt keine Reaktion zeigte, hatte Miglio mit einem engelsgleichen Lächeln auf den Lippen erklärt, seine Eltern hätten Kühe und Hühner gehalten und einen Schlachthof gehabt und er hätte dem ersten Huhn den Hals umgedreht, da wäre er gerade mal fünf gewesen. Blut und Tod erschütterten ihn nicht. Nicht einmal als irgendwann ein Arbeiter in eine Maschine geraten war und das, was herauskam, wirklich kein schöner Anblick gewesen war, nicht einmal da hatte er sich übergeben. »Der Mensch ist ein ganz besonderes Tier«, hatte Miglio bei dieser Gelegenheit gesagt. »Er gewöhnt sich an alles. Kein anderes Tier kann sich so gut anpassen wie der Mensch.« Natürlich hatte Miglio auch andere Seiten: Er war Umweltschützer. Es konnte passieren, dass er weinte, weil der Torre Trephor in den Dolomiten zusammengestürzt war, oder dass er sich fast mit einem Kollegen prügelte, weil der eine Akte nicht in den Altpapiercontainer geworfen hatte. Beim Erkennungsdienst war man so zufrieden mit ihm, dass man sogar seine ungebändigte blonde Mähne hinnahm, die er, während er fotografierte, sorgfältig zu unglaublichen Zöpfchen zusammenband, und dafür alle Haarklammern, Spangen und Gummis verwendete, die ihm seine Freundin gab. Man akzeptierte sogar seine auffällige Kleidung, mit der er wie ein Rapper aussah. Miglio war gut. Und er konnte noch besser werden. Giuditta legte seine Aufnahme vom Mund des Toten neben eines ihrer Bilder, die sie mit ihrer Pocketkamera gemacht hatte. Sie sahen beinahe identisch aus. Natürlich nur beinahe. Giuditta wusste, dass Miglio sie wie immer aus der Entfernung beobachtete. Diese Frau, die durch keine menschliche Logik auf ihn anziehend wirken konnte, erschreckte und faszinierte ihn zugleich. Miglio fürchtete sich vor ihr, wie alle. Und Giuditta entzückte Miglios Furcht mehr als die aller anderen Männer. Eines Tages waren sie zusammen im Aufzug gelandet. Giuditta drückte die Nothalttaste. Der Alarm schrillte los. Sie sah Miglio an. Miglio sah sie an. Einige unendlich lange Minuten hatten sie nichts andres getan, bis jemand von unten den Fahrstuhl in Gang setzte. Sie verließ den Fahrstuhl mit einem leichten Lächeln auf den Lippen, er hatte Schweißperlen auf der Stirn und eine unerklärliche Erektion. Miglio hatte sich nie gefragt, warum ihn eine eigentlich unattraktive Frau so faszinierte. Ehrlich gesagt, hatte er nie viel darüber nachgedacht, dass fast jede Frau in der Abteilung beinahe alles dafür gegeben hätte, ihn zwischen ihre Beine zu bekommen. Miglio kümmerte das nicht, ja, er bemerkte es nicht einmal. Er war mit einer hübschen jungen Frau befreundet, die gerade ihren Abschluss in Zahnmedizin machte. Miglio wollte die Welt vor der ökologischen Katastrophe bewahren und zerstückelte Leichen fotografieren. Das war sein Alltag. Miglio stellte sich keine Fragen.

»Ich glaube …«, sagte Lamberti und dehnte die Worte. »Wir kommen überhaupt nicht voran. Wir haben drei Tote und keinen Verdächtigen. Drei Tote und keine wirkliche Spur. Drei Tote, die Zeitungen und das Fernsehen berichten über nichts anderes, und meine besten Männer kratzen sich den ganzen Tag nur am Sack. Also, wie geht es jetzt weiter?«

Schweigen.

»Spuren? Fingerabdrücke? Verbindungen zwischen den Opfern?«

Schweigen. Alle schauten zu Boden. Lamberti seufzte tief. Nicht einmal ihm gefiel die Rolle, die er hier spielen musste. »Bitte, Dottoressa Licari, sagen Sie etwas …«

Giuditta stand auf. Langsam ließ sie die Jalousien an allen Fenstern herunter. Langsam schob sie das Wägelchen mit den Dias vorwärts. Langsam umrundete sie den Schreibtisch.

»Signor Lamberti, bitte …«

Lamberti schluckte, aber schließlich überließ er ihr seinen Platz.

»Wir alle haben die Bilder gesehen, also bemühen wir uns wenigstens, keine unpassenden Reaktionen zu zeigen. Opfer Nummer eins.«

Bild Nummer eins: Eine junge Frau liegt neben einem Sofa. Um ihren Kopf sind ein paar Plastiktüten gewickelt, sie sind voller Blut und Erbrochenem. Das ist alles.

»Chiara Telli, fünfundzwanzig Jahre alt, kommt aus der Diskothek zurück, davor war sie bei Freunden zum Abendessen. Sie hat gegessen und Alkohol getrunken und in der Diskothek hat sie weitergetrunken, mindestens drei Cocktails. Das weiß der Mörder. Er versteckt sich im Flur und wartet dort auf sie oder vielleicht sogar in ihrer Wohnung. Sie ist betrunken und nicht mehr in der Lage, schnell zu reagieren und sich zu wehren. Der Mörder oder die Mörderin stülpt ihr die Plastiktüten über den Kopf und zieht sie am Hals so fest zusammen, dass eine Spur am Hals zurückbleibt, aber nicht straff genug, um sie zu erdrosseln. Er schlägt und tritt ihr in den Bauch. Das Opfer erbricht den gesamten Mageninhalt und verbraucht den wenigen Sauerstoff, der ihm bleibt. Der Mörder schlägt weiter auf sie ein, sie atmet das Erbrochene ein und bricht weiter, bis nur noch die Magensäfte kommen, dann Blut, und daran erstickt sie.«

Dia Nummer zwei: Eine Art abstraktes Kunstwerk. Ein Körper, der erst zerlegt und dann auf einem wahrscheinlich echten Perserteppich »künstlerisch« wieder zusammengefügt worden war.

»Lucia Astuni, achtunddreißig Jahre. Sie wurde am helllichten Tag ermordet. Die Wohnung über ihr wird renoviert, und das verursacht einen Riesenlärm. Der Mörder oder die Mörderin stellt im Vorfeld zwei Böcke und ein paar Bretter vor der Tür auf. Er steht seinem Opfer gegenüber, schießt der Frau mit einer Waffe Kaliber neun direkt ins Herz. Sie ist sofort tot. Er bringt die Böcke und die Bretter in die Wohnung, wenn er das nicht schon vorher getan hat. Dann legt er den nackten Körper der Frau auf den Brettern ab, es gibt keine Spuren von sexuellen Handlungen, er könnte höchstens fotografiert oder sich selbst befriedigt haben, aber es wurden keine Spuren gefunden, dann schneidet er ihr mit einer Motorsäge Kopf, Glieder, Hände und

Füße ab. Er trennt ihr mit einem noch nicht identifizierten Gegenstand, wahrscheinlich einem Seitenschneider, Finger und Zehen ab. Er legt die Teile auf den Boden und fügt den Körper der Frau wie eine abstrakte Skulptur wieder zusammen. Die Finger verstreut er nach einem noch unbekannten System über dem gesamten Körper.«

Dia Nummer drei: Der weit aufgerissene Mund des Mannes.

»Ermes Iannoni, siebzig Jahre alt. Vor einigen Jahren hatte er eine lange, komplizierte Krebsoperation an der Schilddrüse. Dabei wurde ein Nerv verletzt und seine Stimmbänder blieben gelähmt. Er spricht durch einen künstlichen Kehlkopf, das ist so ein elektronisches Ding, das vibriert und das man sich gegen die Kehle drückt. Der Mörder hat ihn ausgesucht, weil er nicht schreien konnte. Wahrscheinlich hat Iannoni ihm sogar die Tür geöffnet. Wir nehmen an, dass der Mörder kräftiger war als Iannoni, denn er hat ihn festgehalten, festgebunden, alle hinderlichen Brücken und sonstiges aus dem Mund entfernt, ihm gewaltsam den Mund mit einem Wundhaken offengehalten und mit einer ganz normalen Zange, es muss nicht unbedingt eine zahnärztliche gewesen sein, die Zähne herausgeholt. Nur zwei der fünfzehn ›behandelten‹ Zähne waren tot. Der Mann ist an Herzversagen gestorben, aller Wahrscheinlichkeit nach durch die Schmerzen, denn die Verletzungen im Mundraum kann man nicht als tödlich bezeichnen. Licht an.«

Schweigen legte sich schwer wie eine Dunstglocke über den Raum. Giuditta hatte die furchtbaren Tatsachen aufgezählt, als verläse sie einen Einkaufszettel. Sie hielt die Arme unter der Brust verschränkt und wartete darauf, dass jemand etwas sagte. Am Ende gab sich Lamberti einen Ruck, schließlich war er der Vorgesetzte, und wagte sich vor: »Und nun?«

Giuditta ging um den Schreibtisch herum, lehnte sich mit dem Rücken dagegen und stützte die Hände auf die Tischplatte. Diese Rolle gefiel ihr. Sie wusste gern mehr als die anderen. Das kam zwar oft vor, aber in diesen besonderen Momenten fühlte es sich noch besser und intensiver an. Lag das vielleicht an Miglio? Schon möglich.

»Unserem Mörder oder unserer Mörderin ist es egal, wer seine Opfer sind. Es ist also völlig zwecklos, nach Verbindungen zwischen ihnen oder mit dem Mörder zu suchen. Sie wurden aus rein praktischen Erwägungen ausgewählt. Der Mörder hat eine Fantasie, und die will er ausleben, aber zuerst muss er die geeignete Umgebung finden. Ein Wohnhaus, in dem der Baulärm Schreie und das laute Geräusch einer Motorsäge überdeckt, ein alter Mann ohne Stimme und ein dummes Gör, das sich jeden Abend betrinkt und allein wohnt. Er sucht sich seinen Schauplatz aus. Denn es soll eine Vorstellung stattfinden. Eine Vorstellung, wie sie normalerweise ein Schauspieler gibt. Ist das klar?«

Vielleicht nicht, also um ganz sicherzugehen …

»Er tötet nicht wegen der Opfer. Er tötet auch nicht für uns oder für ein hypothetisches Publikum. Er oder sie tötet für sich selbst. Der Mörder veranstaltet ein Schauspiel zu seinem persönlichen Nutzen und Gebrauch, ist Hauptdarsteller und Regisseur zugleich. Jedes Mal stellt er das in den Vordergrund, was ihn am meisten interessiert. Bei der Astuni sind es zum Beispiel anatomische Details. Iannoni? Wie viel Schmerz kann ein Mensch ertragen? Wie lange dauert es, bis jemand erstickt? Die Telli. Das sind nur Hypothesen, aber eines ist sicher: Er tut das, weil es ihm gefällt. Oder sie.«

»Warum sagen Sie immer, es könnte eher eine Frau als ein Mann sein?« , fragte jemand ganz vorn.

»Meine Tante Olga könnte dir mit einer Hand den Arm brechen. Alle drei Opfer waren nicht sehr kräftig und die Umstände ihres Todes, eines war vollkommen betrunken, das zweite wurde mit einem Schuss ins Herz erledigt und das dritte war ein alter Mann, lassen die Vermutung zu, es könnte sich auch um eine Serienmörderin handeln.«

»Gut, aber Sie können uns doch sicher ein paar Fakten an die Hand geben, ein Profil des Täters, irgendeinen Hinweis«, polterte Lamberti los.

»Natürlich. Der Trailer.«

Alle schwiegen verblüfft, außer Miglio, der krampfhaft versuchte, ein Lachen zu unterdrücken. Er wusste schon Bescheid.

»Er oder sie hinterlässt in der Nähe jeder Leiche einen Hinweis auf die Umstände, unter denen er sein nächstes Opfer töten wird. Hier ein paar konkrete Beispiele: In der Wohnung der Telli lagen in einer Ecke Sägespäne. Zuerst haben wir gedacht, jemand hätte Sägemehl auf den Boden geworfen, um Erbrochenes, Hundepipi oder so etwas aufzusaugen, aber es war ein Hinweis auf den Mordfall Astuni: Sägemehl, eine Motorsäge, um die Leiche auf den Brettern zu zerteilen. Ist euch das klar? Oder seht euch das Foto vom Hals der armen Astuni an, dann werdet ihr bemerken, dass der Teppich leicht nach unten umgeschlagen ist … Nein, wartet mal, dieses Bild ist nicht gut.«

Miglio errötete bis an die Haarwurzeln. Auf seinem Foto sah man zwar den abgeschnittenen Kopf genau, aber die Ecke des Teppichs blieb halb verdeckt. Giuditta zeigte eine Vergrößerung ihrer Aufnahme.

»Seht ihr die umgebogene Ecke des Teppichs? Darin liegt

ein ausgerissener Zahn, der zu dem nächsten Opfer, dem armen Signor Iannoni, führt, vielleicht ist es sogar sein eigener, die DNA-Analyse ist in Arbeit. Also fassen wir die Sache mit den Trailern noch einmal zusammen:

1) Zwischen den Opfern besteht keinerlei Verbindung.
2) Der Mörder kennt sie nicht persönlich, er sucht sie aus, indem er ihnen auflauert oder sie verfolgt. Er wählt sie also nach ihrem Umfeld aus.
3) Der Mörder tötet nur für sich selbst, weil es ihm gefällt, das zu tun. Er bereitet sich sorgfältig darauf vor und kostet seine Vorfreude lange aus.
4) Er lässt am Tatort einen Hinweis zurück, der weder sein Zeichen noch eine Herausforderung an uns ist, sondern ein Trailer, also ein Vorgeschmack auf das nächste Schauspiel, in dem er auftreten wird. Nur für sich selbst.«

»Und wo ist dieser – wie nennen Sie es noch – Trailer diesmal?«, fragte Lamberti.

»Keine Ahnung«, antwortete Giuditta mit einem süßen Lächeln. »Haben Sie ›Der entwendete Brief‹ gelesen?«

3. Kapitel

»Was suchen wir eigentlich?«

»Irgendetwas.«

Giuditta und der Polizeibeamte Michelangelo Giglio trugen Handschuhe und Überschuhe, obwohl beim Abtransport der Leiche schon auf jede erdenkliche Weise Spuren zerstört worden waren. Regungslos standen sie mitten im Wohnzimmer des verstorbenen Signor Iannoni. Sie hatten sich als Einzige angeboten, diesen tausendsten Lokaltermin außerhalb ihrer regulären Dienstzeit durchzuführen. Giuditta hatte ihn so heftig befürwortet, wie Lamberti sich dagegen ausgesprochen hatte, und die Kollegen hatten sich gedrückt. Nichts deutete darauf hin, dass hier drinnen jemand getötet worden war. Eigentlich hatte das Opfer nicht viel Blut verloren, der Teppichboden hatte ein paar braune Flecken abbekommen, die aber nicht unbedingt nach Blut aussahen.

»Was ist das mit dem Brief?«

»Eine Erzählung von Edgar Allen Poe. Darin geht es darum, dass man oft etwas sucht und denkt, es sei raffiniert und überlegt versteckt worden, während es eigentlich ganz offen daliegt, für alle gut sichtbar. Nur sucht man so intensiv nach einem Versteck, dass man es nicht wahrnimmt.«

»Ja und?«

Heilige Einfalt. Sie drehte sich um und sah ihn an, damit er besser sehen konnte, welche Worte ihr Mund formte.

»Ja und, Miglio, wo haben wir bei den anderen Morden die Trailer gefunden? In einer Ecke auf dem Boden und in eine Teppichecke eingerollt. Sie waren nicht gut versteckt, im Gegenteil, sie waren sehr schnell zu sehen.«

»Ach so.«

Sie blieben eine Zeitlang stehen. Darin war Miglio gut, er begriff, dass es manchmal besser war, eine Weile stehen zu bleiben. So sah man vieles klarer. Nur Giudittas Anwesenheit erschwerte ihm das. Wenn er sie ansah, blieb sein Blick eigentlich nie auf ihrem Busen oder den Hüften hängen. Oft betrachtete er ihre Beine. Sie waren wohlgeformt und kräftig. Giuditta trug nie kurze Röcke, aber Miglio war fest davon überzeugt, dass ihre Oberschenkel genauso straff waren. Seine Freundin war dünn wie ein Zwirnsfaden, ihre Brüste schauten frech nach oben und pfiffen auf jeden BH. Ihre Hüften waren weich und schmiegsam wie die eines jungen Mädchens. Er zwang sich, nicht auf Giudittas Knöchel zu starren, sondern richtete den Blick lieber auf das Sofa im Wohnzimmer, den Couchtisch, die Zeitschriften, den Fernseher, die Fernbedienung, auf dem Couchtisch stand kein Foto, Rätselzeitschriften, auf dem Fernseher stand ein Elefant aus Keramik, auf dem Tischchen lagen Zeitschriften, darunter vielleicht auch ein Fernsehprogramm, die Fernbedienung, ein Aschenbecher, die Rätselzeitschriften, der Keramikelefant, das Tischchen, der Aschenbecher …

»Es gibt keine Fotos. Weder auf dem Tisch noch sonst irgendwo, nur im Schlafzimmer hängt ein Bild seiner Eltern. Er war wohl nicht sehr emotional.«

Miglio sah Giuditta an. »Jedenfalls hat er seine Gefühle nicht gezeigt.« Miglio war so naiv, aber auch clever.

»Anscheinend nicht. Ersten Ermittlungen nach war er

wohl homosexuell. Das war allgemein bekannt, vor einiger Zeit hat es einige vandalistische Angriffe auf ihn gegeben, nichts allzu Schlimmes. Er war immer diskret, hatte nie einen festen Freund, keine offizielle Beziehung.«

»Aha.«

»Das wusste der Mörder. Er sucht sich sein Opfer nicht aus, das habe ich euch ja erklärt, er wählt seinen Aktionsraum. Aber dann bereitet er sich auf die Tat vor, und dabei lernt er sein Opfer kennen. Er hat Zeit. Und Geduld. Erinnerst du dich an Nummer Zwei, die er zerstückelt hat?«

»Ja.«

»Ihre Finger waren als eindeutige sexuelle Hinweise positioniert. Die beiden Daumen auf den Brustwarzen, die Mittelfinger in der Vagina und im After, ein Zeigefinger auf der Klitoris, der andere im Mund, unter der Zunge. Die Ringfinger und die kleinen Finger waren in den Spalt zwischen den Pobacken geklemmt, als sollten sie sie öffnen. Aber das war nur ein Bluff.«

»A-ha.«

Sie war nicht sicher, ob er ihr zuhörte. Aber im Zweifel redete Giuditta einfach weiter.

»Uns interessiert die Position der Zehen. Er hat sie in einer Reihe auf die Schenkel gelegt. So, komm her.«

Sie streckte sich auf dem Boden aus, weit genug entfernt von den Blutflecken. Miglio zuckte zusammen, er war nicht darauf vorbereitet, sie auf dem Boden liegen zu sehen.

»Los, leg dich auf mich. Und zwar so, dass du dich mit den Armen aufstützt, als wolltest du … !

»Ja. Nein. Okay.«

Miglio stotterte, er stellte sich ungeschickt an, und als er endlich die richtige Position eingenommen hatte, hätte er bei der Olympiade als Athlet antreten können, so perfekt angespannt und durchtrainiert wirkte sein Körper. Wenn er die Armmuskeln noch ein wenig anspannte, hätte er die Beine anheben können und wäre trotzdem in waagerechter Position geblieben. Applausverdächtig. Giuditta lächelte nicht, sie lächelte nie, wenn sie jemandem etwas beibrachte, nicht einmal wenn es Miglio war.

»Okay. Jetzt schließe ich die Beine. Was würdest du tun, wenn du sie mit Gewalt spreizen wolltest, aber gleichzeitig meine Arme festhalten musst, es mit den Knien probiert hast und so nicht schaffst?«

»Um die Beine zu öffnen?«

»Ja, Miglio. Du bist ein Vergewaltiger, du willst meine Beine spreizen, musst mir aber die Arme festhalten und mit den Knien schaffst du es nicht. Was tust du dann?«

Miglio strahlte plötzlich und sagte:

»Ich nehme die Füße.«

»Genau. Du steckst einen Fuß in die Mitte, übst Druck aus, stützt ein Knie auf meinen Unterleib und schiebst das andere dazwischen. Dann spreizt du meine Beine und drängst dich mit dem übrigen Körper dazwischen. Okay?«

»Okay.«

»Du kannst jetzt aufstehen.«

»Ja.«

Miglio stand so auf, dass er Giuditta den Rücken zuwandte. Sie sollte nicht sehen, was sich deutlich abzeichnete, aber natürlich hatte sie es schon bemerkt.

»Das Opfer, die Astuni, ist vor Jahren von ihrem Arbeitgeber beinahe vergewaltigt worden. Man hat ihn geschnappt, weil sie einen Abdruck ihres Schuhs auf seinem

Schenkel hinterlassen hatte. Die Astuni konnte entkommen, und er hat drei Jahre gekriegt.«

»Verdammt!«

»Der Mörder wusste davon. Die Zehen liegen genau in der Position, die der Arbeitgeber in dem Moment eingenommen haben muss. Das Abschneiden des Kopfes und der Finger sind alles unsinnige Details, die ins Auge fallen und uns verwirren sollen. Die Botschaft lautet immer: Ich wusste davon, ich kannte sie, ich hatte mich erkundigt. Er möchte uns unbedingt vermitteln, wie sorgfältig und genau er vorgeht, dass er nichts dem Zufall überlässt. Er leistet gute Arbeit und will dafür die besten Noten. Nicht von uns, eher von sich selbst, aber wenn wir ihn verstehen, bekommen wir die auch.«

»Kann ich ihn diesmal haben?«

»Wenn du es verdienst, Miglio.«

»Wann kommen Morabito und die vom Erkennungsdienst?«

»Da es sich ›rein technisch‹ nicht um Mord handelt, der Bereich abgeriegelt ist und wir offiziell gar nicht hier sind, werden sie sich wohl Zeit lassen und erst morgen früh kommen … das ist in wenigen Stunden. Warum fragst du?«

»Iannoni wurde an der Schilddrüse operiert, richtig?«

»Richtig.«

»Seine Stimmbänder waren gelähmt, richtig?«

»Richtig.«

»Also sang er nicht gerade Opernarien, vielleicht hat er trotzdem seinen Hals vor Kälte geschützt, aufgepasst, dass er nicht hustete, hat selbst nicht geraucht und darauf geachtet, dass niemand in seiner Umgebung rauchte.«

»Genau.«

»Und wieso liegt dann ein Zigarettenstummel im Aschenbecher?«

Giuditta sah ihn an und strich ihm über die Wange.

»Er wurde erst nach ein paar Tagen gefunden, weil niemand Alarm geschlagen hat, er hat nie Freunde zu Besuch gehabt, er selbst hat nicht geraucht und somit …«

»Somit haben wir unseren ›entwendeten Brief‹ gefunden, können in die Zentrale zurückfahren und dort einen Bericht schreiben. Natürlich keinen offiziellen.«

Giuditta drehte die Handschuhe beim Ausziehen um und steckte sie in die Tasche. Dann zog sie die Überschuhe aus und Miglio, dessen peinliche Erektion sich gelegt hatte, tat das Gleiche.

»Michelangelo?«

»Giuditta?«

»Sag die Wahrheit. Du glaubst, dass es ein Mann ist.«

»Sagen wir lieber, es gibt etwas, das es mich vermuten lässt.«

»Und zwar?«

»Es fehlt jeder Beweis dafür, dass es ein Mann ist.«

Als sie nach Hause kam, war es nach drei Uhr. Sie schaltete in jedem Zimmer gerade so lange das Licht an, wie sie brauchte, um es zu durchqueren, dann schaltete sie es wieder aus. Diese Angewohnheit hatte sie von ihrem Vater, einem Bollwerk gegen die Verschwendung. Die Wohnung wurde von 40-Watt-Lampen nur matt erhellt. Eine anonyme Wohnung, sie hätte jedem gehören können. Die Kleidung in den Schränken gehörte ihr zwar, die Papiere auf dem Schreibtisch, der Computer und die Bücher über Gerichtsmedizin und Psychiatrie waren ein deutliches Zeichen, dass sie hier wohnte. Aber mehr gab es nicht. Sie hatte auch keine Fotos auf den Möbeln stehen, die Wohnung war beim Kauf bereits möbliert gewesen, die Wäsche kam von ihrer Mutter, Fernseher, Haushaltswaren, Badepflege waren ganz normale Durchschnittsprodukte. Bei dem Gedanken, dass diese Wohnung nach einem komplizierten, für jeden anderen nicht zu entschlüsselndem System funktionierte, das nur ihren Regeln folgte, lächelte Giuditta. Eine anonyme Wohnung? Nein, das war IHRE Wohnung. SIE hängte ihre Blusen nach einem bestimmten System im Schrank auf. Nicht etwa nach Farbe oder nach Stoffart, sie folgte einem Schema, das nur sie kannte. Ihre Bücher waren nicht nach Größe, Autor, Farbe oder Verlag geordnet, sie schienen völlig ungeordnet zu sein und dabei standen sie ganz streng in der Reihenfolge, wie sie sie gelesen hatte und das konnte nur sie wissen. Ihr war genau bewusst, dass vor allem Autisten diese Form von geistiger Ordnung praktizierten, aber es musste ja einen Grund dafür geben, dass man Autisten auch »geniale Irre« nannte. Giuditta hatte gelernt, immer über die Dinge und über ihren äußeren Schein hinauszuschauen und vor allem über den ersten Eindruck. Sie schaltete den Computer ein und ging ins Internet. Dann öffnete sie das Chatprogramm.

Er war online und wartete schon auf sie.

Aries: Kommst du jetzt erst zurück?
Nova: Ich habe bis spätabends gearbeitet
Aries: Müde?
Nova: Etwas. Können wir morgen chatten?
Aries: Okay
Nova: Gute Nacht.
Aries: Gute Nacht.

Um zwei nach vier klingelte das Telefon.

»Hallo?«

Schweigen.

»Hallo?«

Schweigen.

»Alessandro?«

Die Verbindung wurde unterbrochen.

4. Kapitel

Als er ungefähr sechsunddreißig war, hatte Ispettore Alessandro Amadei erste Anzeichen von seelischer Labilität an den Tag gelegt. Das erste schlimme Vorkommnis hatte sich nach einer langen Verfolgungsjagd ereignet. Sie hatten an einem Dreieck der Stadtautobahn einen Dealer gestellt. Alessandro hatte ihn praktisch mit dem Auto gerammt, sich überhaupt nicht darum gekümmert, dass der Verdächtige verwundet war und ihm Blut über die Stirn lief, ihn aus dem Wagen gezogen, ihm seine Pistole in den Mund geschoben und ihn angeschrien, er solle ihm die Namen seiner Komplizen sagen und zwar sofort! Ganz langsam und mit leiser Stimme hatte ihm sein Kollege, der vorher mit ihm im Dienstwagen, einem Saab, mit zweihundertzehn über die Autobahn brettern musste und der inzwischen wieder betete, nahegelegt, den Pistolenlauf aus dem Mund des Mannes zu entfernen, wenn er wollte, dass dieser ihm antwortete. Es wurde kein offizieller Bericht geschrieben, diesmal noch nicht, aber trotzdem sickerte etwas durch und man begann, Amadei zu beobachten. Dann war da dieser Überfall, bei dem ein Kollege zugab, er könne es zwar nicht beschwören, aber für ihn hätte es so ausgesehen, als habe der Ispettore zuerst geschossen und nicht die Bankräuber. Es gab den ersten Verletzten. Den zweiten. Dann schoss Amadei einen Kollegen an. »In dem Chaos konnte ich doch nichts mehr erkennen«, verteidigte er sich. Schade, dass nur er immer Chaos veranstaltete. Dann hatte es den ersten Toten gegeben. Ein Banküberfall: Ein Laie mit einer Spielzeugpistole, noch nicht mal maskiert, hatte sich sofort ergeben, als die Polizei eintraf, lief die Plastikpistole schwenkend hinaus und schrie: »Ich ergebe mich! Ich ergebe mich! Nicht schießen!« Alessandro hatte ihn mit einem einzigen Schuss erledigt. Danach hatte man ihn suspendiert. Eine Anklage ließ sich noch vermeiden, aber an seiner vorzeitigen Pensionierung führte kein Weg vorbei. Ispettore Amadei hatte schließlich seinem Land bestens gedient, bevor er anfing, »seine Probleme zu bekommen«. Zu diesem Zeitpunkt hatten Alessandro und Giuditta ihre Beziehung schon seit ein paar Jahren beendet. Offiziell, weil Giuditta sich standhaft geweigert hatte, ihn zu heiraten. Das sollten die anderen zumindest glauben. Aber eigentlich hatte Giuditta sich getrennt, weil sie genau wusste, dass Alessandro wahnsinnig war. Oder psychotisch, wenn dieser Begriff weniger hässlich klingt. Sie hatte alle Nuancen seiner manischen Verhaltensweisen und der in ihm schlummernden, nur gedämpften Brutalität kennengelernt. Alessandro war immer unruhig gewesen, und nachdem sie ihre Beziehung beendet hatten, war es noch schlimmer geworden. Die Gerüchte über ihn und Giuditta waren nie verstummt. War es aus zwischen ihnen? Sie hatten es offiziell bestätigt, trotzdem kamen sie immer noch gemeinsam in die Zentrale und verließen sie auch zusammen, jeder mit dem eigenen Wagen. Mehr als einmal hatte man Ispettore Amadei beobachtet, wie er hinter der Glaswand des Leichenschauhauses stand und Dottoressa Licari zusah, wenn sie eine Leiche sezierte. Und genauso oft fand die Dottoressa ihren Schrank aufgebrochen vor, jemand hatte in ihren Sachen gewühlt und auch etwas gestohlen. Sie hatte das nie ihren Vorgesetzten gemeldet, sondern nur das Schloss ihres Spinds ausgewechselt und wenn es nicht mehr zu reparieren war, gleich den ganzen Spind. Man hatte sie gebeten, sich des Falls Amadei persönlich anzunehmen, als interne Psychiaterin der Polizei. Sie sollte herausfinden, ob seine Psychose heilbar war, ob ihm ein Urlaub vielleicht helfen könnte. Giuditta hatte sich nicht geweigert, sie hatte denjenigen, der ihr etwas so Absurdes vorschlug, nur angesehen. Und gelächelt.

Dann begann die Sache mit den Unfällen.

Und eines Tages blieb Alessandros Platz am Schreibtisch leer.

Gut Informierte mussten sie natürlich umgehend darüber in Kenntnis setzen, dass Alessandro nicht nur seinen Arbeitsplatz verlassen, sondern auch die Wohnung und seinen Wagen verkauft, sein Bankkonto aufgelöst hatte und verschwunden war. Man glaubte, man würde ihn bald in irgendeinem Straßengraben finden, stockbetrunken, an einer Überdosis oder einem Kopfschuss gestorben. Giuditta wusste genau, dass das nicht der Fall sein würde. Alessandro hatte nie getrunken, und er würde jetzt nicht damit anfangen. Das Wort Drogen drehte ihm den Magen um. Und der Zeitpunkt für einen Selbstmord war noch nicht gekommen. Außerdem wusste sie, dass er nicht verschwunden war. Männer wie Alessandro verschwinden nicht. Sie fragen nicht um Erlaubnis, wenn sie in dein Leben eindringen oder wenn sie es verlassen wollen. Und wenn du glaubst, du kannst das Schloss auswechseln, haben sie immer einen Schlüssel, um hineinzukommen. Immer.

Aries: Also, heute Nachmittag hast du frei?

Nova: Genau. Ich dachte eigentlich, ich würde dich nicht treffen.

Aries: Das ist Zufall. Ich bin in meinem Büro und wollte ein paar Pläne überprüfen.

Nova: Entschuldige. Ich wollte dir nicht die Zeit stehlen.

Aries: Du stiehlst mir nie Zeit. Du schenkst mir höchstens welche.

Giuditta reckte sich nach hinten. Aries kleine Häppchen Banalität taten ihr richtig gut. So vorhersehbar er war, so gab sie sich auch, in ihrer Rolle als achtundzwanzigjährige Blondine, Leiterin der Parfümerieabteilung in einem großen Warenhaus. Dass man so einfach jemand anders sein konnte, indem man sich hinter der dünnen Silhouette eines Flachbildschirms versteckte, hatte sie sofort gereizt, als die Chatlines in Mode gekommen waren. Sie hatte viele Kontakte geknüpft, fast ausschließlich mit Männern, aber es waren auch ein paar Frauen dabei, die ihr interessante Ansatzpunkte boten. Der letzte in dieser Reihe war Aries, Architekt, siebenunddreißig, wahrscheinlich verheiratet, ein angenehmer Gesprächspartner, vielleicht ein wenig zu süßlich, aber schließlich ließ die Identität, die sie angenommen hatte auch nicht gerade viel Raum für philosophische Betrachtungen. Ein großartiger virtueller Liebhaber. Sie schaute kurz zum Fenster mit dem heruntergelassenen Rollladen. An dem wenigen Licht, das hindurchkam, sah sie, dass es langsam dunkel wurde.

Nova: Du bist so süß! Aber ich merke wirklich, dass ich kein Recht habe, dich beim Arbeiten zu stören.

Aries: Du könntest mir doch helfen …

Nova: Ich? Ich möchte dir nicht mal verraten, was ich für Noten in der Schule bekommen habe!

Aries: Komm, Nova, Noten haben damit überhaupt nichts zu tun. Und ich glaube, du hast keine Trigonometrie lernen müssen, oder?«

Nova: Ich weiß nicht mal, was das ist! Das ist so 'ne Art Mathematik, nicht?

Aries: Genau!

Plötzlich richtete sich Giuditta auf. Sie hatte im Gymnasium reichlich Trigonometrie in sich hineingestopft. Und die einzige Gemeinsamkeit mit der Mathematik bestand in Zahlen. Aber vielleicht hatte er das Ganze vereinfacht dargestellt, damit sie sich nicht blamierte …

Nova: Quadratwurzeln und so ein Zeug …

Aries: Stimmt.

Er log. Aries log. Mittelschule, naturwissenschaftliches Gymnasium oder eine Schule für Vermessungstechniker, dann Universitätsabschluss in Architektur …

Nova: ich begreife nicht, was ein Genie wie du an jemandem wie mir findet. Ich wette mal, du hast an der Technischen Hochschule mit Punktzahl hundertzehn und cum laude abgeschlossen! Habe ich Recht?

Aries: Du hast Recht, mein Spatzenhirn!

Aries machte das gut. Giuditta lehnte sich wieder in den Stuhl zurück, doch ihre Augen funkelten. Die Abschlusswertungen an der Technischen Hochschule gingen nur bis hundert. Ja, alle logen im Internet, aber nur wenigen war es gelungen, sie zu täuschen. Aries schon. Zwei Monate hatte er ihr von Baustellen, Geschäftsreisen, Projekten, Häusern erzählt. Lügen, alles Lügen. Und er hatte sie wirklich gut erzählt, mit Stil. War er wirklich siebenunddreißig, hatte blonde Locken, war er wirklich so süßlich, so vorhersehbar? Jede normale Frau hätte sich geärgert, aber Giuditta war eben keine normale Frau, und wenn etwas ihren Geist anregte – und nicht nur den – dann war es Neugier. Neugier schneidet schärfer als das schärfste Schwert, sagte sie sich immer, indem sie ein bekanntes Sprichwort abwandelte. Es hängt davon ab, wer das Schwert schwingt. Sie schob ihren Rock bis über die Hüfte hoch. Diesen Tag würde sie als »interessant« in Erinnerung behalten.

Nova: Na ja, vielleicht habe ich ein Spatzenhirn, aber was anderes ist riesengroß ... bei dir übrigens auch ...

Aries: ...

Nova: ... oder kannst du gewisse Dinge in deinem Büro nicht machen?

Giuditta zog sich wieder an. An diesem Abend musste sie unbedingt ausgehen. Aries hatte sie erregt, aber nicht befriedigt, jedenfalls nicht vollkommen. Ihren Körper vielleicht, aber ihr Kopf war gierig und fordernd geblieben. Tage wie dieser waren dazu geschaffen, alle Facetten ihrer Persönlichkeit zu elektrisieren. Sie hatte das dringende Bedürfnis zu beobachten, Erkenntnisse in sich einzusaugen, aufzunehmen. Sie versuchte, ihr Hobby nicht ausufern zu lassen, das sich mit den Jahren in eine Droge verwandelt hatte. Ein Hobby, das schließlich zu ihrem Lebenszweck geworden war und außerdem die Basis ihrer Arbeit bildete, die sie zu dem gemacht hatte, was sie war.

In der Woche davor hatte sie sich die einsamen Herzen vorgenommen. Deshalb hatte sich Giuditta sorgfältig ein romantisches Restaurant ausgesucht, dort tauchte sie heftig geschminkt und bescheiden gekleidet auf. Sie spielte die melancholische Rolle einer verlassenen, rührseligen Frau, die als Opfer an den Ort der Tat zurückkehrt, wo sie vielleicht früher mit einem Mann glücklich gewesen ist. Giuditta bereitete sich sorgfältig auf diese kleinen Laienaufführungen vor: Sie trank viel – zumindest musste es auf andere Leute so wirken – und starrte melancholisch in die Gegend. Ihre Augen glänzten, und sie tat so, als müsste sie gleich in Tränen ausbrechen. Aber sie nutzte diese Zeit zur Jagd. Man konnte ihr Hobby mit vielen krankhaften Bezeichnungen belegen, die überhaupt nicht zutrafen. Spannen? Studium der menschlichen Natur? Voyeurismus? Sie analysierte die Paare in ihrer Umgebung und amüsierte sich damit, vorherzusagen, wie deren Abend enden würde. Einige waren so durchschaubar: Die aufeinander eingespielten Paare, die, bei denen er sie betrog oder umgekehrt oder beide betrogen einander und akzeptierten das, oder sie betrogen einander und keiner hätte es beim anderen akzeptiert. Die Paare, die einander nicht kannten und auch nie kennenlernen würden, selbst wenn sie heirateten. Dann gab es die neuen Paare, die heimlichen und die, die mehr Unterhaltung versprachen: Die brandneuen Paare, die sich an diesem Abend erst entscheiden würden, ob sie den großen Schritt wagten und damit zu einem heimlichen Paar werden würden, indem sie, er oder alle beide Ehebruch begingen. An jenem Abend hatte Giuditta sich so ein Paar ausgesucht und war ihm in einigem Abstand gefolgt. Sie hatte noch gezögert, er unglaublich schlecht den edelmütigen, verständnisvollen Kavalier gespielt. Giuditta hatte gewettet, dass die Frau nachgab. Und verloren. Fünf Minuten später verließ die Frau den Wagen, knallte die Tür zu und entfernte sich auf wütend Stakkato klappernden Absätzen. Giuditta triumphierte. Sie liebte es, sich zu irren. Das kam fast nie vor, aber die Entdeckung, dass es sich noch lohnte zu ermitteln, dass es noch ein paar Unwägbarkeiten zu lernen, Nuancen zu vertiefen galt, belohnte ihre ständige Suche und erfüllte sie mit weiterer Neugier.

Heute Abend waren keine Restaurants dran, sondern ein Pub. Sie kannte einen, eine Mischung aus Privatklub und zwielichtigem Schuppen. Der richtige Ort für schräge Kontakte: Pärchen, Singles, Menschen auf der Suche nach gleichgeschlechtlichen Partnern oder einsame Herzen auf der Suche nach etwas, was sie nicht genau definieren konnten. Auf Nachfrage vergab der Besitzer diskret Zimmer im oberen Stockwerk. In dieser Art Lokale bekam man selten eindeutige Dinge zu sehen. Man musste schon in der Lage sein, sie zu interpretieren, das war gerade das Schöne daran. Giuditta wurde immer angesprochen, manchmal ging sie darauf ein und hatte ihren Spaß dabei. Eine Zeitlang. Sie war nicht schön. Aber in solchen Lokalen spielte das Aussehen nicht die größte Rolle. Genauso wie sie anziehend auf jemanden wirken konnte, nur weil sie eine Frau war, genauso einfach konnte sie ihn mit ein paar gezielten Blicken wieder wegschicken. Manchmal war sie grausam und war sich dessen bewusst. Aber auch das gehörte zur menschlichen Natur. Beschäftigte sie sich denn nicht jeden einzelnen Tag ihres Lebens mit Grausamkeit? Wie sollte sie sonst jemanden, der andere Leben zerstörte, verstehen oder sich sogar in ihn hineinversetzen, wenn sie Gewalt nicht gründlich, persönlich und manchmal sogar am eigenen Leib erfuhr? Selbst wenn es nur einen Toten gab, war da noch der Mensch, der ihn gefunden hatte. Giuditta wusste genau, dass sie sich nicht sehr von den Menschen unterschied, die sie zu jagen half. Niemand von ihnen tat das. Wenn du von vornherein annimmst, das ist der BÖSE und du bist der GUTE, dann gehst du besser nicht zur Polizei, sondern eröffnest einen Obst- und Gemüseladen. Ein Killer ist wie ein Gericht, dem eine Zutat beigefügt wurde. Ein Heiliger ist das gleiche Gericht, dem eine andere Zutat beigefügt wurde. Wir bestehen alle aus den gleichen Zutaten, wir alle entstehen nach dem gleichen Rezept. Der Koch entscheidet dann, wie es am Ende schmeckt. Wer der Koch ist, spielt dabei keine große Rolle. Giuditta hatte eine Abmachung mit sich selbst getroffen: Sie würde versuchen zu verstehen, ohne Ideen unbedingt teilen zu müssen. Vielleicht war sie nicht besser als die anderen. Nur ehrlicher.

Giuditta schloss die Wohnungstür und ging auf den hohen Absätzen schwankend und unsicher die Treppe hinunter. Sie hatte schon die halbe Strecke geschafft, da öffnete sich die Tür zur Wohnung unter ihr und Tadzio kam heraus. Er hielt ein Mädchen im Arm, das eine schrille Dauerwelle in einem noch schrilleren Rot trug. Sie strahlte vor Glück. Tadzio lächelte. Wie immer. Natürlich hieß er nicht Tadzio sondern Andrea und war jetzt sechzehn. Giuditta hatte ihn aufwachsen sehen, aber sie hätte nicht sagen können, wann er sich aus einem ganz normalen Kind, das lärmend im Hof spielte, in diese wandelnde Provokation verwandelt hatte. Seine dunklen Locken waren immer verwuschelt, Mandelaugen, zarte Sommersprossen, ein entwaffnendes, strahlendes Lächeln. Er war ein Sonnenschein, groß und schlank, passte freiwillig auf die Jüngeren auf, denen er beibrachte, Basketball zu spielen, immer bereit für jeden Nachbarn die Treppen zu laufen, um für ihn einzukaufen. Er fuhr immer

Fahrrad, sogar im Winter, während die anderen Jungs ihr eigenes Moped hatten. Der perfekte Sohn. Ja, sicher.

»Hallo, so wie Sie rumlaufen, sind Sie wohl auf Männerfang aus, was, Dottoressa«, sprach er sie an.

»Man tut, was man kann, stimmt's, Andrea?«

»ALLES, was man kann«, sagte er lachend und rannte die Treppe runter.

Das Mädchen mit den roten Haaren ließ sich mitziehen, so versunken war es in sein Glück. Die Kleine hatte ja auch nicht die Blondine gesehen, die gestern Andreas Wohnung betreten hatte. Und die andere Rothaarige, die Punkerin, die größer war als er, die letzte Woche herausgekommen war. Sie hatte ihn nicht die vielen Briefchen aus dem Kasten holen sehen, die eine unscheinbare Brünette jeden Tag einwarf, die offensichtlich nicht aufgeben wollte. Sie hörte auch nicht, wie Andreas zwei Handys ständig klingelten. Er legte sie aufs Fensterbrett, damit er immer erreichbar war. Sie wusste auch nichts von seinem Treffen mit einer Dreißigjährigen, er hatte ihr kurz die Hand gegeben und war dann mit seinem Fahrrad abgehauen. Es war nicht schwer zu erraten gewesen, was da zwischen den beiden den Besitzer wechselte. Andreas Mutter arbeitete in der Fabrik. Wenn sie abends spät nach Hause kam, war der Tisch immer schon gedeckt, das Essen gekocht und ein lustig-liebevoller Zettel mit der Nachricht, wann er zurückkam. Sie betete Andrea an, sie und alle anderen. Auch Giuditta. Ihr hatte ein Augenblick genügt, in dem sich ihre Blicke ein wenig bewusster gekreuzt hatten, um die dunklen Wolken zu entdecken, die sich dort im Schatten der Sonne niederließen. Das war schon ein paar Jahre her. Sie hatte begriffen, dass Tadzio in Andrea lebte, hinter der Fassade des Musterknaben entwickelte sich die finstere Gestalt eines perversen, gefährlichen Mannes, der schon als Kind gelernt hatte, sich zu verstellen. Er hatte nämlich begriffen, welche Rolle er vor seinen Mitmenschen spielen musste, um die Seiten zu verbergen, die er den anderen besser nicht zeigte. Und plötzlich hatte sie sich in der Hauptfigur des »Tod in Venedig« wiedergefunden, in der Rolle des Professor Aschenbach, der alle Würde verliert, weil er den Jungen Tadzio liebt und idealistisch verklärt, einen Jungen, der schon ein Mann ist, so grausam wie ein Erwachsener, der seine scheinbare Unschuld einsetzt, um zu verführen und zu quälen. Auch sie hatte Andreas' Doppelbödigkeit fasziniert, dieser vorbildliche Sohn, seine Zweideutigkeit, die Perversion, die sich ankündigte. Vielleicht wartete Tadzio schon lange darauf, dass sie ihn bemerkte, denn von da an warf er ihr ständig herausfordernde Blicke zu. Die besagten: »Warte, bis ich achtzehn bin, dann besorg ich's dir.« Tadzio hatte keine Angst vor ihr. Er kannte sie, wusste, was sie von Beruf war, und was man sich über sie erzählte, aber in der Naivität seiner Jugend, die sich für unbesiegbar hält, war ihm das ziemlich egal. Sie wäre der wertvollste Skalp an seinem Gürtel gewesen, und bis zu seinem achtzehnten Geburtstag würde er noch einige hinzufügen, aber sie wäre sein Meisterstück. Giuditta folgte Tadzio und dem Mädchen mit den Augen bis zur Haustür. Schon morgen würde es weinen und vielleicht nicht so bald wieder aufhören. Das könnte ihr auch passieren. Sie wusste nicht, ob sie Tadzios Zauber widerstehen könnte. Auf der vorletzten Stufe fiel ihr etwas ganz Offensichtliches auf, das sie noch nie bemerkt hatte. So viel an Tadzios Körper erinnerte sie an Alessandro. Er hätte sein Sohn sein können. In diesem Fall hätte einer von ihnen nicht überlebt. Also war es besser so. Auf dieser Welt war Platz genug für sie beide. Vielleicht.

Rauchschwaden hüllten den Raum ein, gedämpfte Musik ertönte, schummriges, vorwiegend rotes Licht, wenige Gäste, denn die meisten kamen erst später. Giuditta setzte sich auf ein u-förmiges Sofa an der Seite, eine vage Einladung für jemanden sich zu ihr zu setzen. Sie bestellte einen alkoholischen Fruchtcocktail. Dann ließ sie ihre Gedanken schweifen und entspannte sich, während ihre Augen instinktiv nach dem ersten Opfer suchten. Sie erkannte es in einem fetten, kahlen Mann am Tresen. Etwa vierzig, aber vielleicht sah er auch nur älter aus, ziemlich ungepflegt. Seinen Händen, den muskulösen Armen und dem Zustand seines T-Shirts nach musste er Maurer sein. Seine staubigen Haare trug er hinten zusammengenommen, obwohl er beinahe eine Vollglatze hatte. Ein ungepflegter Bart umschattete das sonnenverbrannte, aber auch sonst dunkelhäutige Gesicht eines Süditalieners. Giuditta senkte die Augenlider. Ein Trinker. Man bekommt keinen so dicken Bauch, bevor man vierzig ist, wenn man zehn Stunden am Tag wie ein Tier schuftet, außer man lässt sich volllaufen, erst mit Bier und dann mit anderem. Er war in Begleitung. Die Hose, eine Arbeitshose, hatte Bügelfalten – manche Frauen sind seltsam! Und das neben ihm war bestimmt nicht seine Mutter. Die Mutter so eines Typen hätte ihn nie so abgerissen herumlaufen lassen – und er sah auch nicht aus wie ein Muttersöhnchen, vielleicht war ihr Wäschewaschen aber auch scheißegal. Seine Begleiterin konnte eine verschüchterte Schwester oder Tante sein, aber wahrscheinlich war sie einfach nur irgendeine Frau. Die genügte ihm aber nicht, denn sie befriedigte ihn nicht. Und wenn eine Frau dir die Hosen mit Bügelfalte bügelt, aber dich ansonsten nicht befriedigt, dann heißt das, du hältst sie für unterlegen und denkst, du hast etwas Besseres verdient. Und du suchst danach. Und deshalb bist du hier.

»Du weißt doch, ich mag es nicht, wenn du Alkohol trinkst.«

Mit einem Schlag fand Giuditta in die Wirklichkeit zurück und drehte sich zur anderen Hälfte des Sofas um, die sie frei gelassen hatte. Dort saß Alessandro. Als hätte er nie etwas anderes getan.

5. Kapitel

»Du siehst gut aus.«

»Wo warst du?«

»Vielleicht solltest du die Haare anders tragen.«

»Alessandro, antworte mir!«

»Und deine Sachen! Schwarz sieht so trist aus. Hast du nicht was Fröhlicheres?«

»Ich habe nachgedacht.«

»Wirklich? Das sieht man gar nicht.«

Er setzte sich bequemer auf das Sofa. Sein blaues aufgeknöpftes Hemd ließ die muskulöse Brust und die breiten Schultern ahnen, seine Jeans war frisch gebügelt. Er trug die Haare nur ein wenig länger, als es der Dienstschnitt vorschrieb, an den er sich jahrelang penibel gehalten hatte, ein paar schwarze Strähnen fielen in seine Stirn. Seine Sonnenbräune betonte die Falten noch, die ihm verdammt gut standen. Alessandros Augen waren dunkel aber klar, freundlich, ohne Schatten. Anscheinend ging es ihm wirklich gut. Sie hatte ihn seit sieben Monaten nicht gesehen. Als sie damals in ihr Auto steigen wollte, hatte er auf dem Fahrersitz gesessen und die Fahrzeugpapiere geordnet. Ihre erste Regung war Überraschung, ein angenehmes Gefühl. Dann wurde sie wütend. Sie hatte sich wieder entblößt, war unvorsichtig geworden, hatte sich umgesehen, aber nicht beobachtet. Unaufmerksam. Oberflächlich. Alessandro hatte sich die Wagenschlüssel geben lassen und ihr vorgeschlagen, »ein bisschen rumzufahren und zu reden«. Nach drei Stunden hatte er sie wieder zurückgebracht. Er hatte die Tür aufgemacht, war aus dem glühend heißen Wagen ausgestiegen und hatte sie schweißgebadet im Auto sitzen lassen. Ihr Magen hatte sich verkrampft, um nicht zu kotzen, aber sie war noch am Leben. Dann war er wieder aus ihrem Leben verschwunden, außer dass er sie jede Nacht anrief.

»Außerdem hast du keinen Grund, dich um mich zu sorgen. Ich bin nicht dein Verlobter. Und um Freunde macht man sich keine Sorgen.«

»Du bist kein Freund, warst es nie und wirst es nie sein. Also, hör auf damit.«

»Na wie läuft es bei dir? Sie da!«, sagte er zum Kellner. »Nehmen Sie das mit und bringen Sie uns zwei Limonaden.«

»Ich hasse Limonade!«

»Ich weiß, Kleines, ich weiß. Also: Hast du den Mann deines Lebens gefunden?«

»Nicht so schnell, verdammt nicht so schnell«, dachte Giuditta. »Lass mir wenigstens ein bisschen Zeit, ich bin nicht vorbereitet, ich bin nicht ...«

»Antworte, wenn ich dich was frage!«

»Nein, Alessandro. Du weißt genau, nach dir wird es keinen anderen geben.«

»Und wie willst du das wissen, wenn du es nicht wenigstens versuchst?« Alessandro klang brüderlich, großmütig.

»Ich will es nicht versuchen.«

»Haha. Und warum bist du dann hier?«

Sie musste aufpassen. Verdammt aufpassen. Ihre Worte genau wählen.

»Hier oder woanders, das ist ega...«

»Nein!«

Alessandro schlug mit der Hand auf den Tisch, dabei kippte eines der Gläser um.

»Erzähl mir nicht, eine Sandwichbar, ein Kino, ein Spielsaal oder ein romantisches Restaurant für Pärchen seien das Gleiche wie dieser Anmachschuppen! Versuch nicht mal, mich so zu verarschen, Giuditta, hast du mich verstanden!«

Das flüsterte er ihr direkt ins Gesicht. Sie sog schnell und tief seinen Atem ein, seinen Geruch, versuchte zu verstehen, wonach er roch, es herauszufinden, gab es Spuren von Alkohol, Rauch, aber da war nichts, überhaupt nichts. Sie sah nach, ob seine Pupillen erweitert waren, aber nicht einmal dort fand sie Spuren von Drogen. Der freundliche klare Blick war wieder den dunklen Teichen gewichen, diesem Niemandsland, in dem allein Alessandros Wahnsinn lebte. Er hatte ihr gesagt, wo sie wann in letzter Zeit gewesen war. Konnte er ihr wirklich überallhin folgen? Was tat er davor oder danach?

»Komm mit raus!«

»Bitte nicht, Alessandro, bitte!«

»Entweder benutzt du deine eigenen Beine oder ich trage dich raus.«

Langsam stand sie auf und schaute sich um, aber sie wusste es vorher. Niemand würde auch nur einen Finger rühren, nicht einmal, wenn der kahle Maurer an Alessandros Stelle gesessen hätte. Die Leute hier wollten keine Scherereien, auch wenn sie das nie zugegeben hätten. Sie witterten die Gefahr, die von diesem großen, anständig aussehenden Mann ausging, dem sie unter normalen Umständen sicher gern ein Bier ausgegeben hätten.

Es passierte in der Gasse hinter dem Pub. Alles war wie immer. Sobald sie den Lichtkreis der Lampe verließen, stieß Alessandro sie gegen die Wand und presste sich mit dem ganzen Gewicht seines Körpers an sie.

»Mit wem treibst du es, du Schlampe? Ist es Lamberti? Broglia? Oder Miglio? Oder mit allen zusammen? Oder hast du noch mal mit Frauen angefangen? Ich empfehle dir die Laffranchi, da bekommst du alles, was du willst, aber ich bin sicher, das weißt du schon genau. Oder die Alderighi, die saugt an dir wie eine Pumpe, aber du willst mehr, oder irre ich mich? Mit wie vielen treibst du es auf einmal? Zwei oder drei? Oder hast du dich selbst übertroffen? Du riechst auf einen Kilometer nach Möse, das habe ich schon gemerkt, als du ins Lokal kamst. Wer sollte nicht riechen, dass du geil bist, du Schlampe? Als du mich aus dem Weg geräumt hast, hast du all deine Probleme gelöst, nicht? Du hast diese Verschwörung gegen mich angezettelt, damit ich entlassen werde, bist mir in den Rücken gefallen. Glaubst du etwa, ich weiß das nicht? Doch, ich weiß alles über dich, auch das, was Du nicht weißt. Sag mal, spielst du immer noch mit Leichen herum? Bei denen muss er ja hart sein, nicht? Hart und kalt, wie du es magst, du bist da ja auch aus Stein, du hältst dich für die Eisjungfrau, aber du bist nur eine beschissene frustrierte Kuh, du glaubst, du wärst besser als wir anderen, armseligen Menschen, dabei taugst du nichts, du bist ein gescheiterte Frau, du brauchst gar keine Möse, warum steckst du dir nicht eine Flasche mit Ätznatron hinein und bringst es ein für alle Mal hinter dich? Glaubst du etwa, du wirst Kinder bekommen? Wer wollte welche von dir? Oder mit dir? Wer zum Teufel würde eine Schlampe wie dich ficken?«

Er hielt ihr die Hände über dem Kopf überkreuzt, presste

sein Becken gegen ihre Scham, in seinem Flüstern lagen Wut, Verzweiflung, Hass und Liebe und Wahnsinn. Giuditta konnte nichts tun, sie versuchte nicht einmal, ihn aufzuhalten, eigentlich wollte sie das auch nicht. Alessandro war der Stärkere. Sie hatte Hunger und Durst. Wie lange würde sie das noch durchhalten? Es dauerte schon sieben Jahre. Anfangs war es nicht so gewesen, aber es hatte sich schnell in diese Richtung entwickelt und jedes Mal brach Alessandros Wahnsinn heftiger aus und damit seine Gewalttätigkeit. Er hatte nie die Hand gegen sie erhoben, jedenfalls nicht in der Absicht, sie zu schlagen. Aber er hatte sie schon immer gequält. Plötzlich war sie sehr müde.

»Hör mal, Alessandro, warum tötest du mich nicht, dann ist endlich alles vorbei.«

Die Umklammerung an ihren Handgelenken löste sich. Alessandro glitt einen Schritt zurück und löste sich von ihrem Körper. Gegen ihren Willen entschlüpfte Giuditta ein Seufzer. In der Dunkelheit konnte sie sein Gesicht nicht erkennen, aber sie merkte, dass er sich beruhigte.

»Bist du noch Jungfrau?«

»Ja.«

Seine Stimme klang jetzt wieder normal, freundlich, beinahe umgänglich.

»Überall?«

»Ja!«

»Versuch nicht, mich zu belügen, ich kann das ganz leicht nachprüfen.«

Ein Teil von ihr flehte stumm: »Ja, tu das bitte, damit diese Quälerei endlich aufhört!«

»Tu's doch!«

Alessandro schwieg lange, als müsste er nachdenken. Dann folgte er seinem üblichen Dialog.

»Willst du mich heiraten?«

»Nein.«

»Liebst du mich?«

»Nein.«

Seine Brust hob sich in einem resignierten Seufzer. Als wäre er ein Vater und sie ein störrisches Kind.

»Na gut. Ich werde warten.«

Er kam näher und Giuditta blieb stehen. Sie war sicher, nun hatte sie nichts zu befürchten. Seltsamerweise wusste sie das genau. Sie hatte es eigentlich immer gewusst. Alessandro strich ihr liebevoll mit dem Handrücken übers Gesicht.

»Ich schwöre dir, wenn du dich ficken lässt, bring ich dich um.«

Dann ging er.

Als sie unten ins Treppenhaus kam, zog sie die Schuhe aus. Giuditta wusste, sie sah zerrauft aus, so, als hätte sie das getan, was sie eben nicht getan hatte, weder an diesem Abend noch irgendwann sonst. Es war noch nicht einmal sehr spät, aber wie sagt man noch? Wenn man sich amüsiert, vergeht die Zeit wie im Fluge. Und natürlich traf das auch für das Gegenteil zu. Als sie unterdrücktes Gelächter hörte, dachte sie nur, sie stünde unter Schock oder sei verrückt geworden, und trotzdem war es ihr völlig egal. Alles war ihr völlig egal. Plötzlich hörte sie eine Stimme aus dem Nichts, ein paar Stockwerke über ihr. Andrea flüsterte:

»Gute Nacht, Dottoressa.«

Giuditta drehte sich nicht um. Sie sagte nur:

»Gute Nacht, Andrea.«

Und schloss die Tür hinter ihrem armseligen Leben.

6. Kapitel

Träge aber entschlossen war er auf ihren Schreibtisch zugekommen. Sie betrachtete gerade das Foto eines weiblichen Schädels, den jemand genau in der Mitte mit einem Beil gespalten hatte. Als sie sich fragte, wie der seitdem untergetauchte Ehemann in einem Anfall von Eifersucht so präzise gewesen sein konnte, sprach er sie an:

»Heute Abend gehen wir essen.«

Das war keine Frage. Giuditta schaute von dem Foto auf und begegnete dem Blick von Ispettore Alessandro Amadei. Dem legendären Ispettore Alessandro Amadei. Jeder erzählte etwas anderes über ihn: Er sei unglaublich gut, er sei ein verdammter Bastard, ein Asozialer, hätte noch nie einem Kollegen ein Bier ausgegeben, er bewege sich leichtfüßig wie eine Katze und würde immer so schießen, als hätte er alle Zeit der Welt, um zu zielen. Am liebsten arbeite Amadei allein, und auf diese Weise hätte er mehr Fälle gelöst als seine Kollegen zusammen. Hinter vorgehaltener Hand erzählte man sich, er wäre mit Frauen aus der Zentrale ausgegangen, auch aus den höheren Etagen, aber über diese Affären wurden keine Details bekannt, denn die direkt Beteiligten weigerten sich, darüber zu sprechen, als hätten sie Angst. Giuditta zögerte. Nicht aus, wenn auch berechtigter, Zurückhaltung, schließlich hatten Amadei und sie sich in den zwei Jahren, die sie jetzt dort arbeitete, höchstens dreimal gegrüßt, oder weil sie noch einmal im

Kopf das ganze Gerede über ihn durchging, nein, sie war schlicht und einfach verblüfft. Ispettore Amadei lud sie ein, mit ihm auszugehen. Er und Sie! Ein harter, schnörkelloser Mann, wie die Männer früher, ein Bulle mit dem untrüglichen Instinkt und schnell mit dem Finger am Abzug, ein wandelndes Klischee mit den dunklen Locken, den muskulösen Armen und dem Dreitagebart. In jeder Fernsehserie mit ihm in der Hauptrolle hätte sie nicht mal als Statistin mitspielen dürfen, und natürlich hätte er sie nie eingeladen, mit ihm auszugehen. Da steckte bestimmt noch etwas anderes dahinter. Sie überlegte. Eine Wette? Wollte er mit ihr über die Arbeit sprechen, sie in einem schwierigen Fall um Rat fragen? Sie verwarf alle Hypothesen. Unwahrscheinlich war es schon, aber anscheinend nicht unmöglich.

»Wann?«, fragte sie ihn.

Bei ihrer ersten Verabredung hatte Alessandros Unterhaltung mehr Löcher aufgewiesen als ein Schweizer Käse. Giuditta hatte über alles Mögliche geredet, sie war aufgeregt, nervös und fühlte sich fehl am Platz, außerdem hatte sie sich ständig gefragt, warum sie sich eigentlich trafen. Alessandro schien ihr nicht einmal zuzuhören. Er schaute sich scheinbar ziellos um, goss sich etwas zu trinken ein, nur Wasser, und sorgte dafür, dass sie immer ein volles Glas hatte. Giuditta hatte mit dem Gedanken gespielt, er beschatte jemanden und sie diene ihm als Tarnung. Das klang plausibel, doch sie wusste genau, dass es nicht stimmte. Dann brachte er sie nach Hause und ersparte ihr jede Peinlichkeit, indem er sich kurz zu ihr hinüberbeugte, um ihr die Tür zu öffnen, und dabei nur »Gute Nacht« sagte.

Am nächsten Tag stand er wieder vor ihrem Schreibtisch.

»Ich warte um sechs Uhr unten auf dich.«

»Alessandro, ich glaube, ich weiß nicht ganz, was du …«

»Ruf mich an, wenn es bei dir später wird.« Dann ging er.

Giuditta war verblüfft. Das zweite Treffen plätscherte so dahin, fast schlimmer als das erste. An diesem Abend war sie nicht so aufgeregt, aber ihre Neugier war noch stärker geweckt. Deshalb hatte sie auch wenig gesagt, und als er sie zurückbrachte, hatte sie die Wagentür selbst aufgemacht, noch bevor der Wagen stand. Als sie sich von ihm verabschiedete, hatte sie etwas völlig Unerwartetes auf Alessandros Gesicht bemerkt. Ein Lächeln. Nur dieses Lächeln, aber immerhin.

»Willst du mich heiraten?«

Giuditta verschluckte sich an ihrem Wasser.

»Entschuldige, was hast du gerade gesagt?«

»Ich sagte: Willst du mich heiraten?«

Das war ihre dritte Verabredung. Sie hatte sich zwingen müssen zu lachen, ein verzweifelter Versuch, sich selbst davon zu überzeugen, das sei nur ein Scherz, während in ihrem Kopf sämtliche Alarmglocken schrillten.

»Nicht lachen!«

Alessandro hatte jede einzelne Silbe betont.

»Nein, aber bist du verrückt? Wir kennen uns nicht einmal, sind gerade dreimal miteinander ausgegangen …«

»Ich kenne dich.«

Eine Frage stand jetzt zwischen ihnen im Raum.

»Ich habe dich beobachtet. Zwei Jahre lang.«

Das war ein harter Schlag für Giudittas Eigenliebe und alle Prinzipien, die ihr Leben beherrschten. Sie hatte immer geglaubt, es nicht ertragen zu können, wenn jemand das Gleiche mit ihr täte, wie sie mit dem Rest der Welt. Sie spielte mit den anderen, nicht umgekehrt, NIEMALS! Sie klammerte sich an die Hoffnung, dass er nichts begriffen haben musste. Sie war nicht zu durchschauen, sie zeigte den anderen nur so viel von sich, wie sie wollte. Das Übrige blieb hinter jeder Bewegung, jeder Geste oder Nuance ihrer Stimme verborgen. Er konnte es nicht begriffen haben. Aber das war ein gefährliches Terrain und so hart es sie ankam, das zuzugeben, sie war sich nicht sicher.

»Hör mal, zwei Menschen heiraten nicht einfach so. Sie müssen sich vorher treffen, herausfinden, wie der andere ist …«

»Ich weiß, wie du bist.«

»Na gut, aber ich weiß nichts von dir! Außerdem … außerdem ist es absurd, zwischen uns gibt es keine Nähe, keine Intimität …«

»Das lässt sich ganz einfach ändern.«

»So habe ich es nicht gemeint. Ich dachte an … Gleichklang, Vertrauen, … glaubst du nicht, in einer Ehe müsste es zumindest Liebe geben?«

»Sicher. Ich liebe dich.«

Er meinte es ernst. Todernst.

»Liebst du mich?«

Giuditta schaffte es nicht einmal sich zu rühren, geschweige denn, ihm zu antworten.

»Wart's ab. Du wirst mich lieben.«

So begann ihre Beziehung, sie hatte drei Jahre gehalten. Giuditta musste sich zwingen, sie so zu nennen, denn sie hatte nichts von einer Liebesbeziehung gehabt. In einer ihrer ewigen, sinnlosen Diskussionen hatte sie ihm sogar gestanden, sie sei noch Jungfrau, nur um ihn zu überzeugen, wie verrückt seine Vorstellung von Liebe war. Sie dachte, jetzt würde er sie mit Fragen bestürmen, alles darüber wissen wollen, ob man sie als Kind missbraucht hätte, ob ihr irgendein Trottel mit einem gewinnenden Lächeln und Wegwerfmanier das Herz gebrochen hatte, wer zum Teufel schuld war. Sie glaubte, es würde ein Schlag für ihn sein, aber Alessandro hatte gelächelt und scheinbar geistesabwesend gesagt:

»Ich weiß.«

Er küsste sie nie. Nahm sich nie heraus, ihren Busen zu berühren oder ihre Scham. Doch er beschäftigte sich minutenlang mit einem winzigen Teil ihres Körpers, keuchte mit geschlossenen Lippen und brachte sie ebenfalls zum Keuchen, beide standen regungslos da, erregten sich selbst und hielten sich zurück – zumindest Giuditta. In diesen drei Jahren hielten sie sich oft nackt im gleichen Raum auf, berührten sich selbst und beobachteten dabei den anderen. Mehr gestand ihr Alessandro nicht zu. Er wartete ab, sie sollte immer zuerst kommen. Jeder lebte in seiner Wohnung, bis Giuditta nachgab, wie es Alessandro nannte. Nachdem eine Zeit lang mehr oder minder gepfefferte Bemerkungen die Runde machten, hatten sich schließlich alle für dieses unwahrscheinliche Paar gefreut. Sie wussten ja nicht, dass die beiden nicht mehr Liebespaar waren als Dick und Doof. Giuditta konnte sich nicht erklären, warum sie dieser seelischen und körperlichen Folter so lange standgehalten hatte, die nur aus Verboten bestand: Nicht anfassen, etwas nicht tun, nichts fühlen, nicht sein. Vielleicht aus dem gleichen Antrieb wie immer – Neugier. Alessandro war in einem Ausmaß verrückt, wie es sich keiner innerhalb noch außerhalb der Zentrale auch nur annähernd vorstellen konnte. Giuditta hatte nie auch nur einen Augenblick an Heilung geglaubt. Sie war sich ganz sicher, früher oder später würde er jemanden einfach so töten. Vielleicht hatte sie ja standgehalten, weil sie wissen wollte, wie es ausging. Oder insgeheim glaubte ein Teil von ihr, Alessandro hätte Recht mit dem, was er über sie beide sagte. Seine felsenfesten Überzeugungen waren so stark und unangreifbar, verstießen so vollkommen gegen jede Logik, dass sie ihr ab und zu vernünftig vorkamen. Es gab auch schöne Augenblicke, wenn Alessandro über sich und seinen Vater erzählte, der als Koch in einer Trattoria gearbeitet hatte, und sich an Episoden aus seinem einfachen Leben am Stadtrand erinnerte. Sie redeten stundenlang, gingen gemeinsam ins Kino, ins Theater, liefen Hand in Hand. Und es gab die schlimmen Momente, wenn er nicht akzeptierte, dass sie sich hartnäckig weigerte, ihn zu heiraten und sie erleben musste, wie er seinem Zorn Luft machte: Er schlug Möbel kurz und klein, warf Gegenstände durchs Zimmer und schloss sie stundenlang zwischen den Trümmern ein. Giuditta rief nie um Hilfe, sie wartete geduldig ab, dass er zurückkam, wenn seine Wut sich gelegt hatte. Dann sah er sie völlig verblüfft an und fragte sie, warum sie noch da sei. »Du hättest doch gehen können, wenn du wolltest, schließlich liebst du mich ja nicht. Die Tür ist offen.«

Sie versuchte nicht einmal, etwas dagegen zu sagen, sondern stand auf und ging. Dann gab es diese schrecklichen Morgen, an denen Giuditta einen Zettel auf dem Schreibtisch fand, auf dem nur stand: »Wir sehen uns bald wieder.« Und sie begriff, dass man ihn dienstlich irgendwohin geschickt hatte. Manchmal vergingen Tage, aber auch Wochen oder Monate. Wenn er dann zurückkam, ließ er oft sein Türschloss auswechseln, damit sie nicht hineinkam, oder änderte seine Telefonnummer, damit sie ihn nicht anrufen konnte. Einmal hatte er sich sogar versetzen lassen. Giuditta nahm das an wie eine Trauerzeit, sie fühlte sich, als hätte man sie abgetrennt wie einen kranken Ast. Doch sie wusste genau, nicht sie war der kranke Ast. Nach einer Weile tauchte Alessandro wieder an ihrem Schreibtisch auf, als wäre nichts gewesen, gab ihr die neuen Wohnungsschlüssel, seine Telefonnummer, und erzählte eine Reihe banaler, unglaubwürdiger Ausreden, um sein Verschwinden zu rechtfertigen. Giuditta tat, als glaubte sie ihm. Vielleicht war sie erschöpft. Sie hatte standgehalten. Bis zum letzten Abend.

Es war alles sehr schnell gegangen, an einem ganz normalen Abend, in seiner Wohnung. Ansonsten wirkten sie auch wie ein ganz normales Paar. Alessandro war plötzlich über sie hergefallen, hatte sie aufs Sofa geworfen, ihre Beine gewaltsam auseinandergespreizt und sich mit seinem ganzen Körpergewicht auf sie gelegt. Giuditta wurde davon völlig überrascht, wusste nicht, wie sie reagieren sollte. Alessandros Gesicht hing ganz nah über ihrem, aber sobald sie versuchte, diese Distanz zu überwinden, entfernte er sich von ihr. Es galten klare Regeln: Er durfte sie anfassen, aber sie ihn nicht. Alessandro bewegte sich, er presste sich gegen ihr Geschlecht, wollte ihr zeigen, wollte, dass sie sich ausmalte, was alles hätte sein können. Er strich mit seinen Lippen über ihren Hals, ihren Busen, berührte ihn leicht, keuchte, versprach etwas, ohne es zu erfüllen. Sobald Giuditta versuchte, selbst etwas zu tun, hielt er ihre Handgelenke fest. Sie wehrte sich und wusste nicht, warum er sich so verhielt. Sie wollte nur, dass dieser perverse Kreislauf aus Widerstand – Nachgeben – Begehren – Enttäuschung – aufhörte, egal wie und um welchen Preis. Doch der Preis stand fest. Alessandro hatte ihn von Anfang an festgelegt.

»Liebst du mich?«

Das Wort lag ihr auf der Zunge. Es konnte eine Lüge sein oder die Wahrheit, vielleicht würde sie es auch nur sagen, weil sie so erschöpft war, weil ihr Körper es nicht mehr aushielt und um Gnade winselte, sich nach Ruhe sehnte und sein Recht verlangte. Dieses »ja« verhakte sich in ihrem Atem. Wenn sie es aussprach, würde sich der Käfig unwiderruflich schließen. Mit diesem »ja« hätte sie für immer Alessandro Amadei gehört, und dieses »immer«, egal wie lang es dauerte, hätte für sie die Hölle bedeutet.

»Ich bitte dich …«, keuchte Giuditta.

Alessandro machte keine Anstalten aufzuhören. Aber er hörte ihr zu.

»Ich bitte dich …«

»Ich habe dich auch gebeten. Ich habe dich lange gebeten.«

»Aber ich … kann nicht.«

Das Schaukeln hörte auf. Nicht abrupt, sondern eher als schwinge es aus.

»Ich kann auch nicht. Sex ohne Liebe geht bei mir nicht.«

Im Bruchteil einer Sekunde sprang Alessandro auf, streckte sich, aber er wirkte nicht besonders enttäuscht. Dann fragte er sie, ob sie sich mit ihm einen Zeichentrickfilm ansehen wollte. Giuditta setzte sich auf, ihre Oberschenkel waren beschämend nass, ihr Geschlecht schrie nach Befriedigung.

»Ich muss einen Moment ins Bad …«

»Nein.«

Alessandro drehte ihr den Rücken zu und blätterte die DVDs durch.

»Alessandro … bitte … lass mich ins Bad.«

»Nach dem Film. Möchtest du Popcorn? Ich brauche nur zehn Minuten.«

»NEIN!!!« Ihr Schrei kam völlig spontan. Erstens bedeutete das zehn Minuten länger warten, ganze zehn Minuten, außerdem waren ihre Wut und Enttäuschung über diese Ungerechtigkeit stärker als ihre Angst vor Alessandro. Doch der drehte sich nicht um und sah sie nicht mit diesen Augen an, die wie zwei schwarze Teiche wirkten. Er hielt ihr zwei DVD-Hüllen hin und überließ ihr großzügig die Entscheidung.

Nach dem Film musste Giuditta nicht mehr ins Bad. Sie hatte ihn über sich ergehen lassen, ohne ihn wirklich zu sehen, in Alessandros Arm, wie brave Verlobte, und hatte nur darauf gewartet, dass sich das Ziehen in ihrem Unterleib in ein dumpfes Pochen verwandelte und dann in ein unterdrücktes Kribbeln, bis es endlich aufhörte. Alle Hormone hatten sich beruhigt. Jetzt fühlte sie sich nur noch klebrig, verschwitzt und stinkend. Alessandro sah aus, als käme er gerade aus der Schönheitsfarm. Als er den Fernseher abschaltete, nahm Giuditta wortlos ihre Tasche und ging zur Tür. Alessandro versuchte nicht, sie aufzuhalten, er verabschiedete sich nicht, ja, er schien nicht einmal zu bemerken, dass sie nicht mehr da war. Auf der Fahrt nach Hause war sie zu erschöpft zum Weinen. Dort zog sie alles aus, auch die Unterwäsche, und warf die gesamte Kleidung in den Mülleimer. Sie duschte und ging ins Bett. Als sie endlich einschlief, wurde es schon hell, und sie kam erst am frühen Nachmittag in die Zentrale. Das war eines ihrer

Privilegien. Auf ihrem Schreibtisch stand ein Glas mit Veilchen, die zum Teil schon verwelkt waren, davor lehnte ein Zettel mit der Aufschrift: »Danke für den wunderschönen Abend«. Einen Moment wusste Giuditta nicht genau, ob sie lachen oder weinen sollte. Aber sie hatte endlich begriffen, dass es Zeit war, ihre Beziehung mit Alessandro zu beenden.

7. Kapitel

Das Telefon hatte lange geklingelt. Dann war es still gewesen. Und jetzt wollte es nicht mehr aufhören zu klingeln. Giuditta schaute mit einem Auge auf den Wecker: zehn nach sieben. Das war nicht Alessandros Zeit, er hatte um vier Uhr angerufen. Nach ihrer Begegnung hatte sie höchstens vier Stunden geschlafen. Sie nahm den Hörer ab.

»Licari.«

»Entschuldige, ich weiß schon.«

»Was ist, Miglio?«

»Sie haben noch jemanden gefunden und wollen nicht ohne dich anfangen. Lamberti ist heute mit dem falschen Fuß aufgestanden, man hat ihm gesagt, wenn es noch einen Toten gibt, kommt der Staatsanwalt zum Tatort und dann natürlich auch die Presse, also, wie lange brauchst du, um herzukommen?«

»Ich hatte eine ziemlich schlechte Nacht. Hast du meine Ausrüstung dabei?«

»Ja, das ist ein Fall für Kapuzen, anscheinend liegen überall Teile herum.«

»Kapuzen? Wie, ist das Blut bis an die Decke gespritzt?«

»Anscheinend schon.«

»Gib mir fünfzehn Minuten, ich muss wenigstens einen Kaffee einwerfen, sonst werde ich nicht wach.«

»Wir machen es so: Ich hole dich in zehn Minuten ab,

bin schon auf dem Weg, und bringe dir einen Kaffee und ein Brioche mit. Du frühstückst im Auto.«

»Miglio, kannst du mir bitte erklären, wie du es schaffst, um sechs Uhr morgens so gut drauf zu sein, wenn dich eine zerstückelte Leiche erwartet?«

»Wieso, magst du den frühen Morgen nicht? Das Licht heute ist fantastisch!«

»Ja, das ist wirklich ein Fall für Kapuzen.«

Giuditta stand an der Tür und schaute in den Loft hinein. Einen Raum wie diesen konnte man nicht einfach als Wohnung bezeichnen. Hier gab es nichts Persönliches, es sei denn, der Tote war Designer gewesen. Das hätte die Auswahl der Möbel und ihre totale Anonymität erklärt. Aber das Opfer war Manager gewesen. Jemand hatte ihm den Loft eingerichtet und aus ihm einen unpersönlichen Raum gemacht. Nein, das war er vom ersten Tag an gewesen. Jetzt gab es überall sehr persönliche Spuren: auf dem Boden, den Möbeln, an den Wänden und sogar an der Decke. Jemand hatte den Toten mit dem Rücken auf einen Glastisch gelegt. Giuditta stand immer noch an der Tür, sie beugte sich nach vorn und schaute unter die Platte. Gegen das Licht sah sie die Tropfen genau, sie hatten keine Ränder. Glas. Also ein teures Möbelstück.

»Gehen wir hinein?«

Sie wandte sich Miglio zu. Der hatte Mühe zu atmen, sein Gesicht war von zahlreichen Zöpfchen umgeben.

»Miglio?«

»Dieser Geruch …« Er zwang sich dazu, sie anzulächeln, aber auf seiner Stirn standen Schweißperlen und er war blasser als die Leiche. »Wenn ich da jetzt reingehe, kotze ich, Giuditta.«

»Das Ätznatron?«

»Ja.«

»Na gut, hol dir eine Schutzmaske und lass dir Wick Vaporub geben. Wenn nötig, schmier es dir auch in die Nasenlöcher. Das brennt zwar, aber ich brauche Fotos.«

»Ich gehe. Entschuldige.«

Es stimmte schon, die von Ätznatron zersetzten Innereien stanken ziemlich. Giuditta schaltete das Aufnahmegerät ein.

»Erste Angaben zum Opfer: Amos Terlenghi, achtundzwanzig, Manager, Single, Wohnungseigentümer.«

Giuditta lief einmal um den Toten herum.

»Die Leiche liegt in Rückenlage auf einem Glastisch. Das Opfer ist intubiert worden ... Sehen wir mal ... Einstichspuren am Hals. Entweder hat man es vorher betäubt oder der Mörder hatte eine sehr ruhige Hand. Die Nadel ist gleich beim ersten Mal ohne Verletzungen eingeführt worden. Falls das Opfer gefesselt war, dann nicht sehr lange, und es hat nicht versucht, sich zu befreien. Hand- und Fußgelenke zeigen keine Spuren von Gewalteinwirkung. Natürlich bedarf es noch einer näheren Untersuchung.«

Sie legte eine kurze Pause ein.

»Wahrscheinlich hat der Mörder sein Opfer mit einer Waffe bedroht. Vielleicht haben sie die Wohnung gemeinsam betreten, es muss festgestellt werden, wann das Opfer nach Hause gekommen ist. Wahrscheinlich wurde das Opfer während der Injektion bedroht ... eher mit einer Feuerwaffe als einer Stichwaffe, denke ich. Also, das Opfer wurde betäubt und intubiert mit ...«

Hier brach sie ab. Sie ging mit dem Kopf so nahe wie möglich an den orangefarbenen Schlauch heran, der aus dem heraushing, was vom Mund des Mannes übrig geblieben war. Miglio kam zu ihr, wobei er genau darauf achtete, wo er hintrat. Er hatte seine Gelassenheit zurückgewonnen.

»Entschuldige für vorhin, Giuditta.«

»Komm her. Schaffst du es, den Schlauch aus meiner Position aufzunehmen?«

»Was soll ich scharf einstellen?«

»Die Marke. Ich kenne sie nicht. Du?«

»Ich weiß noch nicht einmal, von welcher Marke meine Jeans sind.«

Er schoss die ersten drei Fotos.

»Weißt du, worüber ich nachgedacht habe?«

»Worüber denn?«

»Medizin zu studieren. Das zu tun, was du machst.«

»Miglio, bleib lieber bei deiner Arbeit, denn die machst du gut. Ich kenne die Marke nicht. Vielleicht ist dieses Modell erst seit kurzem auf dem Markt, oder es handelt sich um ein ausländisches Produkt.«

»Komm schon, Giuditta, Schlauch ist Schlauch.«

»Red keinen Unsinn!«

Sie wurde laut.

»Tut mir leid«, meinte Miglio zerknirscht.

»Denk lieber nach, anstatt dich immer zu entschuldigen, lern endlich nachzudenken! Du möchtest Medizin studieren und denkst Schlauch ist gleich Schlauch?«

»Ja, ich bin ein Idiot.«

»Stimmt.«

Sie schaltete das Aufnahmegerät wieder ein.

»Es ist nur ein Detail, aber er hat gewollt, dass wir das Opfer intubiert finden. Auch ohne diesen Hinweis hätte kein Zweifel über den Ablauf des Mordes bestanden, also muss der Schlauch etwas bedeuten. Er hat sein Opfer nicht misshandelt. Nur im inneren Bereich gibt es Spuren von absichtlich herbeigeführten Abschürfungen. Es war ihm egal, ob das Opfer litt, er wollte die Aufmerksamkeit auf etwas anderes lenken.«

Wieder schaltete sie das Aufnahmegerät aus.

»Worauf?«, fragte Miglio.

»Das weiß ich noch nicht. Etwas, das ihm wichtig war.«

Sie holte ihre Pocketkamera heraus und schoss einige Fotos. Dabei ging sie mit äußerster Zurückhaltung vor, um Miglios Stolz nicht zu verletzen. Dann suchte sie die Küche auf, öffnete den Mülleimer und rümpfte die Nase. Sie ging ins Bad und hob den Toilettendeckel. Lächelnd kam sie zurück und brachte einen Beutel mit, der einen nassen Zigarettenstummel enthielt.

»Vielleicht war er Raucher, einer von der schlimmsten Sorte, die den Gestank ausgedrückter Kippen nicht ertragen und sie lieber ins Klo werfen, als dass sie irgendwo in der Wohnung herumliegen. Hoffen wir mal, dass Ispettore Morabito und sein Hunnensturm die Zigarettenschachteln finden, während sie die Wohnung auf den Kopf stellen. Hoffentlich gibt es hier oder in seinem Büro einen trockenen Zigarettenstummel, den wir mit der Kippe vergleichen können, die wir in Iannonis Wohnung gefunden haben. Was hat er eigentlich genau gemacht?«

»Er war Computerfachmann, hat für seine Firma programmiert und freiberuflich noch für andere Unternehmen.«

»Übrigens, Miglio, hast du noch Kontakt zu dem Hacker, der uns vor knapp einem Jahr bei dem Fall mit den Pornoseiten geholfen hat?«

»Ja, warum?«

»Ich möchte ihn um etwas bitten.«

»Was Legales?«

»Natürlich nicht.«

»Was Persönliches?«

Sie schaute zu Miglio hoch, der sie durch sein Objektiv beobachtete.

»Das geht dich nichts an, Michelangelo.«

»Ja. Natürlich. Tut mir leid.«

Giuditta drehte sich um, zog sich mit einem leisen Lachen einen Handschuh aus, dabei drehte sie ihn um. Miglio hielt sie auf.

»Das würde ich an deiner Stelle nicht tun.«

»Hast du was gefunden?«

Vorsichtshalber steckte sie Hand und Handschuh in die Tasche. Miglio antwortete ihr nicht, sondern begnügte sich damit, den Fotoapparat auf die Haare des Ex-Managers, Ex-Programmierers und ganz sicher Ex-Rauchers Amos Terlenghi zu richten. Giuditta sah, wie etwas im Widerschein der Linse aufblitzte, bevor sie es in den Haaren entdeckte: eine Haarnadel. Der Trailer.

»Tut mir leid für vorhin. Ich war ein bisschen nervös.«

»Nein, du hattest ja Recht.«

Der Einfall von Morabitos Hunnen hatte Giuditta und Miglio in den mit Spiegeln und Glastüren dekorierten Hausflur verbannt. So hatten sie Zeit, sich die Zellstoffhemden, Kapuzen, Brillen, Schutzmasken, Handschuhe und Überschuhe auszuziehen und sie in einen Sack zu werfen, den man in die Zentrale bringen würde, um die Sachen auf eventuell relevante Spuren zu untersuchen.

»Weißt du, ich habe schlecht geschlafen. Übrigens, wieso wurde der Tote so früh am Morgen gefunden?«

»Er hatte eine Freundin in Amerika.«

Giuditta wartete zunächst geduldig auf eine Erklärung. Dann polterte sie los.

»Miglio, lern endlich, brauchbare Antworten zu geben. Er hatte eine Freundin in Amerika. Und weiter?«

»Also, sie haben jeden Abend und jeden Morgen gechattet. Gestern Abend hatte er sich nicht eingewählt, deshalb hat sie bei ihm zu Hause angerufen, dann auf dem Handy und im Büro. Dort hat man ihr gesagt, er sei nicht gekommen und nicht zu erreichen. Zuerst war sie wütend und hat wer weiß was gedacht, dann hat sie angefangen sich Sorgen zu machen und hat den Portier angerufen. Da sein Wagen in der Garage stand und er seit gestern das Haus nicht verlassen hatte …«

»Das reicht, ich wollte schließlich nicht seine Lebensgeschichte hören. Der Mord muss am Nachmittag geschehen sein. Wer wohnt noch hier?«

»Also, hier oben im Penthouse nur er. Darunter gibt es noch zwei Wohnungen, aber die eine ist eine Zweitwohnung und der Typ, dem die andere gehört, hat merkwürdige Arbeitszeiten.«

»Das heißt, man nimmt an, dass zur Tatzeit niemand in der Nähe war?«

»Ja.«

»Der Portier?«

»Na ja, er wird befragt, aber anscheinend kümmert er sich nur um seinen eigenen Kram. Außerdem führt der Weg von der Garage nicht an der Pförtnerloge vorbei.«

Sie schwiegen eine Weile. Giuditta dachte an das Ätznatron.

»Warum denkt ihr immer zuerst daran?« Miglios Frage riss sie aus ihren Überlegungen.

»Bitte?«

»Na, das vermutet ihr doch immer zuerst.«

»Ich kann dir nicht ganz folgen, Miglio.«

»Dass wir es mit einer anderen treiben, dass wir euch betrügen. Warum denkt ihr immer zuerst daran? Das Problem habe ich seit einer Weile mit Donatella.«

In Giudittas Magen breitete sich ein leichtes Brennen aus. Sie war nicht in Miglio verliebt und hatte auch nicht die Absicht, etwas mit ihm anzufangen, aber es war ihr immer unangenehm, wenn er mit ihr über seine Freundin redete. Widerwillig ließ sie sich darauf ein.

»Ja und?«

»Sie hat sich in den Kopf gesetzt, dass ich wild in der Gegend herumvögele. Erst frisst sie alles in sich hinein und dann explodiert sie plötzlich. Sie beschuldigt mich unsinniger Dinge. Und je mehr ich versuche, ihr das klarzumachen, desto mehr schreit sie, dann fange ich auch an zu schreien und sie wirft mir alles Mögliche nach, dann gehe ich zur Tür und sage, dass ich abhaue.«

»Gehst du dann wirklich?«

»Na ja, ich drehe eine kleine Runde, um Dampf abzulassen, und wenn ich wieder nach Hause komme, sitzt sie immer mit dem Rücken zur Tür zusammengekauert auf dem Bett und weint. Ich glaube, sie setzt sich erst so hin, wenn sie hört, dass ich wiederkomme. Dann tröste ich sie, streichele sie ein bisschen und es geht vorüber. Aber was für ein Ärger.«

»Miglio, du machst oft Überstunden. Schaltest das Handy aus. Wenn du dann nach Hause kommst, erzählst du ihr nicht, was du den Tag über getan hast … meinst du nicht, ihre Zweifel könnten ein wenig berechtigt sein?«

»Aber nein! Ich betrüge sie ja nicht. Und das sage ich ihr immer, also, glaubst du etwa, sie interessiert sich für meine

Arbeit, sie ist doch nur mit ihrer Diplomarbeit beschäftigt. Donatella ist ein wunderbares Mädchen, wirklich wunderbar, aber sie versteht mich nicht.«

Giuditta erkannte, dass sie hier auf verlorenem Posten kämpfte. Es hatte keinen Zweck, Miglio zu raten, er solle öfter mal in den Spiegel schauen und versuchen, die Situation von einer anderen Warte zu betrachten. Es wäre vielleicht ein herber Schock für ihn, festzustellen, dass es noch andere Standpunkte außer seinem gab.

»Aber du schon.«

»Ich was?«

»Du verstehst mich.«

Miglio war purpurrot angelaufen, als wäre dies ein großer Moment. Nie war Lamberti gelegener gekommen, der gerade blind vor Wut hereinstürzte. Das lag nicht so sehr an dem verdammten vierten Mord, sondern daran, dass gleich Staatsanwältin Ambrosini und die Presse kommen würden. Er knurrte etwas und wollte an ihnen vorbeilaufen, doch Giuditta hielt ihn auf und sagte:

»Falls Sie es brauchen, da hinten ist das Badezimmer.«

»Dottoressa Licari, ich denke, nach dreißig Jahren im Polizeidienst bin ich an den Anblick von Leichen gewöhnt.«

»Wie Sie meinen.«

Lamberti betrat den Loft mit der Absicht, den ersten Unglücklichen anzubrüllen, der ihm über den Weg lief. Ein paar Sekunden später war er wieder draußen. Sein Gesicht war jetzt ganz blass und schimmerte gefährlich gelblich. Miglio zeigte mit dem Finger auf den Raum am anderen Ende des Flurs und Lamberti wankte darauf zu.

»Scheißkerl«, war Giudittas Kommentar. »Nie fragt er, wie der Tatort aussieht. Eines Tages wird er es nicht mehr schaffen und dann müssen wir mit einer ziemlichen Schweinerei durch den Chefinspektor rechnen.«

Ein Geräusch im Aufzugsbereich kündigte das Erscheinen der Staatsanwältin an. Loredana Ambrosini trug ein offiziell wirkendes Kostüm, sie hatte das harte Gesicht einer Frau mit beruflichem Durchsetzungsvermögen, war dezent geschminkt wie eine ordentliche Gesetzeshüterin, und ging entschiedenen Schrittes auf den Loft zu. Giuditta erstarrte unmerklich. Schnell sah sie zu Miglio hinüber. Eigentlich hätte sie die Ambrosini warnen sollen wie Lamberti. Aber sie tat es nicht. Sie und die Ambrosini hatten einander nie gemocht. Beruflich respektierten sie einander, so wie es sein musste, aber menschlich hatte zwischen ihnen von Anfang an instinktives Misstrauen geherrscht, das sich rasch in tief verwurzelte Abneigung verwandelt hatte. Giuditta ertrug die vorgetäuschte Selbstsicherheit der Ambrosini nicht und die ertrug nicht, dass Giudittas Selbstsicherheit nicht vorgetäuscht war.

»Dottoressa Ambrosini …«

»Dottoressa Licari …«

Die Staatsanwältin würdigte Miglio keines Blickes und ging entschlossen auf die Wohnung des toten Terlenghi zu. Kurz darauf wurde der Tatort verunreinigt.

Das Verlassen des Wohnhauses und das anschließende Treffen mit der Presse verschoben sich um ein paar Minuten. Lamberti benutzte die Zeit, die die Staatsanwältin brauchte, um ihre Magensäfte unter Kontrolle zu bekommen und sich schnell ein sauberes Kostüm bringen zu lassen, um seine Leute ein wenig zurechtzumachen, schließlich kamen sie alle ins Fernsehen, wenn auch nur im Hintergrund.

»Wir müssen alle dabei sein … Beamter Giglio! Nehmen Sie das Ding da ab, das Sie auf dem Kopf tragen! Was haben Sie denn an? Kann jemand Giglio etwas leihen? Na gut, dann stellen Sie sich eben in die zweite Reihe und machen sich ganz klein.«

Morabito und seine Männer trugen die Dienstoveralls des Erkennungsdienstes, die Posten Uniform, Giuditta Zivil. Sie würde sich wie immer dem Ganzen entziehen. Die Ambrosini war blass und jetzt wesentlich stärker geschminkt. Im Vorbeigehen warf sie Giuditta einen Blick zu, den diese sofort entschlüsseln konnte. Sie konnte jetzt nur darauf warten, wie die über alle Zweifel erhabene Staatsanwältin ihr das heimzahlte. Die ersten Erklärungen an die Presse waren kurz und schmerzlos:

- Ja, in dem Haus war ein Mord geschehen, aber zurzeit galt für alle Einzelheiten strengstes Stillschweigen.
- Ja, es war sehr wahrscheinlich, dass Ähnlichkeiten zu den Verbrechen der vergangenen Wochen bestanden, aber man müsse die Ergebnisse der Spurensicherung abwarten.
- Nein, bis jetzt stand noch kein Name in der Liste der Verdächtigen.
- Ja, die gesamte Abteilung arbeitete an diesem Fall und man vertraue darauf, ihn bald abzuschließen.

Die Ambrosini war trocken und kurz gewesen, wie immer. Aber im Gegensatz zu sonst hatte sie keine Anstalten gemacht zu gehen. Bei Lamberti machte sich sofort eine gewisse Unruhe breit. Eine Frage jagte die andere, alle klangen genauso allgemein und krankhaft neugierig, aber die Ambrosini ließ keine unbeantwortet.

»Frau Staatsanwältin, hat man ein Profil des Mörders erstellt?«

»Einer unserer besten Männer beschäftigt sich damit. Nein, eine unserer besten Frauen. Dottoressa Licari, kommen Sie doch bitte.«

Die Vertreter des Gesetzes wichen eilig zur Seite, wie sich das Meer vor Moses geteilt hatte, und ließen Giuditta in den Aufnahmebereich der Kameras.

»Bis jetzt haben wir noch kein vollständiges Täterprofil, dazu ist der Fall zu komplex, aber ich bin sicher, Dottoressa Licari, unsere zuständige Psychologin, wird in kürzester Zeit die wichtigsten Charakterzüge, das Motiv und den Modus Operandi dieses Serienmörders herausfinden, immer angenommen, es handelt sich wirklich um einen Serientäter.« Sie legte Giuditta vertrauensvoll eine Hand auf die Schulter und lächelte für die Fotografen. Es blieb noch Zeit für zwanzig Fotos, danach stieg die Staatsanwältin, gefolgt von ihren Leibwächtern, in ihren Dienstwagen. Es gelang ihr nicht, die Tür zu schließen, da Lamberti blitzschnell ins Auto schlüpfte, sich neben sie setzte und dem Fahrer befahl: »Los!« Dann bedachte er die Ambrosini mit einem Blick, den sie für respektlos gehalten hätte, wenn er ihr nicht geradezu Angst eingejagt hätte, und zischte:

»Wissen Sie eigentlich, was Sie da gerade getan haben?«

»Wenn Sie jetzt eine Entschuldigung erwarten, irren Sie sich gewaltig.«

Loredana Ambrosini zündete sich nervös eine Zigarette an. Das kurze Gespräch mit Lamberti zwang sie, Giuditta sofort in ihr Büro zu rufen. Sie hatte eine Riesendummheit gemacht und das wusste sie, aber sie hasste es, es dieser arroganten, besserwisserischen Lesbe gegenüber zugeben zu müssen, die glaubte, sie sei der liebe Gott persönlich.

»Sie haben angefangen!« Dann biss sie sich auf die Lippen, eben hatte sie die zweite Dummheit an diesem Tag von sich gegeben und wie ein launisches kleines Mädchen geklungen. »Sie wollten mich vor allen Leuten demütigen. Was hätte es Sie gekostet, mir zu sagen, in welchem Zustand die Leiche war?«

»So viel, wie es Sie gekostet hätte, mich danach zu fragen.«

Giuditta wirkte nicht nervös, sie saß einfach da und ließ die Ambrosini im eigenen Saft schmoren, wo sie das doch so gut konnte ...

»Es ist eine Tatsache, dass Sie uns noch kein Profil geliefert haben. Und die Polizei, nein, der Staat, bezahlt Sie dafür! Nicht dafür, dass Sie selbstgefällig alles für sich behalten und uns im Dunkeln tappen lassen ...«

»Wissen Sie, was es bedeutet, einen Serienmörder herauszufordern?«, unterbrach sie Giuditta.

Die Ambrosini zog an ihrer Zigarette, um Zeit zu gewinnen.

»Denn hier handelt es sich um einen Serienmörder«, fuhr Giuditta seelenruhig fort.

Die Staatsanwältin stieß den Rauch aus.

»Kennen Sie den Unterschied zwischen Signifikant und Signifikat, Dottoressa Ambrosini? Ich glaube nicht. Jedes Schriftzeichen hat eine Form und einen Klang. Das ist der Signifikant. Das gleiche Zeichen beinhaltet aber auch einen Sinn. Das ist der Signifikat.«

»Ich habe Sie nicht zu mir gerufen, um mir eine Lektion über ...«

»Linguistik.«

»... anzuhören.«

»Oder über gesunden Menschenverstand, wenn Sie das

vorziehen. Aber bevor wir weitermachen, muss ich Sie etwas fragen.«

»Bitte?«

»Kann ich unser Gespräch als vertraulich betrachten?«

Die Ambrosini nahm noch einen Zug, um Zeit zu gewinnen. Falls sie ablehnte, würde sie zugeben, Angst vor Giuditta zu haben. Und die hatte sie. Akzeptierte sie, dann würde sie sich alles anhören müssen, was aus diesem Mund kam, und sie war sich hundertprozentig sicher, es würde ihr nicht gefallen. Schließlich siegte ihr Stolz.

»Wie Sie wollen. Es bleibt alles unter uns.«

»Gut«, sagte Giuditta und stand auf.

»Wo wollen Sie hin?«, fragte die Ambrosini beunruhigt.

»Das ist der Signifikant: Sie haben versucht, mich der Presse gegenüber als unfähig hinzustellen. Sie wollten zu verstehen geben, dass diese hässliche, gemeine Dottoressa Licari, die schuld daran ist, dass Sie vor aller Augen Ihr Frühstück über die Vorderseite Ihres Kostüms gekotzt haben, sich Kleidung und Unterwäsche von zu Hause holen lassen mussten, weil Sie beim Anblick des armen Herrn Terlenghi auch Ihr Wasser nicht hatten halten können, dass diese Frau nichts von ihrer Arbeit versteht und nach vier, ich wiederhole vier Morden, immer noch nicht in der Lage ist, ein Profil des Mörders zu erstellen.«

Ein wenig Zigarettenasche fiel auf die Vorderseite ihres Lederkalenders. Woher wusste die Licari, dass sie sich vor Angst in die Hose gemacht hatte?

»Das ist der Signifikant, das Zeichen, das Sie gesetzt haben. Das ist die äußere Form Ihrer Rede, und wie Sie glauben, auch ihr Inhalt. Aber Sie sind nicht der Mörder. Wissen Sie, was der Signifikat ist, also das, was beim Mörder angekommen ist?«

Giuditta ging zum Schreibtisch und beugte sich vor, bis sie die Zigarette streifte.

»Der Mörder wird nur ein Gesicht vor sich sehen. Sehen Sie, die Polizei hat kein Gesicht, da gibt es Kommissare, einfache Beamte, Staatsanwälte, wir sind nur eine Masse. Der Mörder interessiert sich nicht für Massen, er beschäftigt sich mit Einzelpersonen und mit denen, denke ich, nur zu gründlich. Sie haben ihm, nur ihm, Folgendes gesagt: Ich, Giuditta Licari, bin der wahre Feind. Ich will ihn in ein Schema pressen, ich glaube, ich könnte ein Profil von ihm erstellen, ich bin sicher, ihn verstehen und deuten zu können. Ich mache ihn klein und schwäche ihn, ich lache über ihn und fühle mich ihm überlegen. Zuerst war er mit sich und seiner Genugtuung allein, egal, wie viel wir unternommen haben, um ihn zu erwischen, denn im Gegensatz zu seiner einsamen Größe betrachtete er uns als gesichtslose Masse. Jetzt ist jemand aus dieser Masse hervorgetreten, hat durch einen Dritten erklären lassen, er könne ihn verstehen, seine Persönlichkeit auf eine Menge Fakten reduzieren. Sie haben ›Psychologin‹ gesagt. Das bedeutet, Sie halten ihn für verrückt. Das wird ihn vielleicht belustigen. Oder es wird ihn wütend machen. Auf jeden Fall ist er provoziert worden. Und er wird reagieren.«

»Ich kann Sie überwachen lassen, Ihnen Begleitschutz geben …«, versuchte es die Ambrosini.

Giudittas Stimme verwandelte sich fast in ein Flüstern.

»Nein, du dumme Kuh, du kapierst es einfach nicht! Von jetzt an dreht sich seine Logik um mich. Jetzt bin ich es, die er schlagen will! Also wird er seinen Modus Operandi ändern und vorsichtiger vorgehen, wird seine Verbrechen mit noch obsessiverer Genauigkeit planen. Ich nütze ihm nur lebend, nur so kann er beweisen, dass er klüger ist als ich. Mit Ihrem verdammten Auftritt haben Sie alles nur noch schwieriger gemacht. Und wahrscheinlich haben Sie dazu beigetragen, dass es noch ein paar Opfer mehr geben wird, nur um mir, dieser gemeinen Licari, eins auszuwischen. Eine Handvoll Menschenleben für einen Reinigungsbon.«

»Sie … haben nicht das Recht, so mit mir zu reden.«

Giuditta sprach jetzt, ohne Luft zu holen. Ihre Worte fielen scharf und schnell wie Schüsse aus einem Maschinengewehr.

»Frau in Machtposition, anziehend, aber zu nah an den Vierzig, um sich dessen noch so sicher zu sein wie früher. Unfähig, auf einen dramatischen Auftritt zu verzichten, der sie in den Mittelpunkt der Aufmerksamkeit stellt, und vollkommen unfähig, seine Folgen abzuschätzen. Glaubt, mit Kleidung und Verhalten Charakterzüge zu demonstrieren, die sie nicht besitzt: zum Beispiel Selbstbeherrschung und objektive Bewertung von Prioritäten. Unfähig, persönliche Grenzen einzugestehen, kaum in der Lage, die eigenen Gefühls- und andere Ausbrüche zu bewältigen. Sie hat alles auf eine Karriere gesetzt, die sie nicht so weit nach oben gebracht hat, wie sie gedacht hatte, nicht skrupellos genug, um sich in die Politik zu stürzen, aber doch genügend, um einen fähigen Kollegen versetzen zu lassen, nur weil sie ihn attraktiv fand, und lieber das zerstört hat, was zwischen ihnen begonnen hatte, als zuzugeben, dass sie ein Trostpflaster für ihre ewig kriselnde Ehe brauchte, die sie auf dem Altar der Arbeit geopfert hat und deren Fassade nur nach außen aufrechterhalten wird. Wartet nur darauf, den letzten Trumpf auszuspielen, ein Kind zu kriegen, die katastrophensichere Zuflucht vor allen Niederlagen.«

Loredana Ambrosini wurde schlecht.

»Das ist ein objektives Profil von jemandem, den ich kenne. Und den ich beobachten kann. Aber ich kenne unseren Serienmörder nicht. Ich weiß nicht, wer er ist, nur, was er tut. Jetzt weiß ich natürlich noch etwas: Von jetzt an wird er es für mich tun.«

Giuditta Licari ging zu ihrem Stuhl zurück, nahm ihre Tasche und ging zur Tür.

»Damit schließen wir diese private Episode. Bis heute Abend bekommen Sie von mir ein vorläufiges Profil der Person, die wir suchen. Das sich von heute an ständig verändern wird. Schönen Tag noch.«

8. Kapitel

»Aus Deutschland!«

»Ach so.«

Der Spezialist für pathologische Anatomie zeigte Giuditta triumphierend den orangefarbenen Endotrachealschlauch, den er gerade aus Amos Terlenghis zerstörtem Hals entfernt hatte.

»Und, wenn Sie gestatten, auch veraltet. Firma Krütsch. Ein 10,5er aus Hartgummi mit einem Anschluss von zweifelhafter Effizienz.«

»Er muss Mühe gehabt haben, den in Terlenghis Hals einzuführen. Die im Krankenhaus verwendeten Einwegschläuche sind aus festem durchsichtigem Silikon und gleiten besser.«

»Ach was, mit dem ganzen Betäubungsmittel, das er im Körper hatte, hätte man ihm sogar einen Siphon einführen können. Schauen Sie mal.«

Er zeigte Giuditta die Einstichstelle.

»Wie aus dem Lehrbuch. Er hat ihm mindestens sechshundert Milligramm Promazin HCL injiziert. Ohne einen Kratzer, kein Zittern und die Nadel muss ziemlich dick gewesen sein.«

»Promazin? Warum gerade Promazin? Das ist doch kein Narkosemittel, es wirkt sehr langsam, obwohl eine solche Dosis …«

»Fragen Sie das den Mörder.«

»Ist das alles?«

»Er wurde weder gefesselt noch geschlagen. Die Todesursache ist Herzstillstand, hervorgerufen durch einen vagalen Schock, wie Sie vermutet haben.«

»Kann ich Ihr Telefon benutzen? Ich rufe das Labor an.«

»Aber bitte.«

Giuditta streifte mit dem Handgelenk die Maske herunter und benutzte die Zähne, um sich den rechten Handschuh auszuziehen. An ihm klebte ein Gemisch aus Blut und Schleim. Sie drehte ihn um und steckte ihn in die Tasche. Dann wählte sie eine Nummer im Haus, unterhielt sich kurz, und als sie auflegte hatte sie wieder ihr übliches, ausdrucksloses Lächeln aufgesetzt.

»Dottore Escagno?«

»Ja?«

»Irre ich mich oder haben Sie diesen Endotrachealschlauch als veraltet bezeichnet?«

»Sie haben Recht.«

»Und wo landen chirurgische Instrumente, wenn sie veraltet sind?«

»Da gibt es zahllose Möglichkeiten, Signorina. Oft in Afrika. Oder in Krankenhäusern, die so schlecht ausgestattet sind, dass sie sie höchst modern finden. In allen Randgebieten der Medizin ...«

»Und das Promazin ... ist das auch meist für einen Markt abseits des medizinischen Hauptmarktes bestimmt?«

»Also, hauptsächlich wird es verabreicht von ...«

Beide schwiegen. Nach einer deutlichen Pause zuckte Escagno mit den Schultern.

»Das könnte sein. Es würde passen. Soll ich Ihnen die Durchwahl geben?«

Giuditta verließ den Sezierraum mit einem gewissen Schwung, dabei zog sie sich den Einwegkittel, einen Handschuh und den Mundschutz aus und warf sie in den entsprechenden Abfalleimer.

»Steht dein Wagen draußen, Miglio?«

»Nein, ich bin mit der Vespa gekommen.«

»Na gut, dann nehmen wir eben mein Auto. Was ist mit der Kamera?«

»Die habe ich.«

»Okay, gehen wir.«

»Hattest du nur einen Handschuh an?«

Giuditta ging zurück, dabei brummte sie ein ärgerliches »verdammt nochmal!«, das Escagno zum Lachen brachte, und wühlte in der Tasche, um den zweiten Handschuh herauszuholen.

»Miglio, nur aus Neugier ...«

»Sag schon.«

»Beobachtest du mich eigentlich ständig?«

»Ich sehe dich an, das ist was anderes.«

Selbstverständlich war das etwas völlig anderes.

Der flaschengrüne Peugeot 306 übertrat heldenhaft die Geschwindigkeitsbegrenzung, während Giuditta ein wenig aufgeregt klang, als sie sagte:

»Die Laborergebnisse liegen zwar erst teilweise vor, aber sehr ermutigend. Der Zigarettenstummel in Iannonis Wohnung stammt von Terlenghi, daran waren leichte Blut- und Speichelspuren, er hatte Herpes an der Lippe.«

»Wie eklig!«, platzte Miglio heraus.

»Ich schwöre, sollte ich mal wieder einen Moment Zeit haben, dann muss ich unbedingt dein psychologisches Profil erstellen. Es ist nicht normal, wenn du dich bei allem, was du hier jeden Tag siehst, vor Herpes ekelst! Vielleicht schicke ich das dann als Profil des Serienmörders an die Ambrosini!«

Miglio lachte. Dann wurde er wieder ernst.

»Hör mal, Giuditta ... worüber wir vorhin gesprochen haben ...«

»Wir haben über hunderttausend Dinge geredet, Miglio, wann vorhin?«

»Während ich die Fotos von der Leiche gemacht habe ... also, der Hacker ... wenn du mir die Daten gibst, könnte ich ... auch heute Abend ...«

Giuditta schenkte ihm ein strahlendes Lächeln.

»Du bist ein Schatz.«

Und bevor Miglio es schaffte, all seinen Mut zusammenzukratzen, um sich in irgendeine Erklärung zu stürzen, fuhr sie fort, als wäre nichts gewesen:

»Die Spuren am Zigarettenstummel in der Toilette sind natürlich viel schwächer, weil er im Wasser gelegen hat, aber in seinem Büro haben wir noch zwei Kippen von ihm gefunden, bedanken wir uns beim mangelnden Pflichtbewusstsein der Putzfrauen. Morabito und seine Leute haben in der Jacke des Toten ein angebrochenes Päckchen Zigaretten gefunden und noch ein paar in der Schublade des Nachttischs. Also hat er geraucht. Der Trailer, den der Mörder hinterlassen hat, war klar, keine geheime Botschaft. Aber diesmal habe ich keine Ahnung ...«

»Die Haarnadel? Er wird sich eine Friseurin schnappen. Oder ein altes Mütterchen.«

»Und warum kein Model? Oder den Direktor einer Haarnadelfabrik? Nein, das ist zu vage, außerdem ist mir das jetzt egal, ich denke über etwas anderes nach.«

»Wohin fahren wir übrigens?«

»Zur Hundestaffel der Polizei.«

Der Wagen durchquerte gerade die äußersten Randgebiete der Stadt, die sich hier hinter gesichtslosen Gebäuden verbarg.

»Und warum?«

»Um uns etwas vom Tierarzt bestätigen zu lassen. Der Endotrachealschlauch und das Promazin werden in der Tiermedizin verwendet. Ich möchte verstehen, inwieweit sie für den Killer symbolische Bedeutung haben könnten.«

Doch Miglio hörte ihr schon nicht mehr zu. Er hielt seine Stirn schräg gegen die Glasscheibe des Seitenfensters gepresst, seine Augen wanderten von einer Pflanze zur anderen. Beamter Michelangelo Giglio, ein Polizist vom Land, daher stammte auch sein unvermeidlicher Spitzname »Miglio«, Hirse. Reiner Zufall, aber er passte genau: Nur wenige Dinge erinnerten so an eine zarte Ähre wie der junge Mann neben Giuditta. Zwischen ihnen herrschte eine Stille, die sie in Verlegenheit brachte, sie fühlte sich so allein in diesem Auto, als sei er bereits gegangen. Deshalb versuchte sie, ein Gespräch anzufangen.

»Bist du hier irgendwo zu Hause?«

»So ungefähr.«

»Und das Schlachthaus?«

Miglio verzog keine Miene, fasziniert betrachtete er etwas auf der anderen Seite des Fensters, das nur er sah. Und das ihn fesselte.

»Was meinst du mit ›und das Schlachthaus‹?«

»Wie war es? Also, ich meine, wie war es für dich, da zu arbeiten, das zu sehen ... wie hat es auf dich gewirkt?«

»Man musste immer sehr früh aufstehen«, antwortete Miglio und klang, als wäre er überhaupt nicht bei der Sache. »Es war so kalt ...«

»Ich meinte eigentlich: Irgendetwas wird es dich doch gelehrt haben, oder?«

»Na ja, ich habe dort gelernt, nicht in Blut auszurutschen.«

Etwas an seiner Abwesenheit störte Giuditta ziemlich. Sie hätte es unter keinen Umständen zugegeben, aber wahrscheinlich konnte sie es nur schwer ertragen, dass sie nicht im Zentrum seiner Aufmerksamkeit stand. Schließlich platzte sie heraus:

»Kannst du mir sagen, was du da anstarrst? Die Landschaft sieht doch überall gleich aus.«

»Du hast Recht, sie sieht völlig gleich aus.«

Dann wandte er sich ihr endlich zu und lächelte sie strahlend an.

»Aber sie ist es nicht.«

Dem Beamten am Tor blieb kaum Zeit, ihre Ausweise zu kontrollieren, da stürzte Miglio schon aus dem Wagen, rief:

»Schau mal, die Hunde!« und rannte auf einige Riesenviecher zu, die in einem offenen Gehege auf einem mit Sägespänen bestreuten Boden lagen und schliefen.

»Er ist verrückt nach Hunden«, sagte Giuditta nur, während sie Dottore Giurioli, dem Tierarzt der Drogenhundestaffel, die Hand schüttelte. Er war gekommen, um sie in Empfang zu nehmen, und beobachtete mit einem Hauch Skepsis Miglio, der mit den Hunden herumtobte.

»Sie sind nicht gefährlich, oder?«, fragte Giuditta.

»Nein, keine Angst, bei Menschen sind sie sehr zahm. Sie greifen nur auf Befehl an«, sagte er noch und entschied, dass der Kollege sich nicht sehr professionell verhielt, dann brachte er die Dottoressa in seine Praxis.

»Sind das im Zwinger Rassehunde?«, fragte Giuditta, um ein Gespräch zu beginnen.

»Nein, Mischlinge. Die verwenden wir nur. Wir haben hier hauptsächlich große Hunde, vor allem deutsche Schäferhunde, aber auch Mischlinge aus dem Tierheim. Die sind manchmal aufgeweckter und leichter auszubilden.«

»Und äußerst gefährlich, wie ich sehe«, erklärte Giuditta und beobachtete Miglio durch die Fensterscheibe. Der wälzte sich in dem Zwinger voller Sägespäne mit einer Mischung aus Dogge und Labrador auf dem Boden herum, der so groß und schwer war wie er selbst. Miglio schien vollkommen vergessen zu haben, dass er Polizist war. Vielleicht war es falsch gewesen, ihn mitzunehmen. Dottore Giurioli schien dasselbe wie sie zu denken, als er mit einem sarkastischen Lächeln feststellte:

»Mir scheint, Ihr Kollege interessiert sich mehr für die Hunde als für diesen Fall.«

Giuditta ließ ihn mit einem Blick zu Eis erstarren.

»Er ist auch nur hier, um mich zu begleiten. Aber ich möchte nicht, dass Sie zu viel Zeit mit meinen dummen Fragen und meinem peinlichen Assistenten verschwenden müssen.«

»Aber nicht doch, Dottoressa, wenn ich ...«, doch jetzt hatte der Tierarzt keine Chance mehr.

»Ich werde mich kurz fassen. Sie haben mir am Telefon gesagt, jeder Tierarzt würde diese orangefarbenen Endotrachealschläuche aus Gummi verwenden, und nicht die aus Silikon«, nahm Giuditta den Faden wieder auf.

»Die Mehrzahl schon. Dann gibt es natürlich die Luxuskliniken ...«

»Und am häufigsten wird Promazin HCL als Betäubungsmittel verwendet.«

»Ich denke schon, besonders vor einer Intubation.«

»Wird dieses Verfahren ihres Wissens auch in der Vivisektion eingesetzt?«

»Dottoressa Licari, Sie machen Ihre Arbeit und ich meine. Ich achte Ihre, also tun Sie bei mir das Gleiche. Ich weiß nichts über Vivisektion. Und ich möchte auch nichts darüber wissen.«

Giuditta reichte ihm kurz die Hand.

»Ich danke Ihnen, Dottore, Sie haben mir sehr geholfen.«

Sie wollte gerade hinausgehen, gefolgt von dem Arzt, der versuchte, wieder Boden gutzumachen, weil er wusste, dass es keine schöne Erfahrung war, auf der schwarzen Liste dieser Frau zu landen, da passierte es: Einer der Hunde, mit denen Miglio spielte, eine große Bracke, lief plötzlich auf einen Busch zu. Ein Spatz, der glaubte, er wäre hinter den Zweigen nicht zu sehen, ahnte die Gefahr und versuchte loszufliegen. Er flatterte ein paar Meter, und berührte beinahe den Boden, versuchte dabei, Höhe zu gewinnen, und als er fast außer Reichweite zu sein schien, sprang die Bracke hoch. Der kleine Vogel verschwand zwischen ihren Zähnen. Giuditta verwirrte das Geschehen, es bereitete ihr zwar nur ein leichtes Unbehagen, aber ihre Sorge galt sofort Miglio. Sie drehte sich um und sah ihn an. Er stand am Eingang des Zwingers, lächelte leicht, überall an ihm hingen Sägespäne, seine Augen waren trocken, aber sie wirkten, als wollte er gleich losheulen.

»Miglio …«

»Ganz ruhig, das ist völlig normal. Hunde töten doch nur aus Instinkt, nicht weil sie böse sind. Das ist ihre Natur.«

Er streckte die Hand aus und streichelte den Kopf der

Bracke, die triumphierend in den Zwinger zurückkam, ihre tote Beute im Maul und Blut und Federn aussabberte.

»Das ist die Natur«, wiederholte Miglio.

Auf der Rückfahrt bezog Giuditta Miglio gewaltsam in ihre Unterhaltung mit ein und erzählte ihm, was bei Dottore Giurioli passiert war.

»Bedeutet das irgendetwas?«

»Kann sein. Vielleicht führt er einen Kreuzzug.«

»A – ha …«

»Einen persönlichen Kampf, mit nicht sehr orthodoxen Mitteln.«

»Ich muss irgendwas überhört haben, Giuditta.«

Seufzend legte sie den vierten Gang ein. Der Peugeot protestierte ächzend.

»Also: er, Subjekt, der Mörder. Hast du das? Er hat vier Menschen auf vier unterschiedliche Arten getötet, erinnerst du dich?«

»Einen durch Ersticken, den zweiten hat er erschossen, der Dritte, na ja, das ist kein Mord, der Tod ist zufällig eingetreten, Iannoni hat einen Infarkt erlitten.«

»Früher oder später hätte er ihn getötet. Und Terlenghi hat er betäubt und dann einen Eimer Ätznatron in ihn hineingeschüttet.«

»Ja.«

»Was will er? Sie leiden sehen? Bei Iannoni und der Telli, würde man sagen, ja, aber bei der Astuni und auch bei Terlenghi …«

»Na gut, Terlenghi hatte sicher keinen Spaß.«

»Darum geht es nicht, Miglio! Er hat ihn betäubt und der Tod ist blitzschnell eingetreten, was hatte er denn davon? Nein, meiner Meinung nach steckt etwas anderes dahinter, etwa eine allgemeine Anklage gegen die Welt. Ein Thema für jeden Toten. Alkohol ist eine schlimme Sache, deshalb tötet er die Telli, Vergewaltigung ebenfalls, deshalb tötet er die Astuni, sexuelle Belästigung ist abscheulich, deshalb bringt er Iannoni um, Rauchen tötet, deshalb zerstört er Terlenghis Lungen.«

»Aber er geht gegen die Opfer vor.«

»Ja, auch das ist seltsam.«

»Was haben die Hunde damit zu tun?«

Sie hatten das Polizeirevier erreicht. Donatella saß auf Miglios Vespa. Sie sah aus, als wartete sie schon zu lange.

»Verdammt, ich sollte sie in der Uni abholen! Weißt du, was sie mir jetzt für eine Szene machen wird!«

»Geh, Miglio.«

Seine Hand blieb zögernd auf dem Türgriff liegen. Dann sah Miglio wieder Giuditta an, mit diesen Sägemehlresten in seinen Haaren, die von seinem Nahkampf im Hundezwinger erzählten, sah er ein wenig komisch aus. Doch sein Blick war ernst.

»Nein, beende erst deine Analyse. Was haben die Hunde damit zu tun?«

Giuditta, die Miglios Profil schon längst erstellt hatte, wie das all ihrer Kollegen, wusste, was dort etwa ab Zeile siebenundzwanzig stand:

»... noch nicht voll ausgebildete Persönlichkeit mit absoluter Aufnahmebereitschaft für alles Berufliche zum Nachteil eines mangelnden Einfühlungsvermögens in der eigenen emotionalen Sphäre und in seinem Leben außerhalb der Polizei.«

»Wenn meine These stimmt, kämpft der Mörder an zwei Fronten: gegen das Rauchen und gegen Tierversuche. Er hat einen Endotrachealschlauch genommen, der beinahe ausschließlich in der Veterinärmedizin benutzt wird, und ein Betäubungsmittel, das dort genauso häufig verwendet wird. Seine Taten gleichen immer mehr terroristischen Akten als simplen Morden. Und es hat uns gerade noch gefehlt, dass er anfängt, mehr als eine Botschaft pro Mord zu schicken.«

»›Einen treffen, um hundert zu erziehen.‹ Ein Prediger wie in *Seven*!«

Giuditta lächelte über die Kombination der beiden Zitate.

»Sagen wir mal, ja. Aber das ist nur eine Hypothese. Ich muss heute Nacht daran arbeiten, nachdem ich das Profil für die Ambrosini erstellt habe. Geh jetzt, sonst bringt dich deine Freundin noch um.«

Miglio zuckte nur mit den Schultern und stieg aus. Bevor er die Tür schloss, fragte er:

»Ach übrigens: Weißt du, dass die Ambrosini sich in die Hose gemacht hat? Ich stand ein paar Meter von der Tür entfernt, aber ich habe es ganz deutlich gerochen.«

»Trotz des Ätznatrons?«

»Ätznatron ist basisch, Urin eine Säure. Das kann man ganz leicht unterscheiden. Siehst du jetzt, dass ich Medizin studieren muss? Hast du es nicht gerochen?«

»Nein. Das muss mir entgangen sein, Miglio …«

Sie beobachtete, wie er auf das Moped zurannte. Blonde Haare und Sägespäne im Wind, eine Hymne an das Leben.

»… er lebt zwei parallele Leben, sein Arbeitsleben ist erfüllt, und er engagiert sich, ist von dem Ideal überzeugt, die Welt könne gerettet, verändert oder doch wenigstens verbessert werden. Sein Privatleben wird von einer absoluten Selbstverachtung beherrscht, sein vor sich hin dämmerndes Ich beschränkt sich darauf, Regeln zu befolgen, an deren Aufstellung es nicht beteiligt war, und ihnen sklavisch zu gehorchen. Der Beamte Miglio verfügt über besonders viel Potenzial, das aber in keiner Weise genutzt werden kann, solange seine emotionale und persönliche Entwicklung nicht abgeschlossen ist …«

»Wach auf, Miglio. Wach auf, wenn du tatsächlich leben willst«, dachte Giuditta, während Donatella ihr einen, wie immer zweifelnden Blick zuwarf. Sie war eifersüchtig auf Giuditta, auf die Zeit, die sie mit »ihrem« Michi verbrachte, auf die Leidenschaft für ihre Arbeit, die beide teilten, und den absoluten, unangreifbaren Respekt, den er für Giuditta empfand. Donatella hatte nur ein einziges Mal versucht, sich in seiner Anwesenheit über sie lustig zu machen, aber das, was sie dabei in seinen Augen gesehen hatte, und sein wutverzerrtes Gesicht, hatten sie zu Tode erschreckt. Plötzlich hatte sie das Gefühl gehabt, einem vollkommen Fremden gegenüberzustehen, der sie anschrie, sie solle es nie wieder wagen, so über Giuditta Licari zu reden. Und obwohl sie sonst launisch war, sich gern sträubte und eine Szene machte, war sie diesmal still gewesen. Sie hatte nämlich begriffen, dass sie in diesem Moment riskierte, Miglio wirklich zu verlieren. Aber dann legten sich diese Eifersuchtsanfälle von selbst, sie brauchte Giuditta doch nur anzusehen. Eine nachlässig gekleidete, männlich wirkende alte Jungfer, die nicht einmal aus Versehen lächelte. Wie hätte die ihren Michi interessieren können? Was hätten er und so eine Frau nach der Arbeit schon unternehmen können? Durch Kneipen ziehen? Spazieren gehen? Mein Gott, was für ein langweiliges Leben musste die haben! Ein Besuch bei einer alten Tante war wohl das höchste der Gefühle, aber Donatella sah sie eher jeden Abend allein zu

Haus vor dem Fernseher sitzen, bei abgeschaltetem Ton, und arbeiten, arbeiten und nichts als arbeiten. Wenn ihr Michi nach Hause kam, hatte er nur eins im Sinn. Mit ihr zu schlafen und sich tausend Spielchen mit Spiegeln und roten Bändern und neue Stellungen auszudenken. Sie hatte den besten Teil von Michi. Ganz bestimmt.

»Warst du noch gar nicht zu Hause? Hast du den Filmbeitrag in den Nachrichten nicht gesehen?«

»Nein.«

»Den haben sie den ganzen Tag über gezeigt, weißt du das?«

»Kann ich mir vorstellen.«

»Nimmst du ihn? Sebastiano ist schon wieder in der Küche.«

Clara reichte ihr das sieben Monate alte Kind. Sie hatte es ein Jahr nach dem ersten »produziert«. Sie schauten einander an. Riccardo begann zu greinen.

»Psst«, versuchte Giuditta ihn ein wenig zerstreut zu beruhigen.

»Das liegt nur daran, dass er nicht an dich gewöhnt ist«, rief Clara aus der Küche.

Giuditta wusste, dass Miglio Recht hatte: Der Mensch ist ein Gewohnheitstier, der sich an alles gewöhnt. Eigentlich hätten sie und Clara einander nicht mehr treffen dürfen, seit diese im dritten Jahr ihr Medizinstudium aufgegeben hatte, um zu heiraten. Beide hatte immer wenig verbunden, außer ihrer Liebe zur Gewohnheit und dass sie während der Zeit auf dem Gymnasium zufällig in der Nachbarschaft gewohnt hatten. Aber sie telefonierten immer noch regelmäßig miteinander, sogar als Clara das erste und dann das zweite Kind bekam. Sie war zwei Jahre jünger als Giuditta, eine gelassene Frau, die sich keine großen Fragen stellte und es zuließ, dass das Leben sie lebte, und nicht umgekehrt. Tausendmal hatte sich Giuditta gefragt, ob Clara nicht vielleicht die Klügere von ihnen war. Mit Sicherheit war sie die Glücklichere. Sie kam mit ihrem ältesten Sohn, der sich wehrte, aus der Küche und setzte ihn an den Platz mit seinen Spielsachen. Dann nahm sie ihr Riccardo wieder ab.

»Du kommst uns nie besuchen«, warf sie Giuditta vor.

»Von heute an werde ich noch seltener kommen.«

»Hast du Angst?«

»Nein, aber es ist besser so.«

»Also, diese Polizistin ist wirklich ein Arschloch!«

»Sie ist Staatsanwältin. Und fluch nicht vor den Kindern, sonst lernen sie diese hässlichen Wörter.«

Clara lächelte.

»Und wie geht es dir?«

»Soso.«

»Und Alessandro?«

»Wie immer.«

»Weißt du, wo er ist? Hast du seine Adresse?«

»Nein!«

»Ruft er dich immer noch jede Nacht an?«

»Ja.«

»Willst du das niemandem erzählen? Deinen Kollegen vielleicht?«

»Nein.«

»Warum?«

Giuditta dachte einen Moment darüber nach. Nicht, weil sie darauf keine Antwort wusste, nein sie wollte die Klarheit, die eherne Erkenntnis auskosten, die sich in all diesen Jahren in ihrem Kopf verfestigt hatte.

»Irgendwie muss man doch sterben. Und falls es Alessandro nur ein wenig besser geht, wenn ich durch seine Hand sterbe, dann ist das für mich auch in Ordnung.«

Clara sah sie an. In ihrem Blick lag eine Mischung aus Mitleid und Resignation. Giuditta strich dem Kind über den Kopf. Jetzt hätte sie schmerzhafte Stiche in den Eierstöcken fühlen müssen, ein glühendes Schwert hätte sie durchbohren müssen, die Enttäuschung darüber, keine Mutter zu sein und die Gewissheit, dass sie es nie sein würde. Stattdessen fühlte sie nichts. Nicht einmal jetzt. Überhaupt nichts.

Es fing schon im Hauseingang an. Ein paar Nachbarn standen auf den Stufen und redeten. Sie applaudierten ihr kurz, beglückwünschten sie dazu, wie gut sie im Fernsehen aussähe und sagten, wie stolz sie darauf wären, was sie gegen den »Schlächter« unternahm, um ihre Kinder, die Stadt, ihr Land und die ganze Welt zu retten. (Schlächter? Der »Schlächter«? Mein Gott, welcher Idiot hat ihm denn einen solchen Namen angehängt? … Lamberti! Das musste Lamberti gewesen sein, der immer so überzeugt ist, dass er ein Genie im Namenerfinden ist! Wie in dem Fall mit den nächtlichen Autorennen zwischen diesen blöden Jungs, die losfuhren, sobald es rot wurde, die hatte er »Operation Rotes Roulette« genannt und alle haben sich monatelang geschämt, als hätte man sie beim Klauen erwischt.)

Leute, denen sie in all den Jahren, die sie in ihrer Wohnung lebte, eifrig und geschickt ausgewichen war, trieb die Faszination des Makabren jetzt aus ihrer Wohnung und sie erstickten sie in einer Vielzahl brüderlicher Umarmungen, Schulterklopfen, Rührung und dem Versprechen, man werde für sie beten. Andrea trat aus der gleichförmigen Masse hervor, gegen die sie sich nicht einmal zu verteidigen versuchte. Er lehnte sich an ihre Hüfte und schmiegte sich einen Moment an ihre rechte Brust. Gerade so lange, um ihr zuzuflüstern: »Das Fernsehen wird Ihnen nicht gerecht. Es ist zu eindimensional für eine Frau wie Sie«, dann wurde sie vom chaotischen Haufen ihrer Nachbarn wieder eingesogen und verschlungen. Vielleicht war sie auch nur einen Schritt zurückgewichen. Giuditta erreichte ihre Wohnung einen Moment, bevor das Telefon zu klingeln begann.

»Hallo Liebes, konntest du uns nicht Bescheid sagen, Papa und ich haben das Programm gerade nicht verfolgt, da schaue ich hin und sehe mein Mädchen, aber du vernachlässigst dich immer so, die junge Frau neben dir, die sah anständig aus, du könntest mehr aus dir machen, ich verstehe ja, dass du müde bist, aber es braucht doch so wenig, ein bisschen Make-up und du siehst glänzend aus, na ja, Papa war auf jeden Fall sehr glücklich, er meinte aber, du hättest auch etwas sagen sollen, aber ich glaube, du hast einen guten Eindruck gemacht, so zurückhaltend und professionell, toll, das hast du sehr gut gemacht, ich bin wirklich froh, dass ich dich jetzt erreicht habe, denn gleich beginnt die Serie mit dem Hund und du weißt doch, die möchten Papa und ich nicht verpassen, ja, Papa lässt dich grüßen, er putzt gerade die Zähne, hörst du, dass er dich grüßt? Dir geht es gut, oder? Uns auch, ja, ja, der Katze auch, entschuldige, jetzt muss ich Schluss machen, die Werbung ist zu Ende und es geht los, na jedenfalls, sehr gut, sehr gut, das hast du sehr gut gemacht.«

»Mama?«

»Ja, Liebes, ciao, wir sprechen morgen, dann erzählst du

mir alles, wie dich das aufgewühlt haben muss, ciaociaociao!«

»Mama?«

Sie hatte aufgelegt. Giuditta legte ebenfalls auf.

»Weißt du, Mama, manchmal würde ich meine Seele darum geben, etwas zu fühlen, irgendetwas. Das wollte ich dir sagen.«

Aries: Hast du den Bericht über den »Schlächter« gesehen?

Giuditta, die müde und damit unaufmerksam gewesen war, konzentrierte sich plötzlich auf den Bildschirm. Sie hatte das Gefühl, eine Bresche, ein Spalt öffnete sich und ließe die Realität in ihre schöne künstliche und entspannende Welt einbrechen. Ihre Welt, nicht die von Aries. Für den war es Fiktion, ein Fernsehbericht, ein Zeitungsartikel. Dann kam ihr der Gedanke, dass die Realität schon in dem Augenblick in ihr Leben eingedrungen war, als sie Miglio die Daten für seinen Hacker gegeben hatte. Jedes schöne Spiel muss kurz sein. Der Krug geht so lange zum Brunnen, bis er bricht. Früher oder später würde ihre Neugierde sie umbringen.

Nova: Ja, mit einem Auge. Ich mag keine Nachrichten.

Nun musste sie ihrem Bild von der dummen Gans gerecht werden.

Aries: Für mich ist die da, die ihn jagt, das wahre Monster.

Aries Worte trafen sie hart wie Steine. Sie segnete stumm die Tatsache, dass er nie die Begegnung mit ihr gesucht oder auf einem Foto bestanden hatte. Die Bresche öffnete sich immer weiter. Er hatte sie gesehen, ohne es zu wissen, und jetzt machte er sich über sie lustig. Vielleicht war sie daran gewöhnt. Doch in diesem Fall kam der Schlag unerwartet, und es war keine der Überraschungen, die ihren geistigen Appetit anregten, sondern das Vorspiel zum Ende dieser Verbindung. Sie hatte ihn überschätzt. Eigentlich war Aries nur einer von vielen. Nicht mehr.

Nova: Na ja, sie ist wirklich ziemlich hässlich.

Jetzt würde sie sich eine Entschuldigung ausdenken, um Schluss zu machen. Danach würde sie den Account löschen und woanders anfangen. Ihr war die Lust auf Cybersex vergangen, und an diesem Abend würde sie die frivolen Banalitäten nicht genießen können, die Aries sagte, um sie zu verführen. Im Lauf des Tages war ihr die Lust auf Vieles vergangen.

Aries: Nein, sie sieht schon ganz nett aus, blond gefärbt, gut gekleidet, ein bisschen viel Make-up, für meinen Geschmack … aber hast du sie reden gehört? Sie klingt wie ein Pitbull …

Die Ambrosini? Hatte er etwa die Ambrosini gemeint?

Nova: Ja … ich habe sie nicht genau gehört …

Sollte sie es versuchen?

Es wagen?

Die Neugierde durchbohrte sie wie ein Messer …

Nova: Aber ich habe doch die andere gemeint, die Expertin ... die sah wirklich Scheiße aus!
Aries: Entschuldige, aber da bin ich anderer Meinung!

Unglaublich!

Aries: Es ist oberflächlich, Leute so zu beurteilen, entschuldige, dass ich dir das sage. Na gut, sie wirkte, als wäre sie ausgestopft, aber wenigstens war sie so klug, den Mund zu halten.

Giuditta lächelte.

Aries: Nein, also, ich meine, hast du eigentlich gemerkt, dass sich die blonde Richterin durch das Fernsehen unmittelbar an den Killer gewandt hat? Ihren Worten nach schien sie ihn für ein Stück Dreck zu halten, das sie sehr leicht kriegen werden, und er hat doch vier Leute umgebracht.

Staatsanwältin, berichtigte Giuditta stumm. Der Spalt hatte sich noch nicht geschlossen, aber ... vielleicht hatte sie doch Lust, hindurchzuschauen. Vielleicht nicht gleich, aber ...

Nova: Okay, okay, habe schon verstanden. Du bist der Kluge.
Aries: Nicht doch, Schätzchen, nimm das doch nicht übel. Bist du jetzt wütend?
Nova: Nicht, wenn du etwas tust, damit ich dir verzeihe.

Plötzlich fuhr sie im Bett hoch. Die Augen weit aufgerissen. Sie keuchte. Der Schlaf war ihr entglitten wie ein

Mantel. Draußen löste sich langsam die Dunkelheit auf. Während sie suchend herumtappte, griff sie nach dem Wecker und sah auf die leuchtenden Zeiger. Viertel vor Sechs. Sie hob den Hörer ab, während sie horchte wurde ihr keuchender Atem zu einem Flüstern und ihre Kehle wurde eng. Das Freizeichen, ein ganz normales Freizeichen.

Er hatte nicht angerufen.

Alessandro hatte nicht angerufen.

Sie wusste, was das bedeutete.

9. Kapitel

Sie hatte einen Tag Urlaub genommen und nach allem, was passiert war, hatte Lamberti ihr den liebend gern gewährt. Offiziell hieß es, sie brauchte absolute Ruhe, um den Fall zu studieren, die Persönlichkeit des Killers genau zu fokussieren, seine Motive, seinen Modus Operandi und all den anderen Mist, den die Ambrosini geäußert hatte. Sie würde tatsächlich etwas Vergleichbares tun. Giuditta nahm einen Aktenordner, der wie alle anderen aussah, vom Regal mit ihren postuniversitären Forschungen. Sie konnte ihn auf den ersten Blick erkennen, obwohl er sich in nichts unterschied. Keine Etiketten, keine Namen, keine Zahlen. Mit bloßem Auge hätte man nur erkennen können, dass er dicker war. Darin verbarg sich das Material aus sieben Jahren, so anonym und verschlüsselt, dass es wie eine langatmige, langweilige Variante des Themas manisch obsessive Psychose wirkte. Es war ihre Akte über Ispettore Alessandro Amadei. Eine sehr persönliche Akte, der man unmöglich einen objektiven oder subjektiven Bezug entnehmen konnte. Aber Giuditta konnte gut zwischen den Zeilen lesen. Alessandro war ihr wichtigstes Studienobjekt, mit Ausnahme ihrer selbst vielleicht. Darin hatte sie alles gesammelt und katalogisiert: Auftreten der Persönlichkeitsstörungen, Veränderungen in der Realitätswahrnehmung, außerdem Vorfälle, Daten, Statistiken. Und sie war nie damit fertig geworden, jedenfalls nicht ganz. Alessandros

Krankheit war erlesen einmalig, bestand in Auftreten von »innerer« und »äußerer« Gewalttätigkeit. Solange er bei der Polizei arbeitete, hatte Alessandros Gewalttätigkeit ein physisches Ventil gehabt: im Training, in seiner manischen Arbeitswut und oft an den sogenannten »Schauplätzen«. Mit seiner Entlassung war ihm dieses Ventil genommen worden und damit jede Form von Wirklichkeit, als hätte er sich aus der Realität entfernt. Wohnung, Auto, Bankkonto, all das gab es nicht mehr. Soweit Giuditta wusste, konnte er nur in einem Motel wohnen und öffentliche Verkehrsmittel benutzen, da kein Wagen auf seinen Namen angemeldet war – und sie hatte in den vergangenen Monaten öfter illegal nachgeforscht, aber das passte nicht dazu, dass er sie täglich beschattete. Vielleicht benutzte er gefälschte Papiere oder gar keine und bezahlte einfach die richtigen Leute dafür, dass sie beide Augen zudrückten. Geld? Diese Frage stellte sich Giuditta ebenfalls: Wie viel Geld hatte er? Sie wusste, dass man ihn für jede gefährliche Mission sehr gut bezahlt hatte, aber nur ein kleiner Teil davon auf seinem Bankkonto gelandet war, das eines Tages endgültig geschlossen wurde. Und seit Alessandro sich in Luft aufgelöst hatte, war die äußerliche Gewalt an Stelle der inneren getreten. Jedenfalls schien es so. Seine Wut hatte sich nicht besänftigt, sich nicht in Ruhe verwandelt sondern in leidenschaftsloses Kalkül. Alessandro war in der Lage, diese Wut zu unterdrücken und zu beherrschen, oft sogar über einen sehr langen Zeitraum. Sie wartete ganz brav auf den richtigen Moment. Jetzt war Giuditta beim Herzstück der Akte, einem Stadtplan, mit einem dichten Netz aus Zeichen, Buchstaben und Zahlen. Nur Giuditta konnte es entschlüsseln. Diese Zeichen, die nur sie kannte, bildeten, inmitten derer, die sie eingefügt hatte, um jeden, dem diese Karte in die Hände fiel, auf eine falsche Spur zu führen, eine Spirale, die im Verhältnis zu den Umrissen der Stadt leicht vom Zentrum her verschoben war. Die Spirale führte von den äußersten Randgebieten langsam mit vollkommener Präzision zu einem berechenbaren Zentrum: Giudittas Wohnung natürlich. Sie zählte sie, zählte noch einmal: sieben Zeichen, plus zwei, bei denen sie sich nicht ganz sicher war. Aufmerksam ging sie die Gegend durch, sie wusste, ihr blieb nicht sehr viel Zeit. Drei Tage, von gestern Nachmittag an gerechnet. So lange dauerten Alessandros Krisen.

Sie hatte nur eine seiner Krisen miterlebt, beinahe aus Versehen, vor vier Jahren, als sie noch »zusammen waren«. Manchmal überwies ihr Alessandro ohne ihr Wissen Geld aufs Konto. Damals war es ihr noch nicht gelungen, Alessandros Bankkonto aufzuspüren, um ihm das Geld wieder zurückzuüberweisen, vielleicht kannte sie noch nicht die richtigen Leute. Als sie wieder einmal eine Mitteilung von der Bank erhielt, war sie in Alessandros Wohnung geplatzt, um ihm zu sagen, sie sei noch nicht so weit heruntergekommen, dass sie sich aushalten lassen müsste. Die Tür stand offen und sie war hineingegangen. Er saß da und starrte auf den Fernseher, der ohne Ton lief. Um den Mut nicht zu verlieren, hatte sie ihm alles sofort gesagt und eine ziemlich glaubwürdige Szene hingelegt. Alessandro hatte mit keinem Muskel gezuckt, sie nicht einmal angesehen, wahrscheinlich hatte er sie nicht einmal gehört. Er spielte mit etwas, das er zwischen seinen Beinen baumeln ließ.

Trrr-klack-klick
Trrr-klack-klick
Trrr-klack-klick

Seine Augen starrten den Fernseher an, über den Bildschirm hinweg, auf die Wand, die Stadt, das Weltall, ins Leere. Giuditta ging einen Schritt auf ihn zu. Da sah sie den geöffneten Revolver, Alessandros lange, braune Finger, die die Trommel drehten, sie einrasten ließen und den Abzug drückten. Dann wieder von vorn. Als er die Trommel wieder herausnahm, sah Giuditta gerade noch ein Aufblitzen, den bläulichen Widerschein auf dem hellen Metall der einzigen Kugel. Der Revolver war nach rechts, auf den Boden gerichtet, wenige Zentimeter von seinem Oberschenkel entfernt. Alessandro hielt die Waffe mit der rechten Hand und drehte die Trommel mit der anderen, träge, als drehte er einen Kreisel. Trrr. Dann schloss er sie wieder. Klack. Und drückte den Abzug. Klick. Bei diesem seltsamen Russischen Roulette konnte er sich jeden Augenblick ins Bein schießen. Giuditta öffnete den Mund und wollte etwas sagen, doch vierzehn Jahre Studium und Aufbaustudium an der Universität brachten sie sofort davon ab. Sie versuchte, sich zu konzentrieren und sich in einen tranceähnlichen Zustand zu versetzen, ihre einzige Möglichkeit, sich von menschlichen Gefühlen zu lösen und nur ihren Verstand zu benutzen. Sie ging auf Alessandro zu, kniete sich neben ihn, packte die Pistole, bevor er den Abzug betätigen konnte und nahm sie ihm aus der Hand. Es war wie sie erwartet hatte: Alessandros Finger wiederholten mechanisch die gleichen Bewegungen. Er litt nicht unter einem katatonischen Krampfzustand, da war sie sich sicher. Genauso wie sie wusste, dass er schon lange bevor sie in die Wohnung gestürmt war, den Revolver mit einer einzigen Kugel geladen hatte, vielleicht sogar Stunden davor. Aber sie wusste nicht, was er tun wollte oder getan hätte. Sie öffnete die Trommel, nahm die Kugel heraus und legte ihm die Waffe wieder in die Hand. Für ihn war es, als hätte man sie ihm nie weggenommen. Und trotzdem war sie sicher: Sie war dort.

In sich versunken, ein Spielball seiner eigenen Paranoia, wie eine verrückt gewordene Flipperkugel von einem obsessiven Gedanken zum nächsten geschleudert. Das war keine Depression, das nicht. Sondern etwas, das man als »negative Spitze«, »Anfall« oder »Krise« bezeichnete. Der Ausgang war völlig offen. Giuditta legte die Kugel auf den Tisch. Es war sinnlos, sie zu verstecken, Alessandro musste Munition für eine ganze Armee in der Wohnung haben. Einen Moment lang fragte sie sich, was passiert wäre, wenn Lamberti oder ein anderer Kollege sie am nächsten Tag angerufen hätte. Sie stellte sich das Begräbnis vor. Für den Bruchteil einer Sekunde verwandelte sich diese Fantasie in eine Hoffnung: frei zu sein. Aber sie wusste sofort, selbst wenn sie sich von Alessandro befreite, würde sie es doch nie schaffen, sich von sich selbst zu befreien. Vielleicht war beides identisch. Sie wollte gerade gehen, als Alessandro sie ansprach. Seine Stimme klang leise, schien ganz weit entfernt:

»Mach die Tür zu. Schließ ab.«

Sie gehorchte.

Was er während seiner Krisen getan hatte, als er noch im Polizeidienst war, fand Giuditta nie mit Bestimmtheit heraus. Sie bewahrte einige Zeitungsausschnitte auf, in denen es um rätselhafte Unfälle in Fabriken, Baustellen und Lagerhäusern außerhalb der Stadt ging. Diese Ereignisse fielen immer mit Alessandros Krisen zusammen, die alle zwei, drei Monate auftraten, aber Giuditta hätte nicht ihre Hand dafür ins Feuer gelegt, dass er etwas damit zu tun hatte. Seit seinem Verschwinden hatte sie eine Möglichkeit gefunden, der Sache auf den Grund zugehen. Die Krise kündigte sich damit an, dass Alessandros Telefonanrufe ausblieben. Drei Tage danach passierte immer etwas. Eine Mensa wurde vergiftet, in einem Hotel strömte Gas aus, das Kellergeschoss eines Lagerhauses wurde unter Wasser gesetzt, elektrische Kabel durchgeschnitten und im Wasser liegen gelassen … Zwei, drei oder zehn Menschen kamen dabei um und man sprach von einem »tragischen Unfall« und verfolgte verschiedene Spuren … Und am vierten Tag, kam dann regelmäßig der nächtliche Anruf, der ankündigte, dass die Krise überwunden war. Giuditta blieb unerschütterlich, sie tat, als legte sie im Geiste jeden »Unfall« als eigenständig ab. Bis eines Tages auf einem beschädigten Verteilerkasten Fingerabdrücke entdeckt wurden, die von niemandem stammten, der dort arbeitete. Man brachte sie in die Zentrale und dort waren sie ein paar Stunden später verschwunden. Als der Erkennungsdienst an den Ort zurückkehrte, entdeckten die Leute, dass inzwischen jemand alle Spuren am Verteilerkasten minutiös entfernt hatte. Giuditta wusste inzwischen, dass es vor den Toren der Stadt eine Müllverbrennungsanlage gab, die nur von einem einfältigen Angestellten überwacht wurde, der still vor sich hin dämmerte und auf dem Monitor diesmal nicht die Frau vorbeilaufen sah, die eine kleine Tüte mit Arbeitshandschuhen, einer leeren Flasche Alkohol, einem Lappen und einer Akte mit Alessandros Fingerabdrücken direkt in den Ofen warf. Diesmal nicht. Denn die anderen Male, als Giuditta den Ort näher erkundet hatte, kam sie immer mit dem passenden Schlüssel von der Rückseite hinein. Dort hingen keine Überwachungskameras.

Die mit Schwindel erregender Geschwindigkeit sich ihrer Wohnung nähernde Spirale basierte auf logischer Genauigkeit und hatte auch etwas Künstlerisches und Poetisches, als zeichne Alessandro für sie eine schöne Spur von Toten, damit sie ihr folgte, so wie das unbesonnene kleine Mädchen, das in Gesellschaft des Monsters Frankenstein Blümchen in den Teich geworfen hatte. Giuditta schüttelte sich, gewisse Gedankensprünge durfte sie sich nicht erlauben. Folgte Alessandro seinem festgesetzten Weg, gab es zwei mögliche Ziele: eine Kaserne der Carabinieri und ein Krankenhaus, nein, eine Privatklinik. Nach ihren Untersuchungen musste es an den Orten, in denen der Ispettore seine zeitweiligen Anfälle von Verfolgungswahn einer feindlichen Welt gegenüber ausleben konnte, eine hohes Personenaufkommen geben. Aber in der roten Krisenzone gab es weder Luxushotels, noch Multiplexkinos oder Szenelokale, es handelte sich um eine überwiegend ruhige Wohngegend. Ja, es waren nur noch zwei mögliche Ziele geblieben. Sie setzte Wasser auf, konzentrierte sich und versuchte, genauso zu denken wie er. So paradox das klang, aber Alessandro betrachtete sich noch immer als Gesetzeshüter. Ein echter Mann, der Gerechtigkeit walten ließ und diese verdiente. Ein Mann, der vollkommen davon überzeugt war, die gesamte Welt habe sich in einem riesigen Komplott gegen ihn verschworen und ihn um seinen Platz betrogen. Er schien nicht begreifen zu können, dass er vielleicht Unrecht haben könnte, denn er war felsenfest davon überzeugt, die gesamte Menschheit habe sich gegen ihn verschworen. Er hatte sich eine ganz eigene moralische Strenge bewahrt, auf die er sich bei seiner Auswahl stützte: Carabinieri oder Patienten? Carabinieri oder Ärzte? Carabinieri oder Krankenschwestern? Die Carabinieri als echte

Rivalen oder eine Masse wehrloser, sterbender, übelriechender, unhöflicher Personen, die nach Hilfe schrieen und nichts dafür geben wollten, die nach der Polizei riefen, als wäre sie eine göttliche Gnade, die ihnen zustand. Die Ärzte, die nur darauf warteten, einen unters Messer zu bekommen, um einem unter ein wenig Betäubung vorzuwerfen, dass man ohne eine Waffe ein Mensch wie jeder andere war und ein Held oder ein Mörder werden konnte, und zwar genauso leicht, wie man beim Pokern eine Karte vertauscht …

Der Kessel pfiff. Giuditta glitt aus Alessandros Gedankenwelt, die sie in ihrem Kopf so detailgetreu nachempfunden hatte. Im Grunde waren die Carabinieri ja Kollegen, die von der gleichen Allgemeinheit verfolgt wurden wie er. Und das waren alle anderen. Die eingebildeten Kranken. Die Ärzte, die Schmiergeld forderten. Die Parasiten. Ja, in diesem Moment musste er sie so sehen. Es klingelte. Giuditta hoffte, es sei nicht noch ein Nachbar, der sie mit leichter Verspätung feiern wollte, und setzte ihre beste Leidensmiene auf. Schlafanzug und Morgenmantel würden ein Übriges tun. Sie öffnete, ohne durch den Türspion zu sehen. Miglio stand auf der Schwelle, er drehte einen Umschlag in den Händen. Seine linke Schläfe zierte unübersehbar ein Bluterguss. Giuditta sah ihn mit leicht hochgezogenen Brauen an.

»Das ist nichts. Sie hat mich gestern mit dem Aschenbecher getroffen. Und ich musste sie auch noch trösten, während sie mich verarztet hat.«

Er wagte es nicht, sie anzuschauen und sah angestrengt auf Giudittas Pantoffeln herunter.

»Bist du krank? Man hat mir gesagt, du hast einen Tag frei genommen.«

»Möchtest du reinkommen?«

Miglio betrat mit hölzernen Schritten die Wohnung. Hinter ihm sah man jetzt Andrea. Er saß auf dem Geländer und aß einen Apfel.

»Pass auf, dass du nicht runterfällst«, sprach ihn Giuditta an.

»Würde Ihnen das gefallen?«

Sie musterten einander.

»Sie mögen so gern Blut, Dottoressa ...«

Sie schloss die Tür vor seinem Lachen. Miglio stand noch wie angewurzelt mitten im Flur. Giuditta fragte sich, warum sie ihn hereingelassen hatte. Niemand betrat je ihre Wohnung, das war eine der Regeln, die sie freiwillig auf ihre Prioritätenskala gesetzt hatte. Sie konnte natürlich nicht verhindern, dass ihre Eltern und Clara ab und zu kamen, die zwar verständnisvoll war, aber ihre Haltung unbegreiflich fand. Warum hatte sie Miglio hereingelassen?

»Möchtest du eine Tasse Tee? Er ist ganz frisch.«

»Ja, bitte.«

Ihr Erstaunen wuchs. Sie goss die dunkle Flüssigkeit in die Tassen, gab Zitrone und vier Teelöffel Zucker hinzu, da sie inzwischen Miglios albernen Geschmack kannte, den er sich in jenen Jahren gezwungenermaßen geteilten Raums und Zeit angeeignet hatte. Miglio betrachtete den offenen Aktenordner und die Karte. Dann fragte er:

»Arbeitest du an dem Fall?«

»Ja.«

Giuditta setzte sich ruhig hin. Sie wusste genau, dass all diese Seiten für Miglios vor sich hin dämmernden Verstand nur sinnlose Worte waren.

»Verdammt hast du viel geschrieben!«

»Ich hatte genug Material.«

Sie schwiegen wieder und sie tranken ihren Tee. Miglio schaute sich verstohlen um. Ab und zu blieb sein Blick hängen, weil etwas fehlte, und Giuditta fühlte einen leisen Anflug von Stolz: Er war so verdammt geeignet für diesen Beruf.

»Ich habe die Ergebnisse, die du von mir wolltest. Mein Freund hat sich beeilt, er sagt, es war ein Kinderspiel.«

Miglio hielt ihr den zerknitterten Umschlag hin. Er war offen.

»Hast du das gelesen?«

Miglio schaute wieder finster in seine Tasse, er konnte weder lügen, noch durfte er ihr die Wahrheit sagen. Giuditta beschloss, dass das Ganze im Moment nicht wichtig war, aber mit einem Mal wollte sie ihn nicht mehr in ihrer Wohnung haben. Sie stand auf und automatisch tat Miglio das Gleiche.

»Gut. Danke, dass du so schnell warst.«

Sie öffnete ihm die Tür.

»Miglio?«

»Ja?«

»Wenn Treue ein Opfer ist, ist das schlimmer als jeder Betrug.«

»Was?«

»Du betrügst Donatella doch nicht, stimmt's?«

»Ja.«

»Warum?«

»Naja ... das wäre nicht in Ordnung ... oder?«

»Möchtest du es gern?«

Miglio sah sie mit glasigem Blick an. Wie ein Tier, das in der Falle sitzt und nicht begreift, welches Schicksal ihm bevorsteht. Giuditta fühlte, wie ihre Selbstsicherheit gefährlich wankte und seufzte. Sie hasste es, mütterlich zu sein.

»Wenn du wirklich nicht mit einer anderen Frau schlafen willst, dann rede mal Klartext mit Donatella, ehe du alles platzen lässt oder sie dich in die Notaufnahme befördert. Aber du kannst nicht nur aus Prinzip bei ihr bleiben, oder nur weil es anständig ist.«

»Warum nicht?«

Sie schaute nach unten und lächelte. Die Zeit war noch nicht reif.

»Weil es nicht so läuft, Miglio. So nicht.«

Die erste Nacht verbrachte sie in fiebriger Erwartung. Eines wusste sie genau: In den ersten drei Tagen seines Anfalls verlor Alessandro zeitweise seine Obsession für sie und irrte durch die dunklen Abgründe seiner eigenen Paranoia. Das wäre der beste Zeitpunkt für eine Flucht. Obwohl Giuditta wusste, dass er sie trotzdem überall finden würde. Statt zu fliehen, benutzte sie die Zeit, sich frei zu bewegen, verbrachte jede freie Minute damit, das gefährdete Gebiet zu untersuchen, bemühte sich, wie Alessandro zu denken, und versuchte, seine Schritte vorauszusehen. Sie konnte sich irren, vielleicht war die Klinik gar nicht sein Ziel, die dort stolz inmitten eines riesigen Gartens aufragte, aber sie konnte sich nicht aufteilen, sie musste sich auf einen Punkt konzentrieren und hoffen, dass sie richtig geraten hatte. Natürlich gab es einige technische Sicherheitsvorrichtungen und das Innere war mit allem Komfort renoviert, aber im Grunde sah das Gebäude noch genauso aus, wie vor ein paar Jahrhunderten. Solide Arbeit, ohne Frage, aber es gab reichlich Schwachpunkte. Tagsüber war sie nicht in der Umgebung der Klinik herumgelaufen, sie hatte sich überwiegend im Internet informiert – und ihre Anwesenheit vor Aries verheimlicht. Außerdem hatte sie noch ein paar Architekturbücher in der Bibliothek eingesehen. Sie war zu folgendem Schluss gekommen: Alessandro konnte an drei Fronten agieren: der Küche, der außen liegenden Heizzentrale und dem autonomen Trinkwasserbrunnen. Die Stunden der Nacht vergingen in nervtötender Langsamkeit, und Giuditta hatte bis neun Uhr morgens ausgeharrt, ehe sie wieder nach Hause fuhr. Den ganzen Tag wartete sie auf eine Meldung in den Nachrichten oder ein Zeichen aus der Zentrale. Nichts. Um sich wenigstens einen Anschein von Normalität zu geben, ließ sie sich am Nachmittag an ihrem Schreibtisch sehen. Niemand billigte das Vorgehen der Staatsanwältin, und in der Abteilung wurden ständig Titelseiten der Zeitungen mit dem Bild der Ambrosini herumgereicht, auf dem sie Giuditta die Hand auf die Schulter legte. Da aber keinem die eiskalte Dottoressa Licari wirklich sympathisch war und sie auch am nächsten Tag nicht in der Zentrale erschien, hielt es niemand für angebracht, zwei Tage später zu ihr zu gehen, um ihr sein Mitgefühl auszusprechen. Giuditta bemerkte es nicht, oder es kümmerte sie nicht, so wie niemand sich um die Schatten unter ihren Augen kümmerte, die eigentlich normal waren. Ab sieben Uhr abends umkreiste sie die Klinik. Sie war zwar eine Frau, die nicht unbemerkt blieb, aber sie hatte gelernt, sich leise und scheinbar langsam zu bewegen, vermied Lichtkegel und nutzte jede Kurve, jedes Auto, jeden Müllcontainer, um in deren Schatten abzutauchen. Sie hoffte, Alessandro würde in seiner Erregung abgelenkt sein, sonst konnte er das viel besser als Giuditta. Hoffentlich galt seine Aufmerksamkeit weniger seiner Umgebung, sondern mehr seinem erregten Bedürfnis nach Gerechtigkeit und seiner Mission. Als sie einen endgültigen Beobachtungspunkt wählen musste, entschied sich Giuditta für den Ostflügel. Der grenzte an den Heizungsraum und lag nur dreißig Meter vom Trinkwasserbrunnen entfernt. Sie wartete. Zwei Uhr. Drei Uhr. Um zwanzig vor vier spürte sie etwas, man konnte es weder sehen noch wahrnehmen nennen. Etwas wie ein Tier, das beim Fliegen fast den Boden berührt, kaum mehr als ein Flügelschlag. Es kam aus der Umgebung des Brunnens. Sie konnte ihn jedoch nie ausmachen, so sehr sie sich auch bemühte, gleichzeitig in alle Richtung zu schauen. Aber sie wusste, dass er gegangen war und es getan hatte. Wieder musste sie zwischen Gefühl und Verstand wählen, und ihr Gefühl führte sie zu einer kleinen Hintertür. Dort waren nur zwei Fotozellen angebracht, und sie brauchte nicht lange, um sie so zu manipulieren, dass es für den Hauptcomputer so aussah, als funktionierten sie, obwohl sie außer Betrieb gesetzt worden waren. Giuditta brauchte eine Weile, um das Schloss aufzubrechen, eigentlich konnte sie so etwas gut, aber anscheinend war der Schlüssel veraltet und die Handschuhe störten sie. Endlich öffnete sie und zog die Tür hinter sich zu. Sie lehnte den weichen Plastiksack, der kein Geräusch verursachte, an den Stumpf eines tausendjährigen Baumes. Über die Einweghandschuhe zog sie noch ein Paar Handschuhe in ihrer Größe, dann legte sie eine Plastikkapuze, Überschuhe und aus Vorsicht auch noch eine Schutzmaske an. Sie nahm den Sack und ging äußerst langsam zum Brunnen. Jetzt blieb ihr nur noch eine knappe Stunde Zeit.

Aus dem Loch sickerte ein wenig Wasser. Giuditta beurteilte die Situation. Die Pumpe, die bis in die Tiefe des Brunnes reichte, arbeitete mit einem wahnsinnigen Druck, es wäre unmöglich gewesen, sie zu durchlöchern. Die Pumpe, die das Wasser in die Leitungen der Klinik verteilte, erwies sich als verwundbare Stelle. Alessandro hatte ein Loch hineingebohrt, so groß, dass ein Nagel durchpasste, und dann hatte er mit einer großen Spritze den Inhalt von einigen Kanistern Insektenvertilgungsmittel für die Landwirtschaft in das Wasser laufen lassen. Giuditta vermutete, dass es diesmal keine Toten geben musste, weil sich das Gift vielleicht genügend verdünnte. Die Kanister lagen auf dem Boden. Wütend presste Giuditta die Lippen zusammen. Wie konnte ein so intelligenter, wenn auch wahnsinniger Mann so unvorsichtig sein? Oder unverschämt, frech, bereit, seine ehemaligen Kollegen herauszufordern? Oder so verzweifelt, dass er gefasst werden wollte? Das musste sie noch herausfinden. Sie nahm einen Kanister und schnupperte vorsichtig daran. Die Flüssigkeit roch nicht sehr penetrant, wahrscheinlich hätte jemand, der nachts aufstand, um ein Glas Wasser zu trinken, es ein wenig säuerlich gefunden und dann auf die alten Leitungen, das Wasser und so geflucht. Die Putzfrauen würden vom Wasser schlimme Ausschläge bekommen. Und die Maschinen hatten hoffentlich einen Filter. Aber daran durfte sie jetzt nicht denken. Sie wühlte in der Tüte und holte eine Spritze mit Silikon heraus. Das würde nicht ewig halten, aber so lange wie nötig. Sie drückte die Spritze kräftig gegen das Loch und deckte es buchstäblich mit Silikon ab. Das Rinnsal verwandelte sich in Tropfen. Sie holte eine Flasche Alkohol und einen Lappen aus der Tüte und tat die beiden leeren Kanister hinein. Dann stellte sie sich den gesamten Weg des Wassers rückwärts vor, reinigte die Pumpe, an der das Wasser herauskam, dann die, durch die es hineinkam, die Tür, beide Griffe. Das wiederholte sie noch zweimal, spritzte abschließend noch eine reichliche Dosis Silikon auf das Loch, schloss die Tür mit dem Schlüssel, den Alessandro stecken gelassen hatte und warf ihn in die Tüte. Sie hatte sich lautlos bewegt und kein Licht angeschaltet. Dann ging sie zu dem tausendjährigen Baumstumpf zurück, zog sich die beiden Paar Handschuhe aus, die Überschuhe, die Kapuze und die Schutzmaske. Sie warf alles in die Tüte, ging durch das Tor, schloss es und wischte übereifrig auch schnell noch dieses Schloss und den Griff ab. Sie wusste nicht, wo Alessandro hereingekommen war, aber für alle Fälle ... als sie zu ihrem Wagen ging, lag ihr übliches, ausdrucksloses Lächeln auf ihren Lippen. Sie war zufrieden. Sie hatte es wieder einmal erraten. Jetzt lag nur noch ein kurzer Abstecher zur Müllverbrennungsanlage vor ihr, dann wollte sie nur noch ausgiebig duschen und endlich schlafen. Vielleicht nicht den Schlaf des Gerechten, aber wenigstens schlafen.

»Es gibt Ärger«, begrüßte Lamberti sie lakonisch.

»Noch eine Leiche? So schnell?«

»Nein, nein. Vandalismus, ein terroristischer Akt ...«

»Wenn Sie es mir erklären, werde ich es vielleicht auch verstehen. Ich bin gerade erst aufgestanden und fühle mich nicht besonders.«

»Ich weiß, Dottoressa Licari, und das tut mir leid, aber ...«

»... könnten Sie heute Nachmittag trotzdem kurz in die Zentrale kommen?«, ergänzte Giuditta stumm.

»Könnten Sie heute Nachmittag trotzdem kurz in die Zentrale kommen?«, sagte Lamberti.

»Ich versuche es, Signor Lamberti.« Sie lächelte. »Also, wollen Sie mir wenigstens andeuten, worum es geht?«

»Na ja, eine allgemeine Vergiftung der Klinik *San Christoforo* ... kennen Sie die? Man hat eine Dosis Gift ins

Trinkwasser gegeben, wir wissen nicht genau, worum es sich handelt … Es wurde kurz nach der Ausgabe des Frühstücks bemerkt.«

»Opfer?«

»Bis jetzt eins. Ein Kind, acht Jahre alt. Es muss heute Nacht davon getrunken haben. Das Kind hatte Atemprobleme.«

»Wie ist er vorgegangen?«

»Er hat die Pumpe manipuliert. Ein ungewöhnlicher Modus Operandi, schnell und gründlich.«

»Ja gut, ich sehe es mir heute an.«

Sie legte auf. Alessandro hatte seinen Toten doch noch bekommen. Und wahrscheinlich würden es die ältesten Kranken auch nicht schaffen. Eine schöne Rache, eine tolle Demonstration! Giuditta ballte die Hände zu Fäusten und legte sie über ihre Augen.

Es hat keinen Sinn, an die Toten zu denken. Sie sind tot, und das war's. Alessandro lebt, solange er frei ist, lebt er, und wenn er stirbt … dann ist eben auch er tot. Und ich. Alle.

Sie blieb stehen und beobachtete das Licht, das durch die Fenster hineinfiel. Am Tag danach gingen ihr immer die gleichen Fragen durch den Kopf: Warum tat sie das? Warum beschützte sie Alessandro? Warum führte sie ein völlig isoliertes Leben, immer in der Angst, dass er wieder auftauchte, litt genauso darunter, wenn er da wie wenn er nicht da war, ließ zu, dass er sich in ihr Leben drängte und seine Anrufe ihr jede Nacht den Schlaf raubten? Warum nahm sie so unglaubliche Risiken auf sich, nur um die Spuren zu verwischen, die er hinterlassen hatte? Sie wusste, dass er der Täter war, was er getan hatte und dass er es wieder tun würde. Sie war das Gesetz, sie musste den Guten helfen, die Bösen zu fangen, und Alessandro gehörte zu den Bösen. Aber war er wirklich überzeugt, zu den Guten zu gehören? Und sie? Was war sie? Sie fühlte, dass sie nicht einmal die Kraft aufbringen würde, um aufzustehen. Ein Gedanke riss sie aus ihrer Lethargie. Sie ging im Schlafanzug in ihr Wohnzimmer, stellte mechanisch Alessandros Ordner an seinen Platz zurück und fand dort, was sie suchte: den Umschlag, den ihr Miglio gebracht hatte. Sofort traten alle anderen Gedanken hinter dem neuen Spielzeug zurück. Mit kindlicher Neugier öffnete sie den Umschlag und las gierig. Sie begann, hysterisch zu lachen und befreite sich so von ihrer Anspannung, das Lachen war gleichzeitig ein Triumphschrei. Der Ausdruck enthielt Informationen über Aries' Identität.

10. Kapitel

Ihr Besuch in der Zentrale war kaum mehr als eine Formalität. Nach wenigen Analysen hatte man herausgefunden, welches Insektengift verwendet worden war. Man zeigte ihr die Bilder von der Pumpe, erst mit dem Silikon und dann ohne, sagte ihr, wie groß das Loch war und informierte sie darüber, dass noch zwei sehr alte Patienten gestorben waren und vier weitere unter Vergiftungen litten. Lamberti wartete ungeduldig auf ihre Antwort. Giuditta legte die Fotos auf den Schreibtisch.

»Nein.«

»Nein?«

»Nein, er war es nicht.«

»Sind Sie sicher?«

Sonst musste eine hochgezogene Augenbraue Lamberti als Antwort genügen, aber da sie Publikum hatten, darunter auch ein paar wichtige Persönlichkeiten, sogar Vertreter der Kirche, erklärte Giuditta:

»Das ist grobe Arbeit, mehr schlecht als recht zusammengestoppelt. Der Täter hat sich mehr darum gekümmert, seine Spuren gründlich zu beseitigen, als seine verbrecherische Tat mit Erfolg durchzuführen. Er hat wohl ein Präzisionswerkzeug benutzt, um die Leitung zu durchlöchern, sicher hat er sie nicht mit Hammerschlägen bearbeitet, aber dann hat er kein Zinn oder etwas anderes verwendet, um das Ausfließen des Wassers einzudämmen, sondern hat diese Stümperei mit dem Silikon veranstaltet. Nein, unser Mann, der Serienmörder, arbeitet gründlicher, er hat einen direkten Bezug zu den Opfern, keinen zufälligen, wie in der Klinik. Alle hätten sterben können oder auch keiner. Ich würde mich auf einen unzufriedenen Patienten konzentrieren, jemanden, der persönlichen Groll gegen einen der Ärzte hegt, vielleicht geht es auch um etwas, das mit den Besitzverhältnissen des Gebäudes zu tun hat. Bevor die Kirche es erworben hat, war es doch Privateigentum, oder?«

Der Prälat erstarrte unmerklich.

»Das ist eine Gelegenheitstat. Der Täter muss natürlich aufgehalten werden, aber auf mich wirkt das wie ein speziell gegen die Klinik gerichteter Akt. Wenn Sie mich jetzt entschuldigen würden …«

Als sie das Büro verließ, folgten ihr Dank und Lobeshymnen. Miglio wartete an ihrem Schreibtisch auf sie.

»Bleibst du?«

»Nein, ich muss mich völlig von allem hier lösen, um einen klaren Kopf zu bekommen.«

Sie betrachtete Miglios angespanntes Gesicht, die tiefen Ringe unter den Augen. Sie brauchte ihm keine Fragen zu stellen.

»Ich konnte nicht schlafen, weil du das gestern zu mir gesagt hast.«

»Tut mir leid.«

»Ich weiß nicht, manchmal sieht alles so klar und einfach aus. Und dann rede ich mit dir und weiß gar nichts mehr.«

Giuditta hatte es eilig, aber in diesem Zustand konnte sie Miglio nicht einfach stehen lassen. Das wäre nicht klug, er schien verwirrt zu sein und hätte sich seltsame Ideen in den Kopf setzen können. Zum Beispiel, ihr zu folgen. Und das wäre tatsächlich unangenehm gewesen. Sie schwankte zwischen zwei oder drei Lösungen, dann wählte sie den kürzesten Weg, obwohl er ihr das Leben ein wenig erschweren würde. Aber das konnte sie später in Ordnung bringen. Sie legte Miglio eine Hand unter das Kinn, streichelte es sanft und hob seinen Kopf, bis er zu ihr aufschaute.

»Du musst dich nicht heute entscheiden.«

»Wirklich nicht?«

»Nein. Niemand verlangt von dir, dass du dich heute entscheidest.«

Miglio wartete mit offen stehendem Mund wie ein nacktes, blindes Vogeljunges auf seinen Wurm.

»Wenn du ... an eine andere Frau denkst ... und diese andere Frau auch an dich ... dann wird sie warten.«

»Worauf warten? Wann? Wie lange?«

Das Streicheln ging in einen harten Druck über.

»Nicht so schnell, Miglio. Du bist immer zu schnell, dein Leben lang, du rennst mit geschlossenen Augen und siehst nicht einmal, wohin. Vielleicht rennst du schon seit Jahren im Kreis und weißt es nicht. Bleib endlich mal stehen. Und mach die Augen auf.«

»Ich glaube, ich habe mich schon vor einer Weile verirrt, Giuditta.«

Aus dem Druck wurde wieder ein Streicheln und langsam entfernten sich Giudittas Finger von seinem Gesicht.

»Du wirst dich selbst wiederfinden. Und dann reden wir.«

Hoffentlich hatte sie sich vage genug ausgedrückt, dachte Giuditta noch, bevor sie eilig an ihrem Schreibtisch vorbei zur Tür ging. Miglio blieb sitzen und starrte ihr nach. Ohne es zu merken, tat er etwas, was er noch nie in seinem Leben getan hatte: Er stellte sich Fragen.

Der Wagen parkte auf der anderen Straßenseite. Von hier aus hatte man den Eingang des Gebäudes gut im Blick. Die Vorstadtgegend, das relativ neue Haus, die Adresse und der Name auf dem Türschild passten zusammen. Giuditta sah kurz auf die Uhr und stellte drei Berechnungen an: Es musste bald soweit sein. Obwohl es so spät war, war es noch hell genug, um sich einen Gesamteindruck zu verschaffen, na gut, vielleicht erkannte man nicht mehr jedes Detail. Der Autobus, ein moderner Niederflurwagen, fuhr an ihr vorbei und hielt etwa zwanzig Meter weiter am Bürgersteig. Giuditta zog es vor, sich nicht umzusehen, und beschränkte sich darauf, zu lauschen. Sie erwartete keine Geräusche von Metall, und so war es auch. Türen auf, Türen zu, der Bus fuhr ab. Dann ein Pfeifen, nein eher ein Rascheln, als bewegte sich eine Schlange. Scheinbar unentschlossen lehnte sich Giuditta in den Fahrersitz zurück und drehte den Kopf, als erwartete sie jemanden, der sich verspätet hatte. Daniele Messori bewegte sich rasch auf den Eingang seines Wohnhauses zu. Seine Arme waren kräftig und muskulös wie die eines Kunstturners. Schultern und Brustkorb waren ebenfalls gut entwickelt. Er trug eine Brille mit kleinen runden Gläsern, die für das pausbäckige, ein wenig schweinshaft wirkende Gesicht zu eng war und an den Bügeln ins Fleisch schnitt. Er hatte mandelförmige Augen. Vielleicht waren sie hell. Seine Beine sahen aus wie die eines Fünfjährigen. Etwa in diesem Alter war er an Kinderlähmung erkrankt und seitdem von der Taille abwärts praktisch bewegungsunfähig. Giuditta ging noch einmal die Informationen von Miglios Hacker durch: Messori war einunddreißig, Einzelkind, hatte als Externer nach einigen Anläufen mit Abendkursen das Buchhalterdiplom bestanden. In den Akten waren zwei vergebliche

Selbstmordversuche verzeichnet und vage Hinweise auf eine Zeit in einer Suchtklinik für Alkoholiker. Beide Eltern waren kurz nacheinander gestorben und hatten ihm nur ein bescheidenes Erbe hinterlassen. Wahrscheinlich waren ihre Ersparnisse für die Pflege des Sohnes draufgegangen. Jetzt arbeitete Messori als Techniker im Call Center einer öffentlichen Einrichtung, die ihm auch die Wohnung zugewiesen hatte. Bis vor zwei Jahren hatte er in einer Basketballmannschaft für Behinderte gespielt, er besaß zwanzig Accounts. Zehn für Pornoseiten, drei für Seiten von Behinderteneinrichtungen, sieben für Chatprogramme. In einem der sieben hieß sein Nickname natürlich Aries. Sie beobachtete ihn, wie er mit seinem extraleichten Rollstuhl die Rampe hinauffuhr. Giuditta wusste nicht viel über Rollstühle, aber dies war ein sehr neues Modell, das bedeutete, Aries hatte Geld. Vielleicht nicht so viel wie ein gewisser Architekt, groß, blond, mit blauen Augen, immer beruflich unterwegs und mit einem Privatleben, das er boshaft im Dunkel ließ. Giuditta musste lächeln. Er hatte sie wirklich gut belogen. Wie sorgfältig er sich diese fiktive Identität aufgebaut und diesen Süßholz raspelnden Aries gespielt hatte, den Märchenprinzen der Gemeinplätze, den perfekten Gentleman, ohne Fehl und Tadel, der nie einen Funken Fantasie verriet, außer bei ihrem letzten Kontakt, als sie über den Serienmörder geredet hatten. Er war sofort wieder in seine Rolle gefallen, aber er wusste ja auch nicht, wer sein Gegenüber war. Und er konnte nicht ahnen, dass er ausgesprochen an die Falsche geraten war. Die Haustür schloss sich wieder. Kurz darauf wurde es in der Wohnung im Erdgeschoss hell. Natürlich konnte sie dort niemanden sehen, dazu waren die Fenster zu hoch. Für heute hatte sie genug gesehen, sie startete den Motor und fuhr los. Ihr Herz schlug ruhig und gleichmäßig. Sie spürte ein Pochen im Magen, im Unterleib und im Kopf. Ein neues Spiel hatte begonnen, Verstecken einmal andersherum, denn hier wusste der Jäger von Anfang an, wo sich sein Opfer versteckt, aber er wiegte es in falschen Hoffnungen, ließ es warten, hoffen, zittern, bis es einen falschen Schritt machte. Um vier Uhr eins klingelte das Telefon. Giuditta nahm ab und lauschte. In dieser Nacht schwiegen Alessandro und sie einander lange an.

Die folgende Woche war das reinste Chaos. Giuditta kam sich vor wie ein russischer Schachspieler, der zwanzig Partien gleichzeitig spielt. Die Ermittlungen wurden ins Blaue hinein geführt, keiner der Kollegen hatte eine richtige Spur gefunden. Die Haarnadel hatte sie nicht weitergebracht, es gab keine Spuren, und man hatte weder die Marke noch den Produzenten herausgefunden. Das Profil, das Giuditta für die Ambrosini erstellt hatte, war übergenau, fast manisch genau: Männlich, höchstens fünfunddreißig bis vierzig, angepasst, oberflächliche Kenntnisse in Medizin, vielleicht ein Krankenpflegehelfer oder -pfleger, ein genauer Beobachter, achtet besessen auf jedes Detail, er hält sich für einen Künstler, möchte ein Selbstwertgefühl demonstrieren, das ihm vielleicht im wirklichen Leben fehlt und das übliche Gewäsch. Giuditta wusste, sie hatte acht Seiten lang Unsinn geschrieben. Aber sie hätte niemanden davon überzeugen können, dass es genauso war, einen Serienmörder nur aufgrund seiner Taten zu beurteilen, als wollte man Pollocks Persönlichkeit nur durch seine Bilder verstehen. Giuditta wusste, die gesamte Zentrale baute auf einen Fehler oder die Überheblichkeit des »Schlächters« – mein Gott, dieser Name störte sie gewaltig – und diese Strategie war zum Scheitern verurteilt. Sie tat ihre Arbeit und wartete ab, mehr nicht. Langsam ließ das morbide Interesse an ihr nach, das sich nach dem Fernsehbericht entwickelte hatte, und ihr Leben verlief nach außen hin wieder in normalen Bahnen. Doch etwas hatte sich verändert und das hatte nicht nur mit Aries zu tun. In aller Ruhe besuchte sie alle Chats, an denen er teilnahm, und hatte ihn unter folgenden Namen wiedererkannt: *Nightdreamer, Dany73, Lunatico4U, LordBlond, 6xMe, O1M2kX, 9273645gcx, hotbull436, wheelfucker* – der hatte ihr gefallen –, *Fottitoro, O3x669d11, Fondista1973, useridentity76409, 000025356k, SuperSfond31.* Sie hatten geflirtet, sich über vieles ausgetauscht: Musik, Sex, Pissing, Familie und Kinder, die Übel dieser Welt, Fistfucking und Philosophie, hatten sich zu viert für eine Fetischparty verabredet, für eine Friedensdemo, in einem Sadomasolokal, zum Sex, hatten sich gegenseitig erregt und einander auf viele Arten genossen. Zwölfmal war sie Frau gewesen, dreimal Mann und zweimal Transe, außerdem hatte sie natürlich den Schwindel mit Nova und Aries vorangetrieben. Er hatte sie nie wiedererkannt. Sie hatte ein kurzes Profil von Daniele Messoris labilem Charakter erstellt: Unduldsamkeit gegen jede Form von Mitleid, latente Homophobie, Verachtung für Geld, Überschätzen der eigenen verbalen Fähigkeiten, Anfälle von Größenwahn, gemischt mit einem wütenden Selbstmitleid, das stets in Zusammenhang mit seiner Behinderung steht, Groll gegen seine Eltern, weil er es immer noch nicht akzeptieren konnte, überhaupt auf der Welt zu sein, süchtig nach Sex in jeder Form, teilt die Menschen, mit denen er zu tun hat, in Klassen und Kategorien ein und passt sich deren Erwartungen an. Ein künstliches Chamäleon, ein Meister der Täuschung zu dem einzigen Zweck, immer und überall die Trümpfe in der Hand zu halten. Er hatte nie genug Mumm gehabt, sich mit jemandem auseinanderzusetzen, den er als »ebenbürtig« erachtet hätte. Er hätte nie verlieren können. Natürlich hatte er Recht, das wäre unangenehm gewesen. Inzwischen bewegte sich Giuditta auf vielen Ebenen und bald würden sie einander begegnen. Alles zu seiner Zeit, im Grunde war das für sie nur ein Spiel, um den Stress abzubauen und die Zeit bis zum Schlafengehen zu überbrücken. Doch jemand anderes komplizierte jetzt auf unerwartete Weise ihr Leben: Miglio.

In den ersten Tagen hatte er sie beinahe gemieden, und das war eine Wohltat gewesen. Er beobachtete sie wie immer aus der Distanz, aber in seinem Blick lag jetzt etwas anderes. Giuditta fürchtete, es könnte mit ihrem Gespräch zu tun haben, mit ihrer überzogenen Reaktion, aber das war nicht der einzige Grund. Sie hatte den Eindruck, alles müsse noch früher angefangen haben, nämlich als er ihr den Umschlag mit den Informationen über Aries gebracht hatte. Sie war sich sicher, dass er alles gelesen hatte, aber was hatte es ihm bedeutet? Hatte es ihm etwas ausgemacht? War er eifersüchtig? Oder schlimmer? Ihr erschien es jetzt, als hätte Miglio etwas gegen sie, denn er hielt sich am Rand der Ermittlungen, arbeitete nur auf Befehl und engagierte sich nicht so wie vorher. Man sah ihn oft durch den Flur laufen und mit dem Handy telefonieren. Er ließ es immer eingeschaltet, das hatte er sonst nie bei der Arbeit getan. Das Handy klingelte alle zehn Minuten, eine SMS, ein Anruf? Dann nahm er es, ging hinaus, redete und manchmal wurde er sogar laut. Giuditta tat, als bemerke sie nichts, aber ihre Kollegen begannen zu vermuten, dass er sich bestimmt bald von der aufreibenden Donatella trennen würde. Doch es lag auch nicht an seiner Freundin. Das erfuhr Giuditta an dem Tag, als sie der Sonderkommission das Profil des Serienmörders in allen Einzelheiten offiziell vorstellte, in Anwesenheit der Staatsanwältin, die richtige Gelegenheit für alle, um sich ein paar Nachmittagsstunden zu vertreiben und hinterher gut dazustehen. Sie hatte über die handwerklichen Fähigkeiten des Killers gesprochen, seine Präzision, die technischen und medizinischen Details, ihren Verdacht, dass jedes Opfer gegen seinen Willen eine Botschaft trug, aber als sie sagte: »Nur eins verbindet die Opfer und zwar ein Hinweis auf das nächste Verbrechen, ein Trailer, und die Tatsache, dass der Täter sie ausgesucht hat, aus welchem unbekannten Grund auch …«, wurde sie unterbrochen.

»Dottoressa?«

Alle drehten sich zu ihm um. Niemand unterbrach die Licari während eines Vortrags, wenn er keinen Ärger suchte. Miglio saß mit verschränkten Armen auf seinem Stuhl und sah Giuditta an. Jedem anderen hätte sie mild nahegelegt, das Ende ihrer Erklärung abzuwarten, aber als sie Miglio in dieser komisch herausfordernden Haltung dasitzen sah, musste sie lächeln. Und wurde ein wenig neugierig.

»Ja, Giglio?«

»Ich glaube, es gibt noch etwas, das die Opfer verbindet.«

»Also … unterschiedliche soziale Schichten … unterschiedliche sexuelle Ausrichtungen … unterschiedliches Alter … das gleiche bei Wohnung, Beruf, Blutgruppen. Ich würde sagen, bis jetzt …«

»Doch, ich glaube, da gibt es noch etwas.«

Giudittas Sarkasmus fiel plötzlich in sich zusammen. Miglio meinte es ernst.

»Und was wäre das?«

»Also, ich bin nur Techniker, ich habe gehofft, einer der Ermittler würde …«

»Los, Giglio«, mischte sich Lamberti herablassend ein und sprach mit Miglio wie mit einem armen Kind nach einer Gehirnoperation. »Sie gehören zur Mannschaft wie alle hier! Lassen Sie Dottoressa Licari ihren Vortrag beenden und dann …«

»Nein!«

Giuditta klang jetzt entschieden. Lamberti war ein wenig verwirrt. War Giglio nicht Giudittas Schützling? Woher plötzlich diese Wut?

»Los, Giglio.«

»Vielleicht ist es besser, wenn Sie es so machen, wie Ispettore Lamberti gesagt hat …«

»Jetzt sag schon, was du zu sagen hast, bevor ich echt stinkwütend werde!«

Die Kollegen erstarrten zu Eis.

»Dottoressa, mäßigen Sie bitte Ihre Ausdrucksweise …«, meldete sich die Ambrosini zu Wort. Giuditta ignorierte sie völlig.

»Also?«

»Vorstrafen.«

»Welche? Wie?«

»Alle hatten in der Vergangenheit schon mit dem Gesetz zu tun gehabt. Du hast, ich meine, Sie haben mich darauf hingewiesen, dass die Astuni ihren Chef wegen versuchter Vergewaltigung angezeigt hat und dass Iannoni unter vandalischen Anschlägen zu leiden hatte, weil er homosexuell war. Kleinkram haben Sie gesagt, und es wurde tatsächlich nur eine Anzeige gegen Unbekannt aufgenommen.«

Jetzt richteten sich alle Augen auf Miglio. Miglio sah Giuditta an. Und sie ihn.

»Da ich zurzeit wenig zu tun habe, habe ich eine kleine persönliche Recherche durchgeführt, nur um zu sehen, ob wir die Opfer bei uns im Computer haben. Natürlich nicht als ›Täter‹ oder ›Beschuldigte‹, aber als Kläger, Geschädigte, ob sie je als Nebenkläger an einem Prozess teilgenommen hatten ...«

»Und du hast sie gefunden. Alle.«

»Genau. Das letzte Opfer, Terlenghi, wurde in einen Fall von Steuerbetrug hineingezogen, aber er hatte nichts damit zu tun, ist aber anscheinend einen Tag festgehalten worden. Das erste Opfer, die Telli, hat eine Nacht wegen Trunkenheit am Steuer im Gefängnis verbracht ...«

Schweigen.

»Das ist nicht viel, ich weiß, ein Haufen Leute hat Vorstrafen, ist Opfer gewesen ...«

»Kommst du bitte mit?«

Bevor es jemand bemerkte, hatte Giuditta ihren Schreibtisch verlassen, ging auf die Tür zu und zog Miglio mit ihrem Blick hinter sich her.

»Aber ... Dottoressa Licari ... bitte«, stammelte Lamberti. Giuditta drehte sich um und schenkte ihm ein strahlend falsches Lächeln.

»Oh, Dottoressa Ambrosini wird fortfahren. Und sicher ihre Worte angemessener wählen als ich.«

»Das erklärst du mir jetzt sofort!«

Ihre Stimmen hallten durch das Treppenhaus. Giuditta schloss die Tür, alle benutzten den Aufzug.

»Was soll ich erklären? Hältst du es nicht für möglich, dass ich auch mal eine Idee haben könnte?«, fragte Miglio sarkastisch.

»Ich erwarte sogar von dir, dass du Ideen hast, aber ich erwarte auch, dass du mir davon erzählst!!«

»Ich hab's dir doch gesagt, oder?«

»NEIN! Du hast abgewartet, bis alle versammelt waren, und dann hast du deinen öffentlichen Auftritt inszeniert. Was ist, nimmst du jetzt Unterricht bei der Ambrosini?«

»Na, bei irgendwem muss ich doch lernen, wenn mir sonst niemand was beibringt.«

Diese Antwort bremste Giudittas Wutausbruch.

»Was meinst du damit?«

»Ach nein, stimmt ja, du gibst jetzt nur noch Unterricht in Lebensfragen. Stimmt's?«

»Du übertreibst exorbitant, Miglio!«

»Das kann sein, ich weiß zwar nicht, was das heißen soll, aber meinetwegen. Ich habe mich inzwischen daran gewöhnt, dass du schwierige Wörter benutzt, damit ich mir noch dümmer vorkomme als ich bin.«

Giuditta war völlig verblüfft. Dieses Gespräch konnte einfach nicht wahr sein.

»Hör mal, wenn du Probleme hast ...«

»Nein, DU hast Probleme!«

Auf Miglios Stirn pulsierte eine Ader. Seine Augen waren feucht. Er stand kurz vor einem Ausbruch, warum auch immer, aber er würde gleich explodieren. Und dann würde er ihr eine Szene machen. Wenn er das tat, würde sie mit hineingezogen. So etwas konnte sie jetzt nicht brauchen. Deshalb spielte sie falsch. Sie senkte den Blick und sagte ganz neutral: »Ich dachte, wir wären ein Team.«

Wie erwartet, brachte dieser plötzliche Kurswechsel Miglio aus dem Konzept. Sie nutzte den Augenblick der Verwirrung.

»Du hast schon Recht, jeder braucht mal einen persönlichen Triumph, man kann nicht immer im Schatten stehen, stimmt's?«

»Giuditta ...«

»Außerdem, ich gebe ja zu, ich habe das nicht bemerkt, und niemand von den Leuten da drinnen hat diese Hypothese in Erwägung gezogen. Wenn deine Nachforschungen richtig sind, können wir jetzt anfangen, die Suche auf Anwälte und Richter einzugrenzen, sehen, ob jemand mit mehr als einem Fall zu tun hatte und wer dafür bezahlt hat, wenn es etwas zu bezahlen gab ...«

»Giuditta, ich ...«

»Außerdem muss man die Quellen überprüfen, herausfinden, ob etwas über die Verbindungen der Opfer zu strafrechtlichen Verfahren in der Zeitung stand oder nur in unseren Archiven zu finden ist. In dem Fall könnte es sich um einen Hacker handeln, jemand der Zugang zu unserem Computersystem hat oder sogar um einen Maulwurf innerhalb der Polizei. So werden wir wenigstens verstehen, nach welcher Methode er sie auswählt.«

Miglio packte ihre Hände.

»Ich wollte dich ... ich wollte dich nicht übergehen ...«

»Aber das hast du getan, und es war richtig. Jeder geht seinen Weg, und es ist ganz klar, dass ich nicht dein Mutterschiff spielen kann.« Und jetzt kam der vernichtende Schlag. »Du hast Recht. Es ist besser so.«

Sie entzog ihre Hände Miglios glühenden Fingern und trat einen Schritt zurück. Miglios Augen schauten nicht mehr wütend, aber die Tränen waren geblieben. Eine einzige rann ihm die Wange hinunter. Für Giuditta war

Miglio in dem Augenblick wie diese Träne: Sie war allein und konnte auf dem unsicheren Weg nach unten nur versiegen.

Und genauso ließ sie ihn stehen. Allein.

Der Latexanzug war verdammt teuer gewesen und unbequem. Giuditta hatte sich hundertprozentig an die Anleitung gehalten, sie hatte sich am ganzen Körper enthaart und Creme benutzt, aber so sehr sie den Atem auch anhielt, sie schaffte es nicht, in diesen schwarz glänzenden Taucheranzug zu schlüpfen, der sie, wenn schon nicht in eine Fetischikone, dann doch wenigstens in eine passable Kundin des *Hot Shot* verwandeln sollte, so hieß das Kellerlokal, wo sie sich am Abend mit Aries treffen würde. Sie waren zwar nicht verabredet, aber unter dem Pseudonym *Manola_xxx* hatte sie nach einem »netten Plätzchen« gefragt, wo man »aufregende« Treffen haben konnte, und *hotbull436* hatte ihr das Lokal empfohlen, besonders am Freitagabend. Sie hatte sich noch unter anderen Namen erkundigt und ihm ein paar Köder ausgelegt. Er war nicht auf alle eingegangen, aber er hatte ihr genug Gründe geliefert, dass sie einigermaßen sicher sein konnte, ihn am Freitag dort zu treffen. Ihr »Kostüm« hatte Giuditta vorsichtshalber im Sexshop der Nachbarstadt gekauft, obwohl sie das einen halben Tag gekostet hatte. Sie musste immer noch über die Kapuze mit dem Reißverschluss lachen, die hatte sie zu komisch gefunden, aber sie verschaffte ihr Anonymität, und jetzt vergnügte sie sich damit, ihre Lippen in einem schamlosen Feuerrot anzumalen. Sie versuchte, nicht daran zu denken, wie sie dorthin kommen sollte. Irgendwo da draußen wartete Alessandro auf sie, und wenn er ihr folgte, würde er sie diesmal umbringen. Sie warf einen flüchtigen

Blick in den Spiegel: Dick geschminkt wie eine Nutte, der Busen war so zusammengedrückt, dass er fast die Nähte sprengte, diese lächerliche Kapuze, die sie in der Tasche verstecken musste … Als sie ging, ließ sie das Licht an. Der Gedanke an ihren sparsamen Vater versetzte ihr einen Stich. Sie zog ihren Mantel an und verließ die Wohnung. Dabei balancierte sie auf ihren hochhackigen Stiefeln wie auf zwei Stelzen. Es musste ein Uhr sein. Sie betrat eine Stufe. Beim Knarren des Latex fletschte sie die Zähne. Wahrscheinlich hörte es sich nur für sie so laut an, aber sie hatte den Eindruck, das ganze Wohnhaus aufzuwecken, noch bevor sie unten ankam. Sie ging noch einen Schritt.

»Puder«, flüsterte jemand.

Giuditta erstarrte.

»Geben Sie Puder zwischen die Schenkel und in die Kniekehlen, das geht nachher sowieso ab.«

Sie schaute hoch zur Treppe. Andrea lag auf dem Treppenabsatz. Er sah vollkommen aus. Sie wagte es nicht, sich zu rühren und fühlte sich so lächerlich, plump, dramatisch und hässlich, dass sie am liebsten unsichtbar geworden wäre. Die Dunkelheit sollte sie verschlucken. Sie hörte wie jemand leichtfüßig die Treppe herunterlief, dann tastete Andreas Hand suchend in ihrer.

»Geben Sie mir den Schlüssel«, flüsterte er.

Giuditta öffnete die Faust und ließ ihr Schlüsselbund in Tadzios ausgestreckte Hand fallen.

»Wo ist er?«

»Wer?« Sie war wie betäubt, und ihr brummte der Kopf. Andrea lachte lautlos über das ganze Gesicht wie Kinder, wenn sie etwas ganz Lustiges sehen.

»DER PUDER! Wo ist er? Im Bad?«, schrie er sie plötzlich an.

»Ja.«

Sie hörte, wie er die Tür zu ihrer Wohnung aufschloss, hineinging, in ihren Sachen wühlte, sie verrückte, anfasste und sie konnte nichts tun, als wie betäubt an der Tür stehen zu bleiben. Dann zog sie jemand in die Wohnung.

»Kommen Sie, sonst verschütte ich hier alles auf dem Treppenabsatz und das scheint mir nicht angebracht.«

Sie folgte ihm wie ein Roboter. Die Szene war mehr als absurd: Andrea, gerade sechzehn geworden, strich mit puderbestäubten Händen über ihren Körper, den Körper von Dottoressa Licari, forensische Pathologin und Profilerin der Sonderkommission, glitt mit der größtmöglichen Unbefangenheit in sämtliche Spalten.

»Sie ziehen das heute zum ersten Mal an, stimmt's? Nach dem Abend wird der Anzug nicht mehr so knarren.«

Sie empfand Scham. Aber auch Begierde. Lust. Perversion. Dann Verantwortung. Und endlich Selbstkontrolle. Und dann meldete sich ihr Selbsterhaltungstrieb. Andrea spielte den Wolf und sie das Lamm, und es gab keine zweiten Häute. Er wusste etwas, was noch kein anderer erfahren hatte, und das würde Giuditta nie wieder vergessen können. Sie dachte gerade darüber nach, aufzugeben, als Andrea aufstand, den Puder gründlich von den Händen klopfte und ihr eine völlig unerwartete Frage stellte:

»Möchten Sie hier raus, ohne dass Sie Ihr netter Freund sieht, der da draußen wartet?«

Giuditta wich alles Blut aus dem Gesicht. Alessandro. Tadzio wusste von Alessandro. Wie viel wusste er noch? Sie nickte nur.

»Wo wollen Sie hin?«

»Ins *Hot Shot*.«

»Ach ja, das kenne ich. Soll ich Sie hinfahren?«

Giuditta schloss die Augen.

»Und womit?«

»Mit dem Auto meiner Mutter.«

»Aber du hast keinen Führerschein.«

»Ach, da spricht die Psychopolizistin«, sagte er lachend. »Na gut, wenn Sie fahren wollen, so wie Sie angezogen sind, wird Ihr Freund keine drei Sekunden brauchen, um Sie zu erkennen. Und Ihnen zu folgen. Das tut er doch immer, oder?«

Sie schluckte auch das noch. Außerdem stimmte es.

»Weiß deine Mutter, dass du fährst? Ist sie einverstanden?«

Andrea sah Giuditta an, wie sie Miglio immer ansah. Und antwortete ihr mit der Geduld einer Krankenschwester.

»Natürlich nicht. Deshalb geb ich ihr jeden Abend zehn Tropfen Valium ins Glas.«

Schweigen.

»Sie schläft besser, und ich habe weniger Probleme.

Was ist, Dottoressa, fahren wir?«

11. Kapitel

Andrea fuhr sicher und geschickt, dank der Videospiele oder warum zum Teufel auch immer. Giuditta auf dem Rücksitz entspannte sich langsam.

»Wenn ich ausgestiegen bin, musst du die Puderspuren entfernen.«

»Kein Problem, ich hab schon Schlimmeres beseitigt.«

»Zum Beispiel?«

»Stellen Sie keine Fragen, Sie werden keine Antworten bekommen.«

Er drehte sich um und lächelte sie an.

»Deshalb frage ich ja auch nicht.«

Giuditta setzte sich bequemer hin. Sie fing ein Gespräch an.

»Was hast du nach dem Gymnasium vor?«

»Oh, machen wir jetzt ein bisschen Smalltalk?«

Vielleicht hielt sie besser den Mund.

»Mal sehen. Voraussichtlich werde ich die Schule mit Höchstnoten abschließen, dann werde ich die Prüfung für den Numerus Clausus im Fach Zahnheilkunde bestehen, das Studium in der Regelstudienzeit beenden und dann bei einem Cousin meines Vaters anfangen. Nach ein paar Jahren werde ich dann meine eigene Praxis eröffnen.«

»Zahnarzt?«

»Zahnarzt.«

Giuditta war verblüfft.

»Mit deinen Fähigkeiten willst du als Zahnarzt arbeiten?«

»Viel Geld für wenig Arbeit. Und eine Menge Freizeit, um mich mit interessanteren Dingen zu beschäftigen.«

»Aber du bist sechzehn, Andrea!«

»Ja, das ist mir bekannt.«

»Und du denkst so?«

»Was wollen Sie? Träume? Pläne? Die kann man auch haben, sie sind sogar käuflich, man braucht nur genügend Geld. Und darauf setze ich, nichts ist sicherer als Karies. Und gerade Sie sagen mir das, und sind mit Ihren Fähigkeiten dabei gelandet, in Toten zu wühlen.«

Giuditta schwieg. Es wäre ihr wesentlich angenehmer, jetzt in einer durch einen Messerstich geöffneten Bauchspeicheldrüse herumzuwühlen, als sich mit diesem Jungen zu unterhalten, der ihr Sohn sein könnte. Wenn man sie anhielt, würde es ihm sicher schlimmer ergehen als ihr. Sie müsste nur ihren Namen nennen und den Ausweis zeigen, egal was sie anhatte. Kein Beamter würde es wagen zu lachen. Ihr gegenüber erlaubten sich die Kollegen fast nichts. Giuditta redete sich ein, dass es ihr nichts ausmachte, aber selbst wenn, war das eben eine logische Folge ihres Lebensstils. Wenn du von Anfang an deinen Mitmenschen entfremdet wirst und dann dein halbes Leben damit verbringst, dich mit Toten abzugeben, hast du schließlich ein engeres Verhältnis zu ihnen als zu den Lebenden. Dieser Gedanke beschäftigte sie, als das Auto langsamer fuhr: Die Menschen, die sie am meisten liebte, waren dem Tod immer sehr nah. Und deshalb auch ihr. Als ob sie und der Tod auf einer Ebene lägen, als wäre sie eigentlich tot und ihr Leben eine lästige Krankheit. Ihre Kehle war einen Moment zu lange belegt, als sie sich fragte: Was für ein Mensch bin ich eigentlich? Wozu bin ich geworden? Was für ein Leben führe ich?

»Wir sind da, Dottoressa.«

Sie sah Andrea an. Sie wusste, wie sie aussehen musste. Miglio kannte diesen Blick vielleicht noch besser: den eines Tieres, das schon im Schlachthaus ist, und sein Schicksal begreift. Andreas Gesicht über ihr war wie ein schwarzes Loch. Er beugte sich ein wenig vor und legte seine Lippen auf ihre. So sprach er dann zu ihr, Atem gegen Atem, als wäre er der Erwachsene und sie das Kind:

»Welchen Traum haben Sie? Was wünschen Sie sich mehr als alles andere?«

Unter Giudittas Wimpern zeigte sich eine Träne.

»Ich träume, jemand sitzt auf einem Stuhl, nimmt mich in den Arm und drückt mich fest an sich, wiegt mich hin und her und sagt mir immer wieder: ›Alles ist gut, es ist nichts passiert, alles ist in Ordnung, es ist nicht so schlimm, ich kümmere mich um alles.‹«

»Und wissen Sie, wovon ich träume?«

»Wovon?«

»Mich auf diesen Stuhl zu setzen.«

Sie lächelten.

Andrea hatte angeboten, auf sie zu warten oder ihr ein Taxi zu bestellen, das zu einer bestimmten Zeit vor dem Lokal auf sie warten würde, doch Giuditta hatte beide Vorschläge abgelehnt. Als der Wagen hinter der nächsten Kurve verschwand, wurde ein Teil von ihr mit ihm fortgerissen. Giuditta hatte sich jetzt wieder im Griff. Sie setzte sich die Kapuze auf, verbarg sorgfältig ihre Haare darunter, öffnete den Reißverschluss über dem Mund, dann ging sie schnell die steile Treppe mit dem schmiedeeisernen Handlauf und dem trübrot beleuchteten Schild im Hintergrund hinunter. Ein muskulöser Türsteher öffnete ihr automatisch die Tür und lächelte sie einladend an. Giuditta wusste, dass Frauen in solchen Lokalen oft keinen Eintritt bezahlen mussten. Sie waren schließlich das Wichtigste hier. Das Lokal war sehr verraucht, harte Musik ertönte, aber in annehmbarer Lautstärke, auf der Stripteasebühne bewegten sich einige Mädchen an Stangen. Anscheinend diente die Bühne gleichzeitig als Tresen. Durch die roten Vorhänge im Hintergrund des Lokals ging es wahrscheinlich zu den Separees oder den Darkrooms. Vielleicht gab es oben noch Besseres, Themenzimmer zum Beispiel … Aber das Lokal wirkte dafür nicht fein genug.

»Dominant?«, erkundigte sich eine nasale Stimme links neben ihr.

Die attraktive Kassiererin kaute Kaugummi. Ihr kurzes rotes Strasskleid hatte vorn zwei Löcher für die Brüste.

»War das eine Frage?«, sagte Giuditta, aber die Frau seufzte nur, stempelte eine Karte ab und informierte sie, was dies oder jenes kostete. Giuditta musterte sie kurz. Der Farbunterschied zwischen Kinn und Busen ließ sie älter aussehen. Während sie aufsah, verschob sich eine der beiden blauen Kontaktlinsen leicht. Wenn Giuditta sie noch zwei Minuten anschaute, würde sie sich wahrscheinlich im Vergleich zu der Kassiererin wie die Venus von Milo fühlen. Sie wandte den Blick ab und betrat das Lokal. Die vielen Schachteln Kleenex neben den kleinen Sofas amüsierten sie nur, und sie war überrascht, dass sie sich nicht unbehaglich fühlte. In der Beziehung hatte sie Alessandro die Wahrheit gesagt: Ein Ort war für sie wie der andere. Instinktiv versuchte sie, ihn durch den leichten Rauchschleier zu finden, obwohl sie die vorsichtige Gewissheit hegte, ihn abgehängt zu haben. Und während sie Alessandro suchte, fand sie Aries. Er klebte am Tresen, beugte sich aus seinem Rollstuhl so weit er konnte und wedelte der Tänzerin, die ihm am nächsten war, mit einem Geldschein. Als er es schaffte, ihr den in den Tanga zu stecken, brach ein Aufschrei los und alle klopften ihm auf die Schulter. Also war er mit Freunden hier. Das komplizierte die Sache ein wenig. Sie stellte sich hinter ihn. Sein säuerlicher Schweiß brachte Giudittas Medizinerhirn auf die Idee, er müsse Probleme mit der Leber haben. Er war verschwitzt, unter den Achseln seines hellblauen Hemdes bildeten sich dunkle Flecken und auf seinem fetten Nacken sah man dicke Schweißperlen. Wie konnte DIESER MANN sich in so viele Männer verwandeln? Wie schaffte er es, glaubhaft zu wirken? Giuditta beugte sich zu seinem Ohr hinunter und sagte:

»Ciao.«

»Ich hab kein Geld«, antwortete Aries, ohne sie anzusehen, und nahm sich eine Hand voll Erdnüsse.

»Ich schon.«

»Ja und?«

»Kommst du mit, wenn ich dich bezahle?«

»Hör mal, leck mich doch!«

Wütend drehte er sich um und sah sie. Die Augen, vielleicht auch ihren Mund. Seine Stimme klang noch genauso wütend, aber sein Blick veränderte sich: »Was zum Arsch willst du denn?«

»Was glaubst du, was ich für einen Arsch will?«

Die Ruhe und die Schnelligkeit, mit der sie ihm ihre zweideutige Antwort gegeben hatte, verwirrten ihn nach den vier Bier, die er bereits getrunken hatte, noch mehr.

»Also, ich meine, du siehst mich doch?«

»Ja. Siehst du mich auch?«

Daniele Messori überschlug rasch, wie viel Bier er getrunken hatte. Er war ein wildes Tier, hatte gelernt, niemandem zu vertrauen, den er nicht ganz sicher beherrschen konnte. Er hatte seine Waffen. Zum Beispiel seinen Rollstuhl. Seine Arme konnten jemandem den Hals brechen. Sein Redegewandtheit war eine Waffe. Aber jetzt war er unsicher. Wer war die da? Ein bisschen dick und grässlich geschminkt, aber zumindest war an ihr was dran.

»Was willst du?«, fragte er sie. Inzwischen kümmerten sich seine Freunde nicht mehr um die Stripteasetänzerinnen, sondern beobachteten sie beide. Sonst war das umgekehrt und Daniele musste um Aufmerksamkeit betteln. Oder dafür bezahlen.

»Warum spielst du nicht mehr Basketball?«

Diese Antwort verwirrte ihn. Der Ton, in dem sie das sagte, das freundliche Lächeln, ihr Duft, der ihm in die Nase stieg, Make-up, Parfüm, aber da war noch etwas Zarteres, vielleicht Puder …

»Kennen wir uns?«

»Vielleicht … darf ich?«

Zunächst begriff Daniele nicht. Dann sah er, wie die Frau eines ihrer Beine über ihn hob und ihr Schoß sich mit seinem verkeilte, ihre Knie die Räder berührten. Wenn Huren sich auf seinen Schoß setzten, taten sie das meist von der Seite, während sie buchstäblich auf ihn gestiegen war. Sie wog nicht viel, aber sie erriet seinen Gedanken und fragte: »Bin ich zu schwer? Ist das zu viel für den Rollstuhl?«

»N-Nein, ich glaube nicht …«

»Also, erzählst du es mir?«

»W-was denn?«

»Warum du nicht mehr Basketball spielst.«

»Wenn ich dir das erzähle, sagst du mir dann, woher du mich kennst?«

»Vielleicht.«

Danieles Hand tastete sich nach oben zu Giudittas linker Brust vor. Sie ließ ihn gewähren.

»Beug dich zu mir runter«, keuchte er. »Ich sag es dir ins Ohr.«

Seine Augen gewöhnten sich nur schwer an die undurchdringliche Luft. Raucher und Zigaretten hatte er immer gehasst. Wie er Lokale dieser Art generell verachtete, sie waren dreckig, total heruntergekommen und voll mit dreckigem Pack.

»Dominant oder devot?«, fragte eine nasale Stimme neben ihm.

»Egal.«

»Du bist aber mies drauf.«

Er sah die Kassiererin gezwungen höflich an. Blaue Kontaktlinsen, schlaffe Titten, die sich durch rote Pailletten drückten – wenn die mal nicht schon über vierzig war. Er zahlte, ohne sie noch weiter anzusehen, und ließ die lange Liste der einzelnen »Dienstleistungen« über sich ergehen.

»Suchst du etwas Bestimmtes?«

»Mehr oder weniger.«

»Mann? Frau?«

»Beides.«

»Also«, sagte die Frau und beugte sich vertraulich zu ihm vor, »wenn du eine Frau suchst, können wir uns gleich verabreden.«

Er suchte nach einer einigermaßen höflichen Antwort,

falls ihm diese Furie später noch nützlich sein konnte, dann sah er sie. Er schüttelte nur leicht den Kopf.

»Nein danke. Ich glaube, ich habe schon das Richtige gefunden.«

Danieles Zunge steckte bis zur Wurzel in ihrem linken Ohr. Um sich die Zeit zu vertreiben, beobachtete Giuditta die anderen Paare dabei, wie sie sich in jeder Form des Kleenex bedienten, durch die roten Vorhänge kamen oder gingen.

Etwas weiter hinten ging es zur Toilette, und den Ausgang an der anderen Seite bewachte ein Türsteher. Inzwischen langweilte sie sich gründlich, eigentlich war alles hier nichts Besonderes, es wurde nur nicht geheuchelt. Sie griff mit der Hand nach dem Reißverschluss von Aries Hose. Der stoppte sie sofort und fragte:

»Was tust du?«

»Ich suche.«

»Verarschst du mich jetzt?«

»Nein.«

Sie war todernst.

»Das tue ich mein Leben lang. Ich suche.«

»Aber, weißt du, ich …«

»Na und?«

Das war ihr entscheidender Trumpf. Daniele Messori alias *Aries, Nightdreamer, Dany73, wheelfucker* und so weiter lachte plötzlich befreit auf. Und Giuditta lachte mit. Dabei hob sie den Kopf. Und da sah sie ihn.

Gut, das war also der berühmte Aries. Wirklich interessant. Er entsprach genau seiner Vorstellung. Ein Perverser, der sich damit amüsierte, im Internet leichte Beute zu suchen, einsame, unglückliche Frauen, vielleicht sogar junge Mädchen und Schlimmeres. Und als wollte er das noch unterstreichen, saß er da und knutschte mit einer Nutte rum, die einen dieser lächerlichen Latexanzüge trug. Es würde wohl etwas dauern … nein, jetzt stand die Nutte auf, wahrscheinlich wartete schon der nächste Kunde auf sie. Wie war es möglich, dass ein so widerlicher Kerl die Fantasie einer Frau wie Giuditta anregte? Er würde es herausfinden. Er würde mit ihm reden. Und wenn dabei nichts Vernünftiges herauskam, würde er ihn bis ans Ende seiner Tage verfolgen.

»Bitte, ich muss hier raus.«

»Zuerst müssen Sie an der Kasse vorbei, Signora.«

»Das geht nicht. Hören Sie, da drinnen läuft jemand herum und sucht nach mir und wenn der mich findet …, wenn der mich findet, stecke ich tief in der Scheiße. Verstehen Sie mich?«

Der Türsteher seufzte.

»Ja, Signora, ich verstehe Sie, das erleben wir jede Woche hundertmal, aber selbst wenn ich Ihnen glaube, müssen Sie auf jeden Fall an der Kasse vorbei.«

»Aber ich habe doch nichts gehabt … verdammte Scheiße, ich habe meinen Mantel und die Tasche mit dem Geld an der Garderobe gelassen!«

Der Türsteher seufzte noch einmal.

»Dann können Sie mich doch verstecken! Gibt es einen Platz in diesem Lokal, an dem ich weder von vorn noch von hinten vergewaltigt werde oder mir sonst etwas passiert, bis ihr schließt? Es reicht, wenn ich mich irgendwo verstecken kann.«

Der Kopfhörer des Türstehers piepste leise. Der Riesenkerl lauschte. Dann nuschelte er ein »Ja«. Und sah wieder Giuditta an.

»Folgen Sie mir bitte, Signora.«

»Verdammt, jetzt bin ich total im Arsch! Diesmal geht es ums Ganze, zum Teufel!«

Sie folgte dem Türsteher in einen dunklen Flur. Dann hörte sie das unverwechselbare »Klack« eines Antipanikgriffs. Die Tür führte auf eine Gasse. Dort wartete ein Taxi mit laufendem Motor auf sie. Auf dem Rücksitz lagen Giudittas Mantel und ihre Tasche. Ungläubig betrachtete sie das Ganze.

»Ihre Rechnung wurde schon bezahlt, Signora, und das Taxi bringt Sie, wohin Sie möchten. Es wurde ebenfalls bezahlt.«

»Aber, aber, wer …«

»An Ihrer Stelle würde ich keine Zeit verlieren«, sagte der Türsteher und zwinkerte ihr zu.

Giuditta nickte und stieg ins Taxi. Als sie versuchte, dem Fahrer ihre Adresse zu nennen, merkte sie, dass sie keine Luft bekam. Erst da erinnerte sie sich an ihre Kapuze. Sie zerrte sie heftig vom Kopf und riss sich dabei ganze Haarbüschel aus. Schließlich atmete sie befreit den unangenehm säuerlichen Geruch des Taxis ein und nannte dem Fahrer Straße und Hausnummer. Der verzog keine Miene und fuhr los.

Daniele Messori bekam nicht genau mit, was passierte. Diese Unbekannte, die ihn offensichtlich kannte, war zu ihm gekommen, hatte mit ihm geredet, sich auf seinen Schoß gesetzt, sie hatte sich betatschen lassen und sogar seinen Hosenschlitz geöffnet. Dann war sie plötzlich aufgesprungen und ohne ein Wort in der Menge verschwunden. Danieles Freunde brüllten vor Lachen, während er versuchte, sich einigermaßen wieder anzuziehen.

»Ihr seid eine Bande Scheißkerle!«

Er war noch immer betäubt von all den Eindrücken, die von mehreren Seiten auf ihn eingestürmt waren. Vor allem dieses Gefühl von Vertrautheit mit der geheimnisvollen Frau. Eine Frau, die seine Behinderung nicht als solche betrachtete, sondern als ... so was Absurdes: Sie hatte sie erregt!

»Weiber sind alle Huren«, sagte jemand rechts von ihm, während ihm eine wohlgeformte Männerhand ein Bier reichte. Daniele nahm es, ohne darüber nachzudenken.

»Das kannst du laut sagen.«

»Sie spielen nur mit uns, das ist die Wahrheit. Die führen dich an der Nase herum. Versprechen dir das Blaue vom Himmel und dann im letzten Moment ... Nicht mal, wenn das da unten bei ihnen aus Gold wäre.«

»Ich kapiere es einfach nicht, da hatte ich eine gefunden, die mich anscheinend mitnehmen wollte, aber dann ist sie plötzlich ohne ein Wort verschwunden. Das heißt, ich habe nicht einmal gemerkt, wann es passiert ist.«

»Ach, das passiert mir auch immer ...«

Daniele musterte den Neuankömmling und bog sich vor Lachen.

»Du brauchst mich gar nicht so anzusehen. Glaub mir, es macht keinen Unterschied, ob du mein Gesicht hast oder deine Beine. Die Weiber entscheiden. Wir sind nur eine Option.«

»Also, ich würde meine Beine gegen dein Gesicht tauschen!«

Der junge Mann neben ihm lachte wieder und schüttelte seine weizenblonde, fransige Mähne, die fast bis zu seinen blauen Augen reichte. Sie strahlten wie das breite, freundliche Braver-Junge-Lächeln auf seinem Gesicht. Er hielt Daniele die Bierflasche zum Anstoßen hin.

»Ich heiße Michelangelo.«

Was zum Teufel tat Miglio in dem Lokal? Ein Zufall? Red keinen Unsinn! Es konnte Zufall sein, dass er am gleichen Abend wie sie gekommen war, das war möglich! Sie wusste genau, dass er nicht nach ihr gesucht hatte. Er konnte nicht nach ihr suchen, dazu hatte er zu viel Respekt vor ihr. Er suchte Aries. Und er hatte ihn gefunden. Was wusste Miglio, der harmlose, der unterschätzte Miglio? Konnte es sein, dass sich sein Profil in Realität verwandelt hatte? War etwas in ihm explodiert und hatte ihn endlich aufgeweckt? Giuditta dachte über sein Verhalten der letzten Wochen nach. Sie hatte das Problem zu oberflächlich behandelt. Aber inzwischen war das Taxi bei ihr zu Hause angelangt. Dieses Taxi. Sie hatte nicht erwartet, dass Andrea sein Versprechen halten würde. Als sie in ihre Wohnung kam, klingelte das Telefon. Sie nahm ab und sagte:

»Ales…«

Aber die Leitung war wieder tot. Sie schaute auf die Uhr: halb vier. Vielleicht war es nicht Alessandro gewesen. Sondern jemand anderes. Andrea? Aries? Miglio? Wer sonst?

Am nächsten Morgen stand sie eine Stunde früher auf und wusch sich sehr gründlich, um die Spuren der vergangenen Nacht so gut wie möglich zu entfernen. Sie hatte immer noch den fauligen Geruch aus dem Taxi in der Nase, das zwar ihre Rettung gewesen war, ihr aber jetzt vorkam wie eine Rettung, die direkt aus der Hölle stammte. Jetzt blieb ihr nichts anderes übrig, als sich zu verhalten, als befände sie sich in einem Fortsetzungsroman, und alles war in Ordnung. Sie zog saubere Unterwäsche und Kleidung an, streifte sich den Mantel über – der stank zwar nach dem Taxi, aber es war ihr einziger – und verließ die Wohnung. Im Gewimmel der Hausbewohner, die zur Arbeit gingen, hörte sie nur das übliche »Ciao, Mama« von Andrea, der auf dem Fahrrad zur Schule raste, während seine Mutter in ihren supersauberen Wagen stieg, in dem es keine Spuren von Puder mehr gab und sich auf dem Weg in die Fabrik still beglückwünschte, dass sie einen Heiligen als Sohn hatte, einen wahren Heiligen!

Giuditta war vor den anderen in der Zentrale. Auf ihrem Schreibtisch fand sie Miglios Notizen über seine Recherchen und warf einen Blick darauf. Miglio kam zu spät, seine dunklen Augenringe verrieten, wie wenig er geschlafen hatte. Giuditta beschloss, den Stier bei den Hörnern zu packen.

»Miglio?«

»Ja?«

»Schlecht geschlafen?«

»Ja.«

»Donatella?«

Miglio zuckte mit den Schultern.

»Hör mal, wollen wir zusammen Mittag essen? Mir gefällt die Stimmung zwischen uns nicht, komm … lass uns das klären, reden wir ein bisschen, was meinst du?«

Miglio starrte auf einen Punkt in der Luft, er zögerte. Giuditta nahm seine Hand.

»Ich würde mich besser fühlen.«

Miglios Hand schloss sich. Seine Augen schauten hoch zu ihr, sie waren wieder klar. Er wollte gerade lächeln, als ein Donnerschlag durch die Zentrale hallte.

»VERDAMMTESCHEISSEVERDAMMTE!«

Ein Hörer wurde aufgeknallt.

Die Tür zu Lambertis Büro flog weit auf, das Fenster zerbrach durch den Knall auf dem Boden.

»Das ist die Fünfte.«

Niemand traute sich nachzufragen.

»WIR HABEN DIE FÜNFTE LEICHE, VERDAMMT!«

12. Kapitel

»O Gott!«

»So was hab ich ja noch nie gesehen.«

»Wie lange kann er dafür gebraucht haben?«

Giuditta hielt gerade noch ein Stöhnen zurück.

»Miglio?«

»Ja?«

»Kannst du mich informieren, während ich mir die Schutzkleidung vollständig anziehe? Und wenn du schon dabei bist, wirfst du Morabito und seiner Herde bitte ein paar deiner berühmten sprechenden Blicke zu, um zu zeigen, dass man der Licari heute besser nicht auf die Eier geht und sie ihre Kommentare lieber an der Kaffeemaschine austauschen sollen?«

»Ich weiß nicht, ob es hier eine Kaffeemaschine gibt.«

»Na, dann bastel dir eine.«

Dieser Hieb brachte die Leute vom Erkennungsdienst dazu, den Rückzug anzutreten. Dabei brummten sie Satzfetzen wie »... Blöde Kuh«, »für wen hält die sich denn?« Miglio schaute sie anbetend an.

»Entschuldige, aber bei dir hätte es zu lange gedauert. Ich bin heute ein wenig reizbar.«

»Das hatte ich begriffen.«

»Also, informierst du mich?«

Miglios Gesicht zeigte wieder den üblichen Ausdruck, ein breites Lächeln, eifrig las er die Notizen vor, als bemerke er den ekelhaften Gestank überhaupt nicht, der aus der Wohnung drang. »So wenig reichte schon?«, fragte sich Giuditta stumm. »Ein paar freundliche Worte, das alte Spiel mit dem Team, und alles ist wieder wie in den guten alten Zeiten?« Das hätte sie sonst unter keinen Umständen geglaubt. »Ich habe dich unterschätzt, Miglio. Und es war idiotisch, das zu tun.«

Einen kurzen Augenblick stellte sie sich vor, was für ein Paar sie und Miglio abgeben würden. Sie sah zwar nicht ganz so katastrophale Szenen vor sich, wie Donatella sie sich einfallen ließ, aber etwas Ähnliches. Sie waren wie der Teufel und das Weihwasser. Sie so zynisch und er so naiv … war es nicht schade, etwas so Schönes zu zerstören?

»Das Opfer hieß Irene Disio, sah für ihre sechzig Jahre noch gut aus. In ihrer Jugend hat sie als Mannequin gearbeitet, und sie war immer noch schön, obwohl sie sich gehen ließ. Sie hat nie geheiratet, ließ sich aber immer von wohlhabenden Männern aushalten – erzählt man sich zumindest hier im Haus. Vor einigen Jahren ist ihre Schwester gestorben. Seitdem lebte sie allein, von ihrer Rente und einem festen Zuschuss von einer alten Liebe, das stammt aus der gleichen unsicheren Quelle. Man nimmt allgemein an, sie sei schon seit ein paar Jahren nicht mehr ganz richtig im Kopf. Manchmal ging sie aufgetakelt wie eine alte Fregatte aus dem Haus und dann wieder lief sie in Bademantel und Pantoffeln durch die Stadt.«

»Willst mir vielleicht noch ihre Krankenkassenkarte zeigen oder ihre Milchzähne?«

»Ja, entschuldige, ich meine natürlich nein. Da gibt es noch ein interessantes Gerücht. Sie war in Pflanzen vernarrt. Das wirst du in ihrer Wohnung sehen. Sie hat ihr Leben damit verbracht, sich mit Pflanzen zu beschäftigen.

Anscheinend war sie maßgeblich an vandalistischen Aktionen gegen die Pflanzen anderer Leute beteiligt.«

»Was zum Beispiel?«

»Zum Beispiel Chlorbleiche in Blumentöpfe geben.«

»Sehr nett. Das führt uns zu deiner Recherche über die Kontakte mit dem Gesetz.«

Miglio errötete bis in die Spitzen seiner Zöpfchen.

»Soviel wir wissen, hatte sie keine Freunde. Sie war nicht sehr beliebt. Oft verließ sie Tage oder Wochen ihre Wohnung nicht. Deshalb hat niemand die Polizei alarmiert.«

»Bis man den Gestank bemerkt hat.«

»Genau.«

»Also gut, gehen wir rein. Du fotografierst erst von draußen, dann folgst du mir langsam.«

Giuditta betrat das Wohnzimmer, sie bewegte sich vorsichtig vorwärts, Miglio folgte ihr auf den Fersen.

»O Gott, das ist wirklich ein Meer von Blut.«

»Lass Gott aus dem Spiel und konzentrier dich.«

Giuditta schaltete das Aufnahmegerät ein.

»Die Leiche ist vollkommen nackt, in sitzender Position an einen Stuhl gefesselt. Es wird schwierig sein, an sie heranzukommen, da der Teppichboden sowohl unter dem Stuhl als auch in der weiteren Umgebung des Opfers blutgetränkt ist. Die einzige Möglichkeit, eine gute Sicht auf die Leiche zu bekommen, ist, auf die umstehenden Möbel zu steigen.«

Sie schaltete das Aufnahmegerät ab.

»Miglio, fotografier jetzt erst das Sofa, dann steigen wir darauf und beugen uns über die Rückenlehne.« Miglio gehorchte. Giuditta beugte sich über die Lehne, dabei tat sie alles, um so wenig wie möglich zu atmen, und schaltete das Aufnahmegerät wieder an.

»Der Täter hat penibel gearbeitet, langsam und mit der erforderlichen Ruhe und Sorgfalt. Das Opfer wurde an jedem einzelnen Körperteil mit einem Nylonfaden gefesselt, wahrscheinlich handelt es sich um Angelschnur …« Sie unterbrach sich. »Ich bin zu der Überzeugung gekommen, dass das Opfer noch am Leben war, als das geschehen ist, und das Blut noch zirkulierte.«

Sie schaltete das Gerät aus.

»Warum nimmst du das an?«

»Warte«, sagte sie und drückte auf den Schalter des Aufnahmegeräts.

»Der Täter hat Arme und Beine des Opfers gefesselt und damit auch den Blutkreislauf blockiert. Sobald ein Teil anschwoll, spannte sich die Schnur noch mehr, bis sie ins Fleisch schnitt und dadurch ein langsames Verbluten auslöste. Die gleiche Methode hat er an Unterleib und Hals angewandt, dort hat er jedoch eine einfache Strangulation vermieden und das Opfer so gefesselt, dass es sich selbst erdrosselte. Dies lässt vermuten, dass sich das Opfer noch bewegt hat. Die Schnittwunden sind nicht sehr tief, aber zahlreich. Man hat die Blutzirkulation blockiert und dann die Schnüre so fest gespannt, dass ziemlich viel Blut austrat.« Sie schaltete ab.

»Wenn sie noch lebte, warum hat sie dann nicht geschrien?«

»Frag sie selbst, Miglio. Er wird sie unter Drogen gesetzt haben, das erfahren wir durch die Untersuchungen. Geh näher an den Ellbogen heran … sehr gut. Schieß so viele Bilder wie möglich.«

Sie holte ihre Pocketkamera heraus und machte ein paar Aufnahmen von den Hand- und Fußgelenken und der Brust.

»Hm.«

»Was, hm?«

»Das überzeugt mich nicht. Unter Drogen gesetzt, betäubt, was auch immer du willst, aber wegen der Reflexe dürfte das Opfer nicht so ›gleichmäßig‹ aussehen, einige Schnitte müssten tiefer sein, ich weiß nicht, ob du mich verstehst ...«

Miglio zeigte auf etwas.

»Was ist los?«

»Das kenne ich. Das benutzen diese Scheißkerle.«

»Was meinst du?«

Giuditta segnete ihren Instinkt und zog Miglio auf das Sofa herunter, bevor er über die Lehne fiel und in der Blutlache landete.

»Verdammt noch mal, pass gefälligst auf! Wo willst du denn hin?«

»Es liegt auf dem Tisch.«

»Dann geh außen herum. He, Miglio!«

Sie fasste ihn an den Schultern und schüttelte ihn. Seine blauen Augen waren trüb.

»Er ist nicht hier. Ich weiß nicht, wo er gerade ist, aber bestimmt nicht hier bei uns«, dachte Giuditta

Sie versetzte ihm eine Ohrfeige. Miglio war sofort wieder wach.

»Warum schlägst du mich?«

»Weil du verrückt spielst! Du hättest mir fast Tatortspuren zerstört.«

Miglio schaute sich um. Er überlegte, wie er gehen sollte, dann verließ er das Sofa und bewegte sich vorsichtig dicht am Rand der Blutlache entlang. Giuditta sah zur Tür. Ihr Brüllen hatte einen von Morabitos beiden Assistenten herbeigelockt, der jetzt in der Tür stand.

»Aus dem Weg!«, sagte sie drohend.

Inzwischen hatte Miglio den Tisch erreicht und starrte wieder wie hypnotisiert auf einen blauen Gegenstand, der auf dem Tisch lag. Er sah aus wie ein Hammer.

»Was ist das?«

Miglio nahm ihn in die Hand und betrachtete ihn.

»Miglio, was ist das?«, fragte Giuditta noch einmal.

»Ein Bullentreiber. Hochspannung. Deshalb hat sie nicht reagiert. Er hat ihr das Gehirn weggeschmort.«

»Halt mal, ein was?«

»Im Betrieb meines Vaters hatten wir noch größere. Wenn die Kühe ins Schlachthaus kommen und begreifen, was passiert, dann muss man …«

»Gut, das reicht.«

Miglio kam von dem erhöhten Küchentrakt herunter und ging auf das Opfer zu. Giuditta folgte ihm Schritt für Schritt. Er schien sich umsichtig zu verhalten. Als sie hinter dem Opfer standen, streckte er den Griff des Elektroschockers aus und hob damit eine ihrer graublonden, krausen Haarlocken an. Die Haut darunter war schwarz verfärbt.

»Hirntod«, erklärte er lapidar.

Giuditta schaltete das Gerät ein.

»Nach den Untersuchungen des Beamten Miglio scheint das Opfer mehrmals in Höhe der Augen den Stromstößen eines Elektroschockgerätes für Tiere ausgesetzt worden zu sein. So konnte der Täter ganz ungehindert alles in Szene setzen und das langsame Verbluten seines Opfers einleiten, das einige Stunden gedauert haben muss. Es bleibt die Hauptursache des Todes.«

Sie schaltete das Aufnahmegerät ab. Miglio deutete wieder auf etwas. Aber diesmal sah er anders aus. Er schaute über die Leiche hinweg auf etwas, das er bis zu diesem Augenblick nicht bemerkt hatte. Neben dem Sofa stand ein hoher, mächtiger Philodendron. Gedankenversunken ließ Miglio das Elektroschockgerät auf den Boden fallen, zog einen Handschuh aus und ging auf die Pflanze zu. Giuditta versuchte nicht einmal, ihn aufzuhalten, diesmal war es unvermeidlich. Miglio lief zweimal durch das Blut.

»Was zum Teufel tut er da?«, hörte man Morabitos Stimme von der anderen Seite der Tür. Miglio berührte ein Blatt der Pflanze und streichelte es.

»Weißt du, was ich gelesen habe? Pflanzen sehen und spüren alles. Sie nehmen wahr, was wir fühlen, verstehen, ob wir sie lieben, ob wir leiden …«

»Miglio …«

»Ich habe gelesen, dass in Amerika eine Pflanze in einem Prozess als Zeuge geladen wurde, ist das nicht komisch? Sie haben ihr Sensoren angelegt und als der Mörder hereinkam, ist die Pflanze ohnmächtig geworden.«

Morabito stand wie angewurzelt an der Tür und lauschte mit offenem Mund Miglios Wortschwall.

»Arme Kleine, du hast alles gesehen. Du musstest miterleben, wie man deine Besitzerin abgeschlachtet hat.« Miglio streichelte das Blatt und sprach mit der Pflanze, angesichts dieses Leids, das zu tief war, um es ganz zu erfassen, bekam er feuchte Augen.

Giuditta beobachtete seine Füße. Wenn er stehen blieb, war der Schaden nicht so groß. Sie schlich am Sofa vorbei zu ihm, streckte eine Hand aus und berührte ihn.

»Miglio.«

Keine Reaktion.

»Miglio, Liebling?«

Überrascht drehte sich sein Kopf sofort zu ihr hin.

»Hör mal … du zerstörst Spuren am Tatort.«

Langsam kam Miglio wieder zu sich. Er betrachtete seine Hände und die Abdrücke seiner Füße und als er alles begriff, wurde er rot. Seine Hände begannen zu zittern.

»Das macht nichts, das macht gar nichts«, versicherte Giuditta hastig.

»Und ob das was ausmacht! Warte nur, wenn Lamberti davon erfährt«, sagte Morabito höhnisch.

»I-ich … entschuldige … ich weiß nicht, was da …«, stotterte Miglio.

»Ach was, es ist doch nichts Schlimmes passiert. Bleib stehen, ich helfe dir.«

Sie wandte sich zur Tür.

»Morabito, reiß den Mund nicht so weit auf, wirf mir lieber schnell Schutzkleidung zu. Und wenn es möglich ist, nicht auf die Leiche.«

Sie nahm ein Paar Überschuhe in die Hand und ging zu Miglio.

»Stütz dich auf mich.«

Sie zog ihm die blutigen Überschuhe aus, ließ sie dort stehen, streifte ihm ein neues Paar über. Dann hob sie seine Hände und betrachtete sie von allen Seiten.

»Also gut, halt die Hände hoch. Warte draußen auf mich. Sobald ich fertig bin, nehme ich Spuren an dir.«

»Giuditta, ich wollte doch keinen Blödsinn machen.«

»Das war kein Blödsinn, du bist unkonzentriert, das ist alles. Jetzt geh hinaus, hier am Sofa vorbei, und halt die Hände hoch … sehr gut … keine Angst, da sind keine Spuren … jetzt setz dich in den Flur und warte dort auf mich.«

Im Internet kursierte ein Foto mit dem Titel »Hände hoch!«. Darauf ist ein Kätzchen zu sehen, das auf den Hinterbeinen steht und die Vorderpfoten ganz gespannt in die

Höhe hält. Genau wie dieses Kätzchen verließ Miglio jetzt den Raum, gefolgt von den mitleidigen Blicken seiner Kollegen und Giuditta sah ihm beunruhigt nach.

»Was heißt, er wird suspendiert? Er hat doch niemanden umgebracht! Er hat nur eine Pflanze berührt. Dann starten wir doch gleich einen Blitzangriff auf botanische Gärten und verhaften dort alle, die eine Pflanze anfassen.«

»Dottoressa, Sie wissen ganz genau, dass ...«

»Da war eine Blutlache, so groß wie ein See, es ist schon viel, dass niemand ausgerutscht und hineingefallen ist und wegen ein paar lächerlicher Fußabdrücke reden Sie von zerstörten Spuren!«

»Dottoressa Licari, lassen Sie mich bitte etwas sagen?«

»Mehr will ich nicht.«

Lamberti balancierte auf dem Stuhlrand, der größtmögliche Kompromiss zwischen Gleichgewicht, Schwerpunkt und Schwerkraft. Er wusste genau, dass er Recht hatte und die Licari natürlich auch, aber endlich war ihre professionelle Kälte einem gesunden Gluckeninstinkt gewichen.

»Wir könnten über die Angelegenheit hinwegsehen.«

»Das ist wohl selbstverständlich. Sie haben vergessen, die Geschichte mit der Ambrosini ist noch nicht aus der Welt.«

»Dottoressa ...«

»Reden Sie!«

Lamberti seufzte. Dann erklärte er: »Der Punkt ist doch der, dem Beamten Miglio geht es nicht gut. Und Sie können nicht so tun, als hätten Sie das nicht bemerkt.«

Giuditta starrte das Fenster an.

»Er kommt zu spät, vergisst seine Berichte zu Ende zu schreiben, hängt ständig am Telefon.«

»Wie neunundneunzig Prozent seiner Kollegen, mit Verlaub.«

»Und genau darum geht es.«

Giuditta drehte sich um und sah ihn widerwillig an. Sie hasste es, vor der Logik kapitulieren zu müssen.

»In all den Jahren, sehen Sie, ist er nie zu spät gekommen, nein, er hat sogar einen Haufen Überstunden geleistet und sie noch nicht einmal abgerechnet. Er war immer als Erster am Tatort und ist als Letzter gegangen. Außerdem war er so genau, immer aufmerksam, bereitwillig, immer ein Lächeln auf den Lippen … haben Sie bemerkt, dass er nicht mehr lächelt?«

»Ich weiß nicht, was ich Ihnen sagen soll.«

»Dottoressa Licari, Sie und der Beamte Giglio haben fast immer gemeinsam ermittelt …«

Giuditta konnte sich nicht zurückhalten, sie platzte heraus: »Ja und? Was wollen Sie mir damit unterstellen?«

»Nicht das, was Sie denken. Aber Sie werden zugeben, dass sich das Verhältnis zwischen Ihnen verändert hat.«

»Der Beamte Giglio hat private Probleme.«

»Ja, mit dieser nervtötenden Freundin, ich weiß. Aber das rechtfertigt keine so radikale Veränderung. Ich schlage vor, ihn für eine Weile zu suspendieren. Nicht als Strafe, nur damit sich seine Anspannung ein wenig löst.«

»Nein.«

»Er ist nicht in der Lage, hundertprozentig konzentriert zu arbeiten.«

»Ich habe nein gesagt. Wenn Sie ihn jetzt suspendieren, endet das wie bei …«

Sie biss sich auf die Lippen. Lamberti sprang auf. Sein Gesicht war totenbleich. Sie musste den Namen nicht aussprechen, beiden war Ispettore Amadei sehr bewusst. Bleiernes Schweigen lag im Raum. Beide bewegten keinen Muskel. Schließlich seufzte Lamberti hörbar:

»Also gut. Aber Sie übernehmen die Verantwortung. Sie müssen sich um ihn kümmern. Reden Sie mit ihm, versuchen Sie herauszufinden, was los ist und wie wir ihm helfen können. Wenn ich innerhalb einer Woche keine Verbesserung oder irgendetwas Konstruktives bemerke, suspendiere ich ihn.«

Giuditta stand auf und ging zur Tür. Dort blieb sie stehen und ohne sich umzudrehen, sagte sie leise:

»Dann sind SIE für ihn verantwortlich.«

Sie schloss die Tür, Lamberti setzte sich. Er hatte es genau gehört.

»Also?«

»Ich habe dir das Kriegsgericht erspart.«

»Wirklich?«

»Verdammt, Miglio, natürlich nicht! Pass auf, sonst schmeißen sie dich bald wegen Schwachsinn hinaus.«

»Also bleibe ich im Dienst?«

»Ja, unter MEINER Verantwortung.«

»Großartig.«

»Nein. Lamberti hat nämlich Recht. Du benimmst dich merkwürdig, wirkst gestresst und nervös. Bist du wütend auf mich, Miglio? Hat dich gestört, was ich zu dir gesagt habe? Ich wollte dich nicht verletzen, ich habe wie eine Freundin mit dir geredet.«

»DU BIST KEINE FREUNDIN!«

Endlich war die Bombe geplatzt.

»Was könnte ich sein, Michelangelo? Versuch, objektiv zu sein. Sieh mich an. Und dann dich. Wenn du wütend auf mich bist, weil ich nicht dein Leben zerstören will …«

»Ich bin nicht wütend auf dich, sondern auf mich.«

Sie schwiegen eine Weile.

»Wir haben nicht nach dem Trailer gesucht«, sagte Miglio leise.

»Der Trailer, wir haben zehn Meter Trailer. Diese Angelschnur! Wach auf, Miglio!«

Giuditta merkte, dass sie beinahe hysterisch wurde. Vielleicht konnte sie Miglio jetzt nur noch anschreien. Das Einzige, was sie sich erlaubte. Er tat so, als hätte er nicht einmal bemerkt, dass sie laut geworden war.

»Meinst du?«

»Die Disio hat sich die Haare immer mit diesen Haarklammern aufgesteckt. Das nächste Opfer wird ein Angler sein, oder ein Fischgroßhändler oder wer auch immer.«

»Bist du sehr müde?«

»Ich muss noch dabei sein, wenn Escagno die Autopsie vornimmt, danach fahre ich nach Hause.«

»Soll ich auf dich warten?«

»Besser nicht.«

»Okay.«

»Fährst du zu Donatella?«

»Ich glaube schon.«

»Hör mal … bevor du irgendeine Entscheidung triffst, versuch erst, ob du das mit ihr wieder einrenken kannst.«

»Okay.«

»Wenn das nicht geht, reden wir vielleicht später darüber.«

»Okay.«

Sie wollten sich gerade im Flur trennen, als Miglio fragte:

»Giuditta?«

»Ja?«

»Vorhin hast du Liebling zu mir gesagt. Hast du das gemerkt?«

Sie lächelte ihn an.

»Auch darüber reden wir später.«

Giuditta ging hinunter zu den Labors, zog den tausendsten Kittel an, die tausendsten Handschuhe, sah zu, wie der tausendste Unterleib geöffnet und ihm Organe entnommen wurden. Eine Todesmaschinerie. Sie hätte sich sehr gut selbst ein Kühlfach reservieren können. Dort würde sie sich bestimmt sehr wohl fühlen.

Als sie nach Hause kam, war es neun Uhr. Ihre Mutter rief nicht an, an diesem Abend gab es eine bestimmte Polizeiserie im Fernsehen und die hätte sie sicher nicht verpasst, nur weil in den Nachrichten über einen weiteren Toten berichtet wurde. Giuditta betrat den Flur, schaltete das Licht an, zog sich den Mantel aus, löschte das Licht und ging ins Wohnzimmer. Es gelang ihr nicht, den Geruch nach geronnenem, teilweise verfaultem Blut aus ihrer Nase zu vertreiben. Sie startete den Computer und ging ins Chatprogramm. Obwohl sie zu erschöpft war, um starke Gefühle zu empfinden, erstarrte sie doch vor Überraschung, als sie bemerkte, dass Aries seinen Account gelöscht hatte. Sie sah nach, ob sie eine E-Mail bekommen hatte.

»Meine Kleine, ich glaube, unsere Beziehung ist am Ende angekommen. Ich denke, wir haben einander alles gegeben, was möglich war. Ein Treffen würde nur alles zerstören, wir lassen besser den Schleier des Geheimnisses über unseren Leben ruhen. Sollte ich je in einem großen Kaufhaus sein und den smaragdgrünen Augen einer Kosmetikverkäuferin begegnen, dann sollst du wissen, dass ich dich aus der Ferne betrachten werde und dich liebe, wie kein Mann dich je lieben wird.«

»Gut. Es kommen noch andere Gelegenheiten, stimmt's, Daniele?«

Sie schaltete den Computer aus und wollte sich ausziehen. Immer noch witterte sie diesen Geruch. Ach was, Unterbewusstsein und dieser ganze Quatsch. Sie schnupperte an ihren Handgelenken und dem Kragen ihres T-Shirts. Nichts. Am Saum ihrer Hose, den Schuhen, ja, die Schuhe rochen vielleicht ein wenig danach. Als sie zur Küche ging, um sich etwas Warmes zu machen, traf sie der Gestank wie eine Ohrfeige. Eine starke Dunstwolke. Sie kam aus dem Flur. Giuditta hielt sich nicht einmal damit auf, das Licht anzuschalten, im Flur standen kaum Möbel. Sie holte ihren Mantel und trug ihn in die Küche. Sie hasste es, Gegenstände in die Tasche zu stecken, aber gewissenhaft wühlte sie zuerst in der linken Tasche: nichts. Dann in der rechten. Giuditta kannte dieses weiche Material. Sie zog die Hand heraus. Sie war sauber. Dann holte sie mit zwei Fingern dieses Kunststoffding heraus und legte es auf den Tisch. Ein Einweghandschuh aus Latex, wie sie in der Zentrale verteilt wurden. Er war umgedreht. Darin befand sich etwas geronnenes Blut, das schon schwarz aussah. Es hatte einige Finger überzogen und lief nun in den Zwischenräumen herunter. Sie brauchte den Handschuh nur einen Augenblick anzusehen, dann war sie sich sicher: Er stammte von dem Mord an der Disio!

13. Kapitel

Der Peugeot glitt ganz gleichmäßig dahin. Giudittas Hände in den Latexhandschuhen schlossen sich fest um das Steuer. Sie hatte gezögert, bevor sie sich Überschuhe angezogen hatte, aber dann hatte sie sich gesagt, dass man nie gründlich genug sein konnte. Der Handschuh lag in einem Plastikbeutel auf dem Beifahrersitz. Sie hatte ihn einige Minuten lang nur angestarrt, bevor sie ein Schränkchen geöffnet und sich die Handschuhe angezogen hatte. Dann hatte sie eine Nummer gewählt. Auf dem Anrufbeantworter hatte sie eine knappe Nachricht hinterlassen: »Miglio. Komm in die Zentrale. Sofort.«

Sie hatte den blutigen Handschuh in einem Plastikbeutel verstaut, den Mantel angezogen und darüber einen leichten Plastikumhang. Dann war sie zu ihrem Wagen gegangen. Jetzt fuhr sie, ohne nachzudenken, sie hatte sich kategorisch verboten nachzudenken. Als sie in die Zentrale fuhr, parkte sie nicht auf ihrem üblichen Platz, sondern fuhr direkt zum reservierten Bereich und ließ sich von einem verschlafenen Wächter öffnen. Sie ließ ihren Wagen einfach irgendwo stehen. Dann wandte sie sich an den Wächter und sagte nur: »Bestellen Sie das Team her.«

Beim ersten Anzeichen von Widerstand hatte sie geknurrt:

»Sofort!«

Das Warten machte sie nervös. Als endlich die ersten Männer brummend hereinkamen, verlor sie keine Zeit.

»Durchsucht jeden Winkel. Innen, außen, die Matten. Wenn nötig, ruft Morabito an. Es ist mir egal, ob ihr den Wagen in Einzelteile zerlegt, ich muss ganz genau wissen, was er enthält: Haare, Blut, Hautfetzen, Zigarettenstummel, Kaugummi, alles! Benutzt jedes Lösungsmittel, was ihr wollt, und wenn es sein muss, nehmt den Wagen komplett auseinander. Ich werde wahrscheinlich sowieso nie wieder da einsteigen!«

Sie drehte sich um und, während die Männer an die Arbeit gingen, ging die Treppe hinauf, die von der Garage zum Souterrain führte. Die Überschuhe verursachten ein merkwürdiges, sattes Quietschen. Wie merkwürdig musste sie erst aussehen, ganz in Plastik gehüllt, die Handtasche unter den Arm und einen kleinen Beutel zwischen Daumen und Zeigefinger geklemmt. Sie ging durch die leeren Labors direkt in den Sezierraum, nahm den Hörer ab und wählte eine Nummer.

»Escagno? Hier ist Licari. Entschuldige, dass ich dich so spät anrufe, würdest du bitte in die Zentrale kommen. Es ist etwas passiert.«

Sie legte auf und wählte dann eine Nummer im Haus.

»Broglia, hast du Bereitschaftsdienst? Schickst du mir die von der Spurensicherung? Nein, nicht Morabito, die anderen. Ich brauche dringend jemanden für ein paar Entnahmen und Kontrollen. Nein, hier im Labor. Ja, die Leiche ist schon hier. Und wenn du schon dabei bist, informier Lamberti.« Sie zögerte einen Moment, dann sagte sie: »Und die Ambrosini.« Sie legte auf. Ein paar Minuten später hörte sie eilige Schritte im Flur. Quietschende Tennisschuhe auf dem Linoleum. Miglio brach beinahe durch die Tür.

»Giuditta! Was ist denn passiert?«

Sie hielt ihn auf, ehe er einen Schritt näher kam.

»Bleib da! Fass mich nicht an. Dein Fotoapparat?«

Einen Moment lang erschien es ihr ganz logisch, dass er ihn in der Eile vergessen hatte. Aber Miglio drehte die Umhängetasche um und sie sah seine Nikon.

»Gut, fotografier mich.«

»Und wie?«

»Aus jedem Winkel. Den ganzen Körper, ein Brustbild, von vorn, von hinten. Die Füße, die Hände, alles, was du aufnehmen kannst, bevor die Profis von der Spurensicherung kommen.«

Miglio war jetzt kein Mann mehr, sondern ganz Polizist, er schoss ein Foto nach dem anderen.

»Hier ist ein Scheißlicht. Wann tauschen sie endlich mal diese Neonröhren aus?«

Er fotografierte und fotografierte. Giuditta stoppte ihn, als er an die Hände kam.

»Zieh dir Handschuhe an und mir die hier aus. Dann leg sie in einen Plastikbeutel. Das Gleiche gilt für die Überschuhe.«

Miglio tat das Gewünschte, dann nahm er seine Kamera und fotografierte. Auf dem Flur hörte man Schritte. Zwei Techniker kamen herein, und als sie Giuditta sahen, wurden sie blass.

»Dottoressa …«

»Wie viele Kollegen fehlen noch?«

»Drei, mit Dottore Escagno vier.«

»Gut. Dann warten wir.«

Es dauerte noch einmal fünf Minuten. Als alle anwesend waren, wandte sich Giuditta überraschend sanft an Miglio. So kannte sie bisher niemand.

»Ich bitte dich jetzt um etwas sehr Anstrengendes. Das könnte alles gutmachen, was heute passiert ist, also gib dir Mühe, Michelangelo. Bleib da, bis alles vorbei ist, und fotografiere. In Ordnung?«

»In Ordnung.«

Giuditta atmete ein paar Mal durch. Nicht nachdenken, nicht nachdenken, bloß nicht nachdenken. Mit ihr geschah etwas, das sie trotz des Lebens, das sie führte, nie in Erwägung gezogen hätte. Sie würde sich demütigen lassen.

»Haben Sie ein Aufnahmegerät, Signora Alderighi?« Außer Ihrem Mund, der wie eine Saugpumpe funktioniert?, fügte Giuditta stumm hinzu, doch es gelang ihr, diesen Gedanken zu verjagen.

»Ja, Dottoressa.«

»Gut. Welche Videokamera funktioniert?«

Zögernd antwortete ihr Escagno: »Na ja, die dort funktioniert, aber ich weiß nicht, wie viele Bänder und Batterien …«

»Na gut, es muss eben reichen. Schaltet alles ein, und wenn ein Gerät nicht mehr funktioniert, müssen wir das durch unsere Aussagen ergänzen. Kann ich fortfahren?«

Alle nickten.

»Bezeichnen wir die Handschuhe, den Mantel und die Überschuhe als Beweisstück Nummer null. Die üblichen Untersuchungen bitte, es sind die letzten in der Reihe.«

Giuditta zeigte den Plastikbeutel mit dem blutgetränkten Handschuh.

»Beweisstück Nummer eins. Ein Einweghandschuh aus Polyäthylenlatex, wahrscheinlich derselben Marke, die allgemein in der Zentrale verwendet wird. Er enthält eine größere Menge geronnenen Blutes, das aus dem Mordfall Disio stammen könnte.«

Im Raum war es totenstill.

»Ich möchte, dass sofort eine PCR-DNA-Analyse durchgeführt und das Ergebnis mit den Werten des Opfers verglichen wird, untersucht auch die Übereinstimmungen mit den Tatortspuren, die unterschiedlichen Zersetzungsphasen und so weiter.«

Miglio fotografierte.

»Beweisstück Nummer zwei. Mein Regenmantel, in dessen rechter Tasche ich den Handschuh gefunden habe.«

Escagno stützte sich mit einer Hand auf den Arbeitstisch.

»Beweisstück Nummer drei. Die Kleidung, die ich heute während der komplexen Aufgabe getragen habe, die Leiche aufzufinden, zu untersuchen und an ihr eine Autopsie durchzuführen. Es ist unbedingt notwendig, ich wiederhole, unbedingt notwendig, alle Teile der Schutzkleidung zu finden, die ich während der einzelnen Arbeitsphasen getragen habe. Das bedeutet Handschuhe, Überschuhe, Schutzmasken, einfach alles.«

Langsam stellte Giuditta ihre Tasche ab, zog den Pullover, die Hosen mit dem Fischgrätmuster aus. Mokassins, Strumpfhose, Unterhemd, BH und Slip folgten. Sie faltete sie sorgfältig zusammen und legte sie auf einen Stuhl, als bemerkte sie nicht einmal, dass sie dabei von einer Gruppe Kollegen, die meisten für sie Fremde, beobachtet und jeder Moment von Miglio fotografisch dokumentiert wurde.

»Jede Faser, jeder Fleck muss untersucht werden. Wenn sich auch nur irgendeine Spur im Zusammenhang mit dem Fall Disio ergibt, muss das Beweisstück sofort zeitlich eingeordnet werden, ob es zwei Tage alt ist – das ist der vermutliche Todeszeitpunkt – oder von heute Nachmittag und ob es aus der Untersuchung am Tatort oder von der Autopsie stammt.«

Unbekleidet wie sie war, wandte sie sich an ihre Kollegen, und mit einem Hauch von Genugtuung merkte sie, dass ihre Nacktheit ihr nichts von ihrem Charisma nahm und von der Ehrfurcht, die sie ihr entgegenbrachten.

»Gut, meine Herren, jetzt seid ihr dran. Hautproben von Händen, Füßen und jedem Körperteil, das mit der Leiche der Signora Disio in Kontakt gekommen sein könnte. Rückstände unter Finger- und Fußnägeln abschaben. Blutentnahme, neuerliche PCR-DNA-Analyse, um das Ergebnis gegebenenfalls mit Spuren vom Körper des Opfers vergleichen zu können. Abnahme von Fingerabdrücken, Haar- und Körperbehaarungsproben, um nichts unversucht zu lassen. Den Rest überlasse ich euch.«

Sie legte sich auf den Obduktionstisch und war erstaunt, dass er nicht so kalt war, wie sie es sich vorgestellt hatte. Miglio schoss ein letztes Foto, dann nahm er die Kamera herunter. Er betrachtete sie. Tausendmal hatte er sich vorgestellt, sie nackt zu sehen, aber als er sie so bleich und kalt auf dem Tisch liegen sah, kam sie ihm nicht einmal so vor. Er ging zu ihr.

»Fass mich nicht an, Miglio.«

»Ich weiß. Das hatte ich auch nicht vor«, sagte er lächelnd. »Jedenfalls nicht so.«

Giuditta erwiderte sein Lächeln.

»Ich wollte dir nur sagen, du bist sehr mutig. Ohne dich hätte mein Leben viel weniger Sinn.«

»Geh jetzt, Miglio. Ich möchte nicht, dass du das Folgende siehst.«

Miglios Worte blieben ihm im Hals stecken, aber er wusste genau, früher oder später würde er sich nicht mehr zurückhalten können. Er lief durch den gesamten Flur und ging in die Dunkelkammer.

Als Lamberti sie in sein Büro kommen sah, begriff er. Nie hätte er auch nur im Entferntesten angenommen, dass er Giuditta jemals einen weißen Kittel würde tragen sehen, der ihr zwei Nummern zu groß war. Etwas Schlimmes war geschehen. Als man ihn um zehn Uhr abends telefonisch erreichte, war er zunächst wütend geworden, bis er begriff, dass sie die Anweisung gegeben hatte, ihn dazu zu bringen, so schnell wie möglich in die Zentrale zu kommen. Von da an hatte er Angst. Nicht, dass es noch einen Toten gegeben haben könnte, sondern dass es kein gewöhnlicher Toter war. Er hatte sofort an Alessandro Amadei denken müssen. Der lastete auf seinem Gewissen. Er hatte sich immer, wenn auch nicht zu eingehend, gefragt, ob er in der Lage gewesen wäre, Amadeis Rausschmiss zu verhindern, ob er ihm vielleicht hätte helfen können. Vielleicht war der Ispettore diesmal mit den Füßen zuerst in die Zentrale zurückgebracht worden. Als er an Amadeis ehemaligem Schreibtisch vorbeikam, hatte er den Gedanken weit von sich gewiesen und in seinem Büro gewartet. Und da stand sie nun, ganz bleich, und sah in diesem viel zu großen Kittel noch zierlicher aus. Ihr Gesicht wirkte angespannt. Nein, vielleicht hatte es doch nichts mit Amadei zu tun. Vielleicht war es noch schlimmer.

»Dottoressa Licari.«

»Entschuldigen Sie bitte die späte Stunde.«

Beide blieben regungslos stehen. Giuditta presste ihre bleichen Lippen zusammen, ihre Hände hielten krampfhaft den Knoten des Gürtels fest. Plötzlich tat Lamberti etwas völlig Unerwartetes: Er stand auf, ging um den

Schreibtisch herum, führte Giuditta zu einem Stuhl und setzte sich neben sie. Dann fragte er:

»Was ist passiert?«

»Ich komme gerade aus dem Labor. Ich habe alle Kleidungsstücke, die ich trug, einschließlich der Schuhe, den Kollegen übergeben. Sie werden allen Ermittlungen unterzogen. Ich habe mir Blut abnehmen lassen, außerdem Proben vom Körpergewebe, Kopfhaar und Körperhaar. Ich habe mir die Rückstände unter Finger- und Fußnägeln abkratzen und Fingerabdrücke nehmen lassen.«

Lamberti sah hinunter auf die Hände, die den Knoten umkrampft hielten. Auf beiden Daumen waren deutlich Tintenspuren zu erkennen.

»Verzeihen Sie, dass ich mir erlaubt habe, dies anzuordnen, ohne von Ihnen dazu autorisiert zu sein, aber ich habe zwei DNA-Analysen und die Untersuchung der Fingerabdrücke mit dem jeweiligen Abgleich eingeleitet.«

»Was ist passiert?«, fragte Lamberti noch einmal.

Giuditta atmete tief durch, um ruhig zu bleiben. Ihre Nasenlöcher weiteten sich rhythmisch, als wollte sie möglichst viel Luft einsaugen. Dann holte sie tief Luft und sagte, ohne Luft zu holen:

»Als ich nach der Autopsie vom Labor nach Hause kam, wollte ich nur noch duschen und dann ins Bett. Ich hatte aber immer noch den Geruch vom Tatort in der Nase, wissen Sie, den nach geronnenem Blut, aber das ist mir schon ein paar Mal passiert. Anfangs habe ich geglaubt, ich bilde mir das nur ein. Aber dann habe ich festgestellt, dass der Geruch aus einem ganz bestimmten Raum kam, nämlich aus dem Flur, und als ich näher kam, merkte ich, dass mein Mantel danach roch. Daraufhin habe ich die Taschen durchsucht, ich stecke nie etwas da hinein, das ist so eine spezielle Marotte von mir. In der rechten Tasche habe ich einen auf links gedrehten Handschuh gefunden. Er war voll mit geronnenem Blut. Im ersten Augenblick habe ich an Zerstreutheit gedacht, es gibt für alles ein erstes Mal, vielleicht hatte ich ihn nach der Autopsie nicht wie üblich in den Abfalleimer geworfen, sondern umgedreht und in Gedanken in die Tasche gesteckt. Aber dann habe ich begriffen, dass es nicht so gewesen sein konnte, denn die Handschuhe, die ich benutzt hatte, waren zwar verschmutzt gewesen, aber nicht in dem Maße, und das Blut war auch zu flüssig, und außerdem, welchen Sinn hätte es gehabt, aus dem Obduktionssaal zu kommen, den Handschuh auszuziehen, dann den Mantel anzuziehen und den Handschuh in die Tasche zu stecken? Also konnte der Handschuh nicht von heute stammen. Nicht einmal aus den vergangenen Tagen, da hatte ich ja gar nicht mit blutigen Beweisstücken zu tun, und wir wussten noch gar nichts von dem Mord. Wäre der Handschuh schon älter gewesen, hätte ich seinen Geruch vor Tagen schon bemerkt, also …«

Lamberti begriff, jetzt kam der schlimmere Teil.

»Also ist es nicht Ihrer.«

»Natürlich ist es meiner!«, antwortete Giuditta und wurde ein wenig ärgerlich.

»Dottoressa Licari, bitte …«

»Es ist mein Handschuh. Da bin ich mir zu neunundneunzig Prozent sicher. Und ich weiß hundertprozentig, dass er im Fall Disio benutzt wurde.«

»Also gut, versuchen Sie, mir das zu erklären.«

Giuditta atmete wieder tief ein. Als sie glaubte, einigermaßen ruhig zu sein, erzählte sie in einer Art Flüsterton weiter, als spräche sie nur mit sich selbst.

»Stammte der Handschuh vom Killer und hätte er ihn

nur für den Mord benutzt, dann wären seine Fingerabdrücke wenigstens teilweise an der Innenseite, selbst wenn er Puder benutzt hätte. Und das weiß er, schließlich haben wir es nicht mit einem Idioten zu tun.«

»Aber Sie behaupten doch, das Blut auf dem Handschuh stammt von Signora Disio. Und der Handschuh gehöre Ihnen.«

»Ja. Meine Fingerabdrücke sind ganz deutlich zu erkennen, ich benutze nie Puder, denn ich habe kleine Hände.«

Da Lamberti sie so dumpf anschaute, als benötige er weitere Erklärungen, fuhr sie fort.

»Das ist EINER der Handschuhe, die für den Mord benutzt wurden. Er hat zwei übereinander getragen.«

Giuditta schwieg einen Moment. Sie hasste es, etwas zu erklären, was auf der Hand lag.

»Bei diesen Latexhandschuhen gibt es nur eine Größe. Sie haben mir vorgeschlagen, kleinere zu bestellen, aber ohne Puder liegen sie bei mir trotzdem an und ich kann sie benutzen. Der Mörder hat ein Paar Handschuhe druntergezogen, um keine Fingerabdrücke zu hinterlassen, dann hat er meine angezogen und sich, nennen wir es mal so, an die Arbeit gemacht.«

Diesmal musste Lamberti tief durchatmen.

»Sie behaupten also, der Mörder ist in die Zentrale eingedrungen und hat einen oder mehrere Handschuhe, die Sie benutzten, an sich gebracht?«

»Ja.«

»Und Sie meinen, nach dem Mord hat er Ihren Spind geöffnet und Ihnen den benutzten Handschuh in die Tasche gesteckt?«

»Ja.«

»Warum?«

Giuditta sah ihn an wie einen stadtbekannten Trottel.

»Fragen Sie das Dottoressa Ambrosini. Oder die Presse! Der Staatsanwalt ruft, und der Killer antwortet! Damit will er uns mitteilen, dass er Bescheid weiß. Dass er uns alle kennt, vor allem mich, die Frau, die sein Profil erstellt hat. Dass er weiß, was wir über ihn denken, in welche Richtung wir ermitteln und welche Schlüsse wir ziehen. So sollen wir unsere Unfähigkeit und seine Überlegenheit anerkennen. Und wie geht er vor? Wir sollen bemerken, dass er in die Zentrale hineinkommt, als Putzmann oder als Polizist verkleidet, dass er sich hier auskennt, weiß, wo die Labors und mein Spind sind ..., damit will er uns zeigen, wie gut er ist und wie schlecht wir sind, da wir es nicht einmal schaffen, ihn zu verhaften, wenn er sich unmittelbar in der Nähe befindet!«

Einen Moment sagte keiner ein Wort.

»Das geht übel aus«, entfuhr es Lamberti.

»Ach, lassen Sie das doch wenigstens einmal.«

»Ich muss Sie unter Bewachung stellen.«

»Erzählen Sie doch keinen Blödsinn! Das wäre reine Zeitverschwendung. Mit dieser hübschen Vorstellung will er nur beweisen, dass er klüger ist als ich. Und, wie es aussieht, ist er das ja auch.«

»Was sollen wir Ihrer Meinung nach tun?«

»Warten wir die Ergebnisse ab. Wenn, und das ist doch ganz offensichtlich, das Blut von dem Opfer stammt und die Fingerabdrücke an der Innenseite des Handschuhs von mir, dann werde ich zu einer möglichen Verdächtigen ...«

»Dottoressa Licari ...«

»Ich kenne die Bestimmungen genauso gut wie Sie! Im Moment kann ich mich nicht auf mein Alibi konzentrieren, ich bin einfach nicht in der Lage, darüber nachzudenken, wo ich gewesen bin und wo nicht. Ich glaube jedenfalls, dass man mich in die Liste der Verdächtigen einträgt, aber Staatsanwältin Ambrosini wird mich wohl nicht von dem Fall abziehen, das nützt doch niemandem, schon gar nicht ihr, nach allem, was passiert ist. Was meinen Sie? Damit würde sie praktisch zugeben, einen Fehler gemacht zu haben. Sie wird eher versuchen, das Ganze so darzustellen, als ›hätte sie ihn gezwungen, aus der Deckung zu kommen‹, da bin ich mir sicher. Und das ist gut so. Schließlich hat mich der Mörder als Kontaktperson ausgesucht, oder? Vielleicht tut er es noch einmal. Es kann sein, dass er sich selbst als Zuschauer nicht mehr genügt. Ich weiß es nicht, ich bin ganz durcheinander …«

Lamberti stand auf und nahm seine beste Chefpose ein. Er verkündete feierlich, sie habe sich als höchst kooperativ erwiesen. Er ließe ihr jetzt ihre Kleidung bringen und sie müsse noch ein paar Papiere unterschreiben, dann würde er sie nach Hause fahren lassen. Außerdem würde ab jetzt ihr Telefon überwacht, und sie selbst bekäme Geleitschutz. Giuditta nickte unkonzentriert. Sie hatte an anderes zu denken.

Giuditta verließ Lambertis Büro. Draußen warteten Miglio, Dottore Escagno, ein paar Assistenten und sogar Morabito und Broglia auf sie. Schließlich war das, was man mit der Licari gemacht hatte, eine ziemliche Gemeinheit, da spielte es keine Rolle, ob sie ihnen sympathisch war. Perfektes Timing: Man hörte aus der Ferne die laut klappernden Absätze von Staatsanwältin Ambrosini. Alle warteten darauf, dass sie näher kam und beobachteten, wie sie zu ihrem Schutz immer mehr in die dreiste Pose einer Frau mit Macht verfiel. Sie geriet einen Moment ins Schwanken, als ihr Blick auf dem blendenden Weiß von Giudittas Kittel und ihrem noch weißeren Gesicht hängen blieb. Als sie bis auf weniger als fünf Meter herangekommen war, brandete Applaus auf. Morabito hatte zuerst in die Hände geklatscht und die anderen folgten ihm, sogar Escagno, nur Giuditta nicht. Giuditta brauchte die Ambrosini nur anzusehen. Nur so lange, um sicher zu sein, dass die diesen Blick ihr Leben lang nicht vergessen würde. Ohne ein Wort zu sagen, flüchtete sich die Staatsanwältin in Lambertis Büro. Dort landete sie direkt in der Höhle des Löwen.

Der Overall, den sie jetzt trug, war zu groß, aber er wärmte wenigstens. Miglio hielt mit dem Golf vor ihrem Haus. Es war kurz nach Mitternacht.

»Bist du sicher, dass ich nicht mit hinaufkommen soll?«

»Er ist überhaupt nicht daran interessiert, mich umzubringen, wie oft muss ich dir das noch sagen, Miglio? Ach, da sind sie ja.«

Giuditta wies mit dem Kinn auf einen Wagen, der einige Meter entfernt geparkt war. Zwei Männer sahen sich anscheinend ziellos um.

»In zwei Tagen weiß das gesamte Viertel, dass ich unter Bewachung stehe. Bringt man euch in euren Fortbildungen nicht bei, euch besser zu tarnen?«

»Ich mache mir Sorgen, Giuditta.«

Sie schwieg.

»Willst du wissen, ob ich Angst habe, Miglio? Ja, ich habe Angst. Wie noch nie in meinem ganzen Leben. Aber meinst du nicht auch, dass mir keine Wahl bleibt?«

Sie sahen einander an.

»Was soll ich denn tun, wenn dir etwas passiert?«

»Du wirst es überleben, Miglio. Wie alle anderen.«

Er wollte noch etwas sagen, aber Giuditta hielt ihn davon ab.

»Miglio, heute Abend schaffe ich es nicht, dich auch noch an die Brust zu legen. Ich kann wirklich nicht mehr. Wir müssen das auf morgen verschieben. Okay? Tust du das für mich? Wirst du bis morgen für dich behalten, was du gerade sagen wolltest?«

Er nickte lächelnd. Schließlich war es bis morgen nicht lange.

Er wusste nicht, wie lange es tatsächlich bis dahin sein würde.

Giuditta betrat ihre Wohnung. Sie schaltete das Licht im Flur ein, schaltete es wieder aus, schaltete das im Wohnzimmer an. Sie stützte sich mit den Fingerknöcheln beider Hände auf die Tischplatte und schaute in den Spiegel vor ihr. Sonst warf sie meist nur einen flüchtigen Blick in den Spiegel. Ihre Finger verkrampften sich bei der Anstrengung, sie nicht zu Fäusten zu ballen, sonst hätte sie sich die Nägel in die Handflächen gebohrt. Genauso angespannt blickte sie durch den Raum. Dann presste sie die Lippen aufeinander und zischte: »Dämliche Zicke.«

14. Kapitel

Ruhig.

Ruhig.

Beruhige dich, verdammt noch mal!

Wann ist es passiert?

Wann?

Beruhige dich und atme tief durch, du blöde Schlampe!

Denk nach, los, denk endlich nach!

Es war die Ader!

Diese verdammte Krampfader in der Kniebeuge!

Scheißreflexe, nur ein Schritt zurück, ich hätte nur einen Schritt zurückgehen müssen, der Unterschenkel war unglaublich angeschwollen, die Haut noch nicht gerissen und ich hatte schon alles bis auf die Kapuze, die Handschuhe und die Überschuhe ausgezogen. Was zum Teufel hätte es mich schon gekümmert, wenn es ihr ein Bein zerrissen hätte, verdammt noch mal, das war mir doch egal, aber Miglio, Miglio, der weiß, wie die Menschen sind, Gewohnheitstiere, unser Körper reagiert instinktiv, bevor der Verstand sich einschalten kann, Miglio weiß das, er hätte aufgehört, er wäre diesen Schritt zurückgegangen, und ich habe nur zugesehen, wie die Schnur die Haut durchschnitt, die Krampfader musste ja sofort platzen, darüber lag nur noch eine dünne Schicht Fleisch, und dann hätte der Strahl mich getroffen, meine Kleidung, ich hatte keine Schutzkleidung mehr an, ich war sicher, die Arbeit sei getan, du arme Idiotin, und es hätte gereicht, einen Schritt zurück zu machen, nur einen verdammten Schritt, aber stattdessen hat mich dieser Scheißinstinkt aus der Ruhe gebracht, ja so war es, deswegen habe ich mich vorgebeugt, die Hand ausgestreckt und sie auf das Bein gelegt und völlig sinnlos zugedrückt, um den Strahl abzudichten und erst dann habe ich gemerkt, was ich angestellt habe und dass ich jetzt nicht mehr zurückgehen konnte, während ich den Handschuh auf die Wunde presste, aus der Blut quoll. Blut, das eigentlich die Leiche umgeben sollte. Hätte ich es aus dem Handschuh fließen lassen und wäre danach die zwei Schritte zurückgegangen, hätten die anderen geglaubt, der Mörder sei stehen geblieben, um sein Werk zu betrachten und das passte nicht ins Bild, lag außerhalb aller Logik, aber dieser Handschuh tropfte so verdammt und meine Hose war so nahe daran, und die Manschetten der Bluse und die Überschuhe, es genügte ein kleines Detail, ich konnte nicht vorhersehen, in welche Richtung das Blut spritzen würde, wenn ich die Hand wegnahm, und da, ja genau da, während ich sie weggenommen habe und der Strahl nach unten spritzte, als ich nur darauf geachtet habe, wo ich meine Füße hinsetzte und ob ich Spuren hinterließ, als ich ganz schnell den Handschuh ausgezogen und umgedreht habe, mich so verdammt auf die Fingerabdrücke konzentriert habe, als ich zugelassen habe, dass mein Körper auf Autopilot umgeschaltet hat, die gewohnten Bewegungen, die beruhigenden instinktiven Bewegungen, die mich dazu verleitet haben, den Handschuh in die Tasche zu stecken, in meine Manteltasche, einen Handschuh, der von dem Blut der Idiotin Disio durchtränkt war, die keinen Moment gezögert hatte, mir die Tür zu öffnen. Ich musste ihr nur erzählen, die Nachbarn hätten eine Anzeige wegen

Vandalismus erstattet, und ich wolle ihre Meinung dazu hören. Sie hätte mir fast den roten Teppich ausgerollt und hat angefangen zu erzählen, Gott sei Dank nur wenig, ihre krähende Stimme klang so unangenehm, dass ich den Geruch nach den durch das Elektroschockgerät verbrannten Haaren vorgezogen hätte. Dieses gefärbte strähnige Haar. Danach konnte ich mich in aller Ruhe umziehen, sie fesseln, die Schnur festziehen, warten und noch fester ziehen, dass ihre Arme und Beine anschwollen wie eine Salami, sie in blaurote dicke Würste verwandeln. Mir hätte eine ungefähre Berechnung ihres Todeszeitpunkts genügt, und dann wäre ich gegangen, wenn nicht diese verdammte Krampfader zu früh nachgegeben hätte, und ich hatte sie doch gesehen, die Beine mit ihren ekelhaften blauen Besenreisern, ich hätte es vorhersehen müssen, und wie konnte ich, wie konnte ich nur den Handschuh in der Tasche vergessen, ich habe mich erschreckt, ja, sicher so war es, der Zwischenfall hat mich abgelenkt, ich habe den Überblick verloren, die Kontrolle. Der Plastiksack lag an der Tür. Ich habe den anderen Handschuh, die Überschuhe und die Kapuze hineingeworfen, nachgesehen, ob alles in Ordnung war, dann bin ich schnell gegangen, denn ich wollte schnell zur Müllverbrennungsanlage, und danach hatte ich meinen Abend im *Hot Shot*, deshalb war ich abgelenkt und unkonzentriert und der verdammte Handschuh hat zwei Tage in meiner Tasche gefault. Und nun …

Und nun?

Und nun?

Ich muss über die anderen Toten nachdenken.

Habe ich weitere Fehler gemacht?

Die Telli? Nein, bei der Telli bin ich mir sicher.

Ich habe sie ausgesucht, aber es hätte genauso gut eine ihrer Freundinnen sein können, das hätte nichts geändert. Sie mussten in diesem Lokal einfach meine Aufmerksamkeit als Menschentourist erregen, so vulgär, beinahe ordinär, wie sie einander darin überboten haben, wer am dümmsten und am leichtesten abzuschleppen war, aber die Telli war es bestimmt nicht. Mit ihrem pockennarbigen, schwanzgeilen Gesicht, die nur darauf aus war, jemanden abzuschleppen, die ging bestimmt immer allein nach Hause. Nicht dass ich das schon am ersten Abend gewusst hätte, obwohl ich sonst immer alles am ersten Abend weiß, aber da nicht, ich war wahrscheinlich zu sehr in meine Rolle einer traurigen, einsamen Vierzigjährigen vertieft, die vergeblich in einem Pub Gesellschaft sucht und sich volllaufen lässt, während sie zusieht, wie die anderen armen Schweine tanzen, um sich zur Schau zu stellen, aber nur ein paar Wochen, und ich wusste alles über sie. Genug, um zu planen und im Namen eines geheimen Verehrers so viel Tequila Bum Bum an ihren Tisch bringen zu lassen, dass sie kaum noch gehen konnte. Dann bin ich ihr aus dem Lokal gefolgt, habe zugesehen, wie sie sich von ihrer besten Freundin verabschiedete, sie angerempelt und ihr dann eingeredet, sie hätte mich fast zu Fall gebracht. Ich habe sie gefragt, ob es ihr gut ginge, ob ihre Mutter wisse, dass sie zu dieser Zeit noch hier draußen sei und in ihren Augen so mütterlich und unschuldig, sogar reizvoll gewirkt, ich bin mir nicht sicher, vielleicht hätte sie zu diesem Zeitpunkt sogar ein lesbisches Abenteuer nicht ausgeschlossen. Dann habe ich in meiner Handtasche gewühlt und ihr den ersten Beutel gegeben, mit der Ausrede, ich hätte einen Hund und deshalb immer einen Vorrat an Beuteln für sein Geschäft. Falls sie kotzen müsste, während ich sie nach Hause fuhr, denn ich würde niemals ein junges Mädchen wie sie mitten in der

Nacht allein gehen lassen. Als wir in der Wohnung waren, hat sie wie immer das Radio angestellt, ihre Nachbarn waren daran gewöhnt, es war sogar etwas leiser als sonst, und dann habe ich sie erwischt, bevor sie das Sofa erreichte und rüber mit der ersten Tüte, so fest um die Kehle wie nötig, ich wollte sie nicht strangulieren, mich interessierte ihr Magen, ihn im Bruchteil der Zeit zu leeren, die man brauchte, um ihn zu füllen; und als der Kunststoff so nass war, dass man ihr Gesicht nicht mehr sah und er triefte, war der Beutel ›für den Hund‹ dran, und dass sie grunzte und gurgelte und versuchte zu schreien, wobei sie nur Blut erbrach, war ein Zeichen dafür, dass sie noch ein paar Tritte mit dem Absatz in den Magen nötig hatte. Die Schuhe waren natürlich zu groß, ich trage immer zu große Herrenschuhe, mit Watte ausgestopft, sie haben auf dem Markt nur ein paar Euro gekostet, um meine Arbeit zu tun und dann kurz in der Müllverbrennung vorbeizuschauen. Zur Sicherheit habe ich noch eine Weile zugedrückt, nachdem sie tot war und mir dabei ihre Nasenlöcher, den Hals und ihre Speiseröhre vorgestellt, die voller Blut, Speichel, Erbrochenem und Tod waren.

Das war das erste Mal, dass ich einen Menschen getötet habe.

Seltsam.

Ich habe nichts gefühlt.

Als hätte ich das schon immer getan.

Aber DAS.

Das war ein Verbrechen.

Ein Fall, in dem man ermitteln musste.

Nach Jahren voller Leichen, immer das Gleiche, aufgeschlitzt, erschossen, mit durchgeschnittener Kehle, erstickt, am Boden zerquetscht, nach Verbrechen mit Säuren und den unterschiedlichsten Giften, wo es um Liebe, Sex, Drogen, Geld oder Dinge, die aus dem Ruder gelaufen waren, ging, nach Jahren, in denen die Leichen Form und Charakter für mich verloren hatten und zu reinen Teilen geworden waren. Selbst dieses eine Mal, als nicht einmal Morabito in der Lage war, den Kopf eines Neugeborenen aufzuheben und in einen Beutel zu legen und ich es tun musste, ich musste ihn vom Fußboden ablösen und in diese kleinen leeren Augen sehen, die voller Blut waren, eins war fast völlig in den Kopf gedrückt. Nach Jahren, in denen der Ausdruck »abscheulich« jede Bedeutung für mich verloren hatte, jetzt da meine Nahrung, mein Rohstoff langsam knapp zu werden begann, und meine Neugierde nach derberer Kost verlangte, als alle Leichen anfingen sich zu gleichen wie alle Verbrechen und auch alle Mörder, als die Langeweile sich mir wie eine Schlinge um den Hals legte, als auch Alessandro mich verlassen hatte …

Ja, als Alessandro mich verlassen hatte …

da musste ich mir einfach …

aus reinem Überlebenstrieb …

etwas einfallen lassen.

Fälle erfinden, um sie zu lösen. Einen Serienkiller erfinden, um ihn zu jagen. Lernen, perfekte Verbrechen zu begehen, um zu sehen, ob ich in der Lage war, damit fertig zu werden. Eigentlich ist der Tod ein großer Mythos. Ihn zu erleiden oder ihn zu erteilen, was macht das schon für einen Unterschied? Es war die Neugierde, mich mit mir selbst in einer Art Schachpartie zu messen. Keine Nachlässigkeit war gestattet, kein Mangel an Konzentration. Wenn ich töte, töte ich. Wenn ich ermittele, ermittele ich.

Das war immer so, alles hat präzise funktioniert wie ein

Uhrwerk, wie vorgesehen, denn ich mache keine Fehler … doch dann …

Dann habe ich Fehler gemacht.

Wie oft?

Nicht bei der Telli. Nicht bei der Astuni. Das Haus habe ich lange beobachtet. Ich habe gesehen, dass sie allein lebt, und ich brauchte nur ihre berufliche Laufbahn zu überprüfen, um ihre pathetische Story von der Beinahe-Vergewaltigung zu entdecken. Die Tischböcke standen hinter der Tür. Ich weiß nicht mehr, welche Ausrede ich benutzt habe. Ich sei von der Hausverwaltung? Sie hat aufgemacht, und ich habe sie erschossen. Dann habe ich nach und nach das Material hereingeschafft. Es gab eine Menge Dreck, danach musste ich meine Kleidung verbrennen. Es war anstrengend, aber verdammt unterhaltsam. All diese kleinen Spielchen mit den Teilen dieses Körpers, um falsche Spuren zu legen. Und danach das Meisterstück mit Iannonis Zahn. Iannoni habe ich zufällig im Bus getroffen. Ich habe das Surren dieser kleinen Apparate nie leiden können, deshalb bin ich ihm aus Neugierde gefolgt, habe ein paar Bemerkungen über ihn gehört, und dann habe ich gewartet. An die Zähne habe ich gar nicht mehr gedacht, aber eines Tages, als ich ihn mit einer ganz dicken Backe aus dem Haus kommen sah, bin ich ihm gefolgt und habe gewartet, bis die Praxis schloss, dann habe ich nur noch im Abfall wühlen müssen, um den fauligen, schlecht riechenden Zahn zu finden, ideal, um ihn in der Wohnung der Astuni zu hinterlegen, wie das Sägemehl in der Wohnung der Telli. Wie schnell alte Leute die Tür aufmachen. Als er die Pistole sah, hat er sich in die Hose gemacht. Er hat auch irgendetwas gestammelt, aber zum Glück hatte er diesen verdammten Apparat abgenommen. Er hat nur drei Stunden zum Sterben gebraucht. Aber es war nicht der Schmerz, er ist vor Angst gestorben. Terlenghi hatte ich mir schon eine Weile ausgesucht, der und sein Scheißwagen, den er immer in zweiter Reihe geparkt hat. Bei Terlenghi habe ich erstklassige Arbeit geleistet, obwohl mich die Vorstellung des Ökokillers schnell gelangweilt hat. Miglio hatte Recht, das Ätznatron stank bestialisch. Der Tisch hat gut standgehalten, ein paar Zuckungen mehr und er wäre mit Sicherheit umgekippt. Und schließlich die Disio. Eine ekelhafte Frau. Sie und ihre geliebten Begonien. Ich hätte ihr gern die Blumen nach Alessandros Methode gegossen, aber dann hätte Miglio zu sehr gelitten.

Miglio.

Miglio, der immer ein Stückchen mehr sieht, als man glaubt.

Miglio, der etwas gefunden hat, was alle Opfer verbindet und das mir noch nicht einmal im Traum eingefallen wäre.

Miglio, mein kleiner Erfinder von Serienmördern.

Er hat Angst um mich, Angst, dass der Killer mich findet. Eigentlich hat mir die Ambrosini mit ihrem Auftritt einen großen Gefallen erwiesen, jetzt bin ich das Opferlamm, wenn ich nicht noch andere Fehler gemacht habe. Ich Idiotin habe mich für unfehlbar gehalten. Was wäre gewesen, wenn mich die Telli oder ihre Freundinnen in diesem Pub erkannt hätten oder der Zahnarzt entdeckt hätte, dass Iannonis Zahn verschwunden war, oder wenn die Astuni die Tischböcke gesehen und darüber geredet hätte, wenn schließlich jemand die Absicht gehabt hätte, Terlenghi in seinem Loft zu besuchen oder wenn die Nachbarn die Disio nicht zu sehr verabscheut hätten, um sie zu beobachten, oder wenn jemand eine Frau beim Betreten des Hauses beobachtet hätte …

Wenn …

Wenn …

Wenn …

Und jetzt?

Jetzt ist das Spiel aus.

Mein Zeitvertreib verschwindet in der Versenkung und mit ihm die einzigen Augenblicke, die mein Leben erträglich gestalten.

Ich hatte keine Wahl.

Der Handschuh lag zwei Tage in meiner Manteltasche.

Zu lange, eine Ewigkeit.

Geronnenes Blut riecht nicht. Nicht sofort. Aber dann beginnt es zu faulen.

Wann habe ich den Geruch zum ersten Mal bemerkt. DIESEN Geruch?

Im Taxi?

Im Taxi, das mich aus dem *Hot Shot* nach Hause gebracht hat?

Und der Fahrer? Hat er den Geruch bemerkt? Kann ich das ausschließen? Konnte ich das?

Nein.

Zwei Tage – in zwei Tagen konnte alles passieren.

Mein Spind zum Beispiel, wo ich immer meine Kleidung hineinhänge. Wie viele Leute fassen den jeden Tag an? Mit wie vielen Menschen bin ich in Berührung gekommen, während ich meinen Mantel getragen habe? Wie viele Hände konnten in der Zwischenzeit in meine Tasche geglitten sein? Wie viele Menschen konnten davon erfahren haben? Wie viele wissen es?

Keiner?

Alle?

Und dann kam der Geruch.

Also hatte ich keine Wahl mehr, falls ich je eine hatte.

Für Fehler muss man bezahlen.

Ich hätte ihn nicht verbrennen können, jemand könnte ihn gesehen, den Geruch bemerkt oder sogar eine Probe von dem verfaulten Blut genommen haben, nur um der Licari eins auszuwischen. Ihr einen Streich zu spielen, einen wirklich lustigen Streich …

Oder mich damit festzunageln.

Dazu gab es tausend Gelegenheiten.

Im Spind, in der Zentrale, zu Hause, im *Hot Shot,* im Taxi …

Tadzio … Miglio … oder Alessandro …

Jeder hätte seine Hand in die Tasche gesteckt haben können. Jeder hätte nach dem Ursprung dieses Übelkeit erregenden Gestanks suchen können. Jeder konnte ihn schon entdeckt haben. Mich entdeckt haben.

Jeder.

Das konnte ich nicht ausschließen.

Das konnte ich nicht riskieren.

Ich musste ihn loswerden.

Und ich musste mich entscheiden.

Den Fehler wie einen Trumpf zu meinen Gunsten ausspielen.

Und selbst zum Opfer werden.

Jetzt beginnt die richtige Jagd auf den Killer.

Sie werden mich unter Bewachung stellen, das haben sie schon.

Sie werden mein Telefon überwachen, wahrscheinlich haben sie auch das schon getan.

Miglio wird ständig an mir kleben.

Aber vor allem werden sie ermitteln. Wer kennt mich? Wer besucht mich? Sie werden Aries und vielleicht auch das mit dem *Hot Shot* entdecken. Ganz ruhig. Sie werden in der Familie, bei Freunden und Kollegen suchen.

Und dann werden sie ihren verdammten Schluss ziehen.

Den einzig plausiblen Schluss.

Den einzig möglichen Schluss.

Alessandro.

Sie werden Alessandro jagen.

Alles, nur das nicht!

Nicht er, nein, bitte nicht er!

Ich werde mich stellen. Ich werde alles gestehen. Und wenn sie mir nicht glauben, werde ich vor aller Augen jemandem die Kehle durchschneiden, und dann … und dann mir selbst, denn mir ist mein Leben inzwischen scheißegal.

Aber nicht Alessandro, nein, er muss leben.

Er muss leben.

Alessandro muss leben.

Diese Nacht verbrachte Giuditta neben dem Telefon. Es wurde vier. Der Tag brach an. Es klingelte nie.

Um zwanzig nach zehn schlurfte sie aus dem Schlafzimmer. Sie hatte keine Lust auf einen Kaffee, sie hatte keine Lust aufzuwachen, sie hatte keine Lust, zu denken und sich zu erinnern.

Sie öffnete den Kühlschrank und machte ihn gleich wieder zu. Am oberen Tischende saß Alessandro, als wäre er erst vor ein paar Minuten gekommen, untadelig in seinem frisch gebügelten Hemd. Sie sah ihn an, dann sahen sie einander an. Giuditta verschwendete keine Zeit mit sinnlosen Fragen. Sobald er den Mund öffnete, würde sie alle Antworten erhalten. Und das tat er, und begleitete seine

Worte mit einem Blick peinlich berührter Nachsicht, so wie ein Vater seinen Sohn ansieht, der nur mittelmäßige Schulleistungen erbringt.

»Du hast einen Fehler gemacht.«

Dann, als wollte er seinen Vorwurf abschwächen:

»Das passt nicht zu dir.«

15. Kapitel

Hoch.

Runter.

Hoch.

Runter.

Alessandros behandschuhte Hand glitt an einer sehr bunten Schachtel entlang. Sie hatte ein sonderbares Format, größer als eine Streichholzschachtel, aber kleiner als eine Seifenpackung, noch in Zellophan eingewickelt. Sobald er unten angekommen war, drehte er sie um, und seine Hand glitt wieder nach oben. In dieser Bewegung lag etwas Sinnliches. Und in seinem peniblen Aufzug etwas Undefinierbares. Seltsamerweise musste Giuditta dabei an den »Schleifpunkt« denken, den man ihr in der Fahrschule beigebracht hatte. Jener ganz heikle Moment, in dem Kupplung und Gaspedal den Wagen kurz vor dem Losfahren halten, obwohl er sich tatsächlich nicht einen Millimeter bewegt. Das war Alessandro in Giudittas Leben. Zu einem anderen Zeitpunkt hätte sie sich erbärmlich gefühlt, da sie im Verhältnis zu seinem tadellosen Aufzug schlampig aussah, aber wie immer reichte Alessandros Anwesenheit aus, dass sie sich viel zu erschöpft fühlte, um solche Überlegungen anzustellen. Natürlich sah er das.

»Netter Aufzug.«

Giuditta schwieg.

»Ist dir je der Gedanke gekommen, es könnte auf dieser Welt noch was anderes geben als Schlafanzüge aus Flanell?«

Giuditta wollte den Stuhl zu sich heranziehen.

»Nein! Bleib stehen! Das wird dir helfen, dich besser zu konzentrieren.«

Giuditta gehorchte. Dieser Punkt, die Balance auf einem fadendünnen Seil, ein Schritt beinahe am Rande des Abgrunds. Sie stand auf der Kippe. Alessandro konnte sie hinunterstoßen oder festhalten.

»Sehen wir mal, wo wir stehen geblieben sind.«

Er schien nachzudenken, aber das war nur Show. Alessandro musste selten nachdenken.

»Als Nächster wäre dieser Junge dran gewesen, der stark kurzsichtige Student, der in der Genforschung arbeiten will und keine Freundin hat, weil er nur sein Studium liebt und latent homosexuell ist. Er hat nur ein Hobby, Angeln, und zwar angelt er sonntags im Park am Teich. Genau dort hast du ihn vor achtzehn Tagen ein paar Stunden lang vom Sandkasten aus beobachtet und hast dich für ihn entschieden, als ihm die Brille runtergefallen ist und du gesehen hast, wie er sich japsend nach vorn unter die Bank gebeugt hat ...«

»Wie kannst du das ...«

»Sei nicht unhöflich, Giuditta, man unterbricht jemanden nicht beim Erzählen. Dann bist du ihm gefolgt bis zu dem Zimmer, das er sich nur bis Freitag mit einem Freund teilen muss, deswegen haben sie mal einen kleinen Streit über die Miete gehabt, aber das ist längst vergessen, also, der andere fährt jeden Freitag nach Hause zu seiner Freundin und drei Tage lang ist Fabrizio (er heißt doch Fabrizio, oder?) allein in dem Zimmer im Studentenwohnheim, das dann praktisch menschenleer ist. Du hättest es an einem Samstagabend getan, wenn er sich zu Hause verkriecht, die Kopfhörer aufsetzt, Jazz hört und Übersichtstafeln für die kommende Woche vorbereitet. Du hättest nicht einmal klopfen müssen, dort gehen die Leute in den Zimmern aus und ein, als wäre das normal, und wenn ich mich nicht irre, hättest du diesmal ein Skalpell benutzt und ihn dann gehäutet, stimmt's, ihm den kompletten Skalp abgezogen, sowie es irgendein geschützter Indianerstamm oder so macht. Wie nahe bin ich dran?«

Giudittas Lippen waren absolut blutleer.

»Gut. Die Frage ist nur noch, wann? Wann hattest du vor, dein unterhaltsames Spielchen durchzuziehen?«

Er beugte sich über die Schachtel, lächelte sarkastisch und musterte sie von oben bis unten.

»Denn du weißt doch, dass das nur Spielchen sind, oder, Giuditta? Du glaubst doch nicht, es wäre ein Meisterwerk, oder?«

Giuditta schluckte.

»Zwei Wochen, vielleicht zehn Tage.«

»Aha. Und stattdessen ist dann dieses kleine, äh, Missgeschick passiert. Konzentrier dich, Giuditta, ich habe dir immer gesagt, dein Schwachpunkt ist die Konzentration, du lässt dich ablenken, und du musst wirklich lernen, wie du diesen schlimmen Fehler ablegst.«

Er richtete seinen Rücken auf und streckte sich ein wenig dabei, als redeten sie übers Wetter.

»Also haben sie dir Begleitschutz gegeben. Vizzi und Lo Monaco, dann muss wirklich Personalmangel herrschen, auf jeden Fall sind die kein großes Problem.«

»Alessandro …«

»Würdest du so nett sein und mich nicht mehr unterbrechen, während ich rede, Giuditta? Du weißt doch, dass ich mich darüber ärgere.«

Endlich gab Giuditta zu, dass auch sie ein Mensch und am Ende ihrer Kräfte war: Sie ließ es zu, dass eine erste Träne floss, der andere folgten. Dann rollte sie sich auf dem Boden zusammen und weinte. Sie weinte all ihre Angst und die Anspannung heraus und die Enttäuschung, die sie sich und Alessandro bereitet hatte. Er rührte sich nicht. Und seine Stimme klang genau wie vorher.

»Es ist nichts passiert, was nicht wieder gutzumachen wäre. Gestern Abend bist du sehr geschickt gewesen, du hast gut reagiert, als du den Handschuh gefunden hast. Du bist jetzt im Vorteil. Nur ein wenig, aber immerhin. Das musst du ausbauen. Und das geht nur auf eine Weise. Weißt du wie? Antworte mir.«

Zwischen zwei Schluchzern stammelte Giuditta:

»Ich … werde … nicht … mehr … töten …«

Alessandros Lachen brach aus ihm heraus wie eine Explosion, so überraschend, dass Giuditta sofort aufhörte zu weinen, um zu sehen, ob er schauspielerte, aber Alessandro lachte ehrlich aus vollem Halse.

»O Gott, Liebling, wenn ich dich nicht schon lieben würde, würde ich mich sofort in dich verlieben, weil du so naiv bist.«

Er wurde wieder ernst, aber das Lächeln blieb in seinen Augen.

»Aber NATÜRLICH wirst du weiter töten, Dummchen. Also wirklich! Der Killer nimmt Kontakt zu dir auf, du lässt dir Proben entnehmen wie ein Versuchstier und dann gibt es plötzlich keine Toten mehr? Warum unterschreibst du nicht gleich ein Geständnis?« Er machte eine Pause. »Oder willst du, dass ich es unterschreibe?«

»NEIN!«, schrie Giuditta.

»Du bist nie darauf gekommen«, sagte Alessandro und

lächelte nachdenklich. »Du hast nie daran gedacht, welcher Gefahr du mich ausgesetzt hast. Du hast dir deine Spielchen ausgedacht, deine kleine geistige Selbstbefriedigung und hast nie erwogen, dass du angefangen hast zu töten, kurz nachdem ich aus dem Dienst gejagt wurde. Hast du je bemerkt, dass man mich monatelang gejagt hat?«

»Niemand hat mir etwas …«

»…erzählt. Natürlich nicht. Entweder warst du meine Komplizin und hast mich beschützt, oder du warst ein mögliches Opfer. Keiner in der Zentrale kann dich leiden, aber du bist nützlich, meine Kleine, verdammt nützlich.«

»Ich habe dir das Leben zur Hölle gemacht?« Dieser absurde Gedanke ging in seiner Einfachheit nicht in ihren Kopf.

»Nicht mehr als die übrige Menschheit. Ich habe versucht, dich abzulenken, andere Spielchen für dich zu erfinden. Ich habe all deine kindischen Launen ertragen, deine zaghaften Versuche, in der Paranoia anderer zu wühlen. Ich habe viele kleine Fälle für dich geschaffen, denen du nachgehen konntest, aber du warst ja so anmaßend, du wolltest ein Monster wie aus einem Thriller sein oder gar nichts, und dann scheiterst du an einem so winzigen Detail. Ich habe mehr von jemandem erwartet, der es so gut versteht, den Dreck zu beseitigen, den andere gemacht haben.«

Alessandros Lächeln sagte mehr als tausend Worte. Giuditta schaute hoch zu dem Ordner, der Alessandros Profil enthielt, und sagte sich, dass der als Nächstes in einem hübschen Feuer landen würde. Schließlich war ja schon genug Persönliches von ihr in der Müllverbrennungsanlage gelandet.

»Was nun?«

»Was nun? Du hast so oft hinter mir aufgeräumt, diesmal tue ich es für dich.«

Giuditta fühlte sich plötzlich ganz klein. Sie flüsterte ein »Ja gut«, sodass Alessandro gerührt war.

»Du darfst dich setzen. Jetzt erkläre ich dir alles.«

»Sie haben dich unter Begleitschutz gestellt. Das hat Lamberti gestern Abend entschieden, habe ich Recht?«

»Ja.«

»Hast du dich gewehrt?«

»Ich habe Miglio etwas gesagt, als ich den Wagen hier vor dem Haus erkannt habe.«

»Miglio. Sonst niemandem?«

»Nein.«

»Gut. Jetzt duschst du, ziehst dich an und gehst in die Zentrale.«

»Aber Lamberti hat angeordnet, dass ich ein paar Tage frei nehme ...«

»Ich weiß, mein kleiner Liebling, aber als du heute aufgewacht bist, warst du völlig hysterisch. Der Schock von gestern Abend ist erst heute ausgebrochen, und du hast ganz plötzlich gemerkt, wie nah dir der Killer gekommen ist und so weiter, dieser Schwachsinn ist deine Sache. Und bei dem miserablen Charakter, den du hast, wird sich niemand wundern, wenn du in die Zentrale platzt und in alle Richtungen Befehle brüllst. Du fühlst dich plötzlich ebenfalls herausgefordert, aber du bist verängstigt und nur eine Frau. Du lässt den Begleitschutz abziehen. Sag, dich unter Begleitschutz zu stellen, wäre, als würde man dir eine Zielscheibe mitten auf die Stirn malen. Sie werden es nicht gleich tun, also bearbeite sie ein paar Tage, bis sie nachgeben. Und beharre auf der Tatsache, dass der Killer dich nicht töten, sondern beweisen will, dass er klüger ist als du und dass er dich lebend braucht. Rede, Giuditta, das ist eines von den Dingen, die du sehr gut kannst. Sollten sie nicht nachgeben, dann mach richtig Wirbel, sag, der Killer würde es merken, droh ihnen, du würdest mit der Presse reden. Lass sie aber dein Telefon weiter überwachen, das wird uns bald nützlich sein. Alles klar?«

»Ja. Die beinharte Licari lässt den Begleitschutz abziehen, aber sie lässt zu, dass ihr Telefon weiter überwacht wird.«

»Genau. Hast du schon den Trailer gefunden?«

»Offiziell?«

»Plaudern wir hier nur?«

»Ich habe Miglio davon erzählt. Also, ja, es ist die Schnur, mit der er ... mit der ich sie gefesselt habe. Um an den Angler anzuknüpfen.«

»Nein, du hast dich geirrt, das ist eine falsche Spur. Den Trailer hat Morabito.«

»Morabito?«

»Er hat heute Nacht alles aufgenommen, aber natürlich werden sie es heute Morgen erst genau untersuchen.«

»Und was werden sie finden?«

»Das hier.«

Er zeigte ihr die bunte Schachtel. Giuditta betrachtete sie, ohne ein Wort dazu zu sagen, sie konnte nichts damit anfangen. Nicht einmal der Inhalt gab ihr Hinweise, obwohl sie ein Schaudern durchzuckte.

»Selbstverständlich ist es nicht die hier. Sondern eine, die leer und zusammengeknüllt im Müll liegt.«

»War sie gestern Abend schon da, als der Müll durchsucht wurde?«

»Natürlich nicht. Aber heute Morgen. Du weißt doch,

wie oberflächlich die bei ihren Auswertungen sein können. Es ist Beweisstück Nummer vierzehn, falls du sie schnell finden möchtest.«

Giuditta streckte die Hand aus.

»Du-darfst-sie-nicht-an-fas-sen!!«

Giuditta zog die Hand zurück. Alessandro nahm einen Beutel aus der Tasche und legte die Schachtel hinein.

»Fass sie nie mit bloßen Händen an, trag Handschuhe. Und nimm sie in diesem sterilen Beutel mit in die Zentrale. Darauf sind die Fingerabdrücke des Ladenbesitzers und die des nächsten Opfers.«

»Und wer ist das?«

»Eine reizende alte Dame, Rentnerin, pensioniert, hat in einer öffentlichen Einrichtung gearbeitet. Sie wohnt in einem der Häuser, die die Einrichtung ihren Angestellten nach jahrelanger Tätigkeit oder weniger vom Schicksal Begünstigten anweisen ...«

»Daniele«, entschlüpfte Giuditta.

»Wohnt gegenüber«, antwortete Alessandro, ohne eine Miene zu verziehen. »Du wirst heute Morgen in einem Anfall von Hysterie und manischer Gründlichkeit verlangen, alle Beweisstücke zu sehen, die Morabito aufgenommen hat. Das werden sie dir schon erlauben, dir Ärmsten, nachdem du gestern Abend so einen Schock erlitten hast ... und weil du ihnen ausreichend auf die Eier gehen wirst. Und dann, schwupp, taucht da aus dem Müll diese benutzte Schachtel auf ...«

»Und dann?«

»Bist du wie vom Blitz getroffen. Du zweifelst an deiner Unfehlbarkeit, sogar an deinen Schlussfolgerungen von gestern Abend. Dann rufst du Michelangelo Giglio zu dir. Du zeigst ihm Morabitos Beweisstück und bittest ihn, ein

Geschäft zu suchen und genau so eine Packung zu kaufen, wie die hier in der Zellophanhülle, okay?«

»Okay.«

Alessandro setzte sich bequemer hin. Man sah ihm an, wie er sich auf das freute, was er jetzt sagen würde.

»Pass auf: Jetzt kommt der schwierige Teil.«

Alessandro war fertig. Die Schachtel lag zwischen ihnen auf dem Tisch, sie war nicht größer als eine Packung Pfefferminzdragees. Aber sie bedeutete sehr viel. So viel wie ein Todesurteil. Und das war sie auch.

Giuditta schaute zu Alessandro auf, der in der Tür stand.

»Gibt es keine andere Möglichkeit?«

»Soll ich es lieber sein? Oder du?«

Giuditta schwieg. Dann fand sie die Kraft, es zu sagen.

»Du musst das nicht tun, es war alles meine Schuld, nicht ...«

»Du wirst schon einen Weg finden, dich zu revanchieren. Außerdem schuldest du mir schon eine Taxifahrt.«

Giudittas Kopf schnellte hoch.

»Latex steht dir besser als Flanell, aber ich würde doch etwas Unauffälligeres anziehen.«

Sie sah ihn an, und er ließ es geschehen. Hatte sie sich wirklich eingebildet, ihm entkommen zu können?

»Der Junge fährt gar nicht schlecht, für seine fünfzehn Jahre«, sagte Alessandro beiläufig.

»Sechzehn«, verbesserte Giuditta ihn automatisch.

Plötzlich bemerkte sie ihren Irrtum und seinen Blick, der auf ihr lag und dort lange verweilte. Mit ihnen geschah etwas. Doch es ging vorbei. Und Alessandro wiederholte nur:

»Sechzehn.«

»Er hat nichts damit zu tun, er ist nur ein Junge, er weiß nichts, tu ihm nichts.«

»Ich gebe ihm zwei Jahre, Giuditta, wenn er nichts anstellt, was mir Recht gibt, werde ich ihn in Ruhe lassen.«

Als er gehen wollte, konnte Giuditta eine letzte kindliche Regung nicht unterdrücken. Sie packte ihn am Arm.

»Was soll ich tun, Alessandro?«

»Tu das, was ich dir gesagt habe, mach keine Fehler, dann wird alles gutgehen.«

Sie ließ nicht los.

»Wann sehen wir uns wieder? Rufst du mich an? Wie bleiben wir in Kontakt?«

Alessandro lächelte. Dann fragte er:

»Giuditta, liebst du mich?«

»…«

»Willst du mich heiraten?«

»…«

»Dann wirst du warten müssen.«

In ihrem grauen Kostüm, das sie immer trug, wenn sie untadelig professionell aussehen wollte, mit feuchten Haaren und Seitenscheitel wie eine Gefängniswärterin, betrat Giuditta die Zentrale. Alle sahen ihr nach, als sie vorüberkam, aber sie wagten es kaum zu flüstern: Der Blick der Licari verhieß nichts Gutes. Bevor sie ihren eigenen Schreibtisch erreicht hatte, stürzte sich Lamberti schon auf sie.

»Dottoressa, hatte ich Ihnen nicht gesagt …«

»Warum stellen Sie mir nicht noch ein Blinklicht auf den Kopf, Ispettore Lamberti, der Wagen Ihrer Männer ist wohl nicht auffällig genug! Wie wäre es, wenn Sie mir noch ganz dicht ein paar Männer nachschicken, die rote

Leuchtpfeile mit der Aufschrift: ›Frau in großer Lebensgefahr‹ auf mich richten?«

Lamberti überraschte sowohl die Auseinandersetzung als auch die Stimme der Psychiaterin, die heute um einige Dezibel lauter klang als gewöhnlich.

»Hören Sie, heute Morgen haben wir Personalmangel.«

»Ich will die nicht.«

»Überlegen Sie doch …«

»ICH WILL DIE NICHT! Sie haben zu wenig Leute? Und warum verschwenden Sie die dann darauf, mir zu folgen? Und was für welche: Gestern Abend Torti und Sonda, heute Vizzi und Lo Monaco? Wann kommen Abbott und Costello dran?«

»Ich versuche doch, es Ihnen zu erklären.«

Giuditta packte Lamberti am Jackett. Das hätte sie normalerweise nie getan. Nicht einmal in diesem Moment hätte sie es getan, aber es musste wie der absolute Ausnahmezustand wirken, und sie musste sich darauf konzentrieren, sich so ungewöhnlich wie möglich zu verhalten.

»ER-SUCHT-NICHT-MICH! Können Sie sich das endlich mal merken! Das ist jetzt eine Partie zwischen uns beiden. Dank dieser aufgetakelten Schlampe Ambrosini will er mich verarschen, mich demütigen, mich besiegen, schlagen oder kleinkriegen. Können Sie mir bitte erklären, was zum Teufel ich ihm nützen soll, wenn ich tot bin. Entweder ziehen Sie den Begleitschutz ab, oder ich veranstalte einen Riesenaufstand!«

»Dottoressa …«, Lamberti war erschüttert. Die Licari hatte verarschen gesagt. Darüber würde man noch Jahre reden.

»Weiß die Presse schon Bescheid?«

»Wie?«

»Die Presse! Die Zeitungen! Die Medien! Ist die Nachricht schon raus?«

»Nein wir haben das Ganze mit äußerster Geheimhaltung behandelt.«

»Gut, vielleicht gewinnen wir ja bis heute Abend Zeit, bevor ich wieder in inniger Umarmung mit der Ambrosini auf dem Bildschirm zu sehen bin.«

»Was meinen Sie?«

»Maulwürfe, sind Sie blöd, Lamberti?«

»Sie scheinen mir ein wenig zu aufgeregt, Dottoressa.«

»Oh, entschuldigen Sie bitte, da ist nur ein Serienmörder, der mit meiner Kleidung herumspielt, meinen Spind öffnet und mir blutgetränkte Handschuhe in die Taschen steckt. Bitte verzeihen Sie mir, dass ich da etwas überreagiere.«

»In Ordnung.«

»Sind die Laborergebnisse gekommen?«

»Noch nicht, aber …«

»Na klar, wen interessiert das schon, es sind ja nur fünf Menschen gestorben! Haben Morabito und seine Horde die Beweisstücke katalogisiert?«

»Ich glaube schon, vielleicht nicht alle, aber …«

»NICHT ALLE? Bin ich etwa die Einzige hier, die begriffen hat, dass in unserer Zentrale ein wahnsinniger Mörder herumläuft?«

»Ich konnte das noch nicht überprüfen …«

»Ich möchte sie sehen.«

»Dottoressa, Morabito ist noch nicht da.«

»Ich habe nicht nach Morabitos Erlaubnis gefragt. Und nicht mal nach Ihrer, wenn Sie es genau wissen wollen. Ich gehe in den Kühlschrank. Wenn jemand mich sucht, einschließlich des Mörders, dann sagen Sie ihm, er soll vor der Tür warten.«

Lamberti hielt sich zurück. Die Licari war außer sich, es hatte keinen Zweck zu versuchen, vernünftig mit ihr zu reden, noch viel weniger, als sie sich in der Tür umdrehte und ihm drohte:

»Und ziehen Sie den Begleitschutz ab! Wenn ich auch nur den Schatten eines Mannes sehe, und Sie wissen genau, ich werde es bemerken, wenn Sie mir welche nachschicken, dann werde Ich das Gespräch mit den Medien suchen.«

Dann schwieg sie kurz, um dem Ganzen soviel Spannung wie möglich zu verleihen.

»Und ich werde entschieden darauf bestehen, dass Sie und die Ambrosini anwesend sind.«

Giudittas Hals schmerzte. Sie war es nicht gewohnt, laut zu werden. Sie zog einen Kittel, Handschuhe, Kapuze an, setzte die Brille auf und betrat den Raum mit den Beweisstücken, der von allen Mitarbeitern nur »Kühlschrank« genannt wurde. Sie wich ein paar Assistenten aus, die noch dabei waren, die Objekte aus der Wohnung der Disio aufzunehmen. Sie bat um nichts, sagte kein Wort, aber sobald die Männer Giuditta erkannten, verschwanden sie.

(Ruhig, ganz ruhig, such, obwohl du schon weißt, was du finden musst.)

Sie überging alle biologischen Spuren. Schließlich kam sie zu der Angelschnur und betrachtete sie lange, während sie an anderes dachte. Es war kaum eine halbe Stunde vergangen, da stürzte Morabito in den Kühlschrank. Man hörte ihn bis in den hinteren Teil des Flurs schreien, bis er wieder herauskam, dabei knallte er mit den Türen und brummte etwas wie: »Verdammte frigide, hysterische Lesbe«. Endlich war Giuditta beim Müll angelangt. Eine Ecke der Schachtel war fettig, die eine vielleicht ein wenig arthritische Hand zusammengeknüllt hatte, aber sonst die Farben, die Form … es war die gleiche Schachtel. Giuditta nahm das Beweisstück Nummer vierzehn und verließ den Kühlschrank. Neben der Tür saß Miglio, er hatte Tränensäcke unter den Augen. Sie sah den Vorwurf in seinem Blick und zog es vor, ihn nicht anzusehen.

»Komm mit.«

Sie ging zu Morabitos Schreibtisch und warf den Beutel auf die Akte, in der er gerade las.

»Kennen Sie das?«

»Was?« Morabito schaute auf.

»Haben Sie noch etwas dieser Art in der Wohnung bemerkt? Mir fällt kein Grund ein, weswegen so etwas dort sein sollte. Wozu brauchte sie es? Um die Pflanzen zu düngen?«

Morabito war verwirrt, er betrachtete die Schachtel im Plastikbeutel.

»Was weiß ich … Sie hatte einen Balkon.«

»Erzählen Sie keinen Unsinn. Wir sprechen von einer Frau, die den Kater der Nachbarn vergiftet hat, weil er in ihre Geranien gepinkelt hat. Ich schließe aus, dass sie es zum Kochen benutzt hat. Also?«

»Könnte sie es einem Nachbarn gestohlen haben, um ihn zu ärgern?«

»Und der Inhalt? Die Schachtel war LEER. Das ist das Gegenteil von voll, Morabito.«

»Ach, ich weiß nicht …«

»Versuchen Sie lieber, etwas darüber zu erfahren, gehen Sie, ermitteln Sie, stellen Sie Fragen. Die Daten stehen auf der Karte. Beweisstück Nummer vierzehn.«

»Verzeihung, Licari, seit wann führen Sie eigentlich die Ermittlungen?«

Giuditta beugte sich über den Schreibtisch, bis sie sich direkt vor Morabitos Mund befand und sagte in einem Atemzug, wobei sich ihr säuerlicher Atem mit seinem vermischte:

»Seit der Killer und ich gute Freunde geworden sind.«

»Was ist, willst du nicht wenigstens mit mir reden?« Miglio ließ Giudittas Gebrüll kalt.

Sie saß an ihrem Schreibtisch. Jetzt musste sie sehr aufpassen. Beweisstück Nummer vierzehn lag in irgendeiner Ecke.

»Schau dir das an.«

Miglio nahm den Beutel und lächelte automatisch. Giuditta beachtete sein Lächeln nicht und brachte einen unbekannten – weil nicht vorhandenen – Charakterzug zum Klingen: quälenden Zweifel.

»Das passt nicht zusammen.«

»Warum?«

»Das weißt du genau. Es hat nichts mit dem Opfer zu tun. Es sieht fast aus, als machte sich jemand lustig.«

»Über wen?«

»Über mich wahrscheinlich. Der Trailer, hier auf dem Präsentierteller, das Erste, woran man denkt ... aber warum sollte er versuchen, es mir leichtzumachen, nach dem, was mit der Ambrosini war? Bis jetzt war der Trailer offensichtlich, ich sollte ihn finden, ohne groß darüber nachdenken zu müssen.«

»Willst du sagen, dies könnte der Trailer sein?«

»Ja ... ach nein, ich weiß nicht, ich bin durcheinander.«

»Das ist das erste Mal, dass ich dich so erlebe.«

»Das ist auch das erste Mal, dass mich ein Serienmörder herausfordert.«

(Los! Mach schon, verdammt sag jetzt noch etwas!)

»Und so unwahrscheinlich das für dich klingen mag, auch ich bin ein Mensch. Und ich kann mich irren …«

Sie senkte den Kopf, als suche sie etwas in ihrer Handtasche, dabei ahnte sie jede Bewegung Miglios voraus. Die Hand unter dem Kinn, die Bewegung, um ihren Kopf anzuheben, wie er ihre Augen suchte.

»Ich habe noch nie eine so menschliche Frau wie dich kennen gelernt.«

(Jetzt!)

Giuditta griff nach Miglios Hand und drückte sie. Sie sahen einander an. Alle Kollegen um sie herum taten das Gleiche. Miglio und die Licari? MIGLIO und die LICARI?

(Jetzt tu so, als würdest du wieder zu dir kommen.)

Plötzlich bemerkte Giuditta, dass alle Blicke auf sie gerichtet waren. Sie wusste, das war ein wesentlicher Punkt. Sie täuschte Verlegenheit vor, und es gelang ihr sogar zu erröten. Dann nahm sie einen Block und kritzelte den Namen und die Marke von der Packung ab.

»Also, da ich mir überhaupt nicht mehr sicher bin, würdest du für mich rausgehen und so eine für mich suchen? Nur um gründlich zu sein, verstehst du.«

»Ich eile.«

Miglio lächelte strahlend, während er den Zettel in Empfang nahm.

Sie vertrieb sich die halbe Stunde, die Miglio brauchte, um zurückzukommen, damit, allen ausgiebig ihre Stimmungsschwankungen vorzuführen. Sie stritt sich noch einmal mit Lamberti über den Begleitschutz und erreichte, dass er abgezogen wurde, aber sie musste vor seinem unwiderruflichen Entschluss kapitulieren, ihr Telefon weiterhin zu überwachen. Miglio kam im Galopp zurück und schwenkte eine bunte Schachtel in der Hand, die genauso wie das Beweisstück Nummer vierzehn im Beutel aussah.

»Die gibt es überall hier, sogar im Supermarkt.«

»Gut. Vielleicht heißt das, es ist nur Unsinn und hat nichts zu bedeuten.«

Miglio legte die Schachtel auf den Schreibtisch.

(Ich muss es jetzt tun.)

»Würdest du mir einen Kaffee am Automaten holen, Miglio? Mir brummt der Schädel ein wenig.«

»Sofort.«

Miglio eilte davon. Giuditta hatte höchstens eine Minute, und sie musste es hier unter aller Augen tun. Sie öffnete ihre Handtasche, zog einen Handschuh an, nahm den Beutel mit der Schachtel heraus, die sie von Alessandro hatte, öffnete ihn, holte die Schachtel heraus und legte sie nebeneinander auf den Tisch, wobei sie stumm kontrollierte, ob sie beide wirklich identisch aussahen. Es war so. Dann nahm sie die, die Miglio ihr gebracht hatte, legte sie in den Beutel und ließ ihn in die Schublade ihres Schreibtischs fallen, wobei sie den Handschuh auszog. Da kam Miglio schon mit einem dampfenden, kleinen Becher zurück, den er Giuditta reichte.

»Hör mal, steckst du die Schachtel, die du gekauft hast, bitte in einen sterilen Beutel, denn der Becher klebt ziemlich. Ich lege ihn in die Schublade, das ist mir lieber.«

Miglio lächelte sie nur an. Lächelnd lief er zu ihrem Schreibtisch, lächelnd holte er einen Einwegbeutel heraus und einen Augenblick befürchtete Giuditta, er würde ebenfalls einen Handschuh benutzen. Sie hatte sie nicht berührt! Sie hatte Alessandros Schachtel nicht berührt! Aber Miglio tat nur, was man von ihm verlangte, er brachte einen Beutel, nahm die Schachtel zwischen die blassen Finger und ließ sie hineinfallen. Und so fügte er seine Fingerabdrücke zu denen eines gewissen Ladeninhabers hinzu und einer Frau, die in wenigen Tagen sterben würde.

Giuditta zog eine Augenbraue hoch.

»Handschuhe, Miglio! Willst du endlich begreifen, selbst wenn das kein Beweisstück ist, man kann nie wissen, und deshalb dürfen unsere Fingerabdrücke nicht darauf sein.«

Er lachte nur achselzuckend.

»Aha. Gut, aber ich hatte sie mir auf dem Weg hierher in die Tasche gesteckt.«

»Na gut, dann geh zu Morabito und bring ihm sein verdammtes Beweisstück Nummer vierzehn zurück, ich lege diesen Beutel in den Schreibtisch, ich betrachte das sicherheitshalber als Gegenprobe, und dann fahre ich nach Hause.«

»Soll ich dich fahren?«

»Haben wir den anderen heute nicht schon genug geboten?«

Sie sahen einander an wie Verschworene.

Während sie die Zentrale mit Miglios eingeschweißter Schachtel in der Handtasche verließ, drehte sich Giuditta zu ihm um und musste gegen ihren Willen lächeln. Wenn das eine Schachpartie war, hatte sie gerade den ersten Zug gemacht.

16. Kapitel

Kurze Zeit später war die Nachricht durchgesickert. Als Miglios Wagen vor Giudittas Haustür hielt, hatten sich dort schon ein Dutzend Fotografen, Kameraleute und Journalisten versammelt, die sich jetzt gegen die Beifahrertür drängten. Miglio war nicht besonders kompakt, er hatte keine dicken Muskelpakete, aber er war hinreichend trainiert, und man glaubte ihm, dass er handgreiflich werden konnte, wenn er wollte. Er schob die hartnäckigsten Fotografen zur Seite und öffnete die Wagentür für Giuditta. Sie stieg mit einem unergründlichen Gesichtsausdruck aus, den sie bis zur Haustür beibehielt, während Miglio ganz in seiner Rolle als Bodyguard aufging und sich nach links und rechts mit Gewalt Platz verschaffte. So gab es nur wenige Fernsehbilder, aber natürlich würden die später mit Aufnahmen der Ambrosini und der Opfer zusammengeschnitten werden, um einen erstklassigen Bericht zu ergeben. Die Fragen, die man ihr gestellt hatte, waren so vorhersehbar, dass sie sich sogar ein »no comment« sparte. Im Treppenhaus trafen sie Giudittas Nachbarn, die Miglio mit einem knappen »Dottoressa Licari darf nicht gestört werden« wegschickte. Statt der lärmenden Klatschmeute, die sich nach ihrem Auftritt mit der Staatsanwältin gebildet hatte, folgte ihr diesmal ein fast ehrfürchtiges Raunen durch das Treppenhaus, als bedeute, vom Mörder berührt worden zu sein, das Gleiche wie vom Tod selbst berührt zu werden. Andrea lümmelte sich auf dem Geländer vor ihrer Wohnungstür. Giuditta bemerkte, dass ihm nichts fehlte. Alessandro hatte sein Versprechen gehalten, aber sie streifte ihn nur mit einem flüchtigen Blick, sie hätte zu viel verraten können, wenn sie einander länger angesehen hätten. Miglio entging dieser Blick nicht.

»Das gilt auch für dich, Junge.«

»Aber ich störe die Dottoressa doch nicht, ich sehe sie nur an. Sehen Sie sie nie an?«

»Miglio, lass nur, das ist einer meiner Nachbarn. Geh in die Wohnung.«

Aber Miglio, der unterschätzte Miglio, hatte genau begriffen, was er und Andrea einander eigentlich sagen wollten.

»Manchmal«, antwortete er ihm.

»So ist es bei mir auch. Manchmal.«

Und so begann ein Weg, auf dem Miglio und Tadzio eines Tages gegeneinander antreten würden. Und niemand von beiden konnte sich heute vorstellen, wann und wo das geschehen würde.

Daniele Messori, auch bekannt als *Aries, Nightdreamer, Dany73, wheelfucker* und so weiter und so weiter, aß zum Abendessen Spaghetti aus der Dose. Im Fernsehen redeten sie noch immer über diese stinklangweiligen Morde. Also, wenn man ihn fragte, er war für das Monster, je weniger beschissene Menschen es auf dieser Welt gab, um so besser. Er warf einen Blick auf den Fernseher und sah eine Szene, die er schon kannte: Diese Frau, die nach Aussage der Journalisten den »Schlächter« jagte, der eine gefärbte Blondine, bestimmt ihre Vorgesetzte, vertrauensvoll die Hand auf die Schulter legte. Dann wechselte das Bild: Man sah einen dunklen Wagen. Die Frau, also die Psychiaterin, die die Karten in diesem Spiel verteilte, verließ mit Hilfe eines Polizisten, der auf die Journalisten einschlug, den Wagen. Daniele sah auf den Bildschirm, und trotz der schlechten Aufnahmen erkannte er, dass sie sich verändert hatte. Sie hatte tiefe Ringe unter den Augen und wich den Fotografen und Reportern aus, als wäre diese Tortur unvermeidlich, und als warte sie nur noch auf ihr Ende. Dann betrat sie das Haus, ihr Kollege schloss die Tür hinter ihr. Und da sah Daniele Messori noch etwas, das er sich merkte. Er notierte sich Datum und Uhrzeit der Nachrichten. Vielleicht hatte er sich ja geirrt. Danach wandte er sich wieder seinen Spaghetti zu.

»Anscheinend wurde das grauenhafte Beweisstück zwischen den persönlichen Gegenständen Dottoressa Giuditta Licaris versteckt. Sie ist als Profilerin damit beauftragt, den Fall des Mörders, auch der ›Schlächter‹ genannt, zu untersuchen.«

Giuditta und Miglio standen vor dem Fernseher und verzogen gleichzeitig angewidert ihre Gesichter.

»... dieser Akt der Herausforderung hat sich direkt in der Polizeizentrale abgespielt. Staatsanwältin Loredana Ambrosini hat vor unseren Kameras eine kurze Erklärung abgegeben: ›Dottoressa Licari ist auf eigenen Wunsch offiziell in die Liste der Verdächtigen aufgenommen worden, da in ihrem Besitz ein unwiderlegbar im Zusammenhang mit dem Mordfall Disio stehendes Beweisstück gefunden wurde. Damit wird die Kollegin, die wir alle sehr schätzen, nicht, ich wiederhole, *nicht* von ihren Aufgaben im Rahmen der Ermittlungen suspendiert ...‹«

»Schlampe.«

»Scheißziege.«

Giuditta und Miglio lächelten einander an. Sie schaltete den Fernseher aus und im gleichen Moment klingelte das Telefon.

»Meinallerliebstesteuresschätzchen, wie ist das möglich, Papa und ich erfahren immer als Letzte, wie viel Ehre du uns machst, wenn Signora Savoldi nicht bei uns geklingelt hätte, würden wir immer noch dumm dasitzen und das Quiz ansehen, na ja, den ersten Teil kannten wir ja schon, aber im zweiten hätte ich dich kaum wiedererkannt, ich habe noch nie bemerkt, dass die Straße, in der du wohnst, so dunkel ist, pass auf, dass du nicht allein ausgehst, man weiß ja nie, es gibt immer jemanden, der einem Böses will, und wenn bekannt ist, dass du allein lebst, also ich werde nachts nicht mehr schlafen, aber Papa sagt, du hättest die Fotografen wenigstens mal anlächeln können, so hat man nur gesehen, dass du es warst, und dann immer diese dunkle Kleidung, die lässt dein Gesicht ganz traurig wirken, und ein Lächeln genügt doch und du wirkst strahlend, also Papa sagt, seiner Meinung nach muss deine Tür stärker gesichert werden, und er kommt vielleicht und bringt dir zwei Riegel an, er muss sie nur finden, sie sind irgendwo im Keller, also, versuch, anständig zu essen und zu schlafen, du siehst müde aus, glaub nicht, das merke ich nicht, ich bin schließlich deine Mutter, mach's gut, gleich fängt die Serie mit dem Pfarrer an, es ist so schade, dass du die erste Folge wegen der Arbeit verpasst hast, denn sie ist wirklich schön, obwohl Papa sagt, dass es die Autos zu der Zeit noch nicht gab, also, versuch zu schlafen und mach mir keinen Kummer und sag mir das nächste Mal vorher Bescheid, wenn du im Fernsehen bist, Schätzchen, ciao, Küsschen von Papa.«

Schade, dass sie die erste Folge von der Serie mit dem Pfarrer verpasst hatte.

»Da sind Broglia und Vizzi. Der Wagen steht auf der anderen Seite des Parks«, informierte sie Miglio, der aus dem Fenster sah.

»Meine Herrschaften«, sagte Giuditta ins Telefon, wo man hörte, dass die Verbindung unterbrochen wurde, »das war: meine Mutter.«

Sie hatte gerade aufgelegt, da klingelte das Telefon wieder:

»Giudi, geht es dir gut?« Das war Clara.

»Pass auf, das Telefon wird abgehört, also wenn du mir wieder etwas über die erotischen Fortschritte deines Ehemanns erzählen willst, schreibst du mir besser einen Brief.«

Einen Augenblick herrschte Schweigen zwischen ihnen, in dieser Zeit verarbeitete Clara Giudittas Botschaft, die wiederum hatte Zeit zu lauschen. Sie hatte Jahre gebraucht, um dieses ferne *biep* wahrzunehmen, das sich unter die Störgeräusche in der Leitung mischte und bestätigte, dass die Gespräche abgehört und aufgezeichnet wurden. Clara nahm das Gespräch im Plauderton wieder auf:

»Statt hier Witze zu reißen, erzähl lieber. Ich habe dich im Fernsehen gesehen, du sahst todmüde aus. Wie ist das passiert? Ist er in deine Wohnung eingedrungen oder, wie dort gesagt wurde, in die Zentrale?«

Ihre Botschaft war hundertprozentig angekommen: Kein Wort über Alessandro.

»Du kannst dir wahrscheinlich denken, dass ich darüber nicht sprechen darf. Aber mir hat er nichts getan. Ich meine, körperlich. Aber andererseits hat er es geschafft, dass ich mich verdammt unfähig fühle.«

»Also ehrlich gesagt, ist mir völlig egal, ob du in deiner Berufsehre gekränkt worden bist. Sebastiano, Hände weg vom Telefon! HÄNDE WEG!« Im Hintergrund hörte man das Weinen eines Kindes, über das Clara einfach hinwegredete, ohne es zu beachten. Giuditta fragte sich, sicher zum falschen Zeitpunkt, wieder einmal, warum sie nie Kinder gewollt hatte.

»Ist jemand bei dir? Hast du deine Eltern kommen lassen?«

Giuditta brach in herzhaftes Gelächter aus.

»Okay, falsche Frage. Aber ist jemand bei dir? Hast du eine Leibwache, eine Eskorte? Ist wenigstens Miglio da?«

Broglia konzentrierte sofort seine gesamte Aufmerksamkeit auf das Gespräch und winkte Vizzi heran. Giuditta war verblüfft, dass ausgerechnet die naive Clara einen so guten Köder lieferte.

»Nein, ich meine ja, er ist hier, aber er geht gleich wieder, er bleibt nicht ...«

»Warum? Kann er nicht im Gästezimmer schlafen?«

»Das ist nicht nötig, Clara ...« Sie musste das gut machen, für die beiden Idioten im Wagen und die, die das Band abhören würden, Verlegenheit und Unausgesprochenes genau richtig dosieren.

»Mach dich nicht lächerlich, das sind besondere Umstände, wer soll denn da denken ...«

»Ich habe gesagt: DAS IST NICHT NÖTIG, Clara! Gespräch beendet. Wir haben schon viel zu viel geredet, mir geht es gut, ich hoffe, dir und deinen Kindern ebenfalls und so weiter und so weiter, ich rufe dich irgendwann von einem anderen Telefon aus an. Okay?«

»Okay ... entschuldige, wenn ich irgendwas gesagt haben sollte, das nicht ...«

»Du hast gar nichts gesagt, Clara. Gute Nacht.«
Nichts, was nicht verdammt nützlich gewesen wäre.

Broglia und Vizzi im Polizeiwagen kicherten und genossen die Vorfreude auf den Klatsch: Also lief da wirklich etwas zwischen der Licari und Giglio! Von wegen Lehrerin und Schüler! Wer hätte das von der Licari erwartet, die wirkte immer wie ein Eisblock und dann hatte sie sich nach Amadei, einem gestandenen Kerl, na ja, bei allem Respekt, jeder hatte aufgeatmet, als der gegangen war, diesen jungen Kerl genommen. Wie alt war Miglio eigentlich? Fünfundzwanzig? Was, achtundzwanzig schon, wer hätte das vermutet ..., außerdem war ja gar nicht gesagt, dass sie ihn genommen hatte. Es war doch allgemein bekannt, dass er der Licari wie ein Hündchen nachläuft, aber erinnerst du dich, wie er sich in den letzten Wochen verhalten hat? Als er ihr in der Sitzung ordentlich Kontra gegeben hat, ganz zu schweigen von seinem Riesenblödsinn, Spuren am Tatort zu zerstören, hatte er wie ein anderer Mensch gewirkt, vielleicht wollte sie ihn verlassen. Hatte Miglio nicht eine Freundin?

Miglios Handy klingelte.

»Entschuldige, ich habe ganz vergessen ...«

»Macht es dir etwas aus, es abzuschalten? Ich kann nicht ...«

»Ich brauche nur zwei Minuten.«

»Dann telefonier in der Küche.«

Giudittas vorwurfsvoller Blick überraschte Miglio. Er nahm den Anruf entgegen. Giuditta hörte ganz deutlich Donatella brüllen.

»Ja ... hast du keine Nachrichten gesehen? Da hättest du

mich sehen können … Nein, mir ist nichts passiert, aber Giuditta …«

Das »Giuditta ist mir doch scheißegal!!« hörten wahrscheinlich noch die Nachbarn im Stockwerk über ihr. Da reagierte diese eiskalte Frau, die immer ihre Ruhe bewahrte, packte Miglio mitsamt seinem Handy und schleppte ihn in den Flur.

»Dann könnt ihr wenigstens ganz offen sprechen, ohne meine störende Anwesenheit. Mir geht es ausgezeichnet, ich ziehe mich in meine Einsamkeit zurück, um den Fall zu studieren, okay? Du brauchst nicht wiederzukommen, du und Donatella, ihr habt euch bestimmt eine Menge zu sagen!«

Dann schlug sie dem völlig verblüfften Miglio, der immer weniger verstand, die Tür vor der Nase zu. Am Handy kreischte Donatella wie ein Raubvogel. Andrea saß auf dem Geländer, baumelte mit den Beinen und drehte ihm den Rücken zu, während er dem Treppenhaus eine Perle seiner Weisheiten verkündete.

»Eine wie die würde ich verlassen.«

Giuditta stand hinter der Tür und hörte, wie Miglio ging. Sie lächelte. Bis jetzt war exakt eingetreten, was Alessandro vorhergesagt hatte. Nun kam das ins Spiel, was er als die »Variablen« bezeichnet hatte. Sie würde die Steigerung ihres zweideutigen Interesses für Miglio gut dosieren müssen, und es stand zu hoffen, dass Miglio sich entsprechend verhielt, ohne dass wirklich etwas zwischen ihnen passierte. Außerdem wäre einer von ihnen wahrscheinlich einem vorzeitigen Ende entgegengegangen, wenn sie einander auch nur berührt hätten. Alessandro konnte buchstäblich »überall« sein. Ein wenig melancholisch sah sie das Telefon an. Eine Weile würde es keine Anrufe um vier Uhr morgens mehr geben. Sie würden ihr bestimmt fehlen. Ganz bestimmt.

Die nächsten Tage waren geprägt von einer Unzahl unglaubwürdiger Skandalartikel, Dutzenden Anrufen und Briefen von Leuten, die behaupteten, sie seien der »Schlächter«, einige kamen sogar direkt in die Zentrale, außerdem kam die Bestätigung, dass alle Laborergebnisse mit Giudittas Annahmen übereinstimmten. Außerdem entstand ein regelrechter Dschungel aus Klatsch um sie und Miglio. Ein Teil der Zentrale erklärte ihre Beziehung zur Tatsache, auf der anderen Seite gab es einen harten Kern, der die Licari und ihre geringe Neigung kannte, Arbeit und Vergnügen zu vermischen, selbst wenn dieses Vergnügen in Gestalt von Michelangelo Giglio verlockend sein konnte. Außerdem lauerte da in einem Niemandsland, das keiner der Kollegen je zu betreten gewagt hätte, der Geist Ispettore Alessandro Amadeis. Das absolute körperliche und geistige Gegenteil von Miglio. Wie konnte eine Frau, die im Guten wie im Schlechten versucht hatte, Amadeis Gefährtin zu sein, sich von einem naiven, hübschen Kerlchen wie Miglio einwickeln lassen? Aber alles lief auf das Gleiche hinaus: Sie wurden ständig beobachtet. Und dass Giuditta und Miglio fast nie miteinander redeten, nährte noch die Gerüchte. Manchmal arbeiteten sie stundenlang im Labor, ohne den anderen auch nur anzusprechen, aber ihre Nähe, ihre Spannung ließ sich beinahe mit Händen greifen. Miglio hatte darauf bestanden, dass Giuditta nicht allein zur Arbeit fuhr, bis sich die Wogen ein wenig geglättet hatten, und sie hatte sich dazu überreden lassen. Jeden Morgen kamen sie gemeinsam und abends gingen sie gemeinsam. Mittags aßen sie zusammen, oft brachte Miglio Fast Food vom Chinesen mit oder irgendeinen frittierten fettigen Kram, der aber ausgezeichnet schmeckte. Selten aßen sie mit den Kollegen in der Kantine. Giuditta bat Miglio, das Handy auszuschalten, während sie im Labor arbeiteten und wies die Telefonzentrale an, keine Anrufe von außen durchzustellen. Oft machten sie Überstunden und Miglio blieb dann meist mehr als ein paar Minuten in Giudittas Wohnung, aber sie hatte immer abgelehnt, dass er über Nacht blieb, auch wenn er auf dem Sofa schlafen konnte. Miglio beobachtete diese neue, völlig veränderte Giuditta. Sie war stark genug, eine Situation zu ertragen, die jeden anderen nervlich zerstört hätte, aber auch so zerbrechlich, denn bei jedem Geräusch fuhr sie hoch, und einmal, als sie im Aufzug hinunterfuhren, hatte sie für einen Moment seine Hand genommen, aber nicht den Mut gehabt, ihn dabei anzusehen. Und ihm gefiel auch diese schwache Giuditta, die Mutter und Tochter war, Göttin und Mensch zugleich. Es hätte so schön sein können, wäre da nicht Donatella gewesen. Sie überschritt alle Grenzen. Ihre Szenen wiederholten sich täglich. Miglio hatte sich sogar daran gewöhnt, er beachtete sie jetzt nicht mehr, das brachte sie außer sich vor Wut. Er hob die Sachen auf, die sie ihm nachwarf, und ließ sie dann allein, damit sie sich abregte. Er hatte anderes im Kopf.

Giuditta war nervös. Donatella hatte sich anscheinend beruhigt. Miglio holte Giuditta jeden Morgen pünktlich ab. Immer gut gelaunt, frisch und mit einem Lächeln auf den Lippen. Giudittas Unruhe wuchs. Der Plan lief nicht wie vorgesehen. Sie war vielleicht nicht so geduldig wie Alessandro, für sie sah es aus, als ginge alles zu langsam, und ihre Rolle als ängstliches Rehlein engte sie noch mehr ein als der Latexoverall an jenem Abend. Hätte sich wenigstens Alessandro gemeldet, aber seit dem letzten Mal waren schon zwei Wochen vergangen. Endlich nach einer Reihe unergiebiger Tage war das Schicksal Giuditta sogar zweimal gewogen. Sie und Miglio hielten sich im Labor auf. Giuditta hatte gesehen, dass er einen von seinen komischen Ethnoschals trug, aber die Art, wie er ihn verstohlen zurechtzupfte, wenn er glaubte, sie sähe es nicht, half ihr bei dem Entschluss.

»Miglio, dreh dich um.«

»Was? Warum?«

»Lass sehen.«

Er wehrte sich nicht, das wäre doch vergeblich gewesen. Hinter dem Ohr zog sich ein langer Kratzer den Hals hinunter.

»Donatella?«

»Ja, aber das ist gar nichts, und sie regt sich schon wieder ab.«

»Miglio, ab morgen komme ich wieder mit meinem Wagen in die Zentrale.«

»Nein! Warum?«

»Frag Donatella!«

Gut, das musste sie zugeben, sie hatte schon ihr Leben lang darauf gewartet, diesen Satz mal zu sagen.

»Aber du hast nichts damit zu tun.«

»Bring mich nach Hause.«

Giuditta raffte ihre Notizen zusammen und legte die Proben ungeordnet zurück, dann ging sie. Miglio folgte ihr. Mit Abstand.

Sie erlaubte ihm nicht, mit hinaufzukommen. Na gut, vielleicht war das noch nicht der entscheidende Schritt, aber wenigstens hatte sie etwas in Gang gesetzt. Sie betrat ihre Wohnung, von dort sah sie, wie Miglio neben seinem Wagen stand und ihre Fenster anstarrte. Da war ihr das Schicksal ein zweites Mal hold: Das Telefon klingelte.

»Ja?«

»Wenn es Ihnen nichts ausmacht, möchte ich gern mit meinem Freund sprechen.«

Ein Volltreffer, wie kann man nur so viel Glück haben!

»Donatella?«, sie klang überrascht, aber vorsichtig, als fürchtete sie, sich vor Kollegen zu blamieren.

»Also, geben Sie ihn mir oder ist er zu beschäftigt? Ich habe euch doch nicht gestört?«

»Er ist gerade gegangen. Versuch es auf dem Handy …«

»Ich HABE es schon auf dem Handy versucht. Aber das ist ausgeschaltet, so ein Zufall! Warum sein Handy wohl immer ausgeschaltet ist, wenn er mit Ihnen zusammen ist?«

»Hören Sie, Donatella, ich glaube, das reicht jetzt.«

Schweigen auf der anderen Seite.

»Ich habe dich jedes Mal angesehen, wenn du mich angesehen hast. Also wissen wir beide genau, was los ist. Ich bin vierzig, du zwanzig.«

»Zweiundzwanzig.«

»Zweiundzwanzig, aber du siehst aus wie zwanzig.«

»Es ist sinnlos, dass Sie versuchen, mir etwas einzureden.«

»Hör mal, ich mag Miglio gern …«

»Er heißt Michelangelo!«

»Also gut, ich mag Michelangelo. Er ist ein guter Polizist, lernt sehr schnell, und ich habe mir immer vorgestellt …«

»Oh, das interessiert mich jetzt wirklich: Ihre Fantasien über meinen Freund.«

Unglaublich, die war ja noch dümmer, als sie aussah.

»Du bist wirklich auf dem Holzweg, Donatella.«

»Nein, Sie sind auf dem Holzweg! Sie hoffen, ihn mit Ihrer Wissenschaft und Ihren großen Worten zu verhexen, aber denken Sie daran, das, was ein Mann bei einer Frau sucht, sitzt nicht im Kopf, sondern etwas weiter unten und ich glaube, das fehlt IHNEN völlig.«

»Glaubst du etwa, das weiß ich nicht?« Giudittas Stimme war jetzt nur noch ein Flüstern. »Michelangelo hat dich lieb. Ich bin nur ... sein Mutterschiff. Das ist alles, was er in mir sieht.« Ihre Stimme zitterte leicht. »Sollte es dich eines Tages wirklich interessieren, wie ich darüber denke, weißt du ja, wo du mich finden kannst. Jetzt ...«, ihre Stimme brach, »jetzt will ich nicht darüber reden.«

Sie legte auf.

Sie überlegte: Wer saß heute Abend im Wagen? Cremonesi und wer noch? ... der Neue! Er war seit sechs Monaten bei ihnen und wollte mit allen Freundschaft schließen, wie hieß der noch? Chiarolla! Cremonesi würde es zwei, höchstens drei Tage für sich behalten, aber Chiarolla würde das Ganze in höchstens vierundzwanzig Stunden allen erzählt haben. Wie lange dauerte es wohl, bis Miglio davon erfuhr?

Wie lange?

Chiarolla und Cremonesi redeten den restlichen Teil der Nacht darüber. Am nächsten Morgen empfahl Cremonesi Chiarolla, den Mund zu halten, sie durften kein Wort über das verlieren, was sie während des Abhörens erfuhren. Chiarolla wartete, bis Cremonesis Dienst zu Ende war, dann stand er in seiner tausendsten Kaffeepause mit der Alderighi vor dem Automaten, die er sehr mochte, und von der man sich erzählte, dass sie eine war, die sich nicht lange zierte. Die Nachricht entschlüpfte ihm, und die Alderighi war erschüttert, besonders weil ihre Büronachbarin Mariangela sich einige Hoffnungen auf Miglio machte, und na gut, eine Freundin, das ging ja noch, aber die Licari! Also lief sie zu Mariangela, um ihr die traurige Nachricht weiterzugeben, und da hörte es auch Sant'Andrea, einer von Morabitos Technikern, und so erfuhr Morabitos gesamte Horde innerhalb einer Viertelstunde, dass die »eiserne Jungfrau« Licari und Giglios Freundin sich am Telefon gründlich gefetzt hatten. Die Nachricht verbreitete sich wie ein Virus, vom Techniker zur Sekretärin, vom Beamten zur Telefonistin, vom Archivar zum Büroangestellten, bis sie in der neuesten Version Enrico Semeraro erreichte, einen Beamten im Überfallkommando zwölf. Und Semeraro war eng mit Miglio befreundet.

Giuditta saß im Labor. Sie hatte Miglio vor einer halben Stunde nach Hause geschickt und ihm, wie in den letzten Tagen, erklärt, sie wolle noch ein bisschen bleiben und außerhalb der normalen Arbeitszeit noch etwas tun, vor allem in der Dunkelkammer ein paar Vergrößerungen machen. Miglio hatte nicht angeboten, ihr dabei zu helfen. Seltsam. Als fast niemand mehr in der Zentrale war, klingelte das Telefon.

»Ja?«

»Heute Abend.«

Alessandros Stimme ließ sie erstarren. Aber die Leitung war schon wieder frei, keine Zeit für weitere Worte. Verwirrt blieb Giuditta regungslos stehen und versuchte nur noch, sich zu konzentrieren. Konzentrier dich! Konzentrier dich! Als sie glaubte, soweit zu sein, nahm sie ein paar

Handschuhe und steckte sie in die Tasche. Ihren Mantel zog sie nicht an, sondern ließ ihn gut sichtbar im Labor hängen, ließ das Licht brennen und ihre Aufzeichnungen auf dem Tisch liegen. Sie ging in die Dunkelkammer und schaltete das rote Lämpchen ein, damit niemand hereinkam. Dann fuhr sie mit dem Aufzug zum Parkplatz. Sie sah sich um. Da stand ein gelber Polo, den sie noch nie im Leben gesehen hatte, er parkte ganz hinten, wie man es ihr gesagt hatte. Die Fahrertür war offen, sie setzte sich hinein und suchte unter dem Sitz. Dort fand sie die Autoschlüssel, einen leichten Wegwerfmantel, den sie hastig überstreifte, dann startete sie den Wagen, klappte beide Sonnenblenden herunter und verließ den Parkplatz mit der Magnetkarte, die sie auf dem Armaturenbrett fand, durch die hintere Ausfahrt. Sie parkte in der Nähe des Hauses, in dem Miglio und Donatella wohnten. Zu Fuß ging sie ins Parkhaus und nahm von dort den Aufzug. Dann fuhr sie in das Stockwerk über deren Wohnung. Sie hörte sie schon auf dem Flur.

»Entweder bist du taub oder hast einen Hirnschaden! Oder du hörst mir nicht zu, wie immer!!«

»Du sagst doch immer den gleichen Unsinn, du klingst schon wie eine kaputte Schallplatte!!«

»Das ist meine Arbeit, verdammt noch mal! Du blamierst mich vor der gesamten Zentrale, ganz zu schweigen von Giuditta!!«

»Oh, reden wir doch mal wieder über Giuditta, das ist ja dein Lieblingsthema!!«

»Ich schwöre, ich kann es immer noch kaum glauben: Wie zum Teufel konntest du es wagen, sie zu Hause anzurufen? Bist du verrückt geworden?«

»Oh, die Ärmste, ich habe sie bei der Arbeit gestört. Oder hat sie gerade dich bearbeitet?«

»Hör mal, sie ist ein anständiger Mensch, so etwas würde sie nie tun!«

»Ja, und inzwischen ist sie zu dir gelaufen und hat dir alles erzählt, diese Mutter Teresa!«

»Das war nicht sie, sondern ein Kollege! Denn, hör mal, ihr Telefon wird überwacht und jetzt weiß die ganze Zentrale mit was für einem Miststück ich zusammenlebe!«

»Warum verlässt du mich dann nicht?«

»Ich denke ernsthaft darüber nach, Donatella!«

»Dann tu's doch! Geh durch diese verdammte Tür und lass dich nie wieder blicken!«

»Weißt du, was? Ich bin ein Idiot gewesen, dass ich es nicht schon längst getan habe! Das meine ich ernst!«

Eine Tür öffnete sich knallend.

»Geh doch! Geh doch! Geh zu deiner Giuditta!«

»Und du leck mich!«

Eine Tür wurde wieder zugeknallt. Schritte. Miglio lief nervös die Treppe hinunter. Giuditta zählte bis sechzig. Dann ging sie ein Stockwerk tiefer und blieb vor der Wohnungstür stehen. Sie hatte die Handschuhe angezogen und wusste genau, wie laut sie die Tür öffnen musste. Dann holte sie tief Luft. »Konzentrier dich!« Und legte die Hand auf die Klinke.

Sie öffnete die Tür so, dass sie gegen die Wand knallte.

Entschlossen ging sie in Richtung Schlafzimmer, von dort hörte sie Donatella weinen.

Sie ging hinein.

Sie fand sie genauso vor, wie Miglio es ihr oft beschrieben hatte: zusammengerollt auf dem Bett, mit dem Rücken zu ihr und unter Schluchzen sagte sie leise: »Mistkerl …«

Einen Augenblick betrachtete sie den niedrigen Nachttisch links vom Bett.

Dann packte sie Donatellas Kopf, drückte ihn ins Kissen und vergrub die Hände so in Donatellas Haaren, dass sie sich gut festhalten konnte, aber diese nicht merkte, dass sie Handschuhe trug. Sie ließ sich einen Moment Zeit, um ganz schnell den richtigen Winkel zu berechnen, dann zog sie Donatellas Kopf nach hinten und ließ ihn gegen die Oberkante des Nachttischs knallen.

Einmal.

Zweimal.

Dreimal.

Ein kleiner Blutspritzer befleckte ihren Mantel.

Donatellas Körper wurde schwer wie ein Sack.

Das Mädchen war ohnmächtig.

Sie sah sich die Wunde an.

Ein leichtes Schädeltrauma. Das sollte reichen.

Auf dem Rückweg zum Aufzug zog sie sich den Regenmantel aus und rollte ihn zusammen. Sie fuhr ins Parkhaus, verließ es vorsichtig, falls sie Miglio auf seinem »Abkühlspaziergang« über den Weg lief. Sie stieg in den Wagen, zog die Handschuhe aus, dabei drehte sie sie um. Während der Fahrt bemerkte sie in einer Vorstadtgegend einen überfüllten Müllcontainer, dort steckte sie die Handschuhe und den Regenmantel ganz unten in eine Tüte mit verfaultem Obst und fuhr weg. Sie betrat die Zentrale auf dem gleichen Weg, wie sie sie verlassen hatte, durch den Hintereingang, hatte Schlüssel und Karte unter dem Sitz liegen gelassen, fuhr mit dem Aufzug hinauf, betrat die Dunkelkammer und löschte das Licht. Dann ging sie ins Labor zurück und wartete dort. Endlich klingelte das Telefon.

17. Kapitel

Ein gelbes Absperrband blockierte die weit offen stehende Tür zu Miglios und Donatellas Wohnung. Auf dem Klingelschild an der Tür stand kein Name, im Flur war kein Mensch zu sehen außer dem armen Vizzi, der hin und her schlurfte und aufpasste – worauf, das wussten wohl nur seine Vorgesetzten. Er war beinahe glücklich, als er sie kommen sah.

»Dottoressa! Sie hätte ich nicht erwartet! Hier ist niemand, alle sind in …«

»Ja, ich weiß, deswegen bin ich jetzt gekommen, um mir alles in Ruhe ansehen zu können.«

(Und Fingerabdrücke, Fußspuren, Haare zu hinterlassen, die vielleicht eines Tages als nicht zum Fall zuzuordnen abgelegt werden.)

»Ich weiß, das ist wirklich nicht Ihre Aufgabe, aber könnte ich bitte eine Zusammenfassung bekommen?«

»Ja, Dottoressa: Der Beamte Miglio ist in vollkommener geistiger Umnachtung gewaltsam gegen die …«

Zum Glück redete er nicht weiter. Giuditta durchbohrte ihn mit ihren Augen.

»Tatsachen, Vizzi. Keine Spekulationen, sondern Tatsachen bitte.«

»Ja, Dottoressa, entschuldigen Sie. Um zwanzig Uhr fünfunddreißig brach zwischen Giglio und der Signorina Orlandi ein furchtbarer Streit aus.«

»Waren Sie dabei?«

»Wie bitte? Natürlich nicht, ich war in der Zentrale.«

»Und woher kennen Sie dann den genauen Zeitpunkt und wissen, dass sich die beiden gestritten haben und nicht zwei Schauspieler in einer Fernsehserie? Warten Sie mit Ihrer Antwort, Vizzi. Denken Sie erst mal nach, ich habe es nicht eilig und schaue mich inzwischen ein wenig um. Wenn Sie meinen, Sie wären soweit, dann rufen Sie mich einfach, okay?«

Vizzi schwieg. Giuditta benutzte die Gelegenheit, um sich Miglios Wohnung anzusehen, dabei erinnerte sie sich beinahe nicht mehr, dass sie erst vor knapp einer Stunde hier gewesen war. Sie musste sich jetzt sehr konzentrieren, um auf Details zu achten. Das Bett war niedrig, nicht ganz so niedrig wie ein Futon, die Glastischchen mit diesem netten Vorsprung an der Ecke standen parallel. Überall standen oder hingen Fotos von Miglio und Donatella, besonders von Donatella. Kein Bild von Miglio in Uniform. Das war bezeichnend. Das Bad gehörte zwei eitlen Menschen, überall standen Cremedöschen und Tiegel herum, für Sie und Ihn. Sie hatte immer schon vermutet, dass Miglio sich enthaarte. Ein Mensch mit vielen Facetten.

»Ähäm …«

»Ja bitte, Vizzi.«

»Die Nachbarn, das Ehepaar Pandolfi, haben ausgesagt, dass gleich nach den Nachrichten, also gegen zwanzig Uhr fünfunddreißig zwischen dem Beamten Michelangelo Giglio und Signorina Donatella Orlandi eine heftige Auseinandersetzung ausgebrochen sei. Die Pandolfis sind sicher, dass es sich um die beiden handelte, da sie ihre Stimmen erkannt haben. Außerdem behaupten sie, es sei regelmäßig zu derartigen Auseinandersetzungen gekommen, sonst sei das Paar sehr ruhig gewesen und habe einander sehr geliebt. Die Pandolfis meinten, der Streit an diesem Abend sei heftiger gewesen, sonst schreit immer Signorina Donatella und man hört den Beamten Miglio nur selten, aber diesmal schien er mehr zu brüllen und benutzte Schimpfwörter, die sie noch nie von ihm gehört hatten. Das Ehepaar Pandolfi behauptet, der Beamte Miglio sei, wie immer am Ende dieser Auseinandersetzungen, gegangen und habe die Tür hinter sich zugeschlagen.«

»Wie können sie sicher sein, dass er gegangen ist?«

»Weil er den letzten Satz gebrüllt hat, bevor er …«

»Sprechen Sie weiter.«

»Ja. Der Beamte Giglio ist nach ein paar Minuten zurückgekommen. Das Ehepaar Pandolfi hat dumpfe Schläge gehört. Im ersten Moment haben sie geglaubt, er sei gekommen, um seine Koffer zu packen oder habe etwas geholt. Aber sie haben Signorina Orlandi nicht gehört und das war seltsam. Dann haben sie gehört, wie die Tür wieder zugeschlagen wurde. Einige Minuten später haben sie gehört, wie der Beamte die Treppe heraufkam.«

»Woher wissen sie, dass er es war?«

Vizzi klang jetzt ein wenig vertraulich.

»Na, Dottoressa, Sie wissen doch auch, wie Miglio die Treppe hinaufgeht … er nimmt immer zwei, wenn nicht drei Stufen auf einmal.«

Giuditta lächelte.

»Gut, lassen wir das. Und dann?«

»Dann haben sie gehört, wie er in die Wohnung gegangen ist und wenig später hat er um Hilfe geschrien und einen Krankenwagen gerufen. Daraufhin sind sie in die Wohnung gerannt und haben gesehen, wie er die Signorina Orlandi stützte, die voller Blut war.«

»Aha.«

Schweigen.

»Ist das alles?«

»Wie meinen Sie das?«

»Hat jemand gesehen, wie er hinausging, wiederkam, wieder ging und wiederkam?«

»Eigentlich nicht. Besser gesagt, ich weiß es nicht.«

»Genau, Sie wissen es nicht. Wenn Sie das nächste Mal etwas berichten, dann versuchen Sie, vor allem an das zu denken, was Sie nicht wissen, und dann erst an das Übrige. Gute Nacht, Vizzi.«

»Gute Nacht, Dottoressa«, antwortete Vizzi und dankte dem Himmel stumm dafür, dass er nicht mit dieser Frau arbeiten musste, denn sonst wäre er unweigerlich verrückt geworden wie der arme Giglio.

Es war, wie sie erwartet hatte: Um in das Zimmer zu gelangen, in dem Donatella lag, musste sie mehrfach ihren Dienstausweis vorzeigen und jetzt stand sie vor der Tür, die von aufmerksamen Beamten bewacht wurde. Sie fing die Krankenschwester ab und zeigte ihr ebenfalls ihren Ausweis.

»Dottoressa Licari. Wer ist bei ihr?«

Eingeschüchtert überlegte die Frau nicht lange, ob es richtig war, zu antworten.

»Immer ein Verwandter, der Arzt, eine Kollegin, ein Polizist, ich glaube, ein Ispettore und dann …«

Sie zögerte, da sie nicht wusste, wie sie es ausdrücken sollte.

»… und dann der, der ihr das angetan hat«, flüsterte sie.

»Sie haben ihn gefasst.«

Dann floh sie.

An ihrer Stelle kam eine schöne Frau auf Giuditta zu. Sie hatte helle Augen, ihre Haare waren zu einem makellosen Pferdeschwanz zusammengebunden, und sie war ausgesprochen geschmackvoll gekleidet. Die Ähnlichkeit ließ keinen Zweifel zu, besonders für jemanden wie Giuditta.

»Ach, die berühmte Giuditta …«

Es war Donatellas Mutter. Sie hatte sich Monate lang die Klagen ihrer Tochter über diese unbequeme Dritte anhören müssen, die versuchte, ihr ihren Freund auszuspannen, und hatte bestimmt eine sarkastische kleine, vom Zorn einer Mutter getragene Rede in petto gegen die, die es gewagt hatte, ihrem kleinen Mädchen dies anzutun. Aber als sie Giuditta sah, begriff sie nichts mehr. Die war eine ganz normale Frau, blass, mit Ringen unter den Augen, kurzen Haaren, hatte ihren kleinen stämmigen Körper in einen schäbigen, grauen Regenmantel gehüllt, dazu Schuhe mit flachen Absätzen und billigen Strumpfhosen. Vor dieser Frau fürchtete Donatella sich? VOR DIESER FRAU?

»Giuditta Licari. Ich sage jetzt nicht ›angenehm‹, das wäre unter diesen Umständen Heuchelei. Lo Monaco?«, sprach sie den Beamten an der Tür an.

»Ja, Dottoressa?«

»Ist Lamberti im Zimmer?«

»Ja.«

Giuditta wandte sich wieder an Donatellas Mutter.

»Wie geht es ihr?«

»Es heißt, es sei vor allem der Schock. Es ist etwas gebrochen und sie hat einen Riss am Hinterkopf.«

Donatellas Mutter klang verunsichert. Am liebsten hätte sie ihre ganze Wut, Enttäuschung und Angst auf jemandem abgeladen, aber diese ruhige, unscheinbare, anscheinend unschuldige Frau, ließ ihren ganzen Kampfgeist schwinden.

»Ein leichtes Schädeltrauma. Das dauert im schlimmsten Fall ein, bis zwei Monate«, diagnostizierte Giuditta zerstreut. Dann, als erinnerte sie sich, dass es einer Erklärung bedurfte, sagte sie: »Ich bin Ärztin, obwohl ich nicht praktiziere.«

»Ich weiß.«

Die Mutter war schrecklich verlegen. Diese Frau wirkte auf sie nicht gefährlich, sie hatte nicht einmal nach Michi gefragt, und das Ganze schien sie völlig kaltzulassen. Sie zögerte einen Moment zu lange.

»Hören Sie, Signora.«

Giudittas trockener Tonfall ließ sie aufschrecken.

»Das ist für mich keine gute Zeit, wie Sie sich vorstellen können, und auch für meine Mitarbeiter nicht. Ich verstehe, Donatella ist jung, ich verstehe, dass man da großen Emotionen ausgesetzt ist und so weiter, aber ihre idiotische Eifersucht auf den Beamten Giglio und mich ist völlig irrational! Glauben Sie wirklich, in meinem Alter, bei meinem Beruf, mit einem Mörder, der mich im Visier hat, und Journalisten, die mich nicht in Ruhe lassen, hätte ich die Zeit, mich in einen unreifen Jungen zu verknallen, der gerade mal weiß, wie er heißt? Seien wir ehrlich: Giglio ist ein guter Polizist, sehr begabt, aber er ist noch ein Junge, und ich empfinde schon seit langem keine Muttergefühle mehr. Versuchen Sie, das in den Kopf Ihrer Donatella zu bekommen, wenn sie wieder etwas bei Verstand ist, ja? Sie soll aufhören mit den Szenen und den Drohanrufen, ich brauche keine zwei Sekunden, um ihr deswegen die Polizei auf den Hals zu schicken.«

Signora Orlandi war wie vor den Kopf geschlagen. Jetzt schien Donatella an allem schuld zu sein!

»Aber er hat ihr doch den Schädel eingeschlagen.«

»Wer sagt Ihnen das?«

Diese absurde Äußerung brachte die Signora noch mehr aus dem Gleichgewicht.

»Ich kann Ihnen die Aussagen der Nachbarn nicht wiedergeben, damit würde ich die Ermittlungen beeinflussen, aber denken Sie daran, natürlich kann man nicht einfach bestreiten, dass es eine Auseinandersetzung gegeben und der Beamte Giglio daraufhin die Wohnung verlassen hat, aber deshalb weiß man noch lange nicht, was in der Zwischenzeit passiert ist. Soviel ich weiß, ist der Überfall geräuschlos verlaufen.« Sie starrte Donatellas Mutter an. »Und soweit mir bekannt ist, ist Ihre Tochter nicht gerade auf den Mund gefallen. Denken Sie darüber nach. Die beiden streiten so heftig, dass die Fensterscheiben klirren, er geht, kommt sofort wieder und bringt Ihre Tochter fast um, und sie sagt kein Wort? Dann verlässt er blutverschmiert die Wohnung, kommt zurück und niemand bemerkt etwas?«

»Aber, entschuldigen Sie, wenn er es nicht war, wer soll es denn dann gewesen sein?«

Giuditta starrte sie lange an, wie eine Kobra eine Maus, die sie im nächsten Augenblick verschlingen wird.

»Denken Sie mal darüber nach.«

Sie kehrte ihr den Rücken zu, um die Kollegen nach Neuigkeiten zu fragen. Die Frau begann laut zu schreien.

»Ich sage nur: Das nächste Mal bitte etwas mehr Feingefühl, Dottoressa Licari.«

»Ehrlich gesagt, mein Vorrat war aufgebraucht, aber wenn es hilft, die Sache zu beenden, entschuldige ich mich hiermit. Also, sind wir vollzählig?«

Lamberti seufzte, schaute zur Ambrosini, dann nickten beide. Sie befanden sich in einem kleinen Aufenthaltsraum der Krankenschwestern. Donatella hatte kurz das Bewusstsein erlangt und als sie sich bei Miglios Anblick aufregte, hatte man ihn in einen anderen Raum gebracht. Auf dem Weg war er Giuditta begegnet, die ihn angelächelt und ihm zugenickt hatte.

»Alles ist gut, ich werde jetzt alles aufklären.«

Er hatte erfolglos versucht, wenigstens die Lippen zu einem Lächeln zu verziehen. Seine Wangen waren gerötet, die Augen vom Weinen geschwollen, sein Hemd blutverschmiert. Donatellas Vater rief ihm aus dem Zimmer seiner Tochter Beleidigungen nach. Seine Frau, die jedoch aus einem anderen Grund Tränen in den Augen hatte, kam ebenfalls ins Zimmer, und es war für alle eine Erleichterung, als die Tür sich schloss. Miglio war noch nicht offiziell beschuldigt worden. Eigentlich wusste niemand, was zu tun war. Fast niemand.

»Ich danke Ihnen, dass Sie sofort gekommen sind. Ich mag Sie zwar nicht, aber ich glaube, Ihnen ist dieser Fall genauso wichtig wie mir.«

»Danke, ich Sie auch, ich meine, ja«, stotterte die Ambrosini.

»Dann hören Sie mir jetzt zu: Das eigentliche Opfer, das moralische Opfer, bin natürlich ich. Mich wollte man treffen. Wir reden hier von der moralischen Ebene. Also amüsiert sich der Mörder jetzt damit, die Leute, die mich unterstützen, wie Kegel umzuwerfen. Wer ist mein Assistent? Wer arbeitet bis spätabends mit mir an dem Fall?«

»Der Beamte Giglio«, schloss Lamberti lakonisch.

»Aber genauso wie mich konnte der Mörder Giglio nicht direkt treffen, deshalb vergreift er sich an dessen Freundin.«

»Aber das sind zwei völlig gegensätzliche Methoden.«

»Sicher. Was verbindet unsere Mordfälle? Ich sage es euch: dass Menschen sterben. Dieser Mann hat keine Methode, oder wenn doch, ist es ein Zufallsprinzip, das sich nach dem Wetter richtet, nach seiner Stimmung, dem Horoskop oder danach, was er zu Mittag isst. Er liebt die Abwechslung, bis jetzt haben wir noch keine zwei Verbrechen gehabt, die auch nur entfernte Ähnlichkeiten aufweisen.«

»Ja, aber Dottoressa …«, meldete sich die Ambrosini zu Wort. »… da sind die Aussagen der Nachbarn …«

Lamberti und die Ambrosini wechselten einen flüchtigen Blick.

»Als er die Wohnung verließ, haben sie beide schreien gehört, also war die Orlandi noch bei Bewusstsein, als Giglio aus dem Haus ging. Bis dahin sind wir uns alle einig?«

Lamberti und die Staatsanwältin nickten.

»Ganz plötzlich, beinahe sofort, hört man, wie sich eine Tür öffnet, man hört dumpfe Schläge, eine Tür wird geschlossen. Das Mädchen sagt kein Wort. Einige Minuten später kommt Giglio herein und findet sie. Wenn er es war, der das erste Mal zurückkam, hätte sie doch etwas gesagt, als sie ihn gesehen hat. Und danach wäre er blutbefleckt herumgelaufen …«, sie sah in ihre Aufzeichnungen. »Seiner ersten Aussage nach hat Giglio am Kiosk an der Straßenecke Kaugummi gekauft, und wenn der Kioskinhaber bezeugt, dass an seiner Kleidung kein Blut klebte, ja dann …«

»Er könnte es getan haben, als er zurückkam.«

»Wie bitte?«

»Beim zweiten Mal, als er kurz in der Wohnung war. Vielleicht hat er sich nur im Flur eine Jacke geholt, und es ist möglich, dass sich die beiden weder gesehen noch gesprochen haben.«

»Und die Schläge?«

Giuditta blieb hartnäckig. Zu hartnäckig. Und das wusste sie genau.

»Kommen Sie, Lamberti, Sie wissen doch besser als ich, dass die Frau eine Nervensäge ist, sie wird irgendwo in der Wohnung gewesen sein und demonstrativ etwas zerschlagen haben! Wie oft ist Miglio mit Pflastern übersät in die Zentrale gekommen?«

»Ich weiß. Aber das ist kein Beweis. Er könnte wiedergekommen sein, die Jacke genommen haben, wieder hinausgegangen sein, zum Kiosk oder wohin auch immer, dann die Wohnung betreten und sie geschlagen haben.«

»Um dann einen hysterischen Anfall zu inszenieren? Glauben Sie, Miglio ist ein so guter Schauspieler?«

Lamberti war ehrlich.

»Nein.«

»Was sagt das Mädchen?«

»Sie ist noch verwirrt. Sobald sie dazu in der Lage ist, wird sie uns ihre Version der Ereignisse erzählen. Im Augenblick bleibt mir nichts anderes übrig, als ihn vom Dienst zu suspendieren.«

»Ispettore …«

»Ich hatte es ihm gesagt: Noch so ein merkwürdiger Vorfall und ich suspendiere ihn. Na ja, ob er es nun war, der Mörder oder wer zum Teufel sonst, das ist so ein Vorfall. Ich muss ihn suspendieren.«

»Und wenn es tatsächlich unser Mörder war, Lamberti? Sie dürfen diese Hypothese nicht unterbewerten«, mischte sich die Ambrosini ein.

»Nein, natürlich nicht, diesmal müssen wir die Presse zurückhalten. Wir müssen die Nachbarn hören, den Kioskinhaber, das Mädchen, Giglio, der im Moment schlimmer dran ist als sie … Aber ich muss ihn jetzt befragen, ich kann nicht warten.« Für einen Augenblick vergaß Lamberti seine harte Schale. »Der arme Kerl weint schon seit Stunden.«

Er sah Giuditta an. Die hatte sich nicht mehr gerührt und kein Wort dazu gesagt.

»Dottoressa, für uns alle ist es wenigstens für den Moment besser so. Sie wissen doch besser als ich, dass augenblicklich zu viel in der Zentrale getratscht wird und dass …«

»Guten Abend, Lamberti, Dottoressa Ambrosini?«

Giuditta Licari ging hinaus und zog die Tür geräuschlos hinter sich zu.

Giuditta holte tief Luft. Sie durfte das Krankenhaus jetzt nicht verlassen, aber sie wartete lieber in der Halle darauf, dass Miglio herunterkam, möglichst weit entfernt von dem Krach im Stockwerk darüber. Sie lief hin und her, seltsam, ihr Herz schlug unruhig, ein völlig neuartiges Gefühl, aber auch vertraut, sie musste es irgendwann einmal für jemanden empfunden haben …

Das Telefon in der Zentrale der Notaufnahme klingelte. Eine Krankenschwester nahm ab. Dann beugte sie sich über den Tresen zu ihr und fragte:

»Verzeihung, sind Sie Dottoressa Licari?«

Giuditta bekam noch nicht einmal Gelegenheit, sich zu melden, als Alessandro trocken und neutral, so klang er immer, wenn er an etwas anderes dachte, befahl:

»Küss ihn«, und dann war das Gespräch beendet.

»Danke«, antwortete Giuditta mechanisch, während sie der Krankenschwester verwirrt den Hörer zurückgab. Alessandro war hier. Na, eigentlich war es so, als sei er immer da, egal wo sie sich aufhielt. In einem zweitklassigen

Roman wäre jetzt herausgekommen, dass es Alessandro gar nicht gab und er ein Teil von Giudittas gespaltener Persönlichkeit war. Deshalb las sie keine zweitklassigen Romane: Es bestand nicht die geringste Chance, dass sie der Wirklichkeit entsprachen. Und in diesem Augenblick hätte sie sich wirklich gewünscht, ein Teil Alessandros zu sein oder dass er ein Teil von ihr wäre, nur damit sie diesen Weg nicht gehen musste. Den Fall Miglio hatte sie in verschiedene Schubladen ihres Bewusstseins verstaut. Sie hatte, als sei das ganz natürlich, ihre Eifersucht auf Donatella aus dem Weg geräumt, überzeugt, Miglios Gefühle zu kennen, und hatte unterschätzt, wie viel es bedeutete, wenn ein zickiges Mädchen die Beine breit machte. Jetzt öffneten sich die Fahrstuhltüren, Miglio kam heraus, hinter ihm ging Lo Monaco. Man brachte ihn zur Befragung in die Zentrale. Giuditta war sich sicher, man würde ihn mit Samthandschuhen anfassen. Alle mochten Miglio, er hatte jedem schon mal einen Kaffee ausgegeben, vergaß nie einen Geburtstag und hatte es geschafft, auch die grimmigsten Kerle auf seine Seite zu ziehen. Anfangs hatten alle die Nase gerümpft und gedacht, das wäre nur Taktik, um Karriere zu machen, er sei ein Heuchler, der schlau genug war, sich alle zu Freunden zu machen, um sie dann zu hintergehen. Aber mit der Zeit hatten alle beschlossen, dass Miglio einfach nur Miglio war, und alle mochten ihn. Giuditta verließ sich auf ihren Instinkt.

»Hast du kurz Zeit, Lo Monaco?«

»Natürlich, Dottoressa.«

Obwohl Giuditta keinen Titel trug, stellte man eine Anweisung, die von ihr kam, nie in Frage.

»Aber sehen Sie, die anderen kommen auch gerade herunter, wir müssen in die Zentrale.«

»Ich weiß.«

Sie nahm Miglio und ging mit ihm hinter die Schiebetüren.

»Wie geht es dir?«

»Ich weiß nicht. Ich hoffe, ich wache gleich auf.«

»Ich werde dich nicht fragen, was passiert ist, im Moment möchte ich nur wissen, wie du dich fühlst.«

»Wie jemand, den man beschuldigt, er habe versucht, das Mädchen, das er liebt, zu töten.«

Bühneneffekte heißen so, weil die betreffende Person sie theoretisch nicht erwarten dürfte. Bei Miglios Worten bohrte sich eine Harpune in Giudittas Magen. Plötzlich stellte sie fest, dass sie nie etwas gewusst hatte: nicht über sich, nicht über Miglio oder über ihre Gefühle. Sie hatte sich hinter ihren untadeligen Theorien verschanzt, hinter ihren ehernen Gewissheiten: Was Giuditta sagt, ist richtig! Sie konnte sich Miglio holen, wann sie wollte, konnte Donatella wegfegen, wann sie wollte, Miglio empfand für sie Liebe und Verehrung, nicht die blinde Anbetung für eine erstklassige Expertin, sein Mutterschiff, ja sein verdammtes Mutterschiff, seine Amme, zu der er sich flüchten konnte, wenn ihm dunkle Gedanken durch den Kopf gingen, der es immer gelang, ihn zu beruhigen, seine Gedanken mit einer Mischung aus Philosophie, Psychologie und Vernunft zu entwirren, eine brave Mutti, keine Frau. Sie kannte Miglio nicht, hatte sich selbst ihre eigenen unzähligen Gewissheiten geschaffen, die auf ihrer Fähigkeit gründeten, Signale zu empfangen. Aber die waren falsch. Miglio liebte Donatella. Nicht sie. Mit der Harpune kam auch ein Schwall Selbsthass. Wie konnte sie so empfinden, während sie wusste, was sie ihm antat? Und wann war das passiert? Wann hatte der naive Michelangelo Giglio, der formbare Miglio, ihr blonder, lebenssprühender Schatten begonnen, Macht über sie zu gewinnen? Seit wann galt ihm die Bedeutung des Wortes, das sie Alessandro immer verweigerte? An dem Tag, als sie die bunte Schachtel auf dem Tisch gefunden hatte? Oder früher? Vielleicht, als sie ihn als Idioten beschimpfte, weil er gesagt hatte: »Schlauch ist gleich Schlauch«. Das alles ging Giuditta im Bruchteil eines Augenblicks durch den Kopf, die Harpune verhakte sich tiefer im Fleisch, um ihr richtig weh zu tun. Sie musste ihren Plan weiterverfolgen ... den Plan ... welchen Plan? Warum nicht einfach gestehen? Warum ließ sie sich nicht verhaften und weit weg bringen, weg von Alessandro und Miglio und von dieser Harpune, die einen Namen hatte, den Alessandro seit Jahren von ihr hören wollte, diesen Namen, der jetzt plötzlich Miglio gehörte. Giuditta holte Luft, dann sagte sie:

»Ich war es. Es ist meine Schuld.«

»Was?« Miglio sah sie aufmerksam an.

»Ich habe alles falsch gemacht, jetzt gehe ich rauf, kläre alles und bringe das zwischen dir und Donatella in Ordnung ...«

»Du redest Unsinn, Giuditta ...«

»Ich lasse nicht zu, dass du auch verurteilt wirst ...«

Ihre Gedanken wirbelten durcheinander, verwirrten sich, verloren jede Klarheit und Logik, plötzlich gab es nur noch diese Harpune, die etwas zum Fließen brachte, von dem sie geglaubt hatte, es gehore nicht zu ihr, habe noch nie zu ihr gehört, und stattdessen war es immer dort gewesen, nur hatte sie es nie bemerkt. Zum Teufel mit Alessandro, zum Teufel mit den Verbrechen und ihrer Neugierde, zum Teufel mit allem ... Sie bewegte sich, aber Miglio war schneller. Er packte sie an den Armen.

»Hör auf, du machst mir Angst …«

Giuditta erwiderte: »Nicht so sehr wie ich mir selbst.«

Miglio hatte verstanden. Und Giuditta begriff, dass er es verstanden hatte.

Lo Monaco reckte den Hals, um besser zu sehen. Lamberti, die Ambrosini und einige Polizeibeamte kamen mit Donatellas Vater aus dem Aufzug. Giudittas und Miglios Atem vereinten sich nur für eine Augenblick, niemand von beiden bekam mit, was um sie herum geschah. Zwischen ihnen fanden keine absolut unbeteiligten, affektierten Zungenspielchen statt, wie Miglio sie so gern mit Donatella trieb, und Giuditta analysierte nicht jeden ihrer Gefühlszustände und archivierte ihn. Giuditta und Miglio küssten sich. Es war für beide das erste Mal, es war einer jener Küsse, wie man sie im Leben selten gibt, die jede Faser des Körpers einbeziehen. Man küsst mit dem Mund, mit dem Atem, mit den Augen, der Haut, mit dem, was man vom anderen empfängt und was man von sich im anderen empfängt. Solche Küsse erzählen ein ganzes Leben, darin verliert man sich auf ewig. Nicht Lamberti unterbrach sie, der bei diesem Anblick wie versteinert stehen geblieben war, oder einer der anderen Beamten, sondern ein wütendes »Du Bastard!« aus dem Mund von Donatellas Vater. Die Polizisten hielten ihn fest, Lo Monaco kam hastig zu Miglio gerannt, packte ihn am Arm und flüsterte ein »Verzeihung, Dottoressa!«. Miglio schien taub geworden zu sein, er folgte Lo Monaco wie ein Roboter, sein Gesicht blieb immer Giuditta zugewandt, ohne dass er einen Muskel bewegte oder sich erinnerte, wer er war. Die Kollegen gingen verlegen an Giuditta vorbei, dann stiegen sie in die Wagen und fuhren los. Giuditta blieb in der Kälte stehen, ohne es zu bemerken. Aus der Dunkelheit trug der Wind nur einen Satz zu ihr: »Du warst gut.«

Sie stieg wieder in den Wagen.

Nun wusste sie es, sie hatte immer Recht und Unrecht zugleich gehabt.

Aber jetzt war es natürlich für alles zu spät.

Der zweite Zug der Partie war getan: Giuditta Licari hatte in den Augen der Welt ihre Glaubwürdigkeit verloren.

18. Kapitel

Die Tage vergingen zähflüssig wie geronnenes Blut, langsam und verworren. Miglio blieb bei seiner Version der Vorgänge – was hätte er auch sonst tun sollen? –, aber er wurde trotzdem vorsichtshalber vom Dienst suspendiert. Lamberti wollte unter vier Augen mit ihm sprechen, um ihm zu erklären, dass die Situation schon so ziemlich kompliziert sei, ihnen säße die Presse im Nacken, die Ambrosini hätte auch ein paar unangenehme Anrufe aus Rom erhalten und sie sollten so wenig wie möglich Anlass zu Kritik geben. Während sein Mund automatisch seiner Tätigkeit nachging und den auswendig gelernten Vortrag wiederholte, zeigte ihm sein Kopf nur ein Bild: Miglio, der die Licari küsste. Jesus, der übers Wasser lief, hätte ihn weniger beeindruckt. Miglio hatte ihm zugehört und am Ende jedes Satzes, den Lamberti sagte, mit »in Ordnung« geantwortet, auch wenn es gar nicht passte. Dabei sah er immer das gleiche Bild vor sich. Dann hatte er seinen Dienstausweis abgegeben und die Zentrale verlassen. Unbewusst tat er das Gleiche wie vor einigen Jahren Alessandro Amadei: Er ging an Giudittas Schreibtisch vorbei, ohne sie anzusehen. Und auch sie sah ihn nicht an. Zwischen den beiden Abschieden bestanden jedoch feine Unterschiede. Bevor Amadei durch die Tür ging, hatte er einen Flur durchquert, in dem nur Eiseskälte, Genugtuung und Erleichterung herrschten. Für Miglio hatte es Händeschütteln, Umarmungen, ein paar feuchte Augen, aber vor allem aufmunternde Worte und Phrasen gegeben von »Die Wahrheit wird siegen!« bis »Du wirst sehen, eines Tages werden wir über diese Geschichte lachen!«. Seltsam, als hätte eine Art Osmose stattgefunden und diese Zuneigung übertragen, hatten alle begonnen, ganz vorsichtig ihre Zuneigung für Miglio auf Giuditta zu übertragen. Als sie mit Amadei liiert war, hatten sie gebührenden Abstand gehalten. Niemand wollte etwas mit dieser neuen, überhaupt nicht lustigen Addams Family zu tun haben. Jetzt stellten sie fest, dass die Licari im Grunde genommen ein menschliches Wesen war, auch sie machte Fehler und man sah ihr an, dass sie litt. Sie war blass und wirkte abgemagert, aber ihre Blässe war die einer Opernheldin, sie sagte wenig, das aber mit der Würde eines Menschen, der seine Qualen für sich behält. Sie schuftete von morgens bis abends wie jeder normale Mensch, der sich angesichts eines übergroßen Schmerzes ablenken will. In Wirklichkeit bangte Giuditta. Jeder Tag, der verging, ohne dass sie den Befehl erhielt, auf den sie wartete, peinigte sie wie ein glühendes Messer. Aber nicht an ihr war es, den Zeitpunkt zu berechnen und reifen zu lassen. Sie wusste, es würde nicht mehr lange dauern, und die Zeit würde immer knapper bis zum unausweichlichen Ende, aber inzwischen hatten sich ihre moralischen Maßstäbe grundsätzlich verändert. Mühelos hatte sie einige Aufgaben, die man ihr aufgetragen hatte, erledigt. Als Erstes nahm sie den Kontakt zu Daniele Messori wieder auf, der sich hinter dem Nickname *Nightdreamer* verbarg, und zwar als *Piperita_Patty,* Studentin des Banken- und Versicherungswesens, die Plüschnilpferde sammelte und eine fanatische Anhängerin von Inter Mailand war. Daniele hatte sofort angebissen und in ihren wenigen Chats war das Thema »Schlächter« nie aufgetaucht.

Ihre zweite Aufgabe war es gewesen, sich mit größter Diskretion und ohne sich eine Blöße zu geben, zu erkundigen, wie es Donatella ging. Was das Mädchen betraf, nahm man die Spur mit dem Serienmörder nicht ganz so wichtig, aber Lamberti hatte sie doch nicht auf die leichte Schulter genommen. Man hatte Hypothesen aufgestellt, sich die Baupläne des Gebäudes, in dem Donatella und Miglio lebten, genau angesehen und die Zeiten geschätzt. Aber das hatte nichts mit Giudittas Interesse für das Mädchen zu tun: Es musste wirken, als triebe sie nagendes Schuldgefühl, eine innere Qual, ein immer konkreter werdender Zweifel, sie könnte auf die eine oder andere Weise indirekte Ursache dieses »Unfalls« gewesen sein. Und dann kam endlich der Anruf.

»Ja?«

»Ich bin's. Kannst du reden?«

»Giuditta! Woher rufst du an?«

»Aus einer Telefonzelle, keine Sorge. Ich glaube, sie überwachen nicht nur mein Telefon, sondern auch alle Apparate in der Zentrale.«

»Was für eine Geschichte!«

»Was für eine Geschichte!« Nur Miglio konnte eine legalisierte Überwachung mit einem Satz wie »Was für eine Geschichte!« kommentieren.

»Genau. Ich wollte nur hören, wie es dir geht, und ich war nicht sicher, ob du dein Handy eingeschaltet hast, und ich wusste auch nicht, wie ich dich sonst erreichen sollte. Ich weiß, du bist nicht in deine Wohnung zurückgegangen. Wohnst du jetzt bei deinen Eltern?«

»Nein, ich habe mir ein Zimmer in einem Motel genommen. Für eine Weile wenigstens.«

»Wie ist es?«

»Schrecklich, nein wunderschön, es würde dir gefallen.«

Giuditta lächelte.

»Also, wie geht es dir?«

»Nicht so gut.«

»Donatella?«

»Sie will nicht mit mir reden.«

»Das erzählst du mir später. Wie geht es ihr?«

»Das Hämatom bildet sich schnell zurück. Es heißt, es dürften keine Schäden zurückbleiben. In ein paar Wochen kann sie wieder nach Hause.«

»Von wem hast du die Informationen? Doch nicht von der Familie, oder?«

»Nein, die würden mich am liebsten tot sehen. Von den Krankenschwestern. Ich gehe jeden Tag ins Krankenhaus. Sie sind sehr nett.«

»Natürlich, Miglio.« Giuditta zog es vor, das nicht weiter zu kommentieren.

»Du hast gesagt, sie will nicht mit dir reden.«

»Sie denkt, dass ich es war ... die Möglichkeit mit dem Mörder zieht sie nicht einmal in Betracht.«

»Na gut, wenn ich wählen müsste, weiß ich nicht, was mir mehr Angst einjagen würde, zu wissen, dass mich ein Serienmörder angegriffen hat, um den zu treffen, der ihn sucht, oder dass mein Freund den Kopf verloren hat und ...«

»...«

»Miglio?«

»Du glaubst es also auch? Du glaubst auch, dass ich es war?«

Giudittas Herz krampfte sich zusammen. Sie leugnete es

so übertrieben, dass Miglio sich nicht sicher sein konnte, ob sie nicht auch an seiner Unschuld zweifelte. Aber trotzdem verteidigte sie ihn. Und das war nett von ihr.

»Wann kann ich dich sehen?«

»Das lassen wir besser für eine Weile. Versteh doch, ich möchte nicht, dass die anderen sich falsche Vorstellungen machen … na ja, wir … wir arbeiten zusammen, wir …«

»…wir?«

Endlich.

»Das ist alles so kompliziert«, flüsterte Giuditta.

»Für mich auch.«

Jetzt musste sie zuschlagen.

»Ich kann an nichts anderes denken. Ich … ich verstehe mich selbst nicht mehr … ich weiß, es ist dumm, sich diese Fragen zu stellen, ich weiß, es gibt jetzt Wichtigeres …«, sagte sie und lachte hysterisch auf. »Manchmal wünsche ich mir sogar, dass es noch einen Toten gibt, nur um mich abzulenken.« Sie schwieg einen Moment. »Bin ich ein Ungeheuer?«

»Nein, Giuditta, du bist wunderbar.«

Beide schwiegen eine Weile.

»Versprichst du mir, dein Handy eingeschaltet zu lassen? Selbst wenn du mich nicht anrufst, wenn ich dich nicht anrufe … nur um zu wissen … dass wir könnten, wenn wir wollten.«

»Ich lasse es ab jetzt immer an.«

Giuditta lauschte seinem Schweigen. Dann hauchte sie ein »Ciao« und legte auf. Sie hatte sicher sein wollen, dass sie neben Miglios Atem und den Hintergrundgeräuschen ein kaum wahrnehmbares, schwaches biep hörte. Auf Anweisung der Vorgesetzten wurde Miglios Handy überwacht. Man hatte Vizzi damit beauftragt, der saß jetzt in einem kleinen Raum im zweiten Stock und hörte ihn ab, nahm alles auf und ordnete es sorgfältig. Niemand wusste davon. Fast niemand.

Der Polizeibeamte Michelangelo Giglio, seit kurzem gezwungenermaßen außer Dienst, ging im Park spazieren. Er fühlte sich wie abgestorben, wie ein Unterschenkel, der zu lange übergeschlagen geblieben war, ein Arm, der während des Schlafes in einer unnatürlichen Stellung blockiert gewesen war und in dem nun das Blut kribbelte. Seit einigen Wochen kribbelte es in ihm. Es hatte begonnen, als Ambo, der Hacker, den er gebeten hatte, das virtuelle Phantom Aries, mit dem Giuditta chattete, im Labyrinth des Internets aufzuspüren, ihm die Ausdrucke übergab. Etwa hundert Seiten, sie hatten ihn nur ein paar Biere zusätzlich gekostet und dann ganz zufällig sein Leben verändert. Giuditta hatte ihn gebeten, Aries aufzuspüren, herauszufinden, wer und wie er war, von wo aus er ins Internet ging und so weiter. Sonst nichts. Miglio hatte Giuditta immer gehorcht, doch an diesem Tag hatte sich in seinem Kopf ein Mechanismus in Gang gesetzt, von dessen Existenz er nichts wusste. Er saß in Ambos »Büro«, das wie eine schlechte Kopie des Maschinenraums eines Raumschiffes aussah und vertrieb sich die Wartezeit damit, zu überlegen, ob es ihn mehr befriedigen würde, als Entwicklungshelfer nach Afrika zu gehen oder vielleicht als Bergführer zu arbeiten. Dann sagte Ambo plötzlich:

»Fertig. Wenn du willst, kann ich dir auch noch die Gespräche ausdrucken. Das wird ein bisschen lang, die beiden quatschen ohne Ende.«

Miglio antwortete, noch in seine Träume versunken, in denen er einen verletzten Steinbock rettete. Eigentlich wollte er sagen, nein danke, aber dann kam ein: »Ja bitte, druck mir alles aus.«

Er zuckte zusammen. Warum hatte er das getan? Er hatte instinktiv geantwortet und erst hinterher gemerkt, dass er das Ergebnis dieser Nachforschungen eigentlich als persönliche Angelegenheit betrachtete. Aber warum? Was für ein Interesse hatte er daran, ihre Gespräche zu lesen? Abgesehen davon, dass es Giuditta gegenüber sehr unloyal war, war er nicht krankhaft neugierig. Wenn sie eine virtuelle Geschichte laufen hatte, kein Problem, oder? Das zwischen Giuditta und ihm war etwas ganz anderes, dieser Aries war höchstens ein Spielzeug, ein Zeitvertreib.

Etwa nicht?

Nein.

Nein, so war es nicht.

Das begriff Miglio auf einmal. Mit einem Mal begriff er, dass er sich immer in die Schatten der Erinnerung geflüchtet hatte, die Alessandro bei Giuditta hinterlassen hatte. Er war auf irgendeine Art dankbar dafür gewesen, dass dessen Präsenz zu übermächtig war, um in ihrem Herzen Platz für jemand anderen zu lassen. In Alessandros Abwesenheit hatte er sich dort seine Nische eingerichtet, seinen Platz in der ersten Reihe, von der aus er Giudittas Leben zusah, ohne wirklich daran teilzuhaben, wie ein verrückter Fan, der alle Karten für eine Kinovorstellung kauft, um den weiblichen Star seiner Träume allein anschauen zu können. Doch jetzt gab es noch einen Zuschauer. Miglio hatte den Nachmittag damit verbracht, Novas und Aries frivole erotische Spielchen durchzulesen. Das war nicht die echte Giuditta, sie spielte eine Rolle, so wie seiner Meinung nach auch Daniele Messori eine Rolle spielte. Und der hatte nicht nur in Bezug auf seine Erscheinung und seinen Beruf gelogen. All das ärgerte Miglio, und er war es nicht gewöhnt, sich zu ärgern. Auf den letzten Seiten wurde plötzlich alles anders. Aries und Nova redeten über den Serienmörder. Giuditta sprach über sich selbst und Daniele auch, jedoch ohne es zu wissen. Als er sie im Fernsehen sah, hatte Messori plötzlich einen Schritt aus der Virtualität in die Wirklichkeit gemacht und Giuditta berührt. Die Eifersucht schnürte ihm die Kehle zu. Sie hatten ihn übergangen, das Kino war zum Theater geworden, jemand hatte sich zwischen ihn und die Hauptdarstellerin geschoben, und wenn der seine Hand nur weit genug ausstreckte, dann vielleicht … An diesem Nachmittag war er zu Giuditta gefahren, die nach dem Auftritt der Ambrosini mit der Ausrede, sie sei krank, zu Hause geblieben war, und hatte ihr den Umschlag mit dem Ausdruck gegeben, der die Informationen über Aries' Identität enthielt. Den Papierstapel hatte er hingegen sicher in einer Schublade in seinem Zimmer verstaut, die alles enthielt, woran Miglio besonders hing. Seit diesem Tag schlich sich der Zweifel überall in sein Leben ein, er griff Giuditta an, stritt sich ständig mit Donatella, war sogar in einem Fetischlokal gelandet, um Daniele Messori ins Gesicht zu sehen, und hatte sein Spiegelbild befragt, ob das wirklich noch er selbst war und was er eigentlich wolle. Seit diesem Tag war Miglio langsam aufgewacht, hatte begonnen, die Augen zu öffnen, um die Welt zu beobachten. Dann war er über Donatellas »Unfall« gestolpert, den er sich nicht erklaren konnte, und als er sich noch nicht ausreichend an die Veränderung gewöhnt hatte, dass sich das Kino in Theater verwandelt hatte, lag das Schicksal schon auf der Lauer, um die Karten noch einmal und endgültig zu mischen: Das Theater war Realität geworden.

Die Frau ging etwa fünfzig Meter vor Miglio her. Sie war alt und kam nur langsam vorwärts. Mit dem einen Arm zog sie ihren Einkaufskarren, unter den anderen hatte sie die Handtasche geklemmt. Als er auf zwanzig Meter an die Frau herangekommen war, schob sich ein Mann zwischen sie. Er war groß und breitschultrig, trug eine dicke Wollmütze, eine sehr bunte, stark verschmutzte Jacke. Obwohl er in seine Gedanken vertieft war, registrierte Miglio sein Kommen. Er beobachtete ihn nicht direkt, nur ein kleiner Teil seines Gehirns, das bisschen Polizist in ihm, bemerkte, dass der Kerl allmählich schneller wurde, bis er beinahe neben der Frau her lief. Dieser kleine Teil ließ gerade noch rechtzeitig die Alarmglocken schrillen. Miglio schaute in dem Moment auf, als der Mann der Frau die Tasche wegriss, sie zu Boden warf und wegrannte.

»HALT POLIZEI!«, schrie er und dachte dabei: ›Was heißt hier Polizei, du hast weder eine Waffe noch einen Dienstausweis dabei‹ und nahm die Verfolgung auf. Miglio war zwar nicht im aktiven Dienst, aber er schwamm viel und er joggte gern. Er konnte nicht schießen, aber auf jeden Fall jemanden verfolgen. Der Mann verließ den Park und mischte sich in den Stadtverkehr, Miglio rannte hinterher und merkte sich die Stelle, an der die Frau gestürzt war, um sie später zu finden, falls er ihr die Tasche wiedergeben musste. Er zweifelte nie daran, dass es so kommen würde. Die Verfolgung dauerte lange. Der Dieb musste sich hier auskennen, denn er bog plötzlich in ein Labyrinth unübersichtlicher kleiner Gassen ein, die man auf dem Stadtplan nur mit Mühe noch erkennen konnte. Miglio holte auf, und als er nahe genug herangekommen war – hatte er in dem Moment nicht gedacht, der andere sei langsamer geworden –, sprang er los. Er erwischte den Mann am Knöchel, und der ging lässig zu Boden und ließ die Tasche los. Oder vielmehr ließ er sich fallen. Da begriff Miglio plötzlich, dass er einen Fehler gemacht hatte. Er konnte gerade noch spüren, wie sich ein Arm um seinen Hals legte und ihm die Luft abdrückte, einer der Basisgriffe, wie man ihn in jeder ordentlichen Polizeiausbildung lernte. Dann bekam er plötzlich und präzise, wie aus dem Lehrbuch, einen Schlag auf den Hinterkopf. Genau wie sie es auf der Polizeischule lernten, wenn man einen Gegner niederschlagen soll, ohne ihm sichtlichen Schaden zuzufügen. Der Schmerz explodierte dumpf in seinem Kopf, die Welt löste sich in eine Reihe schwarzer Pünktchen auf. Dann war Miglio auf dem Weg in eine andere Welt.

Ruhig atmend betrachtete er ihn. Ein ordentlicher Lauf hatte ihm noch nie Probleme bereitet. Jetzt hatte er einen Moment Zeit für sich selbst. Und für diesen blonden jungen Mann, der auf dem Boden lag, als schliefe er. Kurz sagte ihm sein Gefühl, er müsse einen weiteren Griff aus der Polizeiausbildung anwenden. Oder eher etwas Autodidaktisches.

Er hatte Giuditta geküsst.

Der Mann atmete tief durch.

Tot konnte er ihm nichts mehr nützen.

Doch das konnte er vielleicht später noch tun. Zuerst Miglio. Dann dieser unerträgliche Junge. Dann der Krüppel. Dann Lamberti, Broglia, Morabito und all diese verdammten Schlappschwanze, die ihn …

Ruhig.

Beruhige dich.

Er schloss die Augen.

Dann öffnete er sie wieder.

Sie waren nicht so trüb wie vorher. Er spürte, dass er

sich jetzt beeilen musste. Nicht, weil er fürchtete, jemand könne ihn bemerken, sondern weil er nicht wusste, wie lange er sich noch zurückhalten konnte. Er durchwühlte Miglios Taschen, holte sich, was er brauchte, und nahm die Handtasche. Er wollte schon gehen, da drehte er sich noch einmal um, kniete sich neben den jungen bewusstlosen Mann und flüsterte ihm zu:

»Kein Eis, wasch dir den Kopf mit lauwarmem Salzwasser.«

Dann stand er auf und bog um die nächste Ecke. Das war das letzte Mal, dass der ehemalige Ispettore Alessandro Amadei mit dem ehemaligen Polizeibeamten Michelangelo Giglio gesprochen hatte.

Das Telefon klingelte einmal. Giuditta hielt den Atem an und wartete. Dann ging sie ran.

»Ja?«

Schweigen.

Das war das Zeichen. Giuditta fing an zu zählen.

»Ja? Wer ist da?«

... sieben, acht, neun ...

»Mama? Clara, bist du's?«

... fünfzehn, sechzehn, siebzehn ...

»Wenn das ein Scherz sein soll, das ist nicht witzig ...«

... vierundzwanzig, fünfundzwanzig, sechsundzwanzig ...

»Bist du es ...«

... dreiunddreißig, vierunddreißig, fünfunddreißig ...

»... der Mörder?«

Beim vierzigsten Mal legte er endlich auf. Giuditta blieb trotzdem am Telefon und lauschte dem Besetztzeichen, dann informierte sie ihre Kollegen:

»Okay, das kann natürlich der tausendste Idiot gewesen sein, aber schreibt euch die Uhrzeit trotzdem auf.«

Sie zog sich schnell um und sah auf die Uhr. Es war halb acht. Sie hatte alles schon lange vorbereitet, in einer Viertelstunde war sie fertig. Dann hob sie den Hörer ab.

»Ich gehe jetzt ins Internet«, sagte sie, ohne zu wählen. Vizzi, der in dem Transporter auf der anderen Straßenseite saß, notierte sich die Uhrzeit in einer Tabelle.

Giuditta schaltete den Computer an und öffnete das Chatprogramm. Nightdreamer war online.

Piperita_Patty: Halloooo!!
Nightdreamer: Da ist ja mein Kartöffelchen!!!!
Piperita_Patty: Meine Riesenkartoffel wolltest du sagen! Stefy wollte unbedingt mit mir zu McDonalds!!! ☹ Zellulitis im Anmarsch!
Nightdreamer: Ich mag Frauen mit Rundungen!!!, -)))

»Schreib ihm: ›Nicht alle Frauen???‹ und dann noch ein *grrr* und ein wütendes Emoticon.«

Giuditta wandte sich Alessandro zu, er reichte ihr ein Schlüsselbund.

»Ein roter Micra. Steht um die Ecke. Du hast höchstens neunzig Minuten.«

Miglio versuchte, die Augen zu öffnen. Es war vollkommen dunkel. Er drehte sich auf den Rücken, und als er den Beton berührte, beschwerte sich sein Kopf. Er schaute in den Himmel über den Dächern der Gasse. Die Nacht war noch nicht hereingebrochen. Wo zum Teufel war er? Als er sich aufsetzte, schmerzte sein Kopf noch mehr. Er hatte Mühe, sich zu erinnern. Er saß in einer Gasse, das war alles … Keine Straßenlaterne, nur die verrosteten Tore eines Lagerraums. Als er mit einiger Anstrengung den Kopf hob, sah er, dass in keinem der Fenster Licht brannte. Ein gottverlassener Platz, ideal um jemanden zu verprügeln oder mit ihm abzurechnen.

»Daran sollte ich das nächste Mal denken, wenn ich jemanden verprügeln muss.«

Aber er spürte: Der Dieb hatte ihn absichtlich in diesen Winkel gelockt. Das war natürlich Unsinn. Er kontrollierte die Taschen seiner Jeans. Handy und Geldbörse waren verschwunden. Wie im Film.

»Das geschieht dir recht, wenn du unbedingt den Helden spielen musst.«

Er tastete sich rückwärts durch das Labyrinth der Gassen, den Schauplatz seiner Verfolgungsjagd und verirrte sich dreimal, bevor er auf die Hauptstraße kam. Das Motel, in dem er wohnte, lag ziemlich weit vom Stadtzentrum entfernt. Deshalb hatte er es ausgesucht, er war lieber in den Vorstädten, wo man ein wenig Land vor Augen hatte und künstlich angelegte Parks, in denen fast schon das Herumlaufen verboten war. Sein Kopf schmerzte furchtbar.

»Ich muss ihn mit Wasser und Salz baden«, dachte er, und hatte keine Ahnung, warum. Na ja, viel Eis hatte er nicht. Nach einer Viertelstunde hatte er es satt und beschloss, etwas zu tun, was er sein ganzes, anständiges Leben lang verweigert hatte: schwarz Bus zu fahren. Er wusste, eigentlich müsste er jetzt in die Stadt fahren, um Anzeige zu erstatten. Das würde er morgen tun. Er würde wie ein Trottel dastehen, aber jetzt brauchte er nur noch ein Bett und ein Tuch mit Salzwasser – schon wieder dieser Gedanke. Außerdem hatte die Frau, der man die Tasche geraubt hatte, den Diebstahl sicher schon angezeigt. Da er seinen Kopf nicht ans Fenster anlehnen konnte, begnügte er sich damit, die Stadt zu betrachten, die an ihm vorbeizog. Diese nüchterne, undankbare Stadt, die er noch nie lieben konnte. Die er noch nie wirklich geliebt hatte. Er schloss die Augen. Die Fahrt dauerte lange. Und er fragte sich, was Giuditta gerade tat.

Piperita_Patty: Du hast also eine nervige Nachbarin? Ich verstehe dich gut! Ich habe meine Mutter! Ha, ha, ha!
Nightdreamer: Aber deine Mutter ist nicht tausend Jahre alt.

Daniele rückte seinen Rollstuhl zurecht. Im gleichen Moment klingelte jemand bei der Pizzi. Er bemerkte es kaum, so beschäftigt war er mit dem neuen Dreamgirl, das ihm jeden Abend einen Haufen Blödsinn schrieb, aber er fühlte sich großartig. Außerdem war sie eine richtige kleine Schlampe. Ein würdiger Ersatz für Nova, obwohl ihm die Art des Austauschs nicht sehr gefiel. Er hörte, wie die Alte die Tür öffnete und jemanden mit ihren Schleimereien zutextete. Dann würde sie ihn wenigstens nicht damit nerven, ob er etwas brauchte. Im Augenblick hatte er alles, was er brauchte.

»Signora Adele Pizzi? Ich bin Maddalena Daglio und komme wegen der Änderung.«

»Ja sicher, sicher, bitte, kommen Sie herein!«

Das Schloss öffnete sich schnarrend. Giuditta betrat den Hausflur. Sie kannte das Gebäude nur von außen und hatte sich das Vergnügen gestattet, über die Behindertenrampe zu den Klingeln zu gelangen. Unter dem Regenmantel trug sie einen seriösen Nadelstreifenanzug und hatte einen Aktenkoffer in der linken Hand. Danieles Fenster waren erleuchtet, aber er würde sie nicht bemerken, dazu war er zu sehr mit dem Computer beschäftigt. Mit ihr natürlich. Sie hatte gerade noch die Zeit, einen Blick auf seine Tür zu werfen, als sich die Tür gegenüber weit öffnete und eine ältere Dame sie lächelnd begrüßte.

»Kommen Sie doch herein. Es tut mir leid, dass Sie sich so spät noch bemühen mussten. Möchten Sie einen Tee?«

»Sei still«, dachte Giuditta. Ihre Stimme durfte man nur in der Wohnung oder außerhalb des Gebäudes hören. Daniele durfte sie auf keinen Fall hören. Aber dann merkte sie, dass man sie gar nicht hören konnte. Aus Signora Pizzis Wohnzimmer drang zu viel Lärm. Ihr Magen krampfte sich zusammen.

(Es ist zu spät. Tu, was du tun musst.)

Hastig trat sie ein und sagte leise:

»Keine Sorge, es dauert nur ein paar Minuten.«

Signora Pizzi schloss zum letzten Mal in ihrem Leben die Tür.

Giuditta sah sich hastig nach allen Anhaltspunkten um, die Alessandro ihr gegeben hatte. Ein Sofa mit Spitzendeckchen auf Rücken- und Seitenlehnen, eine Vitrine mit einer Sammlung Glasfigürchen, die Oberfläche der Kommode war mit Familienfotos zugestellt, eine Stehlampe und der Käfig mit den beiden Vögeln, die einen Höllenlärm veranstalteten.

»Handelt es sich um einen Irrtum des Katasteramts?«, fragte die Pizzi.

»Nein, wir haben uns geirrt und Ihnen Signor Messoris Wohnung zugeordnet und umgekehrt. Sie sind fast identisch, aber ihre Wohnung ist ein wenig kleiner, also haben Sie in all den Jahren zu viel bezahlt.«

»Und nun? Sagen Sie mir nicht, der arme Daniele muss das jetzt aus seiner eigenen Tasche bezahlen ...«

»Nein«, unterbrach sie Giuditta mit einem strahlenden Lächeln. »Wir haben uns geirrt und deshalb zahlen wir auch. Sie müssen nur diese Papiere unterschreiben, um die Erstattung zu bekommen, danach gehe ich bei Signor Messori vorbei. Haben Sie ein wenig Geduld, was das Geld angeht, Sie wissen ja, die Bürokratie, es wird ein wenig dauern ...«

»Möchten Sie wirklich nichts? Sie haben doch wahrscheinlich noch nicht mal zu Abend gegessen ...«

Giuditta klappte den Aktenkoffer auf.

»Bemühen Sie sich nicht, jetzt hole ich Ihr Formular und dann haben wir das in zwei Minuten erledigt ...«

Plötzlich drehte sie sich um, packte die Frau am Genick und drückte ihr mit aller Kraft das mit Äther getränkte Tuch gegen Nase und Mund. Die Alte brach in ihren Armen zusammen. Einer der Vögel kreischte.

Nightdreamer: Verdammt, ich hasse diese Viecher!

Piperita_Patty: Was für Viecher?

Nightdreamer: Meine Nachbarin hat Wellensittiche oder wie zum Teufel die heißen, die kreischen den ganzen Tag ohne Unterbrechung.

Piperita_Patty: Aber was sollen die Ärmsten denn sonst machen? Die sind ganz, ganz allein und sitzen im Käfig ... Stören Sie dich beim Lernen?

Nightdreamer: Nein, aber sie nerven ganz allgemein.

Piperita_Patty: Nein, diesmal kann ich dir nicht zustimmen. Ich kann gut mit Vögeln.

Nightdreamer: Du bist eine kleine, süße Sau.

Und Alessandro Amadei tippte ungerührt, ja, er sei eine süße, kleine Sau.

Giuditta holte zwei schwarze Müllsäcke aus dem Aktenkoffer und steckte sie ineinander. Sie zog die grauen Handschuhe aus, die sie am Morgen gekauft hatte, und warf sie hinein, holte ein paar Latexhandschuhe aus dem Koffer und zog sie über. Dann holte sie ihre Schutzkleidung heraus und hüllte sich in aller Ruhe in Plastik. Zuletzt zog sie die Schuhe Größe zweiundvierzig an, die sie vorn mit Watte ausgestopft hatte, und die Überschuhe. Diesmal setzte sie auch die Schutzbrille und die Kapuze auf. Signora Pizzi lag rücklings auf dem Boden. Giuditta zog sie aus. Sie faltete jedes Kleidungsstück und legte es ordentlich auf das Sofa. Als die Frau nackt war, holte Giuditta das Messer aus dem Aktenkoffer. Sie bemerkte, dass die Pizzi eine Operationsnarbe an der linken Brust hatte. Sie legte sie schön gerade hin wie auf einem Operationstisch. Dann schnitt sie ihr mit einem einzigen Hieb die Kehle durch. Aus der Halsschlagader spritzte ihr das Blut entgegen und hätte sie direkt ins Auge getroffen, wenn sie keine Schutzbrille getragen hätte. Der Körper bäumte sich nur einmal auf, dann blieb er reglos liegen. Giuditta war sehr konzentriert bei der Arbeit, sie wusste, ihr blieb nur wenig Zeit. Sie fühlte sich in die Zeit ihrer Prüfungen an der Uni zurückversetzt, und das war kein angenehmes Gefühl. Sie versenkte das Messer unterhalb der Kehle und öffnete die Leiche vorn in zwei Teile. Als sich das Blut auf dem Fußboden auszubreiten begann, drehte Giuditta sich um, um zu sehen, dass es nicht den Müllsack neben der Tür erreichte, doch es bestand keine Gefahr. Sie musste eher aufpassen, dass sie nicht selbst ausrutschte. Sie nahm eine neue Rolle

Gefrierbeutel, die sie ebenfalls am Morgen gekauft hatte, und riss sie auf. Geschickt entnahm sie der Leiche so gut es ging Milz, Leber, Darm und Gebärmutter. Leider blieb ihr nicht die Zeit, den Brustkorb zu öffnen, und Herz, Lunge und Magen zu entnehmen. Lärm mit der Säge zu machen, konnte sie sich nicht erlauben. Sie verschloss jedes Organ in einem Beutel und legte sie in einer Reihe auf den Küchentisch. Die ausgenommene Leiche ließ sie offen liegen, wie eine rosa Höhle, die keine Geheimnisse mehr barg. Jetzt kam der schwierigste Teil. Sie zog die Handschuhe aus und warf sie in den schwarzen Müllsack, nahm sich ein paar frische und stieg auf dem Weg zum Aktenkoffer vorsichtig über die Leiche. Dann holte sie einen Beutel mit der bunten Schachtel heraus, die ihr Alessandro vor Tagen gegeben hatte. Sie ging in die Küche, öffnete den zweiten Oberschrank links, wie angewiesen. Auf dem unteren Brett lagen sieben identische Schachteln sorgfältig aufgestapelt. Die oberste war offen. Giuditta öffnete den Beutel, nahm die Schachtel heraus und legte sie zwischen die dritte und die vierte. Dann schloss sie den Schrank, legte das Skalpell in den Koffer zurück, schloss ihn und steckte ihn in den Müllsack, zog sich ihre Schutzkleidung bis auf Schuhe und Überschuhe, Handschuhe und Kapuze aus. Sie meinte, alles richtig gemacht zu haben. Dann ging sie zum Käfig mit den Sittichen und öffnete ihn. Die Vögel flogen hinaus und zwitscherten ängstlich. Giuditta kümmerte sich nicht darum, sie ging zum Müllsack, warf Kapuze und Handschuhe hinein, schloss ihn, zog ihre Mokassins an, ging zur Tür und lauschte. Dann öffnete sie. Und da geschah etwas Unerwartetes. Ein Sittich schlüpfte durch den Spalt der halb geschlossenen Tür und flog in den Flur.

»Scheiße!«

Giuditta blieb ruhig und konzentrierte sich. Sie schloss die Tür von außen, ging mit dem Müllsack in der Hand die Treppen hinunter, wobei sie sich immer wieder nach dem Vogel umsah, dann öffnete sie hastig die Eingangstür und verließ das Haus. Auf dem Weg zu ihrem Micra fragte sie sich, ob man die Flucht des Vogels als Fehler betrachten konnte. Sie entschied sich dagegen. Ruhig startete sie den Wagen, sie musste nicht mehr in die Müllverbrennungsanlage, an diesem Abend erledigte das jemand für sie. Es war viel Verkehr, sie fuhr über Nebenstraßen und fand einen Parkplatz etwa fünfhundert Meter von ihrer Wohnung entfernt. Dann betrat sie ihr Wohnhaus mit gespielter Lässigkeit durch den Haupteingang. Man hatte sie vielleicht kommen sehen, aber so lange man nicht bemerkt hatte, wann sie gegangen war, spielte das keine große Rolle. Sie begegnete niemandem. Sie betrat ihre Wohnung und lief gleich an ihren Schreibtisch. Alessandro war nicht mehr da. Auf dem Bildschirm las sie:

Piperita_Patty: Und der Ärmste ist tot?

Nightdreamer: Ja, ich habe dir doch geschrieben, dass ich dauernd Schläge gehört habe, das war er, er ist hin und her geflattert und angestoßen. Er hat sich alle Knochen gebrochen!

Piperita_Patty: Sie geht nicht an die Tür?

Nighdreamer: Nein, ich habe auch schon versucht, sie anzurufen.

Piperita_Patty: Aber du bist doch im Internet.

Nightdreamer: Du Dummchen, ich habe doch ADSL.

Piperita_Patty: Ich würde die Polizei rufen.

Nightdreamer: Warum nicht gleich das Militär? Es ist doch nur ein toter Sittich! Aber jetzt rufe ich den Rettungsdienst, wahrscheinlich geht es ihr nicht gut. Oder sie hat das Haus in Eile verlassen, weil etwas passiert ist, ich habe dir doch erzählt, dass sie Besuch gehabt hat. Aber ich finde es seltsam, dass sie den Vogel rausfliegen lässt … Oder es geht ihr schlecht …

Piperita_Patty: Ruf den Rettungsdienst, na komm schon.

An der Stelle war der Chat unterbrochen. Alessandro hatte sie wohl kommen gehört.

Nightdreamer: Patty?

Hastig setzte sich Giuditta an die Tastatur und tippte.

Piperita_Patty: Hast du angerufen?

Nightdreamer: Ja. Aber ich habe auch versucht, die Tür bei ihr aufzumachen, und … das ist eine schlimme Geschichte, Patty, viel schlimmer, als du dir vorstellen kannst.

19. Kapitel

»... sehr wahrscheinlich ein Skalpell, was die Vermutung bekräftigt, dass es sich um eine Person handelt, die Medizin studiert hat oder zumindest im Krankenhausmilieu verkehrt.«

Giuditta schaltete das Aufnahmegerät aus und unterdrückte einen winzigen Anflug von Stolz wegen der Perfektion ihrer beiden Schnitte. Sie verfügte immer noch über goldene Hände. Wenn sie dachte, wie sehr man sie in der Universität gedrängt hatte, in den eher begrenzten Bereich der Chirurgie zu gehen ... Sie schaltete das Gerät wieder ein.

»Also: Auf Grundlage der vorherigen Ereignisse kann man annehmen, dass der Trailer diesmal nicht gut sichtbar platziert wurde, sondern gesucht werden muss. WAS ZUM TEUFEL TUST DU DA???«

»Entschuldigen Sie, ich, äh fotografiere, Dottoressa ...«

»Mit Blitz?«

»Na ja, bei diesem Licht ...«

»Der Blitz schluckt die Details, die dem bloßen Auge entgehen, der Blitz ist der Tod der Fotografie. Wer hat mir den geschickt? Morabito? Wie heißen Sie?«

»Calenda, Dottoressa, Beamter Fabio Calenda.«

Widerwillig zeigte sich Morabito an der Tür.

»Bitte, Dottoressa ...«, flötete er.

»Wer hat mir den da geschickt? Wo ist Miglio?«

»Der Beamte Giglio wurde suspendiert«, sagte Morabito und kostete zufrieden jedes Wort aus.

»Ja, aber hier handelt es sich doch nicht darum, einen internationalen Drogenring auszuheben, es ging nur um ein paar Aufnahmen, und ich bin sicher, Lamberti hätte …«

»Wir haben nach ihm gesucht«, gab Morabito widerwillig zu, nur damit sie Ruhe gab. »Aber sein Handy sagt, er wäre zur Zeit nicht erreichbar.«

»Na gut, habt ihr es bei ihm zu Hause versucht oder bei seiner Freundin im Krankenhaus?«

»Dottoressa …«

»Ja gut, ich habe verstanden. Bringen Sie den da weg, ich fotografiere selbst.«

Sie riss dem armen Calenda die Kamera aus der Hand. Der war überglücklich, mit eingekniffenem Schwanz unter Morabitos schützenden Arm fliehen zu können, und sie schoss ein Foto nach dem anderen. Es amüsierte sie zutiefst, die Rolle der hysterischen Nervensäge zu spielen, ihr gefiel es, dass alle glaubten, die Sache mit Miglio verwirre sie, und sie hätte ihren eiskalten Drive verloren und wäre ein Spielball ihrer Hormone. Da war etwas dran, aber Miglio hatte nichts damit zu tun. Sie legte die Kamera weg und schaltete das Aufnahmegerät ein.

»Bevor er ging, hat der Mörder den Käfig der beiden Sittiche geöffnet, die dem Opfer gehörten. Wahrscheinlich ist einer von beiden zufällig aus der Wohnung entkommen, als der Mörder die Tür geöffnet hat, und in der unbekannten Umgebung gegen Wände und Türen geflogen, bis er starb. Beweisstück …«, sie überprüfte die übliche Tabelle, »… Nummer sieben.« Dann sah sie kurz auf den Beutel, der den Vogel enthielt, und fuhr fort. »Das andere Tier ist von selbst in seinen Käfig zurückgekehrt. Die Tatsache, dass der Mörder den Käfig geöffnet hat, könnte in Hinblick auf das Motiv wichtig sein oder zumindest auf die Botschaft des Mörders für uns.«

Sie schaltete das Gerät endgültig aus, ging zur Tür und zog sich die Handschuhe aus.

»Jetzt gehört alles euch«, sagte sie Morabito und deutete mit dem Kinn auf die Wohnung. Sie zählte bis drei, bevor sie ihn aufhielt.

»Morabito, warten Sie!«

Sie lächelte ihn so ehrlich an wie Judas Jesus Christus.

»Entschuldigen Sie, wenn ich Sie noch kurz aufhalte. Die Person, die die Leiche gefunden hat, wohnt gegenüber?«

»Ja.«

»Ist Ihnen bekannt, ob sie schon befragt wurde?«

»Ja.«

Morabito kochte innerlich. Er wollte immer der Erste sein, wenn es darum ging, am Tatort herumzustöbern und jetzt bekamen seine Männer den besten Teil. Giuditta legte eine genau berechnete Pause ein. Sie tat so, als hätte sie Zweifel. Morabito trat von einem Fuß auf den anderen und schaute sehnsüchtig zum Wohnzimmer, in dem es vor Beweisstücken nur so wimmelte, an die er jetzt noch nicht herankam.

»Wie heißt er noch, haben Sie gesagt? Daniele Messori?«

»Hören Sie, Licari, ich habe keine Ahnung, wie er heißt. Das ist jemand, der sitzt im Rollstuhl und fürchtet sich vor seinem eigenen Schatten. Ich glaube, Broglia hat ihn befragt, aber ich bin mir nicht sicher. Wenn Sie zu ihm möchten, tun Sie das, dazu brauchen Sie doch keine Erlaubnis von mir!«

»Na, das gehört doch nicht zu meinem Aufgabenbereich.«

»Zu meinem etwa? Lassen Sie mich bitte meine Arbeit machen.«

Darauf stürzte er in die Wohnung der Pizzi.

Genau wie geplant.

Giuditta brachte sich in Ordnung. Sie zog die Schutzkleidung aus, setzte ihre unerschütterlichste Miene auf und klingelte bei Daniele Messori.

Chefinspektor Lamberti zog sich mit quälender Langsamkeit seine Jacke an. Sein Kopf platzte fast vor Gedanken. Sie hatten eben ihre hektische Telefonorgie beendet, und allen war nun schonungslos klar, dass der Mörder eine weitere Kerbe in seinen Gürtel geschnitten und damit den Versagensdruck erhöht hatte, der auf Lambertis Schultern lastete. Doch das war nicht alles. Lamberti war zwar der geborene Pessimist, aber auf seine Weise auch ein ausgezeichneter Polizist. Keiner von denen, die immer gleich in Aktion traten, nein, eher ein Schreibtischtäter, der sich hinter seinem Mahagonischreibtisch verschanzte und dem es trotzdem gelang, das Verbrechen ganz ausgezeichnet zu bekämpfen. Und Lamberti passte an dieser ganzen Sache mit dem Mörder etwas nicht. Das war mehr so ein Gefühl, eine Frage des Instinkts. Er fühlte, dass unter dem Sumpf des Verbrechens noch etwas Schlimmeres lauerte, das sie alle verschlingen würde. Während Lamberti sich in seiner Fantasie schon einer Demütigung entgegengehen sah, klopfte es.

»Herein.«

Vizzi kam herein. Ebenfalls ein guter Polizist.

»Entschuldigen Sie die Störung, Ispettore, ich nehme an, Sie wollten gerade gehen …«

»Ja, Vizzi. Ist es wichtig?«

»Ich hoffe nicht.«

Lamberti sah ihn überrascht an. Vizzi wirkte zerknirscht und zerknautscht.

»Schlechte Nachrichten«, dachte Lamberti. »Richtig schlechte Nachrichten.«

»Ist Dottoressa Licari etwas zugestoßen? Nein, denn ich habe gerade gehört, dass sie am Tatort arbeitet. Was ist los?«

Er bemerkte, dass Vizzi krampfhaft ein paar Blätter mit Tabellen festhielt.

»Was ist das? Die Gesprächsübersicht der Dottoressa?«

Vizzi nickte. Dann fügte er zögernd hinzu:

»Auch.«

Seltsam, auf einmal wirkte er wie ein Kind. Ein Kind, das gegen seinen Willen zum Spitzel geworden ist. Ein Kind, dem man die Informationen aus der Nase ziehen musste.

»Geben Sie her.«

»Vielleicht trügt der Schein ja.«

Lamberti, der gerade begonnen hatte, die Zahlen auf dem Papier durchzugehen, schaute wieder Vizzi an. Der hatte das Bedürfnis, sich zu rechtfertigen.

»Als er gegangen ist, ich meine, als er suspendiert wurde, also, das war nicht leicht für uns. Und jetzt das …«

Lamberti las. Er vergewisserte sich noch einmal. Dann fragte er:

»Habt ihr die Aufnahmen? Von beiden Abhörvorgängen?«

Vizzi nickte nur.

»Gut. Sehr gute Arbeit, jetzt werden wir das überprüfen. Lassen Sie alles vorbereiten.«

Vizzi verließ den Raum. Lamberti ging an seinen Schreibtisch und wählte eine Nummer.

»Dottoressa Ambrosini? Hier ist noch mal Lamberti. Ja, entschuldigen Sie, aber obwohl es schon spät ist, muss ich Sie bitten, in die Zentrale zu kommen. Nein, nicht an den Tatort, in die Zentrale. Wir haben eine Vergleichsprobe.«

Das Klingeln des Telefons bohrte sich in Michelangelo Giglios Kopf. Er saß auf dem Rand seines Bettes in dem Motelzimmer und hielt ein mit Salzwasser getränktes Taschentuch an seinen geneigten Hinterkopf. Wie lange war er bewusstlos gewesen, eine halbe Stunde? Länger? Niemand schien ihn bemerkt oder Hilfe geholt zu haben, die einzige Spur des Überfalls bestand darin, dass seine Geldbörse und sein Handy fehlten. Er war wirklich ein toller Polizist! Die andern würden sich morgen krumm und schief lachen, wenn er den Vorgang zur Anzeige brachte. Im Moment war daran nicht zu denken, sein Kopf schmerzte zu sehr. Das Telefon hörte nicht auf zu klingeln. Bestimmt war das seine Mutter, diese Nummer kannten nur wenige Leute. Er wäre am liebsten nicht rangegangen, aber er wollte nicht noch mehr Ärger, deshalb streckte er blind die Hand aus und nahm den Hörer ab.

»Ja?«

»Giglio?«

Was für eine Überraschung! Miglio hob den Kopf zu schnell, darauf drehte sich alles.

»Ispettore Lamberti! Guten Abend, was …«, er wusste nicht, was er noch sagen sollte.

»Das ist kein privater Anruf, ich muss Sie leider bitten, in die Zentrale zu kommen.«

»Warum?«

»Das erzähle ich Ihnen dann in der Zentrale. Seien Sie so freundlich, sofort zu erscheinen, und zwingen Sie mich nicht, Sie holen zu lassen.«

Miglio war völlig verblüfft.

»Was ist passiert? Hat Donatella mich angezeigt?«

»Giglio, bit-te«, sagte Lamberti.

»Okay, okay, ich bin gleich da.«

Er legte den Hörer auf und befühlte seinen Kopf. Er hatte nicht einmal eine Beule, dieser Mistkerl hatte einen Hieb wie aus dem Lehrbuch ausgeführt, solche Schläge machen dich bewusstlos, aber sie hinterlassen keine Spuren. Er dachte mit Grauen daran, dass er jetzt einen Helm tragen musste, um mit dem Moped in die Zentrale zu fahren. Seine Autoschlüssel lagen noch in der Wohnung, und er hatte nicht den Mut gehabt, dorthin zurückzukehren. Er ging zur Tür wie ein Zicklein, das nicht wusste, dass es gleich auf einem heidnischen Altar geopfert werden sollte.

»Ich habe Sie übrigens im Fernsehen gesehen.«

»Ach ja«, sagte Giuditta und tat so, als wäre sie abgelenkt. Dann nahm sie sich anscheinend zusammen und bemerkte, dass sie unhöflich gewesen war.

»Viele Leute haben mich gesehen, ich glaube, ich kann eher die zählen, die mich nicht gesehen haben. Es kommt noch so weit, dass ich berühmter bin als der Serienmörder.«

Sie lächelte. Daniele erwiderte das Lächeln. Als er die Tür öffnete, hatte er sich plötzlich jener Frau gegenübergesehen und wie im Roman »seinen Augen nicht getraut«. Das Fernsehbild wurde ihr nicht gerecht. Die Heldin der Stunde, die unbequeme Frau, die diese Gans Nova hässlich genannt hatte. Nein, sie sah zwar blass und müde aus, aber ihr Blick wirkte fest und ungebrochen, und sie hatte alles von einer Heldin. Sie hatte ihn sofort trocken angesprochen:

»Ich heiße Giuditta Licari und bin mit dem Fall des Serienmörders befasst, den man den ›Schlächter‹ nennt. Ich weiß, mein Kollege, Ispettore Broglia, hat Sie schon befragt, aber wenn es Ihnen nichts ausmacht, würde ich Ihnen gern ein paar weitere Fragen stellen.«

Es hatte ihm nichts ausgemacht. Obwohl seit dem Augenblick, in dem sie seine Schwelle überschritten hatte, eine leichte Spannung in seinen Adern kribbelte. Das seltsame Gefühl, in Gefahr zu sein. Die Licari hatte sich überhaupt nicht für seinen Rollstuhl, seinen traurigen Zustand oder die behindertengerecht eingerichtete Wohnung interessiert, ganz anders als ihr Kollege, der sich sofort gesetzt hatte, verlegen war und versucht hatte, möglichst unbedenkliche Fragen zu formulieren, aber dabei nur ein paar Mal flüchtig gewagt hatte, ihm in die Augen zu schauen. Sie hatte ihm zwar schon Fragen gestellt, das ja, aber sie war dabei durch die Wohnung gelaufen, ihr Blick hatte flüchtig die Möbel in Bad, Küche, Wohn- und Schlafzimmer gestreift.

»Kannten Sie Signora Pizzi gut?«

»Wissen Sie, ob Sie regelmäßig Besuch empfing?«

»Wie haben Sie denn bemerkt, dass sie heute Abend Besuch hatte?«

»Woher wussten Sie, dass es sich um keinen gewöhnlichen Besuch handelte?«

Daniele hatte überlegt geantwortet, im Grunde stellte sie die gleichen Fragen, aber etwas war anders, vielleicht die Art, wie sie sie stellte, jetzt fühlte er sich wie eine Kobra vor einem Mungo. Der Mungo reizt die Schlange so lange, bis die Kobra vorschnellt und auf dem Boden aufschlägt, weil der Mungo sich schneller zurückzieht, als sie gedacht hat. Und durch die Schläge auf den Kopf ist sie schließlich so betäubt, dass der Mungo nur einmal vorzuspringen braucht, um ihr, genau unterhalb des eleganten Kragens, die Zähne ins Fleisch zu schlagen. Aus irgendeinem Grund empfand er dieses Gefühl, aufzuschlagen, zum ersten Mal, als sie ihm eine ganz banale Frage stellte: »Sind Sie neugierig?«

Sie hatte ihn überrascht, und deshalb gab er die falsche Antwort:

»Wa-rum?«

»Es ist doch nichts dabei, neugierig zu sein«, sagte sie und beobachtete ihn aufmerksam, durchbohrte ihn mit ihrem Blick, betrachtete seine Gesichtszüge forschend auf der Suche nach … wonach eigentlich? Ihre Stimme hatte etwas Verführerisches, ja, jetzt war sie die Kobra und er eine Maus, die sich ängstlich in eine Ecke geflüchtet hatte. Als Kind hatte er eine ähnliche Szene im Reptilienhaus beobachtet. Eine satte Kobra schlief in ihrer Kuhle, und eine weiße Maus kauerte zitternd in einem Winkel, in dem Wissen, dass die Länge ihres Lebens vom Hunger des schlafenden Ungeheuers abhing.

»Ich bin übrigens neugierig. Ich halte das für meinen schlimmsten Fehler. Und für meinen größten Vorzug. Haben Sie ›Der Mann ohne Eigenschaften‹ gelesen?«

Wieder knallte er auf den Boden.

»Wie bitte?«

»Musils Roman ›Der Mann ohne Eigenschaften‹. Haben Sie den gelesen?«

»Nein … ich glaube, nicht … ich lese eigentlich …«

»Meine Kusine hat ihre Abschlussarbeit über eine der

Nebenfiguren geschrieben«, erzählte die Licari im Plauderton.

»Ich betrachte Neugier als Gabe, obwohl ich immer meine, dass Neugier mehr Menschen umbringt als Waffen, aber dann sage ich mir selbst, es kommt immer darauf an, wer die Waffe führt und deshalb …«

Ganz plötzlich senkten sich die kräftigen Arme der Frau auf die Seitenlehnen des Rollstuhls herab. Daniele hatte seine Arme auf den Beinen abgelegt, sie berührte ihn nicht einmal, aber er schreckte trotzdem hoch. Etwas (eine Erinnerung? Ein Gedanke? Was war das?) regte sich in seinem Gedächtnis, wie das Gefühl, er habe es schon einmal erlebt, dass Dottoressa Licaris Körper über ihm hing. Doch dieses Gefühl war zweitrangig gegenüber der Angst, die ihm diese plötzliche Veränderung einflößte.

»Sind Sie neugierig, Signor Messori?«

Daniele schlug zum dritten Mal auf.

»Hören Sie, beschuldigen Sie mich irgendeiner Sache? Ich habe nichts mit dem Mord an Signora Pizzi zu tun. Ich kann gerade mal das Haus verlassen, ich arbeite und gehe nach Hause, das ist alles, das ist mein ganzes Leben, und heute, das war so: Ich war in meiner Wohnung, als sie ermordet wurde, dafür habe ich einen Zeugen, nein eine Zeugin, sie kann mir ein Alibi geben, man braucht sie nur zu finden und …«

Giuditta Licari lachte plötzlich. Sie lachte eine Minute lang, es klang nicht ordinär, eher, als lachte sie über etwas, das nur sie anging. Daniele rührte sich nicht, sein Gesichtsausdruck schwankte zwischen einem dümmlichen Blick, als teilte er irgendwie ihre Heiterkeit, und verletzter Eigenliebe. Als Giuditta genug gelacht hatte, sahen sie einander lange an. Das war der Augenblick, in dem er endlich begriff, wie gefährlich diese Frau wirklich war. Daniele stand das jetzt ganz deutlich vor Augen, und er begann zu beten, dass jemand kam und ihn rettete, nur wusste er nicht einmal genau, wovor, aber jemand sollte ihn bitte, bitte retten. Er würde all seine Schuld sühnen, würde aufhören mit den Pornos und dem Chatten, wieder in die Gruppentherapie gehen, Blumen auf das Grab seiner Eltern legen, wenn jetzt nur um Gottes willen jemand käme!

»Wie können Sie nur glauben, ich würde auch nur einen Augenblick annehmen, Sie seien in die Morde verwickelt? Wie können Sie mich nur für so dumm halten?«

»Ich habe nicht …«, nuschelte Daniele.

»In ihrem Zustand«, Giuditta betonte jeden Buchstaben. »Sie könnten doch nicht mal Schmiere stehen, das fiele doch ein wenig auf, meinen Sie nicht auch?«

»Sie dürfen sich nicht über mich lustig machen!«

»Das tue ich nicht. Ich stelle nur etwas fest. Ich stelle fest, es ist Ihnen körperlich beinahe unmöglich, jemanden zu verletzen. Sie hätten Signora Pizzi nicht aufschneiden können, und Sie sind körperlich auch nicht in der Lage, irgendeines der anderen Verbrechen begangen zu haben, und, wenn Sie gestatten, dass ich meine Meinung dazu äußere, Sie hätten nicht einmal dabei helfen können. Sie sind ein Mensch, der jemanden höchstens mit Worten verletzen kann, habe ich Recht?«

Es klopfte. Daniele schickte ein Dankesgebet an den Heiligen Crispinus von Viterbo, an den er bis jetzt aus irgendeinem unerfindlichen Grund seine Gebete gesandt hatte. Vielleicht hatte man ihm im Kommunionsunterricht gesagt, das war ein ganzes Leben her, dass dieser Heilige der Beschützer der Ausgestoßenen sei oder einen ähnlichen Unsinn. Die Licari ging zur Tür.

»Ah, ja gut. Ich komme sofort.«

Sie kehrte zu Daniele zurück und zog sich ihren Mantel an, den sie mit ihrer Tasche auf einem Stuhl abgelegt hatte.

»Ich muss jetzt leider gehen. Die Untersuchungen werden fortgesetzt. Sie haben also nur gehört, dass ihre Nachbarin einen Besucher empfing, und eine knappe Stunde später haben Sie die Leiche entdeckt, obwohl Sie nicht neugierig sind und das Haus nur selten verlassen – ich frage mich, warum Sie rausgegangen sind. Sie wollten doch nicht etwa in gewisse Bars, oder? Dann haben Sie Alarm geschlagen, weil Sie sich ganz sicher waren, ein bombensicheres Alibi zu haben und einen Zeugen, der bestätigen kann, dass Sie in Ihrer Wohnung waren. Nur für den Fall, dass es sich als notwendig erweist ... wo finden wir diesen Zeugen?«

»Es ist eine ZEUGIN ... ein Mädchen, mit dem ich im Internet chatte.«

»Ach ja, das Internet. Dort kann man interessante Leute kennen lernen, finden Sie nicht?«

Mit diesen Worten nahm sie ihre Tasche und ging zur Tür, ohne sich von ihm zu verabschieden. Daniele war erleichtert, als er sah, dass sie ging.

»Sie mussten nicht unbedingt herkommen, aber da Sie schon mal hier sind ... ich sage Ihnen aber gleich, es gibt ein Problem«, erklärte Giuditta.

»Und nicht nur eins, Dottoressa Licari«, antwortete Lamberti.

Lamberti fuhr nervös und hörte dabei zerstreut Giuditta zu. Sie war voll konzentriert. Jetzt musste sie die Zutaten dosieren: den Wunsch nach Aufrichtigkeit, Scham wegen ihres Privatlebens, ganz offen unterdrückte Nervosität, weil sie einem Mann, den sie nicht mochte, intime Details anvertrauen musste …

»Ich wusste nicht, wer er war. Das heißt, ich wusste es schon, aber ich hatte ihn noch nie gesehen. Das war, nachdem ich die Leiche untersucht hatte. Sehen Sie, mir kam die Adresse bekannt vor, aber Sie wissen ja auch, wir hören so viele Adressen. Als ich sie dann verglichen habe, klingelte es bei mir. Ich habe mich erinnert, dass ich kürzlich etwas über die Häuser gelesen habe, die diese Einrichtung übergeben hatte, aber ich konnte nicht genau sagen, wann und wo. Aber jetzt fügten sich alle Teile zusammen. Ich habe die Dokumente in der Zentrale, sobald wir da sind, zeige ich Sie Ihnen …«

»Wir sind fast da.«

Lambertis Audi fuhr in die Garage. Giuditta redete weiter, während sie ausstiegen.

»Er hat sich Aries genannt und ich mich Nova. Er war ein interessanter Mann, und gerade das machte mich misstrauisch, deshalb hatte ich Miglio gebeten, etwas über ihn herauszufinden …«

Lamberti warf ihr einen schiefen Blick zu.

»Ach, kommen Sie. Sagen Sie mir jetzt nicht, das sei Amtsmissbrauch, nur weil ich wissen wollte, mit wem ich chatte. Er hätte auch mein Ehemann werden können, oder?«

Lamberti starrte sie verblüfft an. Giuditta lächelte. Dann sagte sie:

»Das war ein Scherz.«

Lamberti sah wieder verzweifelt zu den Aufzugtüren, die sich immer noch nicht öffnen wollten.

Auf dem Weg in Lambertis Büro kamen sie an Giudittas Schreibtisch vorbei. Sie blieb sofort dort stehen und suchte hektisch in den Papieren, die in ihren Schubladen lagen. Sie wusste, sie musste entnervend wirken und wollte das so lange wie möglich durchhalten. Lamberti wartete ungeduldig hinter ihr.

»Da ist es ja!«, rief Giuditta triumphierend, hielt Lamberti ein Blatt hin, das sie gemeinsam mit ihm noch einmal durchlas.

»Sehen Sie, da steht alles. Ich habe erfahren, dass er nicht der war, der er vorgab zu sein, und kurz darauf brach unser Kontakt ab … einen Moment, ich müsste hier irgendwo noch die Mail haben …«

»Nein, das ist jetzt unwichtig, Dottoressa.«

Giuditta drehte sich zu ihm um, die verkörperte Unschuld.

»Was heißt hier unwichtig? Warum? Es kann wichtig sein. Wenn der Mörder sich seine Nachbarin von gegenüber ausgesucht hat, ist das auch als Botschaft an mich gerichtet, er will mir mitteilen, dass er mein Verhältnis zu Aries kennt – Pardon – zu Daniele Messori natürlich …«

»Da ist etwas, das ich Ihnen mitteilen muss …«

Giuditta ließ die Hand sinken, die das Blatt hielt. (Langsam, ganz langsam …)

»Ist noch etwas passiert?«

»Kommen Sie bitte in mein Büro.«

(Schnell, spiel den praktisch denkenden Profi.)

Hastig nahm Giuditta alle Blätter vom Schreibtisch und legte sie ungeordnet in die Schubladen, nur, um einen Anschein von Ordnung zu erwecken. (Die Licari ist ja so penibel!) Dann folgte sie Lamberti. Seufzend öffnete er ihr die Tür zu seinem Büro. Giuditta ging hinein, sah, was sie erwartet hatte, tat, als sei sie besorgt und überrascht, dann rief sie:

»Was hat das alles zu bedeuten?«

Das hätte nicht einmal die Duse besser gespielt.

Lambertis Schreibtisch teilte den Raum in der Mitte. Auf einer Seite saß die Anklage: Lamberti, Broglia, Vizzi und die Ambrosini. Auf der anderen die Verteidigung: Miglio und Giuditta.

Der junge Mann löste seine Augen keinen Moment von ihr, seit sie den Raum betreten hatte. Er hatte Angst, furchtbare Angst, die kafkaeske Angst eines Menschen, der nichts weiß; ihre Anwesenheit, die der Göttinmutter, der Frau, die er gegen jede Vernunft lieber an seiner Seite haben wollte als jede andere Frau, gab ihm ein wenig Vertrauen zurück.

»Die Lage ist zum Teil ein wenig peinlich geworden und zum Teil schwierig ... sehr schwierig ...«

Schweigen.

Noch mehr Schweigen.

Dann meldete sich die Ambrosini zu Wort

»Haben Sie keine Fragen?«

Mit dem »Sie« war natürlich Giuditta gemeint.

»Wenn mir niemand genauer erklärt, was eigentlich so schwierig ist, weiß ich nicht, was ich fragen sollte.«

»Na gut, jetzt ist eh schon alles egal ... Vizzi«, polterte Lamberti los.

Vizzi schaltete ein Aufnahmegerät ein, dabei wich er Giudittas und Miglios Blick aus.

Zuerst hörte man das Telefon zweimal klingeln, dann:

»Ja?«

»Ich bin's. Kannst du reden?«

»Giuditta! Woher rufst du an?«

»Aus einer Telefonzelle, keine Sorge. Ich glaube sie überwachen außer meinem Telefon auch noch alle in der Zentrale.«

»Was für eine Geschichte.«

Hastig schaltete Vizzi das Gerät aus. Miglio und er spielten manchmal gemeinsam Fußball. Er konnte Beruf und Freundschaft nicht trennen.

»Sie haben mein Handy abgehört?«, fragte Miglio völlig verblüfft. Niemand antwortete ihm. Deshalb fragte er weiter: »Etwa wegen der Sache mit Donatella? Haben ihre Eltern das verlangt?«

»Du sagst jetzt besser nichts mehr, Miglio«, schnitt ihm Giuditta das Wort ab. »Ich glaube, am besten sagst du so wenig wie möglich.«

»Also, dieser Anruf wurde gestern Nachmittag um vierzehn Uhr fünfzehn getätigt ...«

»In der Mittagspause«, ergänzte Giuditta sarkastisch. »Was wollen Sie noch wissen? Das Gespräch haben Sie doch komplett abgehört und aufgezeichnet, oder?«

Verlegenes Schweigen.

»Wenn es darum geht, ob Miglio und ich vögeln, heißt die Antwort nein.«

Alle, besonders Miglio, schockierte ihre Direktheit ein wenig. Das wusste Giuditta, deshalb machte sie weiter so.

»Haben wir je gevögelt, Miglio? Haben wir je unter freiem Himmel gebumst? Haben wir je einen Dienstwagen entweiht?«

»Dottoressa, bitte ...«

»Nein, ich bitte Sie. Lamberti, ich bitte Sie!« Giuditta nahm jetzt diese eiserne Entschlossenheit an, der sich niemand aussetzen wollte – vor allem Lamberti nicht, der sich noch genau an das letzte Mal erinnern konnte.

»Sie haben mich vom Tatort weggeholt, nur um mir zu beweisen, dass ich zärtliche Gefühle für den Beamten Giglio empfinde, den hier alle wegen einer Tat quälen, die er nicht begangen hat?«

»Beruhigen Sie sich bitte, Dottoressa!«

»Ich denke gar nicht daran!!!«

»Giuditta …«

»Du sagst jetzt nichts, Miglio! Wenn Sie mich ebenfalls suspendieren wollen, nur zu, ich habe die Schnauze voll von eurem Mörder, von euren Spielchen …«

(Irgendjemand sollte mich endlich stoppen …)

»Jetzt reicht es, Dottoressa!«

(Gott segne Sie, Lamberti!)

»Da ist noch etwas. Dieses Telefongespräch fand um vierzehn Uhr fünfzehn statt, wie es die Dottoressa bestätigt hat … Vizzi?«

Vizzi drückte wieder eine Taste. Starkes Hintergrundrauschen. Dann hörte man wieder ein Klingeln und:

»Ja? … Ja? Wer ist da? … Mama? Clara, bist du es? … Wenn das ein Scherz sein soll, das ist nicht witzig … Bist du es … der Mörder? …«

Dann das Besetztzeichen. Schließlich:

»Okay, das kann zwar der tausendste Idiot gewesen sein, aber schreibt euch die Uhrzeit trotzdem auf.«

Vizzi schaltete das Aufnahmegerät aus.

»Dieses Gespräch haben Sie um neunzehn Uhr fünf erhalten, Dottoressa.«

»Ja«, bestätigte Giuditta, wieder beruhigt. »Ist das wichtig?«

»Vizzi.«

Vizzi drückte wieder eine andere Taste, die dritte Taste

für ein drittes Gespräch. Wieder hörte man starkes Hintergrundrauschen wie beim ersten Gespräch. Es klingelte ein paar Mal, dann hörte man plötzlich Giudittas Stimme:

»Ja? ... Ja? Wer ist da? ... Mama? Clara, bist du es? ... Wenn das ein Scherz sein soll, das ist nicht witzig ... Bist du es ... der Mörder? ...«

»Das gleiche Gespräch wie vorher«, traute sich Miglio zu sagen.

»Sei still«, zischte Giuditta, sie war ganz blass geworden. Und lauschte.

»Lassen Sie Dottoressa, es gibt keine andere Möglichkeit«, meinte Lamberti.

»Es sind zwei Gespräche. Zwei Abhörvorgänge«, sagte Giuditta. Das war eine Feststellung.

»Leider ja.«

»Das erste kam von meinem Telefon, das zweite ...«, sie drehte sich um und sah Miglio an.

Miglio brauchte etwas länger, um die Zusammenhänge herzustellen.

»Nein, warten Sie mal ... Sie sagen also, das Gespräch wurde von MEINEM Handy aus geführt? Hören Sie, das ist unmöglich! Das hat man mir zusammen mit dem Portemonnaie gestohlen, das habe ich Ihnen doch erzählt!«

»Ja, heute Nachmittag, gegen halb sechs. Und Sie haben keine Anzeige erstattet, weil Sie davor bewusstlos in einer Gasse gelegen haben, wo Sie niemand gesehen hat oder Ihnen zu Hilfe gekommen ist, und dann hatten Sie zu starke Kopfschmerzen, um in die Zentrale zu kommen ...«

»Aber ich wäre doch morgen früh gekommen ...«

»Das bezweifele ich nicht, Giglio, aber ...«

»Hör mal, Michi ...«

Alle wandten sich ihm überrascht zu. Vizzi hatte geredet, ohne vorher um Erlaubnis zu fragen.

»Ich habe das Gespräch zurückverfolgt, ein Routinejob, mit diesem Ergebnis habe ich sicher nicht gerechnet, aber dieses Gespräch wurde von deinem Handy aus geführt und mit Hilfe des Satelliten haben wir festgestellt, in welcher Gegend es war … in der Nähe der Wohnung des letzten Opfers.«

»Dann hat es mir der Mörder abgenommen! Der Mörder hat mich verfolgt, das heißt, hat sich von mir verfolgen lassen, um mir das Telefon abzunehmen, dann hat er Giuditta angerufen und danach …«

Verzweifelt versuchte Miglio in den Gesichtern der Umstehenden ein Anzeichen der Zustimmung zu finden. Dann schaute er zu Giuditta, die ihn aber nicht ansah. Und bemerkte den Zweifel in ihren Augen.

»Giuditta …«

»Nicht jetzt, Miglio … nicht jetzt …«

Loredana Ambrosini durchbrach die Spannung, sie spielte jetzt wieder die über alles erhabene Hüterin des Gesetzes.

»Das ist ein Indizienbeweis, aber ab heute werden auch Sie, Beamter Miglio, in die Liste der Verdächtigen aufgenommen. Jetzt sind Sie nicht für zwanzig Tage suspendiert, sondern auf unbestimmte Zeit.«

»Warum? Ich lüge doch nicht. Was glaubt ihr denn? Das ICH der Mörder bin?«

»Red keinen Unsinn«, brummte Giuditta, ohne ihn anzusehen, und verlieh ihrer Stimme einen Hauch von Unsicherheit. Lamberti versetzte ihm schließlich den letzten Schlag:

»Wir nehmen Sie auch in die Liste der Verdächtigen

auf, weil wir trotz eingehender Untersuchungen zu dem Ergebnis gekommen sind, dass keine Dame dieses Alters Anzeige erstattet hat oder dass zu dieser Zeit in dieser Gegend, die Sie angegeben haben, ein Handtaschendiebstahl erfolgt wäre.«

Romilda Seganti, verwitwete Palmieri, lag schon im Bett. Ihre zweiundachtzig Jahre gestatteten ihr kein ausschweifendes Nachtleben, und Fernsehen langweilte sie. Sie hatte ihre Töchter angerufen, um ihnen zu erzählen, was geschehen war, und sie zu beruhigen. Einer ihrer Strümpfe war zerrissen, und sie hatte einen blauen Fleck an der Seite, mehr war ihr nicht passiert. Alles hatte sich so schnell abgespielt, dass sie nicht mal Gelegenheit gehabt hatte, Angst zu bekommen. Plötzlich lag sie auf dem Boden, unter ihr die Einkaufstasche, und hörte, wie ein Mann jemanden drohend aufforderte, er solle stehen bleiben, im Namen des Gesetzes oder so ähnlich. Dann hatten ihr einige Passanten dabei geholfen, aufzustehen und sich auf eine Bank zu setzen. Romilda war zuversichtlich gewesen, dass ihr der Polizist die Handtasche zurückbringen würde, und sie irrte sich geringfügig. Keine Viertelstunde war seit dem Diebstahl der Handtasche vergangen, da kam ein junger Mann auf sie zu, er war groß und dunkelhaarig, um ihr die Tasche zu bringen. Es war nicht der, der gebrüllt hatte, er sei Polizist, seine Stimme klang viel leiser und tiefer. Der Mann erzählte ihr, er habe gesehen, wie ein Mann den anderen verfolgte und irgendwann hatte einer von ihnen etwas zu Boden geworfen. Die Handtasche.

»Vielleicht hat der Dieb gedacht, der Polizist würde stehen bleiben, wenn er die Beute wegwirft«, hatte der Mann vermutet. Als er sie dann, mit einem schönen, offenen Lächeln, ansah, hatte Romilda gedacht, als junges Mädchen hätte sie sich wegen eines solchen ehrlichen Lächelns wahnsinnig in ihn verliebt. Der junge Mann erklärte ihr, er habe den Weg von dem Punkt an zurückverfolgt, an dem er den Dieb mit der Handtasche bemerkt hatte, und der Park wäre ihm als wahrscheinlichster Ort für den Diebstahl erschienen. Dort hatte er sofort die Menschenansammlung bemerkt und jetzt war er hier.

»Möchten Sie Anzeige erstatten?«, hatte er sie zuvorkommend gefragt.

»Muss ich das wirklich jetzt tun?«, hatte Romilda verärgert erwidert.

»Na ja, wenn der Mann, der den Dieb verfolgt hat, wirklich Polizist war, dann kümmert er sich darum. Fehlt etwas in der Tasche?«

Die alte Frau hatte lange gesucht, dann hatte sie gemeint:

»Nein.«

»Dann hören Sie auf mich und lassen Sie es sein. Man würde Sie wer weiß wie lange in der Zentrale festhalten … Wohnen Sie weit von hier?«

»Nein, zwei Querstraßen hinter dem Park.«

»Ich bringe Sie nach Hause.«

Ohne ihre Zustimmung abzuwarten hatte der Mann ihre Einkäufe genommen und der Frau seinen Arm angeboten. Den Umstehenden gefiel sein Verhalten, es gab sogar ein wenig Beifall, und Romilda Seganti spürte, dass sie zum ersten Mal seit langer Zeit errötete. Sie hatte sich von dem hübschen jungen Mann mit den dunklen Haaren, der dem Sohn eines berühmten Schauspielers so ähnlich sah, nach Hause bringen lassen, unterwegs hatten sie über dies und das geplaudert, und jetzt lag sie in ihrem frisch bezogenen

Bett und dachte darüber nach, dass dieser Handtaschendiebstahl doch keine so schlimme Erfahrung gewesen war.

Morabito und seine Truppe waren beinahe fertig. Sie hatten die Wohnung Zoll für Zoll durchsiebt. Die Leiche der Frau und die Organe, die ihr entnommen worden waren, hatte man zuerst weggebracht, dann die beiden Sittiche, den lebenden und den toten, samt Käfig, den Nippes auf den Möbeln, Blutproben und so weiter. Morabito ging ein letztes Mal durch die Küche und öffnete alle Oberschränke. Er wollte gerade den letzten schließen, als …

»Da schau her!«

Instinktiv holte er einen sterilen Beutel aus der Tasche, während er wie hypnotisiert einen Gegenstand anstarrte, der so auffällig dort hingestellt worden war, dass er ihm beinahe entgangen wäre.

»Scheiße, ich hasse es, wenn diese verdammte Licari Recht hat …«

Mit größter Sorgfalt nahm er acht bunte Schachteln aus dem Schrank. Alle lagen ordentlich aufgestapelt auf einem Brett, waren in Folie eingeschweißt – bis auf eine, sie war offen – es handelte sich um Vogelfutter. Auf der geöffneten Schachtel stand in sehr großen Buchstaben unter einem singenden Kanarienvogel nur ein Wort:

»Miglio.«

20. Kapitel

Vizzi ging mit gesenktem Kopf davon und grübelte darüber nach, was Judas wohl gedacht haben mochte. Die Ambrosini verließ den Raum beinahe fluchtartig. Broglia nahm Miglio sanft beim Arm und erklärte ihm ganz langsam wie einem zweijährigen Kind, dass er jetzt noch einige Papiere unterschreiben müsse, und es besser für alle wäre, wenn man nun seine Sicht der Ereignisse zu Protokoll nähme. Miglio sah Giuditta an. Sie tat, als hätte sie nicht den Mut, zurückzuschauen. Dann schaute sie ihn doch an, und ihr Lächeln wirkte so ehrlich wie ein Wahlversprechen und verlosch ganz langsam angesichts der schrecklichen Enttäuschung, die Miglios Augen, klar wie Seen, widerspiegelten. Das Gesicht des Mannes, der, wie sie jetzt genau wusste, nie ihr Liebhaber sein würde. Und plötzlich musste sie an Mungo und Kobra, Kobra und Maus denken. Das, was sie dann sagte, war die Wahrheit:

»Keine Sorge, ich kümmere mich um dich. Was auch immer passiert.«

Doch der Schmerz legte sich nicht, bevor Miglio nicht den Raum verlassen hatte.

(Miglio. Mein kleines Mäuschen.)

Jetzt waren nur noch sie und Lamberti im Raum. Nun musste sie wohl mit einer netten Unterredung rechnen, wie auch immer, sie würde sie bei der ersten Gelegenheit zu ihrem Vorteil drehen.

»Gut«, begann Lamberti.

(Natürlich.)

»Wir haben zwar noch keine Ergebnisse von Morabitos Truppe, aber das ist alles, was wir bis jetzt in der Hand haben.«

»Das habe ich daraus geschlossen.« Am besten gab sie sich beißend und sarkastisch, dann würde sie leichter hysterisch werden und schreien können, falls es notwendig wurde.

»Was denken Sie?«

»Was denke ich worüber?«

»Dottoressa, bitte ...«

»Nein, im Ernst, Lamberti. Ihr habt eure Karten auf den Tisch gelegt. Das Abhörprotokoll meines – nicht allzu persönlichen – Privatgesprächs mit dem Beamten Giglio, der doppelt abgehörte stumme Anruf, von mir und vom Handy des Beamten Giglio kurz vor dem Mord an dem sechsten Opfer, der bis in die Gegend, in der das Opfer wohnte, zurückverfolgt wurde. Was noch? Da ist dieser angebliche Handtaschendiebstahl – sagen wir, der tausendste in diesem Monat? Oder haben Sie vergessen, wie dramatisch die Prozentzahlen der Anzeigen gesunken sind? Miglios Freundin liegt im Krankenhaus, die ›zarten Bande‹ zwischen Giglio und mir, was noch? Was haben Sie noch zu bieten? Nein, mit *den* Karten haben Sie nicht mal einen Straight Flush in der Hand, nicht mal ein armseliges Paar, wenn ich mir die Zusammenstellung ansehe.«

»Ich verstehe, dass Sie wegen dieses Übergriffs auf Ihr Privatleben verbittert und gekränkt sind.«

»Das war kein Übergriff, denn es geht nicht um mein Privatleben. Da ist überhaupt nichts.«

»Warum sind Sie dann so erschüttert?«

»Ich bin erschüttert über eure Unfähigkeit, zu … zu … denken.«(Sehr gut, such nach Worten, sehr gut!) »Also, wenn eins plus eins zwei ergibt, abgesehen davon, dass es ein eins geben muss, ich …«

»Ich kann Ihnen nicht folgen.«

»Können Sie sich wirklich vorstellen, dass Michelangelo Giglio jemandem einen Schlauch in den Hals einführt, um ihm Ätznatron hineinzugießen? Sehen Sie ihn vor sich, wie er wochenlang einen alten, zahnlosen Mann verfolgt? Seiner Verlobten den Kopf an einer Nachttischkante zertrümmert?«

»Nein.«

(Was heißt hier »nein«?)

»Nicht den Michelangelo Giglio, den wir kennen.«

Der Satz blieb in der Luft hängen wie eine Sprechblase aus einem Comic, die sich nicht auflösen wollte. Jetzt musste sie vorsichtig sein.

»Was … was meinen Sie damit?«

Da entschloss sich Lamberti, Giuditta, die ganze Welt und sich selbst in Erstaunen zu versetzen. Er ging zur Tür und schloss ab. Dann kam er wieder zurück, setzte sich neben sie, wie an jenem Abend, als er sie so blass und winzig in einem viel zu großen Kittel vorgefunden hatte, und nahm ihre Hand.

»Ich könnte Ihr Vater sein, Giuditta.«

Giuditta schwieg. Die Überraschung überwältigte und entzückte sie, es quälte sie ihre verdammte Neugier, die Überraschung auszupacken.

»Sie sind gut. Aber nein, was sage ich da, Sie sind erstklassig. Trotzdem waren Sie in letzter Zeit ein paar Mal nicht auf der Höhe. Sie haben sich geirrt. Zuerst bei dem Trailer, dann der Kontakt mit dem Mörder, das haben Sie emotional sehr schlecht in den Griff bekommen. Ich habe Sie für härter gehalten, Sie gelten als so ... pragmatisch.«

Giuditta hörte zu. Und drückte seine Hand. Das war so schön, eine erregende Zugabe. Nie im Leben hätte sie sich so viel Hilfe von Lamberti erwartet.

»Jetzt haben wir es plötzlich mit einer menschlichen Giuditta zu tun, die Sie Jahre lang vor uns verborgen hielten. Vielleicht haben Sie sogar richtig gehandelt, es war schließlich die beste Art, Beruf und Privatleben auseinanderzuhalten. Aber jetzt, Sie erlauben, dass ich das sage, haben sich die beiden unausweichlich vermischt.«

Giuditta sah ihn an und suchte nach den richtigen Worten für diese Gelegenheit, um zu zeigen, dass sie zwar das Visier hochgeklappt hatte, aber nicht bereit war, auf ihre beinharte Entschlossenheit zu verzichten. Sie schwankte zwischen zwei Möglichkeiten. Dann traf sie ihre Wahl.

»Ich wäre dumm, das zu leugnen«, sagte sie und senkte die Lider. Das ermutigte Lamberti, der mit der warmen, einschmeichelnden Stimme eines Priesters erklärte: »Jetzt gibt es zwei Möglichkeiten: die erste, auf die wir alle hier hoffen, dass alles nur auf einer Reihe von Zufällen basiert, dass der Mörder wirklich seine Hände im Spiel hat und den Beamten Giglio, Sie und vielleicht uns alle wie Schachfiguren bewegt. Ich hätte in meiner ganzen Laufbahn nicht erwartet, dass es mir einmal lieber sein könnte, von einem Mörder manipuliert zu werden als ... Aber es gibt noch eine zweite Möglichkeit. Wir können sie ablehnen, sie von uns weisen, aber sie besteht.«

Jetzt erwartete Giuditta einen Knalleffekt.

»Dass der Beamte Miglio wirklich in das Ganze verwickelt ist.«

»Sie lügen!«

Lamberti zog die Hand zurück und verschluckte seine Priesterstimme. Noch bevor er sich völlig zurückziehen konnte, war Giuditta am Zug.

»Das glauben Sie nicht. Nicht, dass Miglio darin verwickelt ist oder so einen Unsinn. Sie glauben, Miglio wäre verrückt geworden.« Pause. Sie zwang sich, ihren Kummer nach außen hin zu steigern, verdrückte eine Träne und sagte mit zitternder Stimme: »Und dass ich schuld daran bin.«

Lamberti nahm sie in den Arm. In Giudittas Kopf stand ein imaginäres Theaterpublikum auf und applaudierte ihr begeistert.

»Ich weiß, ich weiß«, sagte er leise und väterlich zu ihr.

»Natürlich wissen Sie es. Er ist wie ein kleines Kind ... so hilflos ...«

»Ich kenne Miglio, ich kenne ihn gut.«

Zum ersten Mal nannte er ihn ganz offen Miglio. Er löste sich von der schluchzenden Giuditta. Hielt sie auf Armlänge von sich weg und fragte:

»Glauben Sie, Sie können weitermachen?«

»Wie bitte?«

»Glauben Sie, Sie schaffen es, weiterzumachen, denken Sie, Sie könnten objektiv sein, so denken, dass sie die Wahrheit herausfinden, nicht GEGEN Miglio, sondern FÜR ihn?«

»Ich verstehe nicht.«

»Wenn Sie weiterhin ermitteln und sich dabei auf die künstliche Überzeugung stützen, er müsse um jeden Preis in allen Anklagepunkten unschuldig sein, dann schaden Sie ihm nur.«

Giuditta sah Lamberti wie eine Musterschülerin an.

»Wenn es Ihnen aber gelingt, Ihre gefühlsmäßige Beteiligung beiseitezulassen und Sie sich dazu zwingen, alle Aspekte dieser Geschichte zu verstehen, alle Verwicklungen, einschließlich Ihrer eigenen, als kämen Sie von außen und wären nicht direkt beteiligt … Glauben Sie, Sie hätten die Kraft dazu?«

»Ich weiß es nicht.«

»Sie können ihn verdammen, wenn er in einem der Anklagepunkte schuldig ist. Oder ihn retten, wenn er unschuldig ist. Sie wissen mehr über diese Verbrechen als der Mörder selbst, begreifen Sie das eigentlich?«

Giuditta lächelte.

»Ja, das begreife ich«, sagte sie und schaute zu Boden. »Ich werde sein Profil untersuchen, um zu sehen, wie sehr es mit dem des Mörders übereinstimmt. Und ich werde die Morde Fall für Fall neu beurteilen. Ich bitte Sie nur um eins …«

»Sagen Sie es mir.«

»Lassen Sie ihn jetzt nicht allein. Ich möchte nicht, dass Sie ihn beschatten. Selbst wenn wir zugeben, dass es eine zweite Möglichkeit gibt, bleibt da immer noch die erste. Lassen Sie nicht zu, dass er unnötig in Gefahr gerät. Ob der Mörder ihn im Visier hat oder ob er einfach genau weiß, dass man ihn für etwas anklagen wird, was er begangen hat … Beide Möglichkeiten bestehen. Werden Sie das tun?«

»Ja, das machen wir.«

Im gleichen Augenblick klopfte es (oder jemand versuchte, die Tür einzuschlagen). Lamberti antwortete verärgert:

»Was ist? Ich bin in einer Besprechung!«

»Chef! Chef, wir haben ihn fast!«

Es war Morabito, der Einzige, der es wagte, Lamberti einfach »Chef« zu nennen. Es waren nicht so sehr seine

Worte, sondern die Art, wie er sie ausgesprochen hatte, mit diesem Hecheln eines Hundes, der es endlich geschafft hat, den im Garten vergrabenen Knochen zu finden, die Lamberti dazu bewog, Giuditta zu verlassen, um die Tür zu öffnen.

»Was ist los?«

»Wir haben in der Küche … Ach, Sie sind auch da.« Dieser Satz richtete sich natürlich an Giuditta.

»Also gut, ich verneige mich, Sie hatten Recht, die Schachtel hat doch damit zu tun.«

»Was für eine Schachtel?«, fragte Lamberti und sah Giuditta an, die so tat, als wäre sie begeistert.

»Die Schachtel? Die mit dem Vogelfutter?«, fragte Giuditta Morabito zur Bestätigung und achtete nicht auf Lamberti.

»Ja, davon war ein hübscher Vorrat da. Sie waren für diese verdammten Sittiche.«

»Kann mir das vielleicht mal jemand erklären!!«, regte sich Lamberti auf.

»Nach dem Mordfall Disio, nach der Geschichte mit dem Handschuh, hatte ich meine Fähigkeit, den Trailer zu entdecken, in Frage gestellt«, erklärte Giuditta so eilig wie jemand, der endlich einen gedanklichen Weg findet, der ihm hilft, den eigenen Albträumen zu entfliehen, »und ich habe darum gebeten, alle Beweisstücke noch einmal sehen zu dürfen, erinnern Sie sich? Dabei habe ich eine Packung Vogelfutter gefunden, die im Müll gelegen hatte. Da die Disio keine Tiere hielt, fand ich das zumindest ungewöhnlich, redete mit Morabito darüber und zeigte sie ihm als möglichen Beweis. Jetzt erzählt mir Morabito, dass ich wirklich Recht hatte, es war der Trailer, denn in der Wohnung der Pizzi befanden sich …«

»Acht Packungen!«, beendete Morabito, der sich von ihrer Begeisterung mitreißen ließ.

»Ja, das ist sicher eine gute Nachricht«, sagte Lamberti, aber er klang, als könnte er kaum eine darin erkennen.

»Das ist noch nicht alles!«, platzte Morabito heraus.

Giuditta und Lamberti hingen aus unterschiedlichen Gründen an seinen Lippen. Er blies sich ziemlich auf und erzählte:

»Es sind acht Packungen, nur eine ist geöffnet und auf der finden sich ausschließlich die Fingerabdrücke des Opfers. Sechs weitere Packungen sind in Folie eingeschweißt, auf ihnen finden sich zwei Arten von Fingerabdrücken, die des Opfers und vermutlich die des Verkäufers. Das überprüfen wir gerade. Aber auf der siebten Packung …« Er zögerte, aber er war ein ziemlich schlechter Schauspieler, und es war qualvoll für Giuditta, all dieses Interesse für etwas zu heucheln, das sie schon lange wusste.

»… befindet sich ein weiterer Fingerabdruck, nein, zwei. Daumen und Zeigefinger.«

»Gut, die könnten von irgendjemand stammen«, dämpfte ihn Lamberti sofort.

Morabito kniff den Schwanz ein.

»Ja«, sagte Giuditta und klang ein wenig abwesend. »Er hat Recht, aber … das ist nicht bewiesen. Wenn der Killer eine Packung als Trailer für den Mordfall Pizzi entnommen hat, ist nicht auszuschließen, dass er dabei andere berührt hat … Gute Arbeit, Morabito.«

Morabito verblüffte dieses unerwartete Kompliment. Aber noch mehr das, was dann folgte.

»Tun Sie mir einen Gefallen, sobald Sie die Fingerabdrücke klar und deutlich haben, vergleichen Sie sie bitte mit denen des Beamten Michelangelo Giglio.«

Und als beide Männer verblüfft schwiegen, fügte sie lächelnd hinzu:

»Wenn es Ihnen nichts ausmacht.«

»Du hast nicht erwartet, dass ich dich besuche?«

»Nein.«

»Wie geht es deinem Kopf?«

»Gut. Er tut ein wenig weh.«

Mit der Arroganz ihrer zweiundzwanzig Jahre war es Donatella völlig egal, dass ihre Antworten unlogisch waren. Als diese Frau in ihr Zimmer im Krankenhaus gekommen war, hatte eine Welle aus Wut und Eifersucht einen heftigen Migräneanfall bei ihr ausgelöst. Obwohl, wenn sie ehrlich zu sich selbst war, sie keine logische Begründung für so viel Hass finden konnte. Natürlich hatte man Donatella gewissenhaft verschwiegen, dass Giuditta und Miglio einander geküsst hatten, und auf dieser absoluten Gewissheit hatte Giuditta ihren riskanten Besuch aufgebaut. Jetzt konnte jeder Schritt zum Absturz führen. Deshalb hatte sie ihre Dienstkleidung angezogen, Hosen, um jeden Anflug von Weiblichkeit zu verstecken, und setzte sich weit entfernt vom Bett, als sei Donatellas Zorn eigentlich gerechtfertigt.

»Oh, mein junges Rehlein«, dachte sie und musste innerlich lachen. Seit einiger Zeit hatte sich die Heiterkeit rücksichtslos in ihre grundlegenden Gefühle gedrängt.

»Ich weiß, du hasst mich, und ich mag dich auch nicht, also ist das hier kein Höflichkeitsbesuch.«

»Na, dann hätten Sie ihn mir auch ersparen können.«

»Ich schon. Aber ich musste es für Miglio tun.«

Donatella erstarrte. Giuditta tat das Gleiche.

»Also kennst du ihn so wenig …«

»Ich glaubte, ihn zu kennen …«, antwortete Donatella stur.

Giuditta seufzte. Bei dieser Arbeit gab es wirklich beschwerliche Aufgaben.

»Er hat mich zu dir geschickt. Er möchte, dass du die Wahrheit erfährst.«

Donatella zog die Augenbrauen hoch und versuchte, überlegen zu wirken.

»Nur zu deiner Information: Ich bin dagegen, denn ich glaube nicht, dass du deinen Mund halten kannst.« Gott, musste sie weit ausholen …

»Sie kennen mich nicht.«

»Dann wissen wir also beide nichts voneinander, wäre da nicht die Tatsache, dass Miglio ausschließlich von dir spricht.«

Auf Donatellas Gesicht zeichnete sich leichte Genugtuung ab.

»Ich werde nicht reden. Fassen Sie sich kurz. Also?«

Giuditta leistete Präzisionsarbeit. Ein schiefer Blick, zusammengepresste Lippen, als müsse sie einen persönlichen Kommentar zurückhalten. Eine drückend lange Pause. Dann:

»Ich weiß, dass Miglio dir das nicht angetan hat.«

»Woher wissen Sie das?«

»Weil Miglio an diesem Abend bei mir war, du dummes kleines Mädchen.«

Auf Donatellas Gesicht zeichneten sich abwechselnd Ungläubigkeit, Verachtung, Wut und Hoffnung ab, aber Giuditta konnte nicht warten, bis sie ihre Gefühlsskala ausgeschöpft hatte und drängte:

»Ich stand vor eurem Haus, seit er reingegangen war, ich habe auf ihn gewartet, wir hatten eine heiße Spur …«

»O Gott!«

»Von der noch niemand wusste. Er hat mir gesagt, er würde das in ein paar Minuten regeln, eine Ausrede erfinden, aber NATÜRLICH musstest du alles kaputtmachen!«

Donatella tat so, als sei sie zerknirscht, aber man merkte genau, dass sie im Grunde ein wenig erleichtert war.

»Ich wusste doch nichts davon.«

»Kurz darauf hast du genug darüber erfahren, glaube ich.«

Schweigen breitete sich aus. Donatella war ein schwer zu überzeugendes, kleines Mädchen.

»Er ist fuchsteufelswild heruntergekommen, wir haben ein wenig geredet, und beschlossen, dass es an diesem Abend wohl doch zu riskant wäre, vielleicht wusste der Mörder inzwischen, dass ich herausgefunden hatte, wer er ist.«

»WAS?«

Das war der Knalleffekt und jetzt flüsterte sie beinahe:

»Ich habe entdeckt, wer der Serienmörder ist.«

Donatellas Mund öffnete sich zu einem kreisrunden »OH.«

»Wann?«

»Vor kurzem. Der Mörder hat dir das angetan. Wie eine Botschaft der Mafia …«

»Aber woher wusste er, dass …«

»Wach auf, Donatella! Wir waren ihm hart auf den Fersen, aber er uns auch. Er weiß alles über mich, über Miglio und über dich, wahrscheinlich weiß er sogar, welches Shampoo du benutzt! Er hat Miglios Abwesenheit genutzt, die Tatsache, dass er mit mir zusammen war, um hinaufzugehen und … na, das weißt du selbst. Aber er hat einen Fehler gemacht.«

Donatella starrte sie an. Sie wollte das Ende der Geschichte erfahren.

»Er ist zu früh hinaufgegangen, das passt nicht zu Miglio. Der regt sich lieber erst ab. Stimmt doch?«

Das Bambi nickte.

»Außerdem passt es überhaupt nicht zu Miglios Charakter, dich zu schlagen. Das ist noch nie vorgekommen. Obwohl du ihn oft angegriffen hast. Oder irre ich mich?«

Donatella sah errötend zu Boden. Nun versetzte ihr Giuditta den Gnadenstoß, sie kam nah ans Bett heran und zischte:

»Verstehst du denn nicht, dass ich mich nie zwischen Miglio und dich gedrängt habe, du dumme kleine Gans, während du dich ständig zwischen uns und unsere Arbeit gedrängt hast? Wärst du nicht, dann hätten wir den Täter längst gefasst, aber stattdessen musste noch ein Mord passieren. Sieh mich an! Donatella, SIEH MICH AN!«

Donatellas Augen wurden feucht, sie ließ es geschehen, dass sich eine Hand unter ihr Kinn legte und ihr Gesicht anhob.

»Ich HABE einen Mann. Seit Jahren. Und Miglio weiß das genau. Ich rede nicht öffentlich darüber, weil er (verdammt noch mal!) ein Ispettore ist, der grundlos aus dem Polizeidienst geworfen wurde.«

Donatella legte die Hand auf den Mund.

»Ispettore Amadei?«, flüsterte sie.

(Miglio, du verfluchtes Klatschweib!)

»Ispettore Amadei«, bestätigte sie. »Er arbeitet mit uns zusammen. Wenn das herauskommt, landet er im Gefängnis, kannst du dir das vorstellen?« Sie kicherte nervös. »Monatelange Arbeit, um einen brutalen Mörder zu fassen und dann kommt so ein verzogenes kleines Mädchen …«

Kopfschüttelnd drehte Giuditta dem Bett den Rücken zu.

»Ogottogottogott, was habe ich nur angestellt?«, schluchzte Donatella. »Ich muss sofort mit Michi reden!«

»Wenn du Michi jetzt anrufst, verurteilst du ihn wahrscheinlich zum Tod.«

»Nein!«, schrie Donatella und klang wie ein kleines Mädchen, das die Folge einer Serie sieht, die schlecht ausgeht.

»Still! Bist du verrückt? Wenn man mir verbietet, dich zu besuchen, kann ich euch nicht mehr helfen!«

»Tut mir leid! Tut mir sehr, sehr, sehr leid! Aber ich MUSS ihn sehen!«

»Sie werden ihm nie erlauben, herzukommen. Du hast ihn in Schwierigkeiten gebracht.« Sie sah Donatella verachtungsvoll an. »Er hat geglaubt, du würdest ihm vertrauen. So ist das, wenn man liebt.«

In diesem Moment brach Donatella in Tränen aus.

»Aber ich liebe ihn doch ... ich war nur so durcheinander ... wenn ich gewusst hätte ...«

»Ich muss jetzt gehen ...«

»Nein warten Sie! Sie können doch jetzt nicht einfach so gehen!«

»Hör mal, es war schon riskant für mich, herzukommen, um mit dir zu reden, bei all den Gerüchten, die in Umlauf sind. Und wenn ... wenn ich dir alles erzähle, was ich weiß, und dann kommt einer deiner Eltern herein, eine Krankenschwester, ein Arzt oder noch schlimmer, einer meiner Kollegen ...«

»Ich kann meine Mutter anrufen und sagen, sie soll nicht kommen. Oder ...«

»Hör mal, ich bin nur gekommen, weil Miglio mich darum gebeten hat.«

»Ich bitte Sie, ich muss mit ihm reden!«

»Kriegst du das in deinen Kopf, Donatella, dass alle Telefone, einschließlich dem hier im Zimmer abgehört werden?«

»Und wenn Sie uns helfen?«

(Na also!)

»Was denn, du erwartest Hilfe von der heimlichen Geliebten deines Freundes?«, sagte Giuditta sarkastisch und drängte ihr Lachen in einen unerreichbaren Teil ihres Körpers zurück.

»Verzeihen Sie«, schluchzte Donatella und nahm ihre Hand.

»Ich hatte überhaupt nichts begriffen … Ich bitte Sie, Giuditta bringen Sie ihn zu mir. Ich brauche nur fünf Minuten …«

(Eher weniger.)

Giuditta tat, als müsse sie überlegen, dann riss sie ein Blatt von dem Notizblock auf Donatellas Nachttisch ab und kritzelte etwas darauf.

»Nimm.«

Giuditta reichte ihr das Blatt, auf dem ihre Telefonnummer stand. Sie überlegte kurz, wie lange die Techniker vom Erkennungsdienst brauchen würden, um die Fingerabdrücke auf der Packung zu überprüfen … sie würden die Untersuchung sicher dreimal wiederholen.

»Richte es so ein, dass in ein paar Stunden niemand bei dir ist, weder Eltern noch Krankenschwestern, sag, du hättest Migräne oder wärst müde. Dann ruf mich an und beschränke das Gespräch auf ein Minimum. Sag nur, du möchtest mit mir reden, spiele auf den Besuch heute an, also, lass dir was einfallen. Dann werde ich Miglio schon benachrichtigt haben. Sie werden uns natürlich abhören, aber das ist egal, denn ich werde ablehnen oder sagen, ich müsste es mir überlegen oder … keine Ahnung.

Dann warte auf uns. Wenn jemand draußen ist, komme ich zuerst herein und lasse Miglio zu dir, wenn der Weg frei ist. Ihr werdet wenig Zeit haben, aber es wird euch schon genügen.«

»Ja, ja, ja, ja sicher, okay!«

»Und merk dir, ich tue das für ihn und nicht für dich. Er sieht aus, als könnte er ohne dich nicht leben.«

Donatella strahlte über das ganze Gesicht. Giuditta nahm ihre Handtasche und versetzte dem Mädchen den letzten Dolchstoß.

»Ich hoffe, du hast aus der ganzen Sache was gelernt.«

»O ja. Ich schwöre, ich werde nie mehr wegen Miglio eifersüchtig sein, bestimmt nicht!«

»Da sind wir dann schon zwei, mein Rehlein, ganz bestimmt zwei.«

Lamberti beobachtete sie, als sie wütend aus dem Krankenzimmer kam. Das war ohne Zweifel der schmerzhafteste Schritt gewesen, das konnte man ihrem Gesicht ansehen.

»Alles in Ordnung?«

»Nein.«

»Ich sage Ihnen noch einmal, wenn Sie das nicht schaffen …«

»Und ich sage Ihnen noch einmal, ich schaffe das, aber verlangen Sie bitte nicht, dass es mir auch noch gut dabei geht!«

»Gut. Neuigkeiten?«

Sie gingen nebeneinander zum Aufzug.

»Nein … doch, da war was, aber keine Ahnung, ob es wichtig ist … Sie war … sehr feindselig … Ich habe ihr meine Telefonnummer gegeben, falls sie etwas genauer wissen möchte …«

Lamberti hielt sie am Arm fest. Vor ein paar Wochen hätte er sich diese Freiheit nicht herausgenommen.

»Das ist ein inoffizielles Gespräch zwischen uns beiden. Es gibt keine Zeugen. Wenn es etwas gibt, das Sie mir sagen müssen, dann sagen Sie es, um Gottes willen!«

Giuditta wartete geduldig ab, damit sie ausreichend zögernd klang.

»Am Abend … des Unfalls … haben sie über mich gesprochen.«

Lamberti wartete ab, er ahnte, dass jetzt noch etwas kam.

»Miglio wollte sie verlassen. Er sagte, sie stünde zwischen uns.«

»Aha.«

Zwischen ihnen breitete sich Verlegenheit aus.

»Das hat er mir nie gesagt. Er hat nie angedeutet, dass er sie verlassen wollte … Ich hätte ihn doch dazu gebracht …« Sie sah Lamberti an. »Mit uns hätte es nie funktioniert. Nicht nur wegen des Altersunterschieds. Ich bin so allein … und für ihn bin ich zu einer Art fixer Idee geworden.«

»Obsession«, verbesserte sie Lamberti.

»Obsession«, wiederholte Giuditta folgsam. »Aber das ist doch kein Motiv, oder?«, fragte sie schließlich hoffnungsvoll.

»Nein«, sagte Lamberti und dachte: »Noch nicht.«

»Du bist eben keine gute Schauspielerin. Das ist es!«

Das Flüstern traf sie genau hinter ihrem Ohr, gemeinsam mit dem Duft von Alessandros Aftershave.

»Ich sage nicht, dass du mittelmäßig bist, aber auch nicht gut. Aber hier musst du gut sein.«

Giuditta hätte jetzt darüber nachdenken können, warum sie ihn nie kommen oder gehen hörte, und es schien, als sei er schon immer da, aber ihr Kopf war mit anderem beschäftigt. Sie betrachtete das kleine professionelle Aufnahmegerät vor sich. Es sollte die Geräusche im Haus aufnehmen, speziell in diesem Zimmer. Deshalb stand es auf dem Nachttisch. Deshalb kniete sie vor dem Nachttisch. Deshalb stand Alessandro hinter ihr und beugte sich über ihre Schulter. Er war vollkommen nackt.

»Ich tue mein Bestes …«

»Nein, mein Liebling. Bestimmt nicht.«

Alessandro fuhr ihr mit dem Handrücken durch die Haare. Ein Schauder erfasste sie. Sie fühlte wie sich Alessandros Geschlecht gegen ihren Nacken presste und wusste, sie konnte sich nicht umdrehen. Die Knie taten ihr weh, ihre Unterschenkel kribbelten und auch sonst …

»Du musst Leid ausstrahlen. Sehnsucht, das unterdrückte Verlangen, etwas zu tun. Es muss dir so schlecht gehen, dass du weinen möchtest.«

Daran fehlte nicht mehr viel.

»Wir haben nicht viel Zeit. Ein anderes Mal …«, flüsterte er ihr zu, dabei streiften seine Lippen ihr Ohr.

Das Telefon auf Lambertis Schreibtisch klingelte nur kurz. Nachdem er Dottoressa Licari nach Hause gebracht hatte, hatte er nicht einmal eine Mittagspause gemacht. Sie tat ihm unendlich leid, genauso wie Miglio.

»Hallo …«, es folgte eine lange Pause. Er schloss die Augen, das Sonnenlicht blendete ihn, obwohl es durch die Jalousien gefiltert wurde. »Ja gut, danke, Morabito, ihr bekommt den Durchsuchungsbefehl für die Privatwohnung in zehn Minuten. Haltet euch bereit. Ich informiere Dottoressa Ambrosini. Versucht, ganz ruhig zu bleiben. Wie bitte?« Er schwieg und lauschte. Dann sagte er entschieden:

»Nein. Ruft sie nicht an. Warten wir lieber das Ergebnis der Durchsuchung ab. Danke, Morabito … Ja, ja, mir auch …«

Er legte auf, faltete die Hände, als wollte er beten, legte sie an seine Stirn und schloss die Augen.

Dann machte er sich an die Arbeit.

Morabito war noch schweigsamer als seine Männer. Wenn sie sonst einen unbeschränkten Durchsuchungsbefehl erhielten, war das wie freies Essen und Trinken beim Oktoberfest. Diesmal empfanden es alle anders. Als die Techniker Morabito über das erste Ergebnis informierten, hatte er sofort nach einem zweiten Test verlangt. Diese Nachfrage war Routine, wenn es sich um jemanden aus der Abteilung handelte, aber Morabito hatte es spontan verlangt, ohne darüber nachzudenken. Als das zweite Ergebnis positiv war, hatte er einen dritten Test verlangt. Während er auf eine Antwort wartete, die er schon im Voraus kannte, hatte er nur kurz seine Männer in Alarmbereitschaft versetzt. Niemand von ihnen hatte die übliche Bereitschaft an den Tag gelegt, alles kurz und klein zu schlagen. Niemand musste ein Wort sagen, damit man die Hoffnung spürte, die im Raum hing, in dem sie sich alle versammelt hatten: dass der dritte Test die anderen beiden widerlegte. Der Mitarbeiter, der Morabito die Auswertung überbrachte, sagte kein Wort. Morabito warf nur einen Blick auf die rechte Ecke. Dann ging er zum Telefon und wählte Lambertis Nummer.

»Ispettore, hier ist Morabito. Der Vergleich war positiv, der dritte Satz Fingerabdrücke auf der Vogelfutterpackung entspricht denen des Beamten Michelangelo Giglio. Wir bitten Sie mit absoluter Dringlichkeit, uns einen Durchsuchungsbefehl zu besorgen.«

Als er aufgelegt hatte, sprach keiner ein Wort. Dann setzte er sich zu den anderen und wartete.

21. Kapitel

Während sie sich umzog, bekam Giuditta immer noch kaum Luft. Das Band war eine ganz normale flache Schachtel mit zwei gezahnten Ausschnitten und lag ruhig im Aufnahmegerät. Unglaublich, wie viel Schlimmes ein so unschuldiger Gegenstand anrichten konnte. Alessandro stand in der Mitte des Zimmers, tadellos gekleidet, und wartete, während sie sich aus- und zum Teil wieder anzog. Sie behielt die Hosen aus Vikunjawolle an, aber darüber hatte sie ein Schlafanzugoberteil getragen. Eine halbe Verkleidung für einen Taschenspielertrick in letzter Minute. Als sie bereit war, sie hatte bereits den Mantel angezogen und saß nun auf dem Bettrand, waren zwei Stunden vergangen, wie sie es mit Donatella verabredet hatte. Jetzt würde das Schicksal ihr nichts schenken, sie durfte sich keinen Fehler erlauben, es gab keine zweite Chance.

Sie warteten. Warteten. Endlich klingelte das Telefon.

»Ja?«

»Dottoressa Licari? Hier ist Donatella.«

Lo Monaco fuhr hoch. Er notierte sich sofort die Gesprächsdaten und winkte seinem Kollegen im Bus, er solle kommen.

»Aha …«

Die Licari wirkte verblüfft, verwirrt, das Gespräch war ihr merklich unangenehm.

»Wissen Sie noch, was wir heute im Krankenhaus gesagt haben? Sie hatten mir Ihre Nummer gegeben, falls ich noch, äh, falls mir noch etwas einfiele.«

»Ja …«

Lo Monaco hatte den Eindruck, dass die Psychologin sich nicht gerade entgegenkommend zeigte.

»Ich möchte, dass Sie jetzt zu mir kommen.«

»Jetzt? Aber … die Besuchszeit ist doch …«

»Meine Eltern sind weg. Wir werden allein sein, Sie und ich.«

»Ich … Ich weiß nicht, das ist irgendwie ungewöhnlich.«

»Bitte.«

»Ich weiß nicht, ob ich die Zeit haben werde, in diesem Fall …«

»Ja, okay. Ich erwarte Sie jedenfalls.«

»Na gut. Mach … machen Sie das, wie Sie meinen.«

»Bis später.«

»Salve.«

Lo Monaco wollte die Aufnahme schon abschalten, da zögerte er. Signorina Orlandi hatte aufgelegt. Die Licari nicht. Lo Monaco ahnte dieses Geräusch mehr, als dass er es hörte, bevor auch die Licari das Gespräch beendete. Er spulte das Band zurück, dann stellte er auf Höchstlautstärke.

Klick. Die Orlandi hatte aufgelegt.

Rauschen.

Und dann das.

Ein Schluchzen.

Und ein Wort, ganz leise, fast unhörbar.

»Genug …«

Klick. Dann wurde auch dort aufgelegt.

»Was war das?«, fragte sein Kollege.

»Das ist unglaublich: Dottoressa Licari hat geweint.«

Nervös sah Giuditta hoch zu Alessandro. Er beobachtete sie genau. Dann lächelte er und klatschte dreimal in die Hände. Sie war eine gute Schülerin. Er holte einen Wagenschlüssel aus der Hosentasche.

»Grauer Fiat Panda. Parkt hinter dem Bäcker.«

»Gut.«

»Du gehst hinten raus, an dem alten Schuppen vorbei, wo die Fahrräder stehen.«

»Aber da ist doch immer ...«

»Heute nicht. Geh jetzt.«

Giuditta blieb stehen und verlor kostbare Zeit.

»Du hast ihm doch nichts getan, Alessandro, du hattest es mir versprochen.«

Er beobachtete sie, aber diesmal stand zu viel auf dem Spiel, als dass sie den Blick abwenden konnte.

»Ich habe gesagt, du sollst gehen«, meinte er und nickte beruhigend. Da wusste Giuditta, Tadzio war noch am Leben. Sie verließ die Wohnung, lief die Treppen hinunter und ging in den hinteren Teil des Hofs. Sie öffnete den Schuppen und schloss die Tür hinter sich. Es roch stark nach Marihuana. Sie sah, wie das Licht durch die alte Eisentür zur Straße hereinfiel. Sie bekam sie nur mit Gewalt auf, weil sie schon seit Jahren nicht mehr geöffnet worden war. Dann schaute sie sich um, bis sie den Panda entdeckte. Mit brennenden Gewissensbissen warf sie noch einen Blick in den Schuppen, bevor sie die Tür schloss. Sie ging zum Wagen, der wie üblich unverschlossen war. Dann fuhr sie ins Krankenhaus. Alessandro blieb nachdenklich auf dem Bettrand sitzen. Oh, eigentlich dachte er an gar nichts, er konzentrierte sich, und je mehr er sich konzentrierte, desto mehr entfernte er sich von der Welt, er wäre eine Freude für jeden Zenmeister gewesen. Er sah auf die Uhr. Zu früh. Mindestens noch eine Minute. Er schaute vor sich auf den Boden und ließ die Sekunden vergehen. Dann nahm er den Hörer ab, der etwas sperrig war, weil etwas mit einem Saugnapf an der Sprechmuschel befestigt war, in dem sich ein zweites Mikrofon verbarg, das wiederum mit einem Rekorder verbunden war. Alessandro wählte die Nummer und legte sofort wieder auf. Dann zählte er bis zehn. Drückte die Playtaste des Gerätes und lauschte ein paar Sekunden Schweigen. Dann nahm er ein leises Geräusch wahr, das war das Zeichen. Er drückte auf »Pause«. Nahm den Hörer wieder ab, wählte wieder die Nummer, lauschte aufmerksam dem zweimaligen Klingeln, und in der verschwindend geringen Pause zwischen dem Geräusch, mit dem am anderen Ende der Hörer abgenommen wurde, und der Teilnehmer sich meldete, drückte er wieder die Pause-Taste und ließ das Band laufen, damit es seine Aufgabe vollendete.

»Hier fehlt eine Schraube.«

Vizzi hielt die ziemlich schmutzige Ablage hoch, die vor dem Spiegel im Bad von Miglios Motelzimmer hing.

»Ach ja?«, antwortete Miglio höflich. Er saß direkt vor der Zimmertür und streckte die Beine auf dem Gras des winzigen Motelgartens aus. Vor Vizzi war Semeraro da gewesen. Seine Kollegen würden einander abwechseln. Er war doch nicht dumm, natürlich wusste er, dass er offiziell überwacht wurde. Es war ihm ziemlich egal. Er hatte bemerkt, dass ihm in diesem neuen Leben, das er seit kurzer Zeit führte, eigentlich eine Menge egal war. Und es gab nur wenig, was ihm noch wirklich etwas bedeutete, und das hier war alles eine einzige Katastrophe. Er streckte die Hände aus und grub mit ihnen in der Erde. Sonst fühlte er sich dann immer besser, aber diesmal funktionierte es nicht. Er presste die Hand um eine Hand voll Gras. Nicht zu kräftig, er wollte es nicht zerquetschen. Er dachte an Giudittas verkrampftes Lächeln vom Abend vorher. An ihre Worte, die so hohl geklungen hatten wie eine Blechdose. Alles war in völliger Auflösung begriffen, und er konnte nichts weiter tun, als das Ganze nicht zu verstehen. Nicht zu verstehen, wie Giuditta an ihm zweifeln konnte. Oder wie Donatella das tun konnte. Und schließlich verstand er überhaupt nicht, wie er selbst an sich zweifeln konnte.

»Hast du vielleicht eine Schraube?«, fragte Vizzi und schaute aus dem Bad.

Das Telefon klingelte. Lustlos stand Miglio auf, wischte sich die Hände an den Jeans ab, ging hinein und streckte die Hand langsam nach dem Hörer aus.

»Hallo?«

Aus dem Hörer sprudelte ihm Giudittas Stimme entgegen. Sie klang rau, dunkel und verweint.

»Miglio …« Ihre Stimme brach.

»Giuditta!«

»Miglio, lass mich reden, Miglio, UM GOTTES WILLEN, WENN DU MICH JE GEMOCHT HAST, DANN LASS MICH REDEN!«, sie war richtig hysterisch. Miglio schwieg. »Donatella hat mich angerufen«, keuchte Giuditta. »Vor fünf Minuten … ich soll ins Krankenhaus kommen, um zu reden … sie will ihr ›Werk‹ von heute vollenden.« Sie schluchzte.

»Aber was …?«

Giuditta ging nicht auf ihn ein.

»Weißt du was, sie hat Recht. Ja, sie hat Recht ... ich kann so etwas nicht mit einer Frau machen, die halb so alt ist wie ich ... wir beide sind verrückt gewesen ... Vielleicht bin ich ja ein Monster, wie sie meint, wie alle schon immer gedacht haben, aber ich kann nicht dorthin zurück, ich möchte KEIN WORT MEHR HÖREN!«

»Um Himmels willen, Giuditta, beruhige dich!«

»Du musst zu ihr gehen. Du musst gehen, und zwar sofort, jetzt ist niemand bei ihr, rede mit ihr, bring das zwischen euch in Ordnung, ich ... ich ...«

Miglio war vollkommen verwirrt. So hatte er Giuditta noch nie erlebt.

»Ruf mich nicht an!« Plötzlich klang ihre Stimme gedämpft, traurig und farblos. »Ruf mich nie mehr an, es ist aus. Ich werde nicht antworten. Geh zu Donatella. Wenn du nur etwas Respekt für mich empfindest, dann geht zu ihr. Es ist genug ...« Dann hörte man nur noch ein Geräusch wie ein Stöhnen, Seufzen oder ein unterdrücktes Keuchen. Schließlich war die Leitung unterbrochen.

In aller Ruhe legte Alessandro den Hörer auf, dann drückte er die Stopptaste. In der Zwischenzeit begann das Telefon zu klingeln. Der Hörer vibrierte unter seinen Fingern, während er ganz ruhig das Klebeband von der Sprechmuschel entfernte, dann den Saugnapf und das zweite kleine Mikrofon. Das Telefon schwieg kurz, dann begann es wieder zu klingeln. Und klingelte. Klingelte.

»Wer war das?«, fragte Vizzi heuchlerisch, der Dottoressa Licaris Vornamen deutlich gehört hatte. Doch Miglio antwortete ihm nicht, es schien, als sei er verrückt geworden, er wählte ständig die gleiche Telefonnummer, lauschte, dabei bewegten sich nur seine Lippen, dann legte er auf und fing von vorn an.

»Was ist denn in dich gefahren?«

»Das möchte ich auch wissen«, war Miglios rätselhafte Antwort.

Ganz plötzlich gab er auf, erhob sich und lief im Zimmer umher. Vizzi sagte und tat nichts, er wartete auf einen Schritt von Miglio, um dem begegnen zu können. Auf einmal starrte Miglio ihn an, als sähe er ihn gerade eben zum ersten Mal.

»Was ist im Bad kaputt?«

»Wie? Ach ja, da fehlt eine Stützschraube unter dem Spiegel.«

»Ich halte es nicht aus, hier nur herumzusitzen, ich gehe zum Portier und frage, ob er einen Werkzeugkasten hat …«

»Ich bin Polizist wie du, diese Tricks brauchst du nicht …«

»DANN GEH DU DOCH!«

Dass Miglio diesen Satz schrie, verwirrte Vizzi.

»Schließ mich hier ein, geh zu diesem verdammten Portier und frag ihn, ob er eine Schraube hat! Was glaubst du denn? Dass ich ein Fenster einschlage und auf dem Moped flüchte?«

»Michelangelo, beruhige dich!«

Miglio kam ihm entgegen, schubste ihn beinahe unabsichtlich ins Bad und beugte sich zum Spiegel. Vizzis Blick begegnete dem seines ehemaligen Kollegen im Spiegel. Die Augen eines wahnsinnig gewordenen Engels. Hätte er weiter nach unten gesehen, hätte er bemerkt, dass Miglio seine Hand völlig unter Kontrolle hatte.

»Lass sehen!«, brummte der. Dann ging er zurück, zog

ganz einfach die Tür zu sich heran und verschloss sie mit dem Schlüssel, den er gerade innen abgezogen hatte. Er schloss zweimal herum.

Vizzi starrte das Schlüsselloch an wie ein Idiot. Völlig verblüfft. Miglio hat das nur gespielt. Miglio hatte ihn reingelegt. Unglaublich.

»Entschuldige, Michiel«, flüsterte eine Stimme von der anderen Seite der Tür. Dann hörte er wenige Geräusche, ein Schlüsselbund klimperte, ein Reißverschluss wurde hochgezogen, eine Tür öffnete und schloss sich.

Der unterschätzte Miglio. Schließlich raffte sich Vizzi auf, nahm sein Handy und tippte eine Nummer ein, dabei hörte er aus der Ferne nur noch das Geknatter von Miglios Moped.

»Verdammte … Scheiße«, fluchte Morabito nur, als er die letzte Schublade öffnete. Er und seine Männer stellten erst seit einer halben Stunde die Wohnung des Hauptverdächtigen auf den Kopf, und alle zwangen sich, nicht an sein Gesicht zu denken, daran, wie sie gemeinsam gelacht oder etwas getrunken hatten. Die letzte Schublade war abgeschlossen. Man brach sie auf. Später hätte sich der Schlüssel sicher gefunden, aber in solchen Augenblicken machte Morabito lieber kurzen Prozess, und ihm war es egal, wenn er ab und zu einen Verweis dafür bekam, er spielte lieber den harten Cop im Stile Amadeis, der war wirklich beinhart gewesen. Die Plastiktüte enthielt einige geordnete Umschläge und einen Ordner für die Negative. Morabito öffnete einen der Umschläge. Darin lagen Bilder einer Autopsie, die einige Zeit zurücklag. Das heißt, es hätten eigentlich Bilder von der Autopsie sein sollen. Stattdessen spielte die Leiche nur eine Nebenrolle, man sah Giuditta, die sich mit Kapuze und Mundschutz über die Leiche beugte und ihr in den Mund sah. Giuditta, die Escagno half, die Leiche umzudrehen. Giuditta, die sich einen Handschuh auszog und etwas in ihr Notizbuch schrieb, zwar etwas weiter hinten auf dem Bild, aber ganz scharf. Giuditta, die telefonierte. Fieberhaft öffnete Morabito die anderen Umschläge, aber das Bild änderte sich nicht: Die Licari auf dem Rückweg vom Einkaufen, die Licari, die sich im Flur an die Wand lehnte, in einer Hand einen Kaffee, mit der anderen blätterte sie in einer Akte, die Licari kniete auf dem Boden und untersuchte eine Blutspur am Tatort ... Sie war überall. An jedem Ort: Zentrale, Leichenschauhaus, Tatort, Straße. Es gab sogar Fotos, auf denen man nur ihren Schatten hinter den Gardinen sah. Der Inhalt dieser Umschläge ließ sich nur so zusammenfassen: Der Hauptverdächtige war vollkommen auf die Psychologin fixiert, die ihn jagte.

»Was gefunden?«, fragte einer seiner Männer vorsichtig und schaute durch die Tür.

»Ruf Lamberti an. Und sag ihm, er soll die Licari ausfindig machen.«

Morabitos Stimme klang gepresst. »Wir haben unseren Mann.«

Sie stellte den Panda auf einem Angestelltenparkplatz ab. Alessandro hatte alles ganz genau beschrieben, sie musste durch einen kleinen Tunnel und dann an den Stromzählern vorbei. Dann zog sie den Schlüssel ab, ließ die Wagentür aber offen. Es war jetzt sicher nicht ihre Hauptsorge, dass man den Wagen stehlen könnte. Sie entdeckte die große orangefarbene Tür und ging darauf zu, dabei schaute sie sich vorsichtig um. Kein Mensch war zu sehen und die

Fenster, die auf diesen armseligen Parkplatz gingen, waren die der Küche und der Abstellräume, in denen so spät kein Licht mehr brannte. Ein steriler Handschuh war ihr im Weg, als sie einen für die große Tür seltsam kleinen Schlüssel aus der Tasche holte und mit ihm die Tür öffnete. Das war der Personaleingang, der zu einer langen Reihe Treppenaufgänge führte. Giuditta ging hinauf, dabei kontrollierte sie ihren Atem wie ein Sportler bei einer leichten Trainingseinheit.

Lambertis Telefon hatte beschlossen, an diesem Abend sein Bestes zu geben. Gerade hatte der Ispettore sein Gespräch mit Lo Monaco beendet – er konnte kaum seine Wut über dieses dumme kleine Mädchen im Zaum halten, die dabei war, einen seiner besten Männer zu Boden zu schicken, nein, wie die Ambrosini sagen würde, eine seiner besten Frauen – verdammt er musste die Ambrosini informieren! –, da klingelte es schon wieder. Beinahe hätte er Morabitos Stimme nicht erkannt, sonst dröhnte die, doch jetzt klang sie flach und farblos, um den Kummer zu verbergen, der sie alle erfassen würde. Also wurde die erste Theorie immer dünner, während die zweite sich von Minute zu Minute mehr bestätigte.

»Bringt alles in die Zentrale. Vorher macht Fotos, ruft (Miglio) – egal wen, sie müssen nicht perfekt sein. Gute Arbeit, Morabito, trotz allem – gute Arbeit.«

Er legte auf, und bevor er darüber nachdenken konnte, dass er jetzt nicht nur die Ambrosini, sondern auch noch die Licari anrufen musste, klingelte es wieder. Lamberti glaubte bestimmt nicht daran, dass man etwas im Voraus wissen konnte, war sich aber sicher, dass dies der letzte und entscheidende Anruf sein würde.

»Lamberti.«

»Ispettore, Giglio ist abgehauen.«

»Was sagst du? Wann?«

»Vor ein paar Minuten. In diesem Scheißklo funktioniert das Handy ganz schlecht, und bei Ihnen war immer besetzt …«

»Leg dich fest. Wie viele Minuten?«

»Vier, höchstens fünf. Er fährt sein Moped. Er hat einen Anruf erhalten …«

»Ja, ja, ich weiß. Ich schicke sofort ein paar Männer ins Krankenhaus, du fährst zu Lo Monaco und Besio, die vor dem Haus der Licari postiert sind. Im Moment lassen wir ihr besser ihre Ruhe, du kennst ja ihre Kurzschlusshandlungen, und wenn ich ihr das sage …«

»Ich kann nicht.«

»Was?«

»Ich habe es Ihnen doch gesagt! Miglio hat mich im Klo eingeschlossen! Und wir sind hier nicht in einem amerikanischen Krimi, ich habe schon versucht, die Tür einzutreten und habe mir dabei den Knöchel verstaucht!«

Die Tür öffnete sich einen Spalt. Donatella tat weiter so, als schliefe sie, falls es sich um falschen Alarm handelte. Aber sie erkannte die Silhouette.

»Dottoressa«, flüsterte sie.

»Sag nichts. Ja, ich bin es.«

»Wo ist Michi?«

»Er wartet auf der Personaltreppe, hinter der Feuertür. Ich bin sicherheitshalber vorgegangen, um zu sehen, ob die Luft rein ist.«

Giuditta beobachtete den Flur, der nur spärlich von einem Lichtstrahl erhellt wurde. Dann schloss sie ganz leise die Tür, und obwohl es im Zimmer vollkommen dunkel war, sah Donatella, dass sie lächelte.

»Wir haben vereinbart, dass ich ihn kurz auf dem Handy anrufe, wenn die Luft rein ist.«

Sie ging zum Telefon.

»Ich benutze das hier, selbst wenn sie es merken, reicht ein Klingeln nicht aus, um den Kontrollmechanismus auszulösen.«

Blind wählte sie die Nummer, wartete einen Moment und legte wieder auf.

»Ihr habt ganze fünf Minuten, ich passe draußen auf. Wenn jemand kommt, werde ich laut sprechen und versuchen, ihn abzulenken. Aber sag mir mal, was ich in meinem Alter noch tun muss ... gib mir eins von den Kissen.«

Donatella zog ein Kissen hinter ihrem Rücken hervor, sie schwankte ein wenig, als sie Giudittas Arm berührte.

»Dottoressa?«

»Ja.«

»Es tut mir so leid, dass ich so hässliche Dinge über Sie gedacht habe, so, so leid.«

»Das macht nichts. Sie sind alle wahr.«

Dann stürzte sie sich unerwartet flink für ihr Körpergewicht mit dem ganzen Oberkörper auf Donatella und presste das Kissen fest auf ihren Kopf.

Raffaella Trighi suchte schon seit zehn Minuten einen Parkplatz, als ihr ein Moped den Weg abschnitt und quietschend vor dem Eingangstor zum Krankenhaus hielt.

Die Tür zu Donatellas Zimmer öffnete sich halb. Giuditta kam heraus. Sie sah nichts und niemanden an. Sie öffnete die Feuertür zum Treppenhaus, die sich sofort wieder hinter ihr schloss.

Der Wächter am Tor hörte das dumpfe Geräusch. Als fiele ein Gegenstand aus Metall auf den Boden. Er schaute nicht gleich auf, denn er las gerade die Sportzeitung. Als er sich vorbeugte, sah er ein Moped auf der Seite liegen, an dem sich ein Rad langsam drehte. Da musste der Ständer nachgegeben haben.

Giuditta versuchte, möglichst unbefangen auszusehen, als sie in den Panda stieg und in vorgetäuschter Ruhe davonfuhr. Wer sie nur flüchtig sah, musste sie für eine Angestellte halten, die nach einem langen Arbeitstag todmüde war.

Manuela Filangeri hatte sich gerade von ihrem Freund verabschiedet, der sich beim Hallenfußball ein Bein gebrochen hatte, als sie sah, wie ein junger Mann angerannt kam. Instinktiv wich sie ihm aus. Sie wusste genau, er wäre sonst mit ihr zusammengeprallt. In seinen Augen lag so ein Ausdruck … das waren Augen, die nichts mehr wirklich wahrnahmen.

Ein paar Meter hinter der Krankenhausausfahrt schaltete Giuditta in den vierten Gang und überschlug im Kopf den Zeitplan.

Die Krankenschwester Gioia Calussi nahm es dem armen totenbleichen jungen Mann nicht übel, dass er wie ein Verrückter den Flur entlangrannte. Wahrscheinlich hatte er erst vor Kurzem eine schlechte Nachricht erhalten. Im Krankenhaus war sie an derlei hysterische Ausbrüche gewöhnt.

Noch drei Ampeln. Jetzt keinen Fehler machen. Keine Geschwindigkeitsübertretung. Giuditta befahl sich, ruhig zu bleiben. Sie würde ganz vorsichtig nach Hause fahren. So wie es Alessandro ihr befohlen hatte.

Vera Nostoli zischte dem schrecklichen Rüpel, der um

diese Zeit durch die Flure des Krankenhauses rannte, ein paar hässliche Worte hinterher.

Sie musste hier schließlich einen Nierenstein ausscheiden, und mit ihren siebzig Jahren und den einundachtzig Kilo, die sie mit sich herumschleppte, war das schließlich keine Kleinigkeit! Hier gab es Menschen, die litten, das war kein Spielplatz!

Die Tür war angelehnt und wurde gewaltsam aufgerissen.

Niemand hörte etwas.

Als sie dieses Geräusch hörte, es klang eher wie ein Heulen als wie ein Schrei, drehte sie den Kopf. Hier waren Leute, die litten, das war schließlich kein Spaß.

Sie parkte den Panda in zweiter Reihe, ließ den Schlüssel im Schloss und versteckte die Handschuhe unter dem Sitz. Und stieg aus. Die Tür des Schuppens war angelehnt. Alessandro hatte das für sie getan, also war er jetzt nicht hier. Sie betrat den leeren Hof mit dem Wissen, dass sie immer noch in Gefahr war, jederzeit konnte sie jemand bemerken. So langsam wie möglich stieg sie die Stufen hinauf, dabei konnte sie ein Keuchen nicht unterdrücken. Bevor sie an der Tür war, hörte sie das Telefon klingeln. Sie rannte auf den Raum zu und konzentrierte sich darauf, das Keuchen und den Husten in ihrer Kehle in Überbleibsel eines hysterischen Weinkrampfes zu verwandeln. Es klingelte schon lange, vielleicht wollte der Anrufer gerade auflegen, vielleicht war es ja auch das richtige Gespräch, deshalb stürzte sie zum Telefon, nahm ab und ohne Luft zu holen schrie sie mit dem, was ihre Stimme noch hergab: »Es reicht, Miglio! Es reicht, es reicht, es reicht! Lass mich in Ruhe, hör auf, mich anzurufen! Ich kann nicht mehr!«

»Dottoressa?«

Ja, es war *der* Anruf. Sie nahm sich die Zeit, um wieder zu Atem zu kommen.

»Lamberti … Entschuldigen Sie bitte … es war nur …«

»Ich habe mir Sorgen um Sie gemacht, wissen Sie das eigentlich? Wenn Sie sich jetzt nicht gemeldet hätten, hätte ich Lo Monaco geschickt, um nach Ihnen zu sehen.«

(O Gott!)

»Verzeihen Sie, Ispettore … ich hätte es Ihnen erzählt … aber heute im Krankenhaus konnte ich nicht. Bei … bei Donatella ist etwas passiert …«

»Reden Sie nicht weiter. Ich bitte Sie.«

Giuditta schwieg.

»Ich muss Ihnen einiges erzählen. Aber das werde ich persönlich tun. Ich sitze im Auto und komme, um Sie abzuholen.«

»Wie bitte? Aber was …«

»Nur ein paar Minuten. Sie müssen jetzt stark sein, Giuditta, sehr stark.«

Giuditta betrat das Krankenhaus, nachdem sie Lambertis Wagen vor der Notaufnahme zwischen all den Polizeiwagen verlassen hatte. Sie wirkte zerzaust, trug ein Schlafanzugoberteil über den Hosen aus Vikunjawolle, hatte den Mantel aufs Geratewohl übergestreift. Sie war die Dritte im Bunde, die niemand verdächtigt hätte, Leidenschaft für einen Mann zu empfinden, der viel jünger und so verrückt war, dass er getötet hatte, um sie nicht zu verlieren. Endlich wirkte sie lebendig, menschlich, wie eine richtige Frau. Das Drama war noch nicht zu Ende. Miglio saß auf dem Bett und hielt seine Donatella im Arm, während mindestens drei Dienstwaffen auf ihn gerichtet waren. Er schaute sich um, begriff nichts, erkannte nicht einmal die Männer in Uniform, und beweinte den Tod seiner Freundin, weinte aus Schock, weil sich seine Welt auf den Kopf gestellt hatte wie ein umgedrehter Handschuh, viel zu schnell, er weinte wie ein Kind, dass seine Mutter in der Menge verloren hat. Doch da trat seine Mutter aus der Menge hervor und donnerte: »Nicht schießen! Er ist unbewaffnet! Nicht schießen!« Entweder lag es an Giudittas Tonfall oder an ihrer Rolle, die einer »Unfehlbaren«, die sie mit der Zeit für jedes einzelne Mitglied der Zentrale angenommen hatte, dass sie die Waffen ein wenig senkten. Vielleicht lag es aber auch an Lambertis Schweigen. Er kam hinter ihr her und wirkte um zehn Jahre gealtert. Giuditta betrat das Zimmer.

»Miglio …«

»Giuditta …«

»Beweg dich nicht, Miglio, bitte, beweg dich nicht!«

»Ich … ich verstehe nicht … Donatella ist tot … ich … verstehe nicht …«

»Lass nur, du musst jetzt nichts verstehen, nicht jetzt.«

»Was verstehen?«

»Dass du es für mich getan hast. Es ist meine Schuld, du hast es getan, um meine Aufmerksamkeit zu erregen … das ist nicht deine Schuld, mein Liebling …«

Miglio sah sich verwirrt um, da waren all diese Waffen, die auf ihn zeigten, der nicht schießen konnte und keine Dienstwaffe trug, er wusste nicht einmal, ob die geladen war, die in seiner Schreibtischschublade lag.

»Was soll ich tun? Giuditta, was soll ich jetzt tun?«

»Lass Donatella los … ja, sehr gut, leg sie aufs Bett … ja, gut …«

Miglio gehorchte ihr.

»Jetzt komm zu mir, Miglio, komm her, du weißt, du kannst mir vertrauen.«

Sie streckte die Arme aus. Miglio begriff, dass er sich jetzt nichts mehr wünschte, als sich an Giudittas stämmigen Körper zu klammern und die Welt zu vergessen, die ohne Vorwarnung, ohne jegliche Erklärung in Trümmer gestürzt war. Er wollte vergessen, dass alles, was er vielleicht gerade angefangen hatte zu verstehen, jetzt von diesem neuen Wahnsinn hinweggefegt wurde, der sich Wirklichkeit nannte. Er umschlang Giuditta heftig, und sie drückte ihn an sich.

»Braver Junge. Es wird alles gut. Das verspreche ich dir. Ich werde mich um dich kümmern.«

Miglio sah sie an. Dann sagte er instinktiv:

»Ich muss mich irgendwie verirrt haben.«

22. Kapitel

»Dottoressa Ambrosini, dürfen wir das als offizielle Mitteilung betrachten?«

»Ja. Dank der unermüdlichen Arbeit von Ispettore Lambertis Sonderkommission konnte der ›Schlächter‹ gefasst werden.«

»Stimmt es, dass es ein siebtes Opfer gegeben hat?«

»Leider ja. Der Mörder wurde gefasst, als er Donatella Orlandi tötete.«

»Bestätigen Sie, dass es sich bei dem Serienmörder um den Beamten Michelangelo Giglio, den Assistenten der Pathologin Giuditta Licari handelte.«

»Ja, das kann ich bestätigen.«

»Dottoressa, man weiß von sieben Opfern. Vermuten Sie, dass es noch weitere gibt?«

»Diese Frage kann ich nicht beantworten, bevor die Untersuchungen abgeschlossen sind.«

»Warum hat Dottoressa Licari nie gemerkt, dass sich der Mörder ganz in ihrer Nähe, praktisch an ihrer Seite, aufhielt?«

»Dottoressa Licari hat wie immer ausgezeichnete Arbeit geleistet. Leider ist sie in diesem schrecklichen Fall das größte Opfer.«

Im Büro brannte kein Licht. Auf den ersten Blick hätte man angenommen, es sei leer, so reglos standen die drei

Menschen in der Mitte des Zimmers. Eine große, blonde Frau mit verschränkten Armen hielt den Blick starr auf den Boden gerichtet. Ein Mann mittleren Alters stand leicht gebeugt da und ließ die Arme am Körper herunterhängen. Eine zweite Frau, sie war kleiner und stämmiger, starrte das Fenster an, obwohl die Jalousien heruntergelassen waren. Dottoressa Ambrosini, Lamberti und Giuditta Licari sprachen kein Wort miteinander. Ihr intensives Schweigen sagte alles, so trafen sie ihre Vereinbarung und besiegelten sie wortlos. Am Schluss ihrer stummen heimlichen Zusammenkunft, hob Lamberti den Kopf und alle drei schauten einander fest an, in dem Bewusstsein, was sie jetzt tun würden. Als der Ispettore endlich etwas sagte, bewegte er kaum die Lippen dabei und man hörte fast nicht, wie er sagte:

»Jeder tue das Seine.«

»Sergio? Ciao, hör mal, hier ist Giorgio Lamberti, entschuldige, dass ich so spät noch, aber … Ja, ja, es stimmt, wir haben ihn gefasst … Ja, einer von unseren Leuten … das weiß ich nicht, hör mal, hör mir zu, Sergio, deswegen rufe ich dich ja an … Ich habe noch etwas bei dir gut, erinnerst du dich … Du weißt schon, der Fall Fumagalli … Ich weiß, ich bitte dich da fast um einen Gefallen, aber ich glaube, wenn du diesen Jungen verteidigst, wird das deinem Bild in der Öffentlichkeit sehr gut tun, und wir werden deine furchtbaren Krawatten in Zukunft viele Abende lang in den Spätnachrichten auf dem Bildschirm ertragen müssen … Ja genau, ich habe gesagt, verteidigen … nein, er ist schuldig … die sind erdrückend, da gibt es überhaupt keinen Zweifel. Aber er hat kein Geständnis abgelegt, deshalb gibt es einen Prozess … ja, der wird direkt übertragen …

Geistige Unzurechnungsfähigkeit. Hundertprozentig ... Ja, das weiß ich genau ... Sergio, ich kenne den Jungen seit Jahren, wenn ich ihn nicht dort gesehen hätte, wäre ich der Erste, der ... Nein, bis jetzt hat ihn noch niemand besucht, aber du weißt, mit wem er gearbeitet hat? ... Richtig ... Ja, das stimmt. Vielleicht auch nicht, keine Ahnung, ich kenne mich nicht so gut mit dem Klatsch aus wie du ... Ich weiß nur, sie ist am Boden zerstört ... das geht nicht, sie ist Zeugin ... Ich habe sie zum Tatort gebracht – und habe dem Jungen Handschellen angelegt ... was ist ... nein ... nimmst du den Fall an? ... Gut. Ja, natürlich umsonst, was glaubst du denn? ... Okay .... sag niemandem, dass ich dir ... Nein, das kannst du, okay. Du bist wirklich ein Freund ... Ja, du kannst es ruhig verbreiten ... auch sofort, wenn das besser für dich ist. Rede mit ihm, dort wimmelt es sicher vor Reportern ... stell sicher, dass ihm niemand etwas antut, solange er dort ist ... alles andere macht die Licari. Vielen Dank nochmal, Sergio. Ja, sicher, sehr bald. Ciao.«

»Wir dürften eigentlich nicht miteinander reden.«

»Ich weiß.«

»In Ordnung. Was hast du für mich?«

»Sein Profil.«

»Wann hast du es erstellt?«

»Vor vier Jahren.«

»Hast du Zennato auch heimlich eine Kopie geschickt?«

»Das war gar nicht notwendig. Er hat mich doch selbst darum gebeten. Außerdem wollte er persönlich mit mir reden.«

»Hmh, du hast wieder keine Schemata erstellt.«

»Ich glaube nicht an Schemata, Professore, das wissen Sie doch.«

»Ich bin nicht mehr Professor, und du bist nicht mehr an der Universität, Giuditta. Beides ist sehr schmerzlich für mich. Ist er schuldig?«

»Ja.«

»Diagnose?«

»Trennungssyndrom, multiple Persönlichkeitsstörung, Schizophrenie. Genaueres kann ich nicht sagen.«

»Der Auslöser?«

»Er hat seine Kindheit auf einem Schlachthof verbracht. Für ihn sind Tod, Gemetzel, Blut und Angst etwas ganz Normales ... aber das wird er Ihnen selbst erzählen.«

»Das ist der Hintergrund. Aber ich habe dich nach dem Auslöser gefragt.«

»...«

»Also?«

»Das war ich.«

»...«

»Er hat es getan, um mir zu gefallen, damit ich mich für ihn interessiere. Und um mich zu erobern.«

»Ist ihm das gelungen? Als du meine Assistentin warst, schien das völlig aussichtslos.«

Beide schwiegen einen Moment.

»Professore ... Dottore Malvernari ... Sie werden das Gutachten für die Anklage schreiben. Das hätte sonst ich getan, aber das geht ja nicht. Und trotzdem bin ich es gewesen, die in den letzten Jahren jeden Tag einen ganz normalen, fröhlichen jungen Mann an meiner Seite hatte. Glauben Sie, ich hätte ihm erlaubt, mir so nahezukommen, wenn ich auch nur etwas von seinen zerstörerischen Kräften geahnt hätte?«

»Bei dem anderen Polizisten ist dir das auch nicht gelungen.«

»Das war etwas anderes. Der hat mir keine Wahl gelassen.«

»Gerade kam die Meldung von der Nachrichtenagentur herein. Anscheinend wird Sergio Geronzi Michelangelo Giglio, auch bekannt als der ›Schlächter‹, verteidigen, den Serienmörder, der sieben Opfer auf dem Gewissen hat. Die Öffentlichkeit kennt den brillanten Anwalt durch den Fall Camboni und den umstrittenen Freispruch, den er für Mario Fumagalli im Crackfall von Piacenza erzielte. Geronzi hat erklärt, er habe bisher nur wenige Fakten gesammelt, aber werde für seinen Mandanten auf vollkommene geistige Unzurechnungsfähigkeit plädieren. Deswegen ließe er von einem der besten Kriminalpsychologen, Dottore Alberto Maria Zennato, ein Gutachten erstellen. Die Anklage hat eine andere Größe auf diesem Gebiet der Psychiatrie als Gutachter angefordert. Dottore Ennio Malvernari soll den Geisteszustand des Angeklagten beurteilen.«

»Heute hat eine schweigende Menge Donatella Orlandis Begräbnis begleitet. Sie war das siebte und letzte Opfer des Serienkillers Michelangelo Giglio. Viele Menschen wollten ihr Mitleid mit der Familie und ihre Abscheu über den grausamen Tod des Mädchens zum Ausdruck bringen. Der Vater des Opfers hat eine Blumenkrone abgelehnt, die der Mörder, der Polizeibeamte Michelangelo Giglio, der jungen Frau schicken ließ. Tief gebeugt in seinem Leid hat der Vater die Entschuldigung, der Mann, der anscheinend unter einer Persönlichkeitsspaltung leidet, sei geistig unzurechnungsfähig, zurückgewiesen und erklärt, er und seine Frau würden ihm niemals verzeihen. Aus Respekt für das Opfer hat Dottoressa Licari nicht am Begräbnis teilgenommen, da die Leidenschaft, die der Mörder für sie empfand, ihn dazu gebracht hat, zu töten. Hier Signora Orlandis Kommentar:

›Giuditta ist ein Opfer wie Donatella! Sie ist noch an jenem Nachmittag bei ihr gewesen, an dem sie … Meiner Tochter hat es so leidgetan. Sie hat gesagt, Giuditta sei ein anständiger Mensch und sie habe sie falsch eingeschätzt. Es ist doch nicht ihre Schuld, dass sie in den Armen dieses Ungeheuers gelandet sind.‹«

»Monster oder Irrer? Heute wird der Prozess gegen Michelangelo Giglio eröffnet. Der achtundzwanzig Jahre alte Polizeibeamte ist sieben brutaler Morde angeklagt, die dem Serienmörder, der auch ›Schlächter‹ genannt wird, zugeschrieben werden. Obwohl die Beweise gegen den Angeklagten erdrückend sind, beteuert er weiter seine Unschuld. Erst vor ein paar Wochen wurde das siebte Opfer, seine Freundin Donatella Orlandi, beerdigt, und bis zum letzten Moment hatte Giglio gebeten, an dem Begräbnis teilnehmen zu dürfen. Als man ihm zum wiederholten Mal diese Erlaubnis verweigerte, hatte er eine Blumenkrone bestellt, die die Eltern des Mädchens jedoch zurückwiesen. Eine zweifelhafte Rolle in dieser Geschichte nimmt Dottoressa Giuditta Licari ein. Die bekannte Profilerin hat schon mehrfach entscheidend dazu beigetragen, dass Verbrechen in unserem Land aufgeklärt werden konnten. Es gibt Gerüchte, die Licari habe heimlich ein Verhältnis mit dem Angeklagten gehabt, der zwölf Jahre jünger ist als sie. Das wäre ein glaubhaftes Motiv für den Mord an Donatella Orlandi, aber es erklärt nicht die anderen Morde, insbesondere nicht ihre Brutalität. Sergio Geronzi, der Verteidiger des Angeklagten, hat ein psychiatrisches Gutachten für seinen Mandanten angefordert und plädiert auf geistige Unzurechnungsfähigkeit.«

23. Kapitel

Dottoressa Ambrosini zupfte nachdenklich an ihrer Robe, während sie vorgab, einige Notizen zu lesen. Der Saal war überfüllt. Man hatte Fernsehkameras zugelassen, die Hälfte der Anwesenden waren Reporter. Als man Anwalt Geronzi fragte, ob man das Gesicht des Angeklagten verdecken solle, und der die Frage an Miglio weitergab, hatte der in aller Unschuld gesagt:

»Nein, warum? Hier weiß doch jeder, wer ich bin.«

Alle Zeugen, auch Giuditta, saßen in den ersten drei Sitzreihen. Als Miglio bemerkte, dass sie nur zwei Treppenstufen hinter ihm saß, hatte er sie beruhigt angelächelt. Jetzt würde alles gut. Lamberti nahm auf dem vordersten Rand des Zeugenstuhls Platz. Die Ambrosini schaute auf, ihre Blicke trafen sich nur einen Moment, aber das genügte.

»Ispettore Lamberti, wie würden Sie den Angeklagten beschreiben? War er ein guter Polizeibeamter?«

»Ja. Er hat nie den geringsten Verweis bekommen und ich habe ihn nie ermahnen müssen. Fast nie.«

»Trotzdem haben Sie ihn vor ein paar Wochen für zwanzig Tage vom Dienst suspendiert.«

»Ja, das stimmt.«

»Was hat er getan? Hat er Fehler gemacht, es einem Vorgesetzten gegenüber an Respekt fehlen lassen?«

»Nein, so war es nicht. Ich habe ihn aus ... persönlichen Gründen suspendiert.«

»Können Sie etwas genauer sein?«

»Der Junge kam mir sehr erschöpft vor, er stand unter Druck, und ich dachte, eine zeitweilige Suspendierung von der Arbeit könnte ihm helfen.«

»Wenn ich mich nicht irre, war der Angeklagte Giuditta Licaris Assistent. Sicher eine wichtige Tätigkeit, aber ich kann mir nicht vorstellen, dass Fotografieren wirklich so nervenaufreibend sein soll.«

»Der Beamte Giglio wirkte äußerst nervös. Die Ursachen konnten sowohl in beruflichen als auch in privaten Problemen liegen und deshalb habe ich es für …«

Die Ambrosini unterbrach ihn auf der Stelle.

»Verzeihen Sie. Was meinen Sie damit, er wirkte nervös?«

»Na ja, er war unruhig, aufgeregt, wurde oft laut … er hatte auch eine verbale Auseinandersetzung mit Dottoressa Licari als sie uns ihre Theorien erläuterte.«

»Und so etwas kam normalerweise nicht vor?«

»Nein, nie.«

»Könnte es sein, dass Dottoressa Licari der Grund für die Nervosität des Angeklagten war?«

»Erklären Sie das näher.«

»Ich versuche festzustellen, welche Beziehung zwischen den beiden bestand. Hatten Sie nur ein berufliches Verhältnis oder war da mehr?«

»Na ja, nach so vielen Jahren gemeinsamer Arbeit … ist wohl eine Freundschaft entstanden, glaube ich.«

»Ich lese Ihnen Ispettore Broglias Aussage über die verbale Auseinandersetzung vor, die Sie gerade erwähnt haben: ›Wir waren mitten in der Besprechung, da hat der Beamte Giglio Dottoressa Licari unterbrochen. So etwas hätte niemand von uns gemacht, dazu hatten wir zu viel Respekt vor ihr. Er hat dann die Theorie mit der Spur entwickelt, die sich später als richtig erwies, aber dabei benahm er sich so überheblich, als wollte er die Dottoressa herausfordern. Sie hat ihn dann auch aufgefordert, mit ihr den Raum zu verlassen, und sie hatten eine persönliche Unterredung. Nach dem Gespräch waren die Augen des Beamten Miglio gerötet …‹ Meinen Sie diese Auseinandersetzung?«

Lamberti zwang sich, nicht unruhig auf dem Stuhl hin und her zu rutschen. Das war Teil des Spiels, und er hatte sich vorgenommen, bis zum Ende durchzuhalten.

»Ja.«

»Verzeihen Sie, aber mir scheint, der Tonfall hat die Grenzen eines freundschaftlichen Gesprächs überschritten. Es wirkt, als hätten die beiden Streit gehabt. Oder zumindest kein sehr gutes Verhältnis.«

»Das kann ich Ihnen nicht sagen.«

»Sie haben bestätigt, dass der Angeklagte oft laut wurde.«

»Ja, das ist vorgekommen.«

»Wem gegenüber?«

»Das weiß ich nicht. Ich habe ihn laut reden gehört.«

»Hat er vielleicht telefoniert? Mit seiner Freundin am Telefon gestritten?«

»Das kann sein.«

»Wussten Sie, dass seine Beziehung mit Signorina Orlandi nicht gerade unbeschwert war?«

»Ja, das wusste jeder bei uns, aber guter Gott, wir sind bei der Polizei, nicht in einem Friseursalon …«

»Dessen bin ich mir bewusst. Also, Ihnen ist aufgefallen, dass der Angeklagte nervös war, aber Sie haben den Beamten Giglio nicht gleich suspendiert, sondern erst nach Signorina Orlandis, nennen wir es Unfall.«

»Vorher hatte ich keinen Grund dazu. Nervöse Unruhe ist kein Vergehen.«

»Aber Spuren am Tatort zu zerstören schon ...«

»Das war ein merkwürdiger Auftritt. Niemand von uns hätte das von ihm erwartet!«

Morabito redete laut drauflos, das Mikrofon vor ihm erwies sich als überflüssig, ein Angestellter entfernte es diskret etwas weiter vom Mund. Avvocato Geronzi sprach ganz leise und ruhig, er sah den Zeugen nicht an, als interessiere ihn überhaupt nicht, was der erzählte.

»Können Sie mir erklären, wie Sie das meinen?«

»Miglio, also der Beamte Giglio war Dottoressa Licaris Schatten. Wir hielten ihn für ein großes Kind, und jeder von uns hatte gemerkt, dass er in die Dottoressa verknallt war, aber wir nahmen das nicht ernst. Beruflich konnte ihm niemand das Geringste vorwerfen, er war pünktlich und genau. Vielleicht übertrieb er es mit der Gewissenhaftigkeit ...«

»War er übereifrig?«

»Er tat etwas, bevor man ihn darum bat. Damit will ich nicht sagen, er war ein Speichellecker. Aber wenn ein Tatort mal besonders blutig war, dann kam er plötzlich und brachte dir einen Kaffee, um dich aufzumuntern.« Er sah Miglio an und entdeckte bei ihm das gleiche Bild der Unschuld, das er seit Jahren kannte. Miglio deutete ein Lächeln an und da passierte Morabito etwas, was ihm selten in seinem Leben geschehen war, seine Stimme brach. »Er war einfach Spitze.« Morabito benutzte die Vergangenheitsform, als spräche er von einem Toten.

»Kommen wir auf jenen Tag zurück.«

Morabito fing sich sofort und wurde wieder laut.

»Wir waren am Tatort des Mordfalls Disio, die Frau, die verblutet ist. Ich und die Licari, wir hatten uns schon gestritten, jetzt wartete ich nur noch darauf, dass sie ihre Untersuchungen beendete und Miglio – also der Beamte Giglio – seine Fotos machte. Dann passierte irgendetwas … er starrte plötzlich eine Pflanze an.«

Geronzi sah mit vorgetäuschter Überraschung von seinen Notizen auf.

»Eine Pflanze?«

Morabito fühlte sich von der Aufmerksamkeit des Anwalts geschmeichelt und wurde sofort noch einige Dezibel lauter.

»Ja, die Wohnung der Disio war voller Pflanzen, eine besonders große stand direkt neben der Leiche. Er hat sie plötzlich gesehen … ich kann das nicht erklären …«

»Ich versuche, Ihnen zu helfen. Es wirkte, als hätte der Beamte Giglio auf einmal die Anwesenheit der Pflanze wahrgenommen? Als sähe er sie zum ersten Mal richtig?«

»Ja, so ähnlich.«

»Fahren Sie fort.«

»Das war's. Er hat die Handschuhe ausgezogen und angefangen, mit der Pflanze zu reden und sie zu berühren. Um zu ihr zu kommen, ist er durch das Blut des Opfers gelaufen.«

»Sie meinen, er hat Spuren am Tatort zerstört?«

»Ja. Er verhielt sich wie ein Schlafwandler. Also, ehrlich gesagt, auf mich wirkte er, als sei er verrückt geworden.«

»Sie sagen, er hat mit der Pflanze geredet. Erinnern Sie sich an seine Worte?«

»Na ja, er hat undeutlich gesprochen, ich habe wenig verstanden. Er sagte, die Pflanze hätte alles gesehen, sie hätte wegen des Todes der Disio gelitten, dabei wäre er fast in

Tränen ausgebrochen. Aber ich bin mir nicht sicher, ob das genau seine Worte waren.«

»Und wie haben Sie die Situation gelöst?«

»Darum hat sich die Licari gekümmert. Sie hat ihn gerufen, bis er, sagen wir mal ›aufgewacht‹ ist. Dann hat sie ihm gesagt, er soll stehen bleiben, hat ihm neue sterile Schutzkleidung gebracht, hat sie ihm angezogen und ihn da rausgeholt.«

»Dottoressa Licari hat den Beamten Giglio wie ein Kind bei der Hand genommen, die sterile Schutzkleidung gewechselt und ihn hinausgebracht?«

»Ja. Man sah, dass sie sehr besorgt war. Er hörte nicht auf, sich zu entschuldigen. Ich weiß, dass sie später Himmel und Hölle in Bewegung gesetzt hat, damit er nicht suspendiert wird. Aber es war schrecklich zu sehen, wie er mit der Pflanze redete …«

»Eine letzte Frage, Ispettore Morabito: Ist Ihnen bekannt, ob Giglio Umweltschützer ist?«

»Und wie! Er ist uns jahrelang auf die Nerven gegangen, wir sollten den Müll trennen. Wenn wir das Papier nicht in den richtigen Behälter warfen, hat er uns sogar Mörder genannt: Wir hatten uns daran gewöhnt …«

»Danke, keine weiteren Fragen.«

Dottoressa Ambrosini und Dottore Escagno, der Gerichtsarzt, plauderten nett miteinander, fast als säßen sie beim Tee. Einer lächelte freundlicher als der andere.

»Natürlich erinnere ich mich daran. Aber nur weil Dottoressa Licari immer so ernst ist, und an diesem Tag war sie aufgeregt wie ein kleines Mädchen.«

»Können Sie uns erklären, warum, Dottore Escagno?«

»Während der Autopsie des vierten Opfers, Amos Terlenghi, hatte die Dottoressa ganz plötzlich eine Eingebung, die den Endotrachealschlauch betraf.«

»Erklären Sie uns das näher?«

»Der Dottoressa war aufgefallen, dass der Schlauch, mit dem Terlenghi umgebracht wurde, völlig veraltet war. Warum hat der Mörder nicht einen normalen Intubationsschlauch benutzt, wie man ihn in jedem Krankenhaus findet? Dann hatte sie diese Eingebung: Das Opfer war mit einer großen Dosis eines Narkosemittels betäubt worden, das man oft verwendet, um Tiere einzuschläfern, es heißt Promazin. Dem entnahm die Dottoressa, da könnte es eine Verbindung geben und der Mörder schicke uns eine ökologische Botschaft …«

»Gut, Dottore Escagno, wenn Sie jetzt bitte zum Wesentlichen kommen …«, drängte ihn Dottoressa Ambrosini.

»Ja, ja natürlich. Die Dottoressa hatte jemanden angerufen und deswegen einen Handschuh ausgezogen und ihn in die Tasche gesteckt. Ich hatte es nicht bemerkt. Aber als sie dann zur Hundestaffel gehen wollte, hat sie den Beamten Giglio zu sich gerufen, um zu erfahren, ob sein Wagen bereitstand. Und da passierte es …«

»Was genau passierte?«

»Die Dottoressa trug unsere sterile Einmalschutzkleidung. Auf dem Weg aus dem Raum zog sie sie hastig aus, und ich ging mit ihr hinaus. Als sie beinahe an der Tür war, fragte sie der Beamte Giglio, ob sie nur einen Handschuh hätte.«

»Sie sagen also, der Beamte Giglio war nicht anwesend, als die Dottoressa den Handschuh ausgezogen hatte, aber während sie den Raum verließ, hat er sofort bemerkt, dass sie nur einen Handschuh trug?«

»Genau. Sie selbst hatte es vergessen, suchte in ihrer Tasche und warf ihn dann weg. Die beiden lachten kurz darüber, ich erinnere mich nicht genau an die Worte, aber sie sagte, er müsse aufhören, sie so anzustarren, oder so ähnlich.«

»Haben Sie diesen kleinen Zwischenfall irgendwann damit in Verbindung gebracht, dass der Serienmörder kurz darauf einen Handschuh, den er beim Mord an Signora Disio benutzte, in Dottoressa Licaris Kleidung versteckte?«

»Ehrlich gesagt nicht.«

»Ist Ihnen bekannt, dass der Beamte Giglio Umweltschützer ist?«

»O ja. Mit Leichen hat er kein Problem, aber wehe, man sagt etwas über Versuchstiere. Dann wird er fuchsteufelswild.«

Avvocato Geronzi widmete Dottore Stelvio Giurioli, dem Tierarzt, der die Hundestaffel der Drogenfahndung betreute, seine gesamte Aufmerksamkeit, die er sich vorher bei Morabito gespart hatte.

»Also, Dottore, Sie sagten mir gerade, der Beamte Michelangelo Giglio sei bei Ihrem Gespräch mit der Dottoressa Licari nicht anwesend gewesen?«

»Er ist nicht mal mit reingekommen, um jemanden zu begrüßen oder sich umzuschauen … Er ist sofort in den Zwinger gelaufen, um mit den Hunden zu spielen.«

»Und warum kam Ihnen das merkwürdig vor, Dottore Giurioli?«

»Sehen Sie, Dottoressa Licari war zur Hundestaffel gekommen, um die Sache mit dem Endotrachealschlauch und dem Promazin zu überprüfen, aber ihr Kollege schien sich überhaupt nicht dafür zu interessieren. Als wäre ihm der Fall völlig gleichgültig.«

»Oder als wüsste er schon alles über den Schlauch und das Promazin?«

»Ja, so konnte es wirken.«

Loredana Ambrosini räusperte sich, bevor sie vorlas:

»Ich beantrage, dass man die von der ermittelnden Behörde erstellte Liste zu den Akten nimmt, aus der hervorgeht, dass der Beamte Giglio zur Tatzeit der dem Serienmörder zugeschriebenen Verbrechen dienstfrei hatte. Als Assistent von Dottoressa Licari hatte er die gleichen Dienstzeiten wie sie. Eventuelle Alibis des Angeklagten werden gerade überprüft.«

Neid ist ein hässliches Tier. Ispettore Marcello Broglia, klein, dünn und unattraktiv, war es ihm nicht gelungen, seinen Neid auf den Beamten Giglio zu überwinden, obwohl der Broglias regelmäßige Sticheleien gegen ihn nie zu bemerken schien. Jetzt hatte er die Gelegenheit, seine jahrelang aufgestaute Wut loszuwerden.

»Ja, diese Spur. Der Beamte Giglio hat sie in der Besprechung angesprochen. Und sie erwies sich als richtig: Jedes Opfer war schon mit dem Gesetz in Berührung gekommen. Hatte eine kriminelle Vorgeschichte oder eine Anzeige erstattet … war irgendwie mit der Polizei in Kontakt gekommen.«

Die Ambrosini blätterte sofort ihre Akten durch und fragte:

»Wer hat das überprüft?«

»Der Beamte Giglio persönlich.«

»Sonst niemand?«

»Na ja, nach den letzten Vorfällen wurde alles noch einmal überprüft. Es war so, wie er gesagt hatte.«

»Klären Sie mich auf, Ispettore Broglia. Wenn ich solche Nachforschung anstellen wollte, wie könnte ich da vorgehen?«

»Das könnten Sie nicht. Niemand außer Mitgliedern der Ordnungskräfte oder der Regierung hat Zugang zu den Polizeiarchiven.«

»Also, wenn ich nur Personen töten wollte, die mit der Polizei zu tun hatten, müsste ich einen Polizeibeamten bitten, mir eine Liste zu erstellen?«

»Das könnte er auch nicht. Die Daten sind geheim.«

»Eine letzte Frage: Glauben Sie, ein guter Hacker könnte die Sperren überwinden und in die Polizeiarchive eindringen?«

»Na, ich hoffe nicht. Aber ich will es nicht ausschließen.«

Die Ambrosini schien langsam müde zu werden.

»Nehmen Sie zu Protokoll: Der nächste Zeuge hat eingewilligt auszusagen, aber er will anonym bleiben. Sein Gesicht darf weder fotografiert noch anders wiedergegeben werden und sein Name bleibt geheim. Für die Befragung wird er den Namen Paolo annehmen.«

»Welches Verhältnis hatten Sie zu dem Beamten Miglio?«

»Er hat sich wegen Polizeiangelegenheiten ein paar Mal an mich gewandt. Das kam vor. Aber diesmal ging es um etwas Privates, ich sollte eine Person aufspüren, die in einem Chat schrieb. Das war nicht schwer, und ich habe es getan.«

»Was haben Ihre Nachforschungen ergeben?«

»Es war so ein Typ, der im Rollstuhl sitzt, in vielen Chats schrieb, fast alles Sexchats.«

»Also ging es nur um ein paar Blätter mit Informationen?«

»Nein, nein, Giglio hat mich gebeten, alle Chats zwischen dem Typen und einer gewissen Nova auszudrucken, später habe ich begriffen, dass das die Licari war.«

Die Ambrosini drehte sich theatralisch um und sah Giuditta an, die den Blick abwendete. Die Staatsanwältin richtete ihre Aufmerksamkeit wieder auf den Zeugen.

»Kennen Sie den Inhalt der Seiten?«

»Nichts Besonderes, nur ein paar Schweinereien … Sie haben sich gegenseitig aufgegeilt.«

»Waren Sie anwesend, als der Angeklagte sie gelesen hat?«

»Nein, dazu waren es zu viele, hundert Seiten vielleicht. Aber während er sie überflog, sah er nicht gerade glücklich aus.«

Miglio saß angespannt auf seinem Stuhl und errötete heftig.

»Sitzen Sie bequem? Brauchen Sie noch etwas?« Die Ambrosini sah Daniele Messori fürsorglich an, den einige muskulöse Bedienstete auf die Zeugenbank gesetzt hatten. Ihm schien es überhaupt nicht zu gefallen, dass ein Haufen Menschen, und schlimmer noch, die Fernsehkameras das Ganze beobachteten.

»Nein«, brummte er unhöflich.

Die Ambrosini lächelte ihn an und nahm sich eine ganze Minute Zeit, um ein Blatt durchzulesen. Dabei ging sie es Zeile für Zeile mit dem Stift durch. Dann startete sie ihren Angriff.

»Besuchen Sie gewisse Lokale wie das *Hot Shot* regelmäßig, Signor Messori?«

Daniele war nicht darauf vorbereitet, dass sie so schnell zur Sache kam. Er rutschte unruhig auf der Bank herum und schwitzte stark.

»Nein, nicht regelmäßig. Ab und zu.«

»Ich glaube, es ist allgemein bekannt, warum jemand diese Lokale besucht. Würden Sie uns erzählen, was an dem betreffenden Abend passiert ist?«

»Ja, gut, also, ich war mit ein paar Freunden dort ... sie haben auch ausgesagt ... also, ich war dort und habe mir die Stripteasetänzerinnen angesehen ... ich lernte Leute kennen, da war eine Frau, die ... na ja, in solche Lokale kommen auch Professionelle. Irgendwann setzte sich jemand neben mich und wollte mir ein Bier ausgeben. Ich drehte mich um und sah, das war er.«

»Sie meinen den Angeklagten?«

»Ja, den ›Schlächter‹, also Giglio.«

»Ist er hier im Saal? Können Sie ihn uns zeigen?«

»Ja, der Blonde in der ersten Reihe.«

»Es soll zu Protokoll genommen werden, dass der Zeuge gerade den Angeklagten erkannt hat. Fahren Sie bitte fort, Signor Messori.«

»Also, er wollte mir ein Bier ausgeben, und ich habe es akzeptiert. Dann haben wir über dies und jenes geredet, aber irgendwann hat er angefangen, mir zu drohen und hat gesagt, wenn ich eine gewisse Frau nicht in Ruhe ließe, würde er mich umbringen.«

Die Ambrosini wurde einen Spur leiser, und Daniele senkte ebenfalls die Stimme.

»Hat er deutlich gesagt, er würde Sie umbringen?«

»Keine Ahnung, er würde mir das Gesicht einschlagen oder so ähnlich. Ich habe Angst bekommen, in meinem Zustand, Sie verstehen ...«

»Haben Sie begriffen, wer die Frau war, von der Sie sich fernhalten sollten?«

»Nicht gleich, zuerst habe ich gedacht, er meinte eine der Nut... der Mädchen an der Bar. Später wurde mir klar, er meinte eine, die ich im Chat kennen gelernt hatte. Eine gewisse Nova.«

Im Gerichtssaal war es still. Inzwischen wusste hier jeder, wer Nova war.

»Waren Sie nicht erstaunt, dass der Angeklagte Sie kannte, obwohl Sie im Chat doch den Namen Aries benutzten?«

»Ja, aber in dem Moment habe ich nicht daran gedacht.«

»Und haben Sie auch nicht überlegt, dass Sie als Aries nie das *Hot Shot* erwähnt hatten, sondern in anderen Chatrooms, die, sagen wir mal ... eher Hardcore waren?«

»Wissen Sie, in dem Augenblick habe ich nur daran gedacht, dass ich nicht verprügelt werden wollte.«

»Deshalb haben Sie versprochen, jeden Kontakt zu Nova abzubrechen.«

»Ja. Und das habe ich am folgenden Tag auch getan.«

»Sie haben doch den Angeklagten gesehen? Haben Sie sich nicht gefragt, wie ein junger Mann wie er, Sie entschuldigen schon, eifersüchtig auf *Sie* sein könnte?«

»Das habe ich mich natürlich gefragt. Ich habe gedacht, vielleicht ist er verrückt. Oder Scheiße im Bett.«

»Warum haben Sie geglaubt, Nova sei seine Freundin?«

»Er hat über sie geredet, als wäre sie es.«

»Und Sie wussten nicht, dass Nova in Wirklichkeit Dottoressa Licari hieß?«

»Nein.«

»Auch nicht, dass Sie einen Polizeibeamten vor sich hatten?«

»Nein.«

»Das haben Sie aber später herausgefunden?«

»Dass er zur Polizei gehörte, ja.«

»Und wie?«

»Ich habe ihn erkannt.«

»Den Angeklagten? Wo haben Sie den Angeklagten wiedererkannt?«

»Im Fernsehen. Nach der Geschichte mit dem Handschuh gab es einen Bericht im Fernsehen, da versuchten die Reporter, die Dottoressa zu interviewen, und bei der Gelegenheit habe ich ihn in ihrer Begleitung erkannt. Während er mit ihr durch die Haustür ging. Er hatte so eine Art, die Reporter wegzuschicken, genau wie bei mir. Als ob er sie hasste ... als ob er mich hasste.«

»Dadurch kam Ihnen der Gedanke, bei Nova und der Dottoressa Licari könne es sich um die gleiche Person handeln?«

»Nein.«

»Also, Sie wollen mir erzählen, Sie haben NIE herausgefunden, dass Nova im wirklichen Leben Dottoressa Licari hieß?«

»Nein, verdammt noch mal!«

Der Richter schritt sofort ein.

»Signor Messori, bitte vermeiden Sie bestimmte Ausdrücke!«

»Entschuldigen Sie bitte, Euer Ehren!«

»Also, Sie haben nie begriffen, dass Dottoressa Licari Nova war?«

»Nein, sie wusste ja auch nicht, wer ich war.«

»Das stimmt so nicht. Dottoressa Licari hatte einen Verdacht, was Ihre Identität betraf. Sie gaben sich als Architekt aus, richtig?«

»Ja … manchmal. Wissen Sie …«

»Dottoressa Licari hatte ihren Assistenten Michelangelo Giglio gebeten, nicht ganz legale Nachforschungen über Sie anzustellen. Die Ergebnisse wurden teils Dottoressa Licari, teils dem Beamten Giglio übergeben.«

»Das wusste ich nicht.«

»Erklären Sie uns, welche Art von Gesprächen Sie geführt haben.«

»Wie meinen Sie das?«

»Worüber haben Sie sich unterhalten? Über die Arbeit? Das glaube ich nicht, da Sie beide in diesem Punkt gelogen haben. Über Sport? Politik?«

»Na, Sie wissen doch, wie Chats sind …«

»Das weiß ich nicht. Erklären Sie es mir.«

Daniele war jetzt schweißgebadet.

»Wir hatten Sex. Virtuellen Sex.«

»Sie schrieben einander Dinge, um sich gegenseitig zu erregen, richtig?«

»Ja, genau.«

»Aber nach dem Treffen mit dem Beamten Giglio haben Sie nicht mehr an Nova geschrieben. Warum?«

»Na ja, der hat mir Angst eingejagt. Und so jemanden wie Nova konnte ich überall finden. Denn …«

»Denn die Beziehung zu Nova bedeutete Ihnen nichts.«

»Aber nein, ich hatte noch andere Frauen. So läuft es eben in den Chats …«

»Haben Sie nie daran gedacht, Sie könnten Nova, alias Dottoressa Licari, etwas bedeuten?«

»Nein – ehrlich gesagt, nein.«

Der Richter räusperte sich, dann sagte er:

»Jetzt wird die Aussage eines Minderjährigen verlesen,

A.M., wohnhaft im gleichen Haus wie Dottoressa Licari. Er bezeugt, was er in der Nacht gesehen hat, in der Daniele Messori Michelangelo Giglio begegnet ist. Lesen Sie vor.«

Er winkte Dottoressa Ambrosinis junger Assistentin, die ohne zu zögern vorlas:

»Meine Mutter schlief schon, und ich habe eine SMS an eine Freundin geschrieben. Da der Empfang sehr schlecht war, habe ich mich ans Fenster gestellt, und als ich rausgeschaut habe, sah ich den Beamten Michelangelo Giglio – Identifizierung wurde mittels Foto durchgeführt –, der die Fenster von Dottoressa Licaris Wohnung anstarrte. Ich kannte ihn gut, denn er holte sie oft morgens ab, um sie zur Arbeit zu fahren. Da die Verbindung nicht gut war, bin ich dann auf die Terrasse gegangen, um die SMS an meine Freundin zu schicken. Dann habe ich gehört, wie eine Tür aufging und die Dottoressa vorsichtig hinausschaute. Wir haben geredet, und ich habe sie gefragt, ob sie ausgehen wollte, und sie hat nein gesagt. Da habe ich sie scherzhaft gefragt, ob sie Angst hätte, ihr Freund da draußen könnte sie verfolgen, und dann ist sie ganz blass geworden. Sie hat versucht zu lächeln, aber ich habe gemerkt, dass sie wirklich Angst hatte. Dann ist sie wieder in ihre Wohnung gegangen und kurz darauf habe ich das Gleiche getan. Als ich aus dem Fenster sah, stand der Beamte Giglio nicht mehr da.«

Die Ambrosini beugte sich zum Mikrofon vor.

»Weiterhin wird festgestellt, dass der Minderjährige angibt, er habe den Angeklagten in dieser Zeit öfter dabei beobachtet, dass er dort stand und die Fenster von Dottoressa Licaris Wohnung anstarrte.«

Anders als Dottoressa Ambrosini wirkte Geronzi weder müde, noch als wollte er unbedingt die Befragungen abschließen.

»Beamter Semeraro, was genau wurde Ihnen an diesem Tag zugetragen?«

»Na ja, das war Klatsch, den mir einer der Assistenten aus dem Labor erzählt hat. Später kam heraus, dass das Gerücht vom Beamten Chiarolla stammte, der an diesem Tag Dienst in dem Transporter hatte, von dem aus Dottoressa Licaris Telefongespräche abgehört wurden. Natürlich wusste die Dottoressa darüber Bescheid.«

»Der Inhalt des Gesprächs ist dem Gericht bekannt und findet sich auf Blatt fünfzehn. Können Sie uns eine kurze Zusammenfassung geben?«

»Ich habe das Gespräch nicht gehört. Ich weiß nur, dass Miglios Freundin Donatella Dottoressa Licari angerufen und ihr eine Eifersuchtsszene gemacht hat. Und dass die Dottoressa sichtlich erschüttert war.«

»Und was taten Sie daraufhin?«

»Ich schicke mal voraus, ich tratsche nicht gern. Von mir aus hätte der Klatsch an dieser Stelle geendet. Aber ich weiß doch, wie das in der Zentrale läuft, jemand anders hätte von dem Gespräch erfahren und es vielleicht noch mit weiteren Details ausgeschmückt, eine Sekretärin oder irgendein Kollege, der ein größeres Arschloch ist als ich … entschuldigen Sie bitte.«

Der Richter schritt sichtlich erschöpft ein. Ihm war anzumerken, dass er gern nach Hause wollte.

»Versuchen Sie bitte, sich korrekt auszudrücken, Beamter Semeraro.«

Semeraro nickte, und Geronzi bedeutete ihm herablassend:

»Bitte, fahren Sie fort.«

»Ich habe ihn beiseitegenommen, ich meine Michelangelo, und habe ihm kurz von dem Telefongespräch erzählt, und dass es abgehört wurde.«

»Wie hat er reagiert?«

»Oh, ziemlich heftig.«

»Was meinen Sie mit heftig?«

»Er hat laut auf seine Freundin geschimpft und einen Tobsuchtsanfall bekommen. Ich habe versucht, ihn zu beruhigen, aber er wollte gleich nach Hause fahren.«

»Haben Sie den Angeklagten je in einem solchen Zustand gesehen?«

»So wütend noch nie.«

»Woher kam dieser Zorn, was glauben Sie?«

»Ich glaube der Grund war, dass Donatella Dottoressa Licari beleidigt hat. Michelangelo war verrückt nach der Frau.«

»Hat er Ihnen das je gesagt?«

»Nein, kein Wort. Aber man musste nur sehen, wie er sie anschaute.«

»Glauben Sie, seine Leidenschaft wurde erwidert?«

»Das weiß ich nicht. Ich habe fast nie mit Dottoressa Licari gearbeitet, aber es ist nicht leicht zu durchschauen, was in ihrem Kopf vorgeht. Miglio sagte selten etwas über sie, und wenn er das tat … klang das, als redete er, na ja, von einer heimlichen Liebe.«

»Ein letzte Frage noch. Der Tag, an dem Sie dem Angeklagten den Klatsch über das Telefongespräch erzählt haben, war das auch der Tag, an dem Donatella Orlandi überfallen wurde?«

»Ja, das war ein paar Stunden später. Ich habe mich sofort schuldig gefühlt.«

»Weil Sie annahmen, der Angeklagte, der sich ja so aufgeregt hatte, könnte diesen Angriff verübt haben?«

»Ja.« Er sah zu Miglio hinüber, der neben Geronzi saß. »Entschuldige, Miglio, aber an dem Tag warst du nicht du selbst …«

»Danke, Beamter Semeraro. Sie können gehen.«

Es schien eine Ewigkeit zu dauern, bis die Ambrosini sich erhob. So viele Tage mit unzähligen Befragungen, Stimmen, Gesichtern und Worten. Aber auf diese Worte hatten alle gewartet.

»Die Anklage ruft Dottoressa Licari in den Zeugenstand.«

24. Kapitel

Loredana Ambrosini tat so, als zupfte sie ihre Robe zurecht, gab vor, etwas in ihren eigenen Aufzeichnungen nachzuschauen und blätterte sie durch, als suche sie etwas. So gab sie Giuditta die Zeit, mit hölzernen Schritten auf den Zeugenstuhl zuzugehen, sich aufrecht und steif hinzusetzen. Das Nadelstreifenkostüm wurde ihr langsam zu eng, sie trug die Jacke offen und der Rock presste ihre Oberschenkel zusammen wie ein Schraubstock. Die Ambrosini ließ noch einige Sekunden vergehen, damit das Raunen und Husten im Saal verebbte. Schließlich schaute sie auf und begegnete Giudittas Blick. Es gab weder ein Zeichen des Einverständnisses noch einen verstohlenen Blick. Doch die Botschaft kam trotzdem an.

»Dottoressa Licari, Sie müssen mir verzeihen, aber ich werde gezwungen sein, Ihnen sehr direkte Fragen zu stellen.«

»In Ordnung.«

»Wie Sie wissen, soll in diesem Verfahren festgestellt werden, ob der Angeklagte, dem sieben Morde zur Last gelegt werden, der aber seine Unschuld beteuert, zum Tatzeitpunkt voll zurechnungsfähig war. Geisteskrankheiten sind Ihr Fachgebiet, nicht wahr?«

»Ja, ich bin Profilerin.«

»Beginnen wir genau hier. Sie sind Expertin mit mehrjähriger Berufserfahrung. Sie sind mit zahlreichen Verbrechern in Berührung gekommen, die Veränderungen der psychischen Balance aufwiesen, und dennoch …«

Pause.

»… ist Ihnen bei dem Beamten Giglio nichts aufgefallen. Sie haben nie bemerkt, dass er – entschuldigen Sie, das ist sicher nicht der richtige Fachausdruck – wahnsinnig sein könnte. Oder zumindest unter einer psychischen Störung litt. Aber jetzt sollen wir glauben, er sei nicht zurechnungsfähig gewesen, als er seine eigene Freundin mit einem Kissen erstickte?«

Was war Loredana Ambrosini doch für eine gute Schauspielerin! Das musste Giuditta ihr lassen. Seit dem Tag, an dem Miglio verhaftet und Giuditta damit zur wichtigsten Zeugin im Prozess wurde, waren sie einander nicht mehr begegnet. Inzwischen war einige Zeit vergangen. Giuditta hatte sie hauptsächlich in ihrer Wohnung verbracht, ohne ans Telefon zu gehen oder Besuche zu empfangen. Lamberti hatte ein paar Männer in ihrer Nähe postiert, aus Angst, sie könnte eine Dummheit begehen oder jemand könnte sie belästigen. Andrea, der anonyme, weil minderjährige Zeuge, hatte Giudittas Briefkastenschlüssel bekommen. Er sortierte Briefe, Rechnungen und Werbung, dann ging er hinauf, wobei er immer zwei Stufen auf einmal nahm, rief: »Post!« und schob die Umschläge unter der Tür durch. Die Briefe kamen immer geöffnet bei ihr an, das war das Zeichen, dass Giuditta sie lesen sollte. Sorgfältig suchte Tadzio die der schlimmsten Extreme in jeder Richtung aus, die Drohbriefe, die ihr verkündeten, sie würde bald zur Hölle fahren, andere legten kleine Heiligenbildchen bei, die sie, diese Heilige, beschützen sollten. Er wusste, sie würden ihr ein Lächeln entlocken. Giuditta lächelte und legte Briefe und Heiligenbildchen sorgfältig geordnet ab. Dann kamen ungeöffnete Briefe. Sie hatten alle den gleichen Absender. Giuditta glättete sie sorgfältig und legte auch sie ab. Immer wieder las sie ihre Adresse in dieser krakeligen Kinderschrift mit fahrigen Unterlängen, die sie beinahe unlesbar machte. Manchmal stand da ein »zu händen der sehr geehrten dottoressa« (alles klein geschrieben, mein lieber Junge! ...), manchmal auch nur ihr Name. Giuditta brauchte nur diese drei Zeilen zu lesen, um zu wissen, dass sie den Brief nicht öffnen musste. Andere hatten sie schon gelesen. Vielleicht waren sie schon zu den Akten genommen worden.

»Ja, davon bin ich überzeugt.«

»Verzeihen Sie, aber es fällt mir schwer, Ihnen das zu glauben. Ist es nicht eher denkbar, dass Michelangelo Giglio eine Rolle gespielt und Sie wie alle anderen getäuscht hat? Dass Sie sich einmal geirrt haben? Kommen Sie, Sie werden sich doch nicht für unfehlbar halten!«

Tagelang war Giuditta im Geiste sämtliche Antworten auf Dutzende möglicher Fragen durchgegangen, um die Schwachstelle zu finden, die Lücke, den Punkt, über den sie stolpern konnte. Als Alessandro am Morgen nach ihrer tragischen Entdeckung, dass sie leider nicht unfehlbar war, in ihrer Küche aufgetaucht war und ihr diese Packung Vogelfutter hingeschoben hatte, hatte er ganz klar gesagt:

»Wir brauchen nur einen Sündenbock.«

Und sie hatte gehorcht, aber in diesem Gehorsam hatte sie sich eine Nische, einen Entscheidungsspielraum, geschaffen. Wenn es schon Miglio sein musste, dann zu ihren Bedingungen. Er sollte nicht ihr Abbild sein, sondern ein armer Irrer, besser noch eine völlig verkorkste, gespaltene Persönlichkeit, zwei Wesen, die im gleichen Körper lebten, ohne voneinander zu wissen, wie in diesen kitschigen amerikanischen Romanen. Miglio als Dr. Jekyll und Mr. Hyde? Unwahrscheinlich. Aber nicht unmöglich. Und sie hatte gewählt zwischen einem größenwahnsinnigen Jungen aus der Provinz, den seine Kollegen auslachen, weil er kein perfekter Polizist ist und der deshalb ein perfekter Mörder wird, und einer durch ein Kindheitstrauma gespaltenen Persönlichkeit mit gewaltsamem Echo. Der stets im Kontakt mit dem Tod lebt, sich mit seiner perfekten Freundin in ein Puppenhaus zurückgezogen hat, in einen vollkommen sterilen Mikrokosmos, andererseits aber von dem Drang zerfressen wird, seine Qual blutig auszuleben. Giuditta hatte den zweiten, den dornigen Weg gewählt und damit den Versuch gewagt, Miglio in einen klinischen Fall wie aus dem Lehrbuch zu verwandeln: Und um dies zu tun, musste sie jetzt sagen …

»Ja, Dottoressa Ambrosini, ich halte mich für unfehlbar.«

»Ist diese Behauptung nicht ein bisschen anmaßend?«

»Wie Sie richtig erwähnten, verfüge ich über jahrelange Erfahrung. Und die Psychiatrie ist eine Wissenschaft wie die Mathematik. Zwar ranken sich um sie viele, hübsche Legenden, das will ich nicht leugnen, aber es handelt sich um eine Wissenschaft. Wenn der Beamte Giglio etwas vorgetäuscht hätte, hätte ich das gemerkt. Wie ich die Genugtuung des Beamten Broglia bemerkt habe, der versucht hat, den Angeklagten lächerlich zu machen, oder die mühevollen Anstrengungen Ispettore Lambertis, seine Schuld geringer erscheinen zu lassen, oder welche Verwirrung meine Worte im Augenblick bei dem Angeklagten auslösen. Ich habe immer gewusst, wie willensschwach mein Assistent im richtigen Leben war.«

»Dottoressa …«

»Verzeihen Sie, aber Sie haben mir eine Frage gestellt, und ich halte es für mein Recht, sie vollständig zu beantworten.«

»Bitte …«

»Ich habe schon vor Jahren sein Profil erstellt. Und jahrelang habe ich versucht, diesen Dualismus aufzubrechen, in dem er lebte …«

»Dottoressa, jetzt muss ich Sie unterbrechen. Wenn Sie fortfahren wollen, müssen Sie uns wenigstens verständlich machen, warum es so notwendig ist, dass das Gericht Sie anhört. Sie sprechen von Dualismus. Sehr gut, würden Sie uns auch begreiflich machen, worum es sich dabei handelt?«

Großartige Schauspielerin! Perfekt.

»Miglio … der Beamte Giglio hat deutliche Anzeichen dafür gezeigt, dass er zwei Leben lebt …«

»Wie bitte?«

»Zwei Leben, die scharf voneinander getrennt sind.«

»Sie sagen also, Sie hätten schon immer gewusst, dass der Angeklagte unter einer Persönlichkeitsstörung litt?«

»Ja.«

»Aber gerade haben Sie doch geleugnet, dass er …«

»Sie hören mir nicht zu, Dottoressa Ambrosini. Vielleicht, weil Sie mich zu oft unterbrechen. Wahrscheinlich hören Sie sich selbst gern reden.«

»Ich verlange, dass der letzte Satz aus dem Protokoll gestrichen wird!«

»Einspruch!«

Tack, Geronzi war voll da.

»Abgelehnt. Dottoressa Licari, zwingen Sie mich nicht, Ihnen eine Geldstrafe wegen Beleidigung des Gerichts aufzuerlegen …«

»Euer Ehren, betrachten Sie es als Beleidigung, wenn ich versuche, meine berufliche und persönliche Meinung über den Angeklagten genau zu erklären? Denn das versuche ich gerade, und die Staatsanwältin macht es mir nicht gerade leicht.«

»Kommen Sie zum Wesentlichen und fassen Sie sich kurz.«

Zufrieden drehte sich Giuditta zur Ambrosini um und gab sich triumphierend. Wie hassenswert, besserwisserisch und unangenehm musste sie wirken! Genau genommen bereitete ihr das nicht die geringste Mühe.

»Der Angeklagte, Dottoressa Ambrosini, lebte zwei den Werten nach völlig gegensätzliche Leben. Die vorangegangenen Zeugenaussagen sind eindeutig: Alle beschreiben ihn als engagierten, jungen Mann, einen sehr aktiven Umweltschützer und unermüdlichen Arbeiter. Der als Erster kam und als Letzter ging. Über seine Arbeit, seine Interessen und seine Leidenschaften sprach er, als wären sie für ihn lebenswichtig. Es war eine Freude, ihm zuzuhören, zu wissen, dass es noch jemanden mit Idealen gab.«

»Und was wäre dann seine dunkle Seite?«

»Es gibt keine. Nur dass er praktisch verblasste, wenn er die Zentrale verließ. Sein Privatleben war farblos, weil er keinerlei Einfühlungsvermögen besaß. Nichts bedeutete ihm etwas, er hatte keine Hobbys und duldete die Szenen, die ihm seine Freundin machte, ohne dass sie ihn je berührt hätten.«

»Dies hebt das von Ihnen erstellte Profil tatsächlich hervor. Aber das bringt uns unausweichlich zum Ausgangspunkt zurück: Haben Sie nie irgendeinen Wahnsinn in diesem ›Doppelleben‹ gesehen?«

»Schauen Sie, Dottoressa Ambrosini, ich habe mit dem

Angeklagten zwischen sechs und zwölf Stunden täglich verbracht, in den letzten vier Jahren die meiste Zeit meines Lebens. Ich habe ihn öfter auf diese Zweiteilung angesprochen, und der Angeklagte hat meine Vorwürfe immer bestätigt. Wäre es anders gewesen, hätte ich es gemerkt. Hätte der Angeklagte mich angelogen, hätte ich das gemerkt ...«

»Und das heißt?«

Giuditta sah Miglio mit dem tiefen Schmerz, dem Mitleid an, das man für eine Fliege empfindet, die im Netz der Spinne zappelt. Zumindest hoffte sie, diesen Ausdruck getroffen zu haben.

»Das bedeutet, ich bin mir sicher, dass er mich nie belogen hat. Ich glaube, er weiß überhaupt nichts von dem, was mit ihm passierte, wenn er sich ›loslöste‹. Deshalb habe ich nie etwas bemerkt, deshalb habe ich keine Signale aufgefangen. Er gab keine.«

»Beziehungsweise?«

Giuditta bereitete den Abschuss vor. Jetzt klang sie beinahe kokett. Sie wirkte wie jemand, der im Dreck wühlte.

»Am Nachmittag vor ihrem Tod hat mich die Freundin des Toten, Signorina Orlandi, heftig angegriffen. Und dabei hat sie ganz offen über intime Details ihrer sexuellen Beziehung mit dem Beamten Miglio gesprochen.«

»Verzeihen Sie, aber was hat das mit dem Fall zu tun?«

Giuditta fuhr fort, als habe sie das nicht einmal gehört.

»Meine Behauptungen wurden von Signorina Orlandis Freundinnen und den Ergebnissen aus Dottore Escagnos Autopsie bestätigt. Anscheinend hatten die beiden oft widernatürlichen Verkehr und spielten Fesselspiele ...«

»Aber, was hat das damit zu tun? Einspruch!«

»... und während des Verkehrs wurde er Signorina Orlandi gegenüber gewalttätig.«

»Einspruch!!!«

»Abgelehnt!«

»… und hat sogar versucht, sie zu ersticken.«

»Das hat doch nichts damit zu tun! Das waren Spielchen!«

Giuditta seufzte erleichtert. Miglio war aufgestanden und redete. Wie geplant.

»Angeklagter, setzen Sie sich!«

»Signorina Orlandi hatte ihren Freundinnen gestanden, sie glaube, er würde sie irgendwann umbringen …«

»Das ist nicht wahr, Giuditta! Was sagst du da?«

»Avvocato Geronzi, halten Sie Ihren Mandanten zurück!«

»Er ist öfter mit blauen Flecken und Kratzspuren im Büro aufgetaucht. Wenn ich ihn fragte, woher er die hatte, lächelte er nur und sagte, das sei Donatella gewesen.«

Miglio starrte sie mit weit aufgerissenen Augen an.

»Aber er erzählte nie Näheres. Und ich bin sicher, dass er nicht gelogen hat, nur konnte er sich nicht an die genauen Umstände erinnern, unter denen er sie sich zugezogen hatte. Während seine Freundin um ihr Leben kämpfte.«

Ein seltsame Stille legte sich über den Saal.

Die Ambrosini schien völlig überrascht zu sein. Doch das war nur Schein.

»Ich hatte hundertprozentig Recht, als ich den Angeklagten als Menschen beschrieb, der zwei Leben lebte. Das erste war erfüllt und aktiv, das zweite passiv und banal, darüber redete er wenig, und heute kann ich sagen, dass ich zu wenig darüber wusste.«

Sie holte tief Luft und wusste, dass die Ambrosini sie jetzt nicht unterbrechen würde.

»Nicht einmal der beste Schauspieler der Welt hätte das

so perfekt spielen können, ohne sich einmal zu verraten. Schon gar nicht der Angeklagte. Michelangelo Giglio hat weder mir noch seinen Familienangehörigen noch seinen engsten Freunden Details aus seinem Privatleben erzählt – weil er sich nicht daran erinnern konnte.«

(War ich gut?)

Die Ambrosini hatte keine weiteren Fragen. In der Pause nippte Giuditta an einem Glas Wasser und fragte sich unaufhörlich: War ich gut? Habe ich meine Ziele erreicht? Bin ich ausreichend langweilig, besserwisserisch und pedantisch gewesen, haben mich alle als beinharte Expertin ohne einen Hauch von Menschlichkeit gesehen?

Alessandro war nicht da, um ihr zu antworten. Jetzt kam der schlimmere Teil, jetzt würde sie ihren Einsatz bezahlen müssen. Geronzi bereitete sich auf das Kreuzverhör vor, er war genauso ruhig wie die Ambrosini. Beide wussten Bescheid. Was sie wussten, entsprach vielleicht nicht genau der Wahrheit. Sie hatten gespürt, dass Giuditta bereit war, sich für Miglio zu opfern. Die Drei hatten sich am Morgen für einen kurzen Händedruck getroffen, ein paar Sekunden, mehr nicht. Giuditta hatte gesagt:

»Greifen Sie mich an. Und zwar hart. Mit allen Mitteln.«

Dann war sie gegangen und hatte darauf gewartet, dass man sie zu ihrer Aussage aufrief. Doch als es jetzt an ihr war, das Schafott zu besteigen, fürchtete sie sich. Alessandro war nicht bei ihr. Alessandro würde ihr nicht zu Hilfe eilen, wenn sie zögerte, strauchelte oder fiel. Aber sie brauchte Alessandro jetzt. Und wie sie ihn brauchte.

»Dottoressa Licari, der Beamte Giglio war etwa vier Jahre lang Ihr Assistent, ist das richtig?«

»Ja.«

»Die Serienmorde haben aber erst vor knapp einem Jahr begonnen.«

»Ja.«

»Stimmen die Zeiten?«

»Ja, soweit mir bekannt ist.«

»Ich schicke voraus, auch wenn Sie hier natürlich als Zeugin und nicht als psychiatrische Gutachterin befragt werde, wird es wohl nicht zu vermeiden sein, dass ich Ihnen angesichts Ihrer beruflichen Fähigkeiten Fragen stellen werde, die über Ihre Rolle als Zeugin hinausgehen und sich an die Psychiaterin richten. Sind Sie bereit, solche Fragen zu beantworten?«

»Sicher.«

»Also, um bei Ihren Worten zu bleiben, die Persönlichkeitsstörung, die in dem Beamten Giglio schon angelegt war, trat drei Jahre nicht zu Tage, um dann plötzlich auszubrechen. Ist das Ihre Sicht der Dinge?«

»So ungefähr.«

»Wir können sogar sagen, Michelangelo Giglios mörderisches Potenzial keimte siebenundzwanzig Jahre in ihm wie ein Haufen Dynamit und explodierte dann plötzlich ... bumm!«

Giuditta wiederholte bestätigend:

»Bumm.«

»Erscheint Ihnen diese Entwicklung, Ihrer Erfahrung nach, logisch?«

»Ja, in der Mehrzahl der Fälle tritt eine Persönlichkeitsstörung jahrelang nicht zu Tage, bis eine Situation sie auslöst und sie zum Ausbruch kommt ...«

»Ich unterbreche Sie hier. Sie haben gesagt, der Beamte Giglio lebe zwei parallele Leben: ein berufliches, an dem er aktiv teilnahm, und ein privates, das er buchstäblich als Zuschauer hinnahm.«

»Das ist meine Theorie.«

»Ein Leben, in dem der gestörte Teil der Persönlichkeit des Beamten schlummert, um auf das Beispiel mit dem Dynamit zurückzukommen, als wäre es in einem Lager eingeschlossen.«

»Ja.«

»Aber eines Tages öffnet jemand das Lager, schließt eine Lunte an und zündet sie.«

»Mehr oder weniger.«

Giuditta wartete. Geronzi zog die Sache mit ihr in die Länge. Sie kam sich vor wie einer dieser mittelalterlichen Ritter, die in einem selbstmörderischen Spiel einen Parcours mit aufgehängten Säcken und spitzen Lanzen durchlaufen müssen, um dann von einer Königin geehrt zu werden ... so etwas Ähnliches hatte sie in einem Film gesehen.

»Was hat Ihrer Meinung nach zu dem Ausbruch geführt?«

»Es ist nicht meine Aufgabe, hier ein Gutachten abzugeben ...«

»Da bin ich vollkommen Ihrer Meinung, aber hier wird darüber entschieden, ob mein Mandant während der Morde unzurechnungsfähig gewesen sein könnte. Also, ich selbst kann kaum glauben, dass ein krankes Hirn dreißig Jahre lang seine mörderische Wut nicht auslebt, dass alle den Angeklagten als eine Person kennen und plötzlich herauskommt, dass in ihm noch eine andere lebt.«

»Da wären Sie nicht der Erste, den das überrascht. Die Kasuistik ...«

»Ist Ihnen bekannt, dass in der Wohnung des Angeklagten zweihundertsiebenundfünfzig Fotos und vierunddreißig Vergrößerungen gefunden wurden, auf denen Sie zu sehen sind?«

Der erste Sack traf sie. Bumm!

»Nein.«

»Sie haben nicht gemerkt, dass er Sie heimlich fotografierte?«

»Nein.«

»Welche Gefühle empfand oder besser empfindet der Angeklagte Ihrer Meinung nach für Sie?«

»Zuneigung ... Hochachtung, Respekt ...«

»Glauben Sie nicht, dass es eher der Wahrheit entspräche, dass der Angeklagte unsterblich und leidenschaftlich in Sie verliebt ist?«

»Gut, also ich habe nicht ...«

»Auf krankhafte, obsessive Weise verliebt ...«

»Das scheint mir übertrieben.«

»Sind zweihundertsiebenundfünfzig Fotos das nicht auch?«

»Ja, aber ...«

»Alle Zeugen, die vor Ihnen ausgesagt haben, haben bestätigt, dass die Gefühle des Beamten Giglio für Sie ganz offensichtlich waren, und Sie wollen uns einreden, Sie hätten nichts davon bemerkt?«

»Nein, sicher, ich ...«

»Hat der Angeklagte Ihnen je seine Liebe erklärt?«

»Nein.«

»Hat er je gesagt, dass er seine Freundin für Sie verlassen wolle?«

»Nein.«

»Hatten Sie und der Angeklagte eine Liebesbeziehung?«

»Nein.«

»Eine sexuelle?«

»Nein.«

»Hat es zwischen Ihnen je enge Gefühlsbeziehungen gegeben?«

»Einmal. Wir haben uns geküsst.«

»War das der Kuss im Krankenhaus in Anwesenheit einiger Ihrer Kollegen und des Vaters der Signorina Orlandi, in das diese eingeliefert wurde, nachdem sie der Angeklagte brutal angegriffen hatte?«

Der zweite Treffer. Bumm!

»Ja.«

»Das war nicht gerade ein romantischer Augenblick.«

»Sicher nicht.«

»Und warum haben Sie sich gerade da entschieden, einander zu küssen?«

»Wir haben gar nichts entschieden. Wir waren beide sehr verwirrt ... und ich begann zu merken ...«

»Was, Dottoressa?«

»Dass ich vielleicht zur ungelegenen Dritten wurde.«

»Aber Sie haben doch gerade erklärt, Sie hätten keine Liebesbeziehung mit dem Angeklagten gehabt.«

»Das stimmt. Ich konnte mir nicht vorstellen, dass er sie geschlagen haben könnte, aber ganz wollte ich die Möglichkeit nicht ausschließen, deshalb habe ich gedacht, ich hätte vielleicht die Gefühle falsch eingeschätzt, die Miglio, der Beamte Giglio, für mich empfand.«

»Drücken Sie sich bitte klarer aus, das klingt alles sehr verworren.«

»Ich habe immer angenommen, dass er mich als Lehrerin, als eine Art Mutterschiff betrachtet hat. Dass er mich bewundert und vielleicht ein wenig der Faszination des Wissens, also meiner beruflichen Fähigkeiten, erlegen ist.«

»Sie haben geglaubt, dass der Angeklagte so für Sie empfände?«

»Ja, das habe ich geglaubt.«

»Haben Sie nie den Verdacht gehabt, da könnte mehr sein?«

»Na ja, wir haben viel Zeit zusammen verbracht … er hat mir von sich erzählt, manchmal klang er sehr zärtlich, aber nicht so … ich weiß nicht …«

»Der Angeklagte hat in den vier Jahren, in denen er mit Ihnen gearbeitet hat, vierhundertsechzehn Überstunden aufgeschrieben.«

Der dritte Treffer. Bumm!

»Wirklich? Das habe ich nie …«

»Stimmt es, dass er Sie fast jeden Tag abgeholt und wieder nach Hause gebracht hat?«

»Ja, aber …«

»Haben Sie einen eigenen Wagen?«

»Ja.«

Es wurde langsam heiß … Das war der dornige Weg, den sie gewählt hatte, um Miglio zu retten und …

»Warum haben Sie gerade den Beamten Giglio gebeten, die wahre Identität Ihres Chatpartners Aries herauszufinden?«

»Weil ich wusste, dass er einen Hacker kannte.«

»Haben Sie nie daran gedacht, dass ihn das verletzen könnte?«

»Was denn?«

»Wenn er entdecken musste, dass Sie mit einem anderen Mann am Computer sexuelle Spielchen betreiben.«

Der vierte Sack. Bumm!

»Aber ich, ich wusste nicht …«

»Sie haben gerade bestätigt, immer gewusst zu haben,

welche Gefühle der Beamte Giglio für Sie empfand. Fanden Sie es nicht grausam, ihn um so etwas zu bitten?«

»Ich dachte nicht, dass er die Ergebnisse lesen würde …«

»Sie dachten nicht, Sie glaubten nicht, Sie wollten nicht … Für ein Wunderkind der Psychiatrie lassen Ihre Fähigkeiten sichtbar Grenzen erkennen, denke ich.«

»Ich wollte Miglio nicht verletzen, ich hätte nicht gedacht, dass er es lesen würde, er war sonst so …«

»Ergeben? Gehorsam? Unterwürfig?«

»Avvocato Geronzi …«

»Ich versuche nur, Ihnen zu helfen.«

»Ich verstehe nicht, worauf Sie hinauswollen?«

»Auf den Auslöser, Dottoressa Licari.«

Die erste Lanze traf. Zack!

»Der … was hat das hiermit zu tun? Die Verbrechen hatten schon lange begonnen, als …«

»Ja, das weiß ich. Aber das seltsame Verhalten des Beamten Giglio nicht. Das begann genau in dem Augenblick, als er Kontakt zu dem Hacker aufnahm. Als er entdeckte, dass Sie ein Verhältnis haben. Da laufen plötzlich die beiden parallelen Leben wieder zusammen.«

»Ich verstehe nicht, wo da …«

»Ich glaube, der, sagen wir mal, andere Beamte Giglio, der ›Schlächter‹, nennen Sie ihn, wie Sie wollen, hat das alles für Sie getan. Hat Ihnen mit seinen Verbrechen gehuldigt. Leichen statt Blumen.«

»Ihre Theorie ist …«

»Nein, nein, nein, das ist IHRE Theorie. Das haben Sie meinem Mandanten erzählt, als Sie nach dem Überfall auf Signora Orlandi ins Krankenhaus eilten.«

»Ich erinnere mich nicht …«

»Der genaue Wortlaut ist …« Geronzi sah in seinen Unterlagen nach. »… Es ist meine Schuld, du hast es getan, um meine Aufmerksamkeit zu erregen.«

Die zweite Lanze: Zack, zack!

»Ja, vielleicht habe ich …«

»Dafür gibt es vier Zeugen.«

»Ich erinnere mich, dass ich das gesagt habe …«

»Wann haben Sie es herausgefunden?«

»Wie bitte?«

»Sehen Sie, Dottoressa, ich kann ja verstehen, dass Sie sich geschmeichelt fühlten, dass ein jüngerer Mann, gut aussehend und Ihnen absolut ergeben, Sie liebt … Und ich glaube wirklich, dass Ihr Profil zumindest teilweise zutrifft. Ich kann sogar Ihre sadistische Genugtuung verstehen, ihm etwas zu verweigern, was Sie anderen zugestanden, ihn das wissen zu lassen, seine Eifersucht zu wecken …«

»Nein, Moment mal …«

»Aber mir ist absolut unverständlich, warum Sie so hartnäckig alle Anzeichen übersehen haben, und für Sie müssen die wirklich offensichtlich gewesen sein, die auf eine starke geistige Verwirrtheit meines Mandanten hinwiesen.«

»Anzeichen? Welche denn?«

»Er ist Ihnen überallhin gefolgt, nicht wahr? Er hat Stunden vor Ihrem Haus verbracht, und Sie haben es bemerkt und sich deswegen sogar gefürchtet, das Haus zu verlassen.«

»Aber das war wegen der Sache mit dem Handschuh, zu meinem … Schutz.«

»Ja sicher, der Handschuh, den Sie versehentlich in die Tasche gesteckt hatten, was nur der Beamte Giglio bemerkt und Ihnen gesagt hat. Trotzdem erinnern Sie sich an dem

Tag, als der, nennen wir ihn mal ›Mordhandschuh‹, wiedergefunden wird, nicht daran.«

»Nein.«

»Nicht einmal irgendwann danach.«

»Na ja, nein … vielleicht.«

(Alessandro!)

»Was heißt vielleicht? Vielleicht fiel Ihnen wieder ein, dass Sie den Handschuh am gleichen Tag wiedergefunden haben, an dem Sie den Angeklagten gebeten haben, Ihren virtuellen Liebhaber Aries aufzuspüren?«

Dritte Lanze. Zack! Zack! Zack!

»Nein, ich …«

»Hat Ihnen dieser Aries etwas bedeutet?«

(Was soll ich antworten, Alessandro?)

»Ja, ein wenig.«

»Ein wenig … Haben Sie das dem Beamten Giglio zu verstehen gegeben, als Sie ihn gebeten haben, für Sie Informationen einzuholen?«

»Nein, ich glaube nicht.«

»Sind Sie später noch einmal in Kontakt zu Signore Messori getreten?«

»Nein, er hatte seinen Nickname gelöscht …«

»Sagt Ihnen der Name Piperita Patty nichts?«

(Alessandro, ich habe Angst! Ich brauche dich! Sag mir, was ich tun soll!)

»Ist das nicht der Name, mit dem Sie wieder zu Signor Messori Kontakt aufgenommen haben, nachdem der seinen Nickname Aries gelöscht hatte?«

»J-ja.«

»Und trotzdem interessierte er Sie nur ein wenig.«

(Was soll ich jetzt sagen? Ich schaffe das nicht allein, Alessandro! HILF MIR!)

»…«

»Das hat aber gereicht, um den Angeklagten dazu zu bringen, Signor Messori mit dem Tode zu bedrohen und als eine Art ›Botschaft‹ seine Nachbarin niederzumetzeln, während Sie beide chatteten.«

Zack, zack, zack, zack! Giuditta schwirrte der Kopf. Sie war nicht mehr fähig, logisch zu antworten. In diesem Augenblick wäre sie lieber in einem zweitklassigen Kitschroman oder unglaublich gern die verrückte Titelheldin eines miesen Thrillers gewesen. Alessandro sollte ein Teil von ihr sein, eine Ausgeburt ihrer Fantasie, und ihr die Antworten eingeben. Sie wollte ihn sehen, obwohl er nicht da war, ihm zuhören, auch wenn er nichts sagte. Sie wollte er werden, oder er sollte sie werden, Hauptsache, sie war nicht mehr allein. Und so handelte sie. Sie starrte den Mann an, der an der Eingangstür lehnte. Dann zuckte sie mit den Lidern. Alessandro. Sie schloss die Augen und öffnete sie wieder. Das war nur ein Wachmann.

Sie schloss die Augen und stellte sich vor, er sei jetzt da, dann öffnete sie sie wieder und da stand er ganz hinten im Saal, mit verschränkten Armen. Lächelte sie an, als sei sie ein kleines Mädchen. Sie wusste, er war nicht da. Aber sie beschloss, dass sie das jetzt nicht wissen wollte. Sie brauchte ihn jetzt, alles andere war Quatsch für Seelenklempner.

(Was soll ich antworten?)

Von irgendwo sagte eine kräftige Stimme ihr vor:

Wollen Sie mir etwa unterstellen, ich hätte den Beamten Giglio dazu getrieben, Adele Pizzi zu töten?

»Wollen Sie mir etwa unterstellen, ich hätte den Beamten Miglio dazu getrieben, Adele Pizzi zu töten?«, wiederholte Giuditta.

»Ich unterstelle Ihnen gar nichts. Ich stelle nur Fragen. Ich frage eine Psychiaterin, die sich selbst als unfehlbar bezeichnet, wie sie die Wahl des Mörders, Adele Pizzi zu töten, nicht mit dem Beamten Giglio und den Nachforschungen des Hackers in Zusammenhang bringen konnte?«

Es schien mir ein seltsamer Zufall, gab ihr Alessandro ein, der gar nicht da war.

»Es schien mir ein seltsamer Zufall.«

»Genauso so ein Zufall, wie dass Signorina Orlandi der Kopf zertrümmert wurde, ein paar Stunden nachdem die Sie angerufen hatte?«

Nein, ich … vielleicht habe ich geglaubt, Miglio hat den Kopf verloren.

Es funktionierte. Ein zweitklassiger Roman. Quatsch für Seelenklempner. Es funktionierte.

»Nein, ich … vielleicht habe ich geglaubt, Miglio hat den Kopf verloren.«

»Warum. Wegen eines Telefongespräches? Weil er Sie beschützen musste?«

Das weiß ich nicht … ich, ich weiß es nicht.

»Das weiß ich nicht … ich, ich weiß es nicht …«

»Aber wenn Sie kein Verhältnis hatten, warum hat er es sich dann so zu Herzen genommen?«

Er hatte sich verändert.

»Er hatte sich verändert.«

»Sicher hatte er sich verändert, und Sie wussten auch genau, wann! Denn Sie haben diese Veränderung ausgelöst!«

Ich habe ihn nie dazu getrieben, zu töten!, sagte Alessandro.

»Ich habe ihn nie dazu getrieben zu töten!«, wiederholte Giuditta.

»Zu töten nicht, aber dazu, Ihre Aufmerksamkeit zu erwecken, sich zu den eigenen Verbrechen zu bekennen. Sie haben ihn dazu gebracht, dass dies alles zum Vorschein kam.«

Aber wie denn, du lieber Himmel, wie?

»Aber wie denn, du lieber Himmel, wie?«

Je heftiger ihre Worte klangen, desto ruhiger wurde sie. Alessandro hatte alles in Ordnung gebracht.

»Sie haben ihn eifersüchtig gemacht. Vielleicht nicht bewusst, aber Sie haben es getan. Und dann der Handschuh, die Packung mit der Aufschrift ›Miglio‹, der Überfall auf seine Freundin, die abgehörten Telefonate … Sie haben das Ungeheuer gereizt, damit es aus der Deckung kam, und das hat es getan. Und das wollen Sie nicht bemerkt haben?«

Vielleicht …

»Vielleicht …«

»Nein, nicht vielleicht. Die Wahrheit ist, Sie wussten es! Sie wussten, dass der Beamte Giglio nicht mehr der Mensch war, den Sie zu kennen glaubten! Sie haben gewusst, dass irgendetwas in ihm furchtbar gestört war!«

Aber ich war mir nicht sicher!

»Aber ich war mir nicht sicher!«

»Nein, das nicht. Und deshalb haben Sie Ihre Zweifel unterdrückt, deshalb haben Sie Ihre Theorien für sich behalten! Weil Sie nicht zugeben wollten, dass auch Sie Fehler machen, Sie wollten nicht zugeben, dass Sie sich geirrt hatten!!«

Ich konnte einfach nicht glauben, dass er …

»Ich konnte nicht glauben, dass er …«

»Wen meinen Sie? Ihren Assistenten? Oder den Mann, der nach Jahren der Einsamkeit endlich Ihr Liebhaber werden sollte? Ein Mann, der Sie anbetete, denn Sie jahrelang in einem nervenaufreibenden Hinundher zappeln ließen, das war doch der Auslöser, der das Ungeheuer in ihm geweckt hat, das den sanften Miglio dazu gebracht hat, zum Serienmörder zu werden, um der ›unfehlbaren‹ Dottoressa Licari ebenbürtig zu sein?«

Nein … ich weiß nicht mehr …

»Nein … ich weiß nicht mehr …«

»Und wissen Sie, was der Auslöser war? Ihr letztes Telefongespräch. Als Sie sich plötzlich feige zurückgezogen haben. Als Sie die Wahrheit ahnten, haben Sie sich hinter Donatella Orlandi versteckt. In diesem Gespräch sagten Sie genau diese Worte: ›Wir sind beide verrückt gewesen!‹ Wollen Sie es noch einmal zur Bestätigung hören?«

Nein …

»Nein …«

»Wissen Sie, dass Donatella Orlandi Ihretwegen sterben musste?«

Giuditta schaute auf. Ihre Augen waren voller Tränen, und jetzt sagte sie einfach die Wahrheit:

»Ja.«

»Wissen Sie, dass Sie sie und vielleicht auch ihn hätten retten können, wenn Sie nicht so feige und so egoistisch gewesen wären?«

»Ja.«

»Sie haben versagt, Dottoressa Licari. Denken Sie daran. Keine weiteren Fragen.«

Ihre Beine waren jetzt genauso bleischwer wie ihre Seele. Giuditta blickte in den hinteren Teil des Saales. Hinter einem Tränenschleier gewahrte sie Alessandro. Er nickte ihr zu. Sie zwinkerte, um die Tränen abzuschütteln, dann begegnete sie dem vorwurfsvollen Blick des Wachmanns. Sie lächelte ein wenig: So war es gut. Im Saal raunte es wie in einem übellaunigen Bienenstock. Beim Verlassen des Podestes stolperte sie. Miglio sprang auf und wollte ihr helfen, aber Geronzi war näher bei ihr.

»Alles in Ordnung?«

»Sie waren hervorragend!«

»Auch dank Ihrer Liste mit den Fragen.«

Giuditta hätte damit rechnen müssen, aber sie zog die Augen zu Schlitzen zusammen und fragte:

»Wie bitte?«

»Die Liste, die Sie mir anonym zukommen ließen. Sie war erstklassig. Ich sage jetzt nicht, Sie könnten mir ins Handwerk pfuschen, aber …«

»Ich weiß hundertprozentig, wie man mich niedermachen kann. Danke, Avvocato Geronzi.«

Irgendwo in der Stadt lief Alessandro herum und lächelte.

25. Kapitel

»Michelangelo Giglio ... achtundzwanzig Jahre ... Beamter, ehemaliger Beamter der Polizei ... Assistent ... bin ich das noch? ... Assistent von Dottoressa Giuditta Licari, Profilerin und forensische Pathologin der Polizei ... ja, ich verstehe die Anklagen ... unschuldig – nein – nicht schuldig ... Danke ... nein, danke ... Nein, ich erinnere mich nicht daran ... nein, Dottoressa Ambrosini, verzeihen Sie, aber können Sie mir bitte alle Tage nennen, denn ich erinnere mich an keinen ... nein, ich vergesse auch alle Geburtstage, Donatella wird dann immer, ich meine, sie wurde dann immer schrecklich wütend ... das letzte Mal? ... vor gut einem Monat, sie lag im Bett, weil sie einen Schlag auf den Kopf bekommen hatte ... ja, sie war am Leben ... auch im Bett, nur dass sie diesmal tot war ... erstickt ... Glaube ich, aber ich weiß es nicht genau ... sie hatte keine Male ... ich meine, am Hals, wissen Sie, wenn man eine Schnur benutzt oder Hände zu brutal zupacken ... nein, ich habe sie tot aufgefunden ... nein, da war sonst niemand, nur ich ... dann sind eine ganze Masse Leute gekommen, ich meine viele Leute ... sie haben ihre Waffen auf mich gerichtet ... ja, das waren meine Kollegen, glaube ich ... ich erinnere mich nicht sehr genau ... da war ... warten Sie, ich komme gerade nicht auf den Namen ... ja, sie schon, sie ist später gekommen ... sie hat mir gesagt, ich soll Donatella hinlegen, ach ja, dann war da noch Lamberti, der mir die Handschellen angelegt hat, Ispettore Lamberti … wie meinen Sie, was ich empfunden habe? … Als ich sie gesehen habe? … Hhm, ich habe mich beruhigt … ich wusste ja, wenn sie da war, würde alles wieder in Ordnung kommen … Ob das so war? Keine Ahnung … das werde ich sehen … Ja, ich weiß, was passiert ist … aber … es ist nie, wie … ich kann das nicht gut erklären … das könnte Giuditta besser … nein, Leichen haben mir nie etwas ausgemacht … keine Ahnung, es macht mir einfach nichts aus … nein, Giuditta auch nicht, aber sie ist daran gewöhnt … nein, machen Sie Witze? … Sie ist nicht immer so … das heißt, sie hat sich mit der Zeit daran gewöhnt, ich glaube nicht, dass sie von Geburt an so war … also, man muss sich davor schützen, sonst wird man verrückt … was? … nein, ich war auch nicht von Geburt an so, aber was hat das hiermit zu tun? … Ich bin auch nicht verrückt geworden, wenn Sie mir eine Leiche bringen, werde ich nicht ohnmächtig oder so was. Und ich mache mir nicht einmal in die Hose, Dottoressa, falls Sie das an etwas erinnert! … Ja, ja, ich entschuldige mich … Aber man soll Giuditta nicht solche Dinge unterstellen, ich habe während ihrer Befragung nur nichts gesagt, weil … Aber natürlich kann sie sich selbst verteidigen … alle haben doch einen falschen Eindruck von ihr, nur weil sie so gut ist … ja, sie ist die Beste … natürlich ist sie besser als ich … neben ihr fühle ich mich wie … also, ohne sie wäre ich nicht dorthin gelangt, wo ich bin, sie hat mir alles beigebracht … alles … im Allgemeinen … bei ihr habe ich immer etwas gelernt, außerdem hat sie mir zugehört … und meine Gedanken waren so verworren und sie … ja … ja, genau, ein einziges Knäuel … sie hat mich verstanden, sie war die Einzige, die … sonst niemand … nicht einmal sie … Donatella war unreif … Giuditta weiß Dinge, die ich mir nicht einmal vorstellen könnte … sie hat mich gelehrt, dass man vom Tod lernen kann zu leben … ja, das war es, man kann vom Tod lernen zu leben.«

Richter D'Ortenzio las an diesem Abend schon zum dritten Mal die Protokolle vom Verhör des Polizeibeamten Michelangelo Giglio durch, den die Dummheit der Medien oder jemand anders den ›Schlächter‹ getauft hatte. Ein geständiger Täter, beinahe jedenfalls. Denn es kann niemand auf seiner Unschuld beharren, wenn ihn so viele Indizienbeweise belasten. Indizien, das Wort beunruhigte ihn. Er las den zweiten Teil der Antworten:

»Ja, sicher erinnere ich mich … sie hatte mich um diesen privaten Gefallen gebeten … ja, das war mir unangenehm … ich weiß nicht … nein, eifersüchtig ist nicht … ich habe sie ja nicht als meinen Besitz angesehen … aber der Kerl hat gewisse Dinge zu ihr gesagt, ich … ich weiß nicht, es ist sinnlos, mich zu fragen, ich habe ihr nie solche Dinge gesagt … aber nein … hören Sie, das ist Unsinn, was … NEIN, LASSEN SIE MICH AUSREDEN! – was glauben Sie denn, was sie von einem wie MIR erwarten konnte? Haben Sie mich gesehen? Und sie? … Ja, ja, ich bin jetzt ganz ruhig, Avvocato, in Ordnung … Ich brauche keine Auszeit, kommen Sie, bringen wir es hinter uns … ja … Nein ich glaube nicht, dass sie für mich … nein, das schließe ich aus! … Weil, weil sie so … so wunderbar ist und … ja, ich hatte Donatella gern … nein, es stimmt, dass Donatella und ich bestimmte Spiele gespielt haben … ja, beim Sex … aber wir wollten einander nicht weh tun, glaube ich jedenfalls … ich … glaube nicht, dass es ihr weh getan hat … na ja, in diesen Momenten denkt man nicht sehr viel, aber … ich glaube, ja ich glaube, es gefiel ihr … Wie? Ja, ich glaube schon … das heißt, ich bin mir nicht sicher … Nein, ich weiß nicht, ob ich sie geliebt habe … Ja, ich habe Giuditta gesagt, ich liebe Donatella … ja, und danach habe ich Giuditta geküsst, aber das … aber in diesem Augenblick habe ich wirklich geglaubt, ich liebe Donatella … ja, Giuditta auch, aber es schien mir … ich habe gelaubt, dass ich sie liebe … aber auf andere Art und … ich weiß nicht … ich war so durcheinander … weil Donatella verletzt war … na ja, und da habe ich Giuditta plötzlich geküsst … einfach so …«

»Isst du nichts, Giuseppe?«

Die Stimme seiner Frau Roberta riss den Richter aus seiner Lektüre. Er konnte nicht glauben, was er da bereits zum dritten Mal las.

»Nein, heute Abend nicht. Morgen.«

Signora Roberta, eine vernünftige Frau, wusste, dass er nicht gerade leichter einschlafen würde, wenn er nichts äße, schließlich war er siebzig Jahre alt, der Körper hat auch seine Bedürfnisse! Aber sie wusste auch, was das Wort »morgen« für ihren Ehemann bedeutete. Die Anhörung im Gericht am folgenden Tag würde nicht lange dauern. Giuseppe würde sein Urteil fällen, und danach würden alle zum Essen gehen. Als Ehefrau und Mutter überlegte sie, wer wohl die Mutter dieses Jungen dazu bringen würde, etwas zu sich zu nehmen. Die Harmonie zwischen ihr und dem Mann, den sie vor beinahe fünfzig Jahren geheiratet hatte, war so vollkommen, dass sie beide sofort das Gleiche für den Angeklagten empfunden hatten: unglaubliches Mitleid gemischt mit bitterer Ungläubigkeit.

Als ihr Mann badete, hatte sie heimlich in die Akten gesehen und nach den Gutachten gesucht, obwohl sie genauso wenig an Psychiater glaubte wie an Magier und Kartenleger. Die Gutachten klangen alle hochtrabend, trotz einiger Unterschiede, wiesen sie beachtliche Übereinstimmungen auf.

Der Richter setzte die Brille ab und rieb sich die Augen. Er versuchte, Distanz zu bewahren, er hatte schließlich schon so viele ähnliche Prozesse geleitet, doch es gelang ihm nicht, das Gesicht des Angeklagten aus seinem Kopf zu verbannen. Seine Aussage war der Todesstoß gewesen, und dennoch hatte Michelangelo Giglio diese unabsichtlichen Selbstbeschuldigungen mit einer solchen – ja, beinahe Unschuld von sich gegeben. Diese Augen, Kinderaugen. Augen eines Hasen, der in der Falle sitzt. Er setzte die Brille wieder auf, um die letzte Seite zu lesen. Heimlich betete D'Ortenzio, der Angeklagte möge wirklich verrückt sein

»… natürlich liebe ich Pflanzen … und Tiere … ich liebe alles, was lebt, was anständig ist … nein, nicht alle Menschen sind so … da muss man nur schauen, wie wir die Erde zugerichtet haben … wir müssten alle dafür bestraft werden … exemplarische Bestrafungen, wie die des ›Schlächters‹ … nein, ich sage nicht, dass er richtig gehandelt hat … nein, sie nicht … das ist doch nicht Ihr Ernst? … sie, sie ist anständig … sie verdreht die Wahrheit nicht, sie hat den Mut, ihr ins Gesicht zu sehen und sich ihr zu stellen … nein, ich weiß nicht, was sie empfindet … vielleicht Schmerz … es tut mir sehr leid … wirklich, Giuditta, es tut mir sehr leid, dass du in all das hineingezogen wirst … also meinetwegen hättet ihr sie nicht ins Gericht bringen müssen … sie hat nichts damit zu tun … ich glaube, ich liebe sie … vielleicht bin ich sogar sicher, dass ich sie liebe …«

»Das reicht.«

Der Richter schaltete die Nachttischlampe aus, klappte den Aktenordner zu und trug ihn in sein Arbeitszimmer. Während er sich Hut und Mantel anzog, erschien seine Frau in der Tür und sah ihn vorwurfsvoll an.

»Du gehst weg?«, fragte sie.

»Ich muss ein wenig frische Luft schnappen. Keine Sorge, ich gehe nur unten in die Bar. Ich muss den Kopf frei bekommen.«

Er trat in die schneidende Nachtluft hinaus. Die Bar war wirklich nur einen Katzensprung entfernt, aber er ging lieber die Allee bis zum Ende und drehte dann um. Dies war eine der schönsten Gegenden dieser Stadt, ein klassisches, vornehmes Viertel: wenig Verkehr, Anwohnerparkplätze, kaum Kriminalität. Die schönen Wohnhäuser hatte ein vorausschauender Architekt ausschließlich innen saniert, die alte Fassade nur gereinigt. Doch für den Richter war diese Allee einfach sein »Zuhause«. Es war ein schönes Gefühl, beim Gehen nur auf die eigenen Füße achten und keine üblen Begegnungen fürchten zu müssen. Der Spaziergang munterte ihn ein wenig auf. Er betrat die Bar. Auch sie war so etwas wie ein »Zuhause«. Hier kannte er alle Gäste. Die, die schon seit zwanzig Jahren kamen, und die, die im Lauf der Zeit dazugekommen waren und die schöne Angewohnheit hatten, vor dem Abendessen einen Aperitif zu trinken oder einen Espresso danach oder abends Billard zu spielen und ein Bier zu trinken.

»Guten Abend, Herr Richter«, begrüßte ihn der Barmann. Hier gab es keine Namen, nur Spitznamen oder Berufe. Für den Inhaber war das ein Thema für sich.

»Guten Abend, Antonio. Guten Abend, Dottore … Avvocato …«

Er grüßte einige Gäste, die am Tresen saßen. Der Fernseher lief. Es gab einen Bericht über den ›Schlächter‹. Gelassen schaltete der Barmann um. Niemand protestierte. Alle hier wussten, dass D'Ortenzio der Richter war, der den Prozess des Jahres leitete, und dass das kein Gesprächsthema war. Er durfte nicht darüber reden, und sie redeten nicht darüber. Man machte ihm Platz, er setzte sich hin und legte den Hut neben sich.

»Was darf es sein? Ein Espresso mit Schuss, wie immer?«

»Nein, heute brauche ich etwas Stärkeres. Lass dir was einfallen.«

Alle schwiegen einen Moment. Dann wandte sich der Richter an einen jüngeren Gast neben ihm und täuschte eine Fröhlichkeit vor, die er seit Monaten nicht mehr empfunden hatte.

»Na, Meister, wie geht's denn so?«

»Solange ich den Laden noch schmeiße, beklage ich mich nicht«, sagte der lächelnd.

»Ach hör auf, ich glaube, hier im Lokal bist du der Reichste.«

»Dann gibt er uns heute Abend einen aus«, mischte sich jemand ins Gespräch.

»Also gut«, meinte, der »Meister«. Man füllte die Gläser. »Worauf trinken wir?«

Diesmal wurde das Schweigen drückender. Instinktiv wussten alle, dass der Richter heute den Trinkspruch ausbringen musste. Doch der sah in der durchsichtigen Flüssigkeit in seinem Glas einen zerzauste blonde Mähne. Das Kaninchen in der Falle.

»Auf die verfluchte Wahrheit«, sagte er und hob sein Glas.

Sie tranken schweigend. Danach wollte der Richter gehen und alle verstanden das. Der »Meister« schien all seinen Mut zusammenzunehmen und legte ihm eine Hand auf die Schulter.

»Hören Sie, ich weiß ja, Sie dürfen nicht darüber reden, aber ... jeder hier hat gehofft, das alles wäre nur ein großer Irrtum. Also, wir haben den Jungen ja gesehen. Er ist total verrückt, aber das ist doch nicht seine Schuld. Er hat nur gelogen. Es gibt keinen einzigen Beweis zu seinen Gunsten. Alle haben gehofft, es würde plötzlich ein geheimnisvoller Zeuge auftauchen, der ihn entlastet. Denken Sie, ich habe sogar gehofft, ich hätte ihn wiedererkannt ...«

Daraufhin drehte der Richter sich plötzlich zu ihm um.

»Nein, regen Sie sich nicht auf. Wissen Sie, er hat doch erzählt, er sei überfallen worden und im Bus nach Hause gefahren. An einem Abend saß da ein junger blonder Mann im Bus, der sah ein wenig mitgenommen aus. Ich habe mir das Hirn zermartert und versucht, mich zu erinnern, ob er das gewesen sein könnte. Nur dass ...«

Der Richter hörte ihm gebannt zu.

»Na, genau an dem Abend war ich bei meiner Freundin. Ich wusste das nicht mehr, aber sie schon, ich bin gar nicht nach Hause gefahren.«

Als er bemerkte, wie der letzte Hoffnungsschimmer in den Augen des Richters erlosch, entschuldigte er sich verlegen:

»Verzeihen Sie.«

»Damit wollte der ›Meister‹ doch nur sagen, dass wir Sie

verstehen. Also, ob der nun krank ist, ein Monster, oder was sonst … er tut einem leid. Sehr leid«, sagte der Ingenieur hastig.

»Ja«, mehr brachte der Richter nicht heraus.

Der »Meister« und der Ingenieur standen gleichzeitig auf.

»Na, spielen wir jetzt endlich eine kleine Partie Billard? Sind Sie dabei, Richter?«

Obwohl der Richter glaubte, dass er diese Welt nicht mehr verstand, schätzte er diese Solidarität trotzdem sehr.

»Aber nur, wenn ihr mich heute Abend gewinnen lasst. Du schlägst mich doch seit zwei Jahren jedes Mal fürchterlich.«

»Ich schwöre bei meiner Ehre, heute Abend werde ich ganz schamlos verlieren«, sagte der »Meister« lachend und half ihm aus dem Mantel. Er legte ihm wieder die Hand auf die Schulter. Dann begleitete Alessandro den Richter in den Billardraum.

Richter Giuseppe D'Ortenzio stand auf und verlas das Urteil. Er zögerte weder, noch legte er Pausen ein.

»Es soll zu Protokoll genommen werden, dass Dottore Ennio Malvernari, Dottore Alberto Maria Zennato und Dottore Federico Trasangelo dem Angeklagten einstimmig absolute geistige Unzurechnungsfähigkeit zuerkennen, sowohl zum Zeitpunkt der Verbrechen als auch im täglichen Leben. Aufgrund der Beweise, der Zeugenaussagen und nach Überprüfung der Fakten hält das Gericht den Angeklagten Michelangelo Giglio der ihm vorgeworfenen Taten für schuldig. Es handelt sich um die Morde an Chiara Telli, Lucia Astuni, Ermes Iannoni, Amos Terlenghi, Irene Disio, Adele Pizzi und Donatella Orlandi.

Es verurteilt ihn daher zu siebenmal lebenslänglicher Freiheitsstrafe, eine für jedes Opfer. Aufgrund der psychologischen Gutachten von Dottore Ennio Malvernari für die Anklage, Dottore Alberto Maria Zennato für die Verteidigung und Dottore Federico Trasangelo für die Nebenkläger erkennt das Gericht dem Angeklagten völlige geistige Umnachtung und geistige Unzurechnungsfähigkeit während der begangenen Verbrechen zu. Deshalb wird seine Strafe in einen unbefristeten Aufenthalt in einer Einrichtung der Gefängnispsychiatrie umgewandelt, wo man ihm entsprechende Hilfe zukommen lassen soll.«

Die Herzen der Anwesenden verkrampften sich in Mitleid für diesen blonden jungen Mann, der weinte, ohne es zu merken, und der die Worte, die er gehört hatte und deren Sinn er sich nicht verschließen konnte, nicht glauben konnte.

»Geroldi? Hier ist Zennato, wie geht's dir? … Hör mal, einer meiner Assistenten kommt jetzt zu dir … Ja, genau … ich muss dich um etwas sehr Heikles bitten, aber du musst mir diesen Gefallen tun. Ich habe darauf *bestanden,* dass er in deine Anstalt kommt, und du weißt, wie wichtig das für die öffentlichen Meinung sein wird … dafür verhinderst du, dass jemand Kontakt zu dem Jungen aufnimmt … genau, in der Psychiatrie … Entschuldige, Geroldi, aber ich bin todmüde und habe keine Zeit für lange Erklärungen, da wartet ein Fernsehauftritt auf mich, und den werde ich mir nicht entgehen lassen … Gut, wir haben uns verstanden. Ist Scattoli immer noch Oberpfleger? … Aha, ausgezeichnet, teil ihm mit, der Patient wäre ein Freund von Dottoressa Licari. Ja, ja, sag ruhig Freund und erinnere ihn an Gerolamo Lionelli. Ich glaube, das wird er verstehen.

Jetzt muss ich aber los, es war mir eine große Freude … Sicher, wir sehen uns dann bei den Besuchen … Natürlich, natürlich … Ja sicher, werde ich die Einrichtung heute im Fernsehen erwähnen, wenn du mich gehen lässt! Bis bald, mein Lieber!«

Alle versammelten sich im Besprechungsraum. Die ganze Sondereinheit. Bis auf die Neonröhren über dem Tisch brannte kein Licht. In dem kalten Schimmer der Lampen zog Lamberti geräuschvoll die Nase hoch und sagte: »Gut, machen wir uns wieder an die Arbeit.«

Giuditta sah sich um und bemerkte, dass alle feuchte Augen hatten, einige weinten ganz offen. Alle hatten Miglio gern. Sie fühlte, wie etwas Warmes, Feuchtes ihr die Wange herunterlief. Sie weinte ebenfalls. Eigentlich hatte sie Miglio auch gern.

26. Kapitel

»Hallo, mein allerliebstes Schätzchen, guter Gott, du kannst dir gar nicht vorstellen, wie stolz dein Vater und ich auf dich sind, aber er ist sauer, weil sie dich so von der Seite aufgenommen haben, er sagt, so hättest du eine riesige Nase, aber ich habe ihm immer gesagt, wo sollte sie denn hinschauen, wenn der Anwalt genau vor ihr sitzt, sie war ja nicht wegen der Kameras da, außerdem ist das egal, alle Nachrichtensendungen beginnen mit der Nachricht, und da ist meine Kleine immer ganz groß im Bild, aber weißt du, für den armen Jungen hat es mir so leidgetan, wie seine Mutter jetzt wohl leidet, das arme Herzchen, er muss seine Zeit im Irrenhaus verbringen, aber denk an seine Mutter, es sind immer die Mütter, die am meisten leiden, sag mal, hast du was gegessen, geh heute Abend früh ins Bett, du brauchst jetzt eine gute Portion Schlaf, dann denk daran, in ein paar Fernsehsendungen zu gehen oder Interviews zu geben, Signora Savoldi platzt vor Neid, ihre Tochter entlassen sie jetzt in dem Laden, sie sagen, sie haben zu viel Personal, aber es ist richtig, dass du dich nicht so zur Schau stellst, dann wird man noch mehr auf dich aufmerksam, ach, Papa sagt, da ist gerade der Psychiater im Fernsehen, der Zennato, den sehe ich mir sonntags immer an, wir sprechen uns dann morgen, ich möchte hören, was er sagt, also dann noch einmal, bravo, und ruf die Mutter dieses armen Jungen an, ciao, mein Schatz, ciao.«

»Wie geht es dir?«

»Schlecht.«

»Wird dein Telefon noch abgehört?«

»Ja, aber das ist doch egal.«

»Hat man Miglio schon weggebracht? Ich meine, in diese Anstalt?«

»Ja.«

»Warum kommst du nicht für eine Weile zu Alfio und mir? Du verwöhnst die Kinder, findest wieder zu dir, und du wirst sehen, die anderen lassen dich schon in Ruhe.«

»Ich kann nicht, ich habe zu tun, Clara.«

»Aber, was verdammt noch mal? Du hast gerade einen Serienmörder gefasst und hast immer noch zu tun?«

»Ja, ich muss ein paar Dinge in Ordnung bringen.«

Die Tür zum Schuppen quietschte. Als sie die hinter sich schloss, herrschte um sie fast völlige Dunkelheit. Draußen brach die Abenddämmerung herein, von der Straße fiel nur ein wenig Tageslicht in den Schuppen. Es roch stark nach Rauch. Auch in der Dunkelheit bewegte sich Giuditta instinktiv, ging dicht an einem Haufen Fahrräder vorbei, dann erreichte sie die feuchte Wand. Sie lehnte sich mit dem Rücken daran. Etwa einen halben Meter von ihr entfernt flackerte ein kleines Licht.

»Möchten Sie einen Zug?«

»Nein danke, Andrea.«

»Nennen Sie mich ruhig Tadzio.«

Giuditta lächelte in die Dunkelheit hinein und wollte lieber nicht wissen, wie er herausgefunden hatte, dass sie ihn so nannte.

»Also ich glaube, Sie sollten es probieren. Öffnen Sie die Lippen ein wenig.«

Giuditta gehorchte. Es gefiel ihr, dass dieser Junge ihr Befehle erteilte.

»Bewegen Sie sich nicht.«

Sie merkte wie Tadzios Lippen leicht die ihren berührten und hörte ihn tonlos buchstabieren: »Atmen Sie ein.«

Giuditta sog Tadzios Atem ein, der ihr eine Marihuanawolke in die Lunge blies. Sie zwang sich, nicht zu husten. Sie wusste nicht, ob sie je etwas anderes von diesem kleinen Mann in sich aufnehmen würde. Dann merkte sie, dass er lächelte und an seinen Platz zurückkehrte.

»Was wollten Sie mir sagen?«

Zum ersten Mal hatte sich Giuditta ausdrücklich mit ihm verabredet, sie hatte das zerbrechliche Gleichgewicht ihres Spiels zerbrochen, um das zu tun, was sie schon lange vorhatte.

»Wechsele nie deinen Dealer.«

Sie hörte, dass sich Tadzio umdrehte und sie ansah.

»Ein Mann wird zu dir kommen. Nicht jetzt, erst in einiger Zeit. Ich weiß nicht, was er dir dann antun wird, ob du noch hier sein oder noch am Leben sein wirst. Er wird dir Stoff anbieten, beste Qualität, bester Preis. NIMM IHN NICHT!! Und wenn er das Tollste überhaupt wäre.«

»Groß, dunkel, sehr schnell?«

Giuditta nickte, obwohl es dunkel war.

»Ja, ich erinnere mich an ihn. Wann wird er kommen?«

»In etwa zwei Jahren.«

»Gut. Dann habe ich Zeit, darüber nachzudenken. Ich könnte genauso schnell werden.«

Er gab ihr den Joint.

»Vielleicht sogar schneller als er.«

Giuditta merkte, dass er an ihr vorbeilief, dann wurde es kurz hell und schließlich schloss sich die Tür des Schuppens quietschend. Sie führte den Rest des Joints an die Lippen. Giuditta hatte noch nie Marihuana geraucht. Es hatte keinerlei Wirkung auf sie.

Die nächtliche Dunkelheit unterschied sich von der im Fahrradschuppen. Die Dunkelheit ihres Zimmers war Giuditta vertraut und so tröstlich.

Sie saß auf dem Bettrand und wartete. Die großen Ziffern auf dem Wecker zeigten drei Uhr achtundfünfzig. Giuditta wartete.

Und wartete.

Wartete.

Um vier Uhr klingelte das Telefon.

»Hallo?«

»…«

»…«

»…«

»…«

»Sie hören dein Telefon also nicht mehr ab.«

»Nein.«

Seit ein paar Tagen war das Biep im Hintergrund verschwunden, das sich in dem Leitungsrauschen eingenistet hatte, und mit ihm der Transporter vor ihrem Haus. Jetzt war das ja nicht mehr nötig, oder? Sogar die Trittbrettfahrer hatte man aufgenommen.

»Jetzt kann jeder dich wieder ganz leicht umbringen.«

Giuditta war erleichtert. Sie hatte seine Stimme lange nicht gehört, das war noch vor dem Prozess gewesen.

»Genau.«

»Wie geht es deinem kleinen Freund? Wie sind Unterkunft und Essen?«

»Es geht.«

»Hast du sie selbst ausprobiert? Ach nein, du gehst ja nur zum Frühstück hin.«

»Hör auf damit, Alessandro. Du weißt, dass ich es tun muss.«

»Ich weiß überhaupt nichts!«

»…«

»…«

»…«

»Giuditta, liebst du mich?«

Wie oft hatte sie darüber nachgedacht? Wie oft, seit man Miglio in Handschellen weggebracht hatte? Er trug einen Zweireiher, den ihm Vizzi, der über seine Schuldgefühle nicht hinwegkam, geliehen hatte. Vizzi würde das nie mehr abschütteln können. Jedem seine eigene Buße. Lamberti würde ab jetzt immer nur die halbe Beleuchtung im Büro einschalten. Giuditta wusste, wie schwer es ihm fiel, bei diesem Licht zu lesen, doch diese Anstrengung würde ihm dabei helfen, nicht ständig daran denken zu müssen, wie er am Tatort mal eine rosa Haarspange mit einem Bärchen gefunden und Miglio vor allen heruntergeputzt hatte. Morabito und seine Horde erzählten sich im Transporter, der sie zu einem Tatort brachte, keine unanständigen Witze mehr. Die Ambrosini trug ihre Haare jetzt hochgesteckt, Semeraro hatte das Rauchen aufgegeben. Niemand tat das bewusst, aber jeder von ihnen spürte in seinem Unterbewusstsein, dass hier ein himmelschreiendes, riesiges Unrecht geschehen war. Sie wussten, sie schuldeten dem Sündenbock etwas, der alle Sünden auf sich genommen und alle schmutzige Wäsche reingewaschen hatte. Jedem seine persönliche Buße.

Genau.

»…«

»Willst du mich heiraten?

»…«

»…«

»Lass mich nachdenken.«

»Ich kann dich nicht behandeln, noch nicht.«

»Warum nicht?«

»Nicht offiziell.«

Miglio lächelte, sein gewohntes ehrliches Lächeln. Ohne den kahlrasierten Schädel hätte sie keinen Unterschied zwischen ihm und dem Mann gesehen, den sie liebte, wie sie vor ein paar Wochen in der Eingangshalle eines Krankenhauses festgestellt hatte.

Eine Art Liebe von vielen, aber immerhin Liebe.

»Übrigens, weißt du eigentlich, wie gut dir das steht?«

»Ja, ich habe sogar daran gedacht, mir den Schädel weiter zu rasieren. Weißt du eigentlich, dass mir schon die Haare ausgegangen sind? Du kannst dir gar nicht vorstellen, wie viel mir das ausgemacht hat, als Donatella mich darauf hingewiesen hat.«

Giuditta hatte den Wachmann mit einem Blick hinausgeschickt, als sie den Raum betreten hatte, der den VIP-Besuchern vorbehalten war. Seit sie die Einrichtung betreten hatte, hatten alle vor ihr gekatzbuckelt, und sie hatte das mit Würde akzeptiert, ohne dem irgendein Gewicht beizumessen. Scattoli, der Oberpfleger, ließ sich sowieso nie sehen. Wahrscheinlich zitterte er immer noch, wenn er nur Giudittas Namen hörte. Sie teilten ein Geheimnis, einen von diesen kleinen Unfällen, wie sie in zwanzig Berufsjahren schon mal passieren. Jeden Morgen, bevor sie in die Zentrale fuhr, besuchte sie Miglio, oft brachte sie ihm frische Brioches und Kaffee mit. Wenn es sehr früh war, beschrieb sie ihm die Lichter über der Stadt und beobachtete ihn, wie er sein Kinn in die geballten Fäuste stützte und ihre Erzählung genoss, als sähe er alles mit eigenen Augen.

Diese Gewohnheit hatte ihren Arbeitsalltag ersetzt und sehr schnell war es für beide ganz normal geworden, sich jeden Tag zu jeder Zeit zu sehen, wie vorher.

»Wann wirst du endlich meine Ärztin?«

»Es müssen ein paar Monate Sperrfrist vergehen, wie oft muss ich dir das noch erklären? Läge es nur an mir …«

»Aber du hast doch so viele Verbindungen! Kann Lamberti da nichts machen?«

»Hör mir zu, du Dummkopf! Halten wir uns wenigstens einmal an die Spielregeln. Zu gegebener Zeit kann ich die Stelle des Anstaltspsychiaters übernehmen. Danach wird es zwei oder drei Jahre dauern, bevor …«

»Glaubst du, du kannst mich heilen?«

Giuditta fühlte sich, als habe man ihr einen Pflock in den Magen getrieben.

»Das weiß ich nicht, Miglio. Wir werden sehen.«

Sein Gesicht verfinsterte sich.

»Ich werde mich um dich kümmern. Das habe ich dir doch immer gesagt, oder?«

»Ja, ich weiß. Du wirst dich um mich kümmern. Das weiß ich, Giuditta.«

Sie schwiegen. Dann sagte Miglio leise:

»Manchmal glaube ich, mich zu erinnern …«

Giuditta spannte die Sehnen an ihrem Hals an, bis sie fast rissen. Ihr Gesicht wirkte trotzdem vollkommen gelassen, als sie meinte:

»Ach ja?«

»Ja, ich erinnere mich plötzlich an etwas, an die Tatorte,

aber da ist niemand, nicht einmal ich … Glaubst du, das bedeutet etwas?«

»Ja, vielleicht sind wir auf einem guten Weg.«

Miglio sah sie eindringlich an. Das genügte ihm nicht. Er wollte, dass sie ihm noch einmal dieses Märchen erzählte.

»Miglio hör auf damit. Du bist krank, Miglio, hast du das begriffen? Das war nicht deine Schuld, nichts war deine Schuld. Es ist sinnlos, dass du dich anstrengst! Du hast diese Dinge getan, als du nicht bei Verstand warst, also verlange nicht, dass du dich plötzlich an alles erinnerst. Das braucht Zeit und Geduld und all unseren guten Willen, ja, es wird weh tun, und es wird nicht einfach sein, weder für dich noch für mich. So sehr du dich auch anstrengst, im Moment wird Miglio sich nur an das erinnern, woran Miglio sich erinnern kann.«

»Und wo ist dieser andere?«

Giuditta seufzte. Es war immer das Gleiche. Er blieb stur.

»Irgendwo in dir. Vielleicht ist er auch verschwunden. Wenn wir mit der Arbeit beginnen …«

»Ich will ihn umbringen …«

»Miglio, nicht schon wieder …«

»Dieser verdammte Mistkerl hat mir mein Leben gestohlen!«

Giuditta beugte sich über den Tisch und streichelte ihn.

»Komm, hör auf damit. Du sprichst von dir selbst, wenn du dich aufregst, wird es nur noch schlimmer.«

Miglio versank in nachdenkliches Schweigen.

»Weißt du, ich habe noch einmal über dein Vorhaben nachgedacht«, ermutigte ihn Giuditta.

»Welches Vorhaben?«

»Medizin zu studieren. Das kannst du sogar von hier

aus. Zeit zum Studieren hättest du, und wenn du wieder rauskommst, könntest du deinen Doktor machen.«

»Das wäre großartig … ich könnte mich auf Pädiatrie oder Psychiatrie spezialisieren, was meinst du?«

»Nein, ich denke, du wärest ein ausgezeichneter Gerichtsmediziner.«

»Dann könnten wir zusammenarbeiten.«

»Ja, das könnten wir dann.«

»Was für eine Sache.«

»Genau, was für eine Sache.«

Miglio saß reglos da und betrachtete seine Hände, er lächelte ein wenig und versank in irgendwelchen Fantasien. Dann bildete sich ein Falte zwischen seinen Augenbrauen. Nach so langer Zeit fasste Miglio einen selbstständigen Gedanken.

»Giuditta?«

»Ja, Miglio?«

Er schaute zu ihr hoch. Das waren nicht die Augen eines Verrückten. Auch nicht die eines Kindes. Nicht einmal die von Miglio, dem Bannerträger der Naivität und der unbestechlichen Moral. Das waren die Augen eines jungen Mannes, der zwar gelitten hatte, aber sich seiner vollkommen bewusst war. Diesen Blick sah Giuditta zum ersten Mal. Es war Zeit.

»Ich habe diese Verbrechen nicht begangen. Das habe ich als Einziger gesagt und vielleicht auch als Einziger daran geglaubt. Wenn es wirklich so wäre, wenn das nur meine Wahrheit wäre, gut, dann würde es nichts nützen. Aber ich muss es jetzt wissen, Giuditta: Ich bin es doch nicht gewesen? Glaubst du mir, Giuditta?«

Er nahm ihre Hände. Sie ließ es geschehen und merkte zum ersten Mal, wie groß und warm seine Hände waren, die ihre kleinen, pummeligen fast verschluckten, während es eigentlich umgekehrt sein musste. Dann sah sie ihn so sanft an, wie sie noch nie jemanden angesehen hatte, und flüsterte ihm ganz leise zu, dass es ihr Geheimnis blieb:

»Nein.«